縄紋

真 梨 幸 子

幻冬舎文庫

縄紋　目次

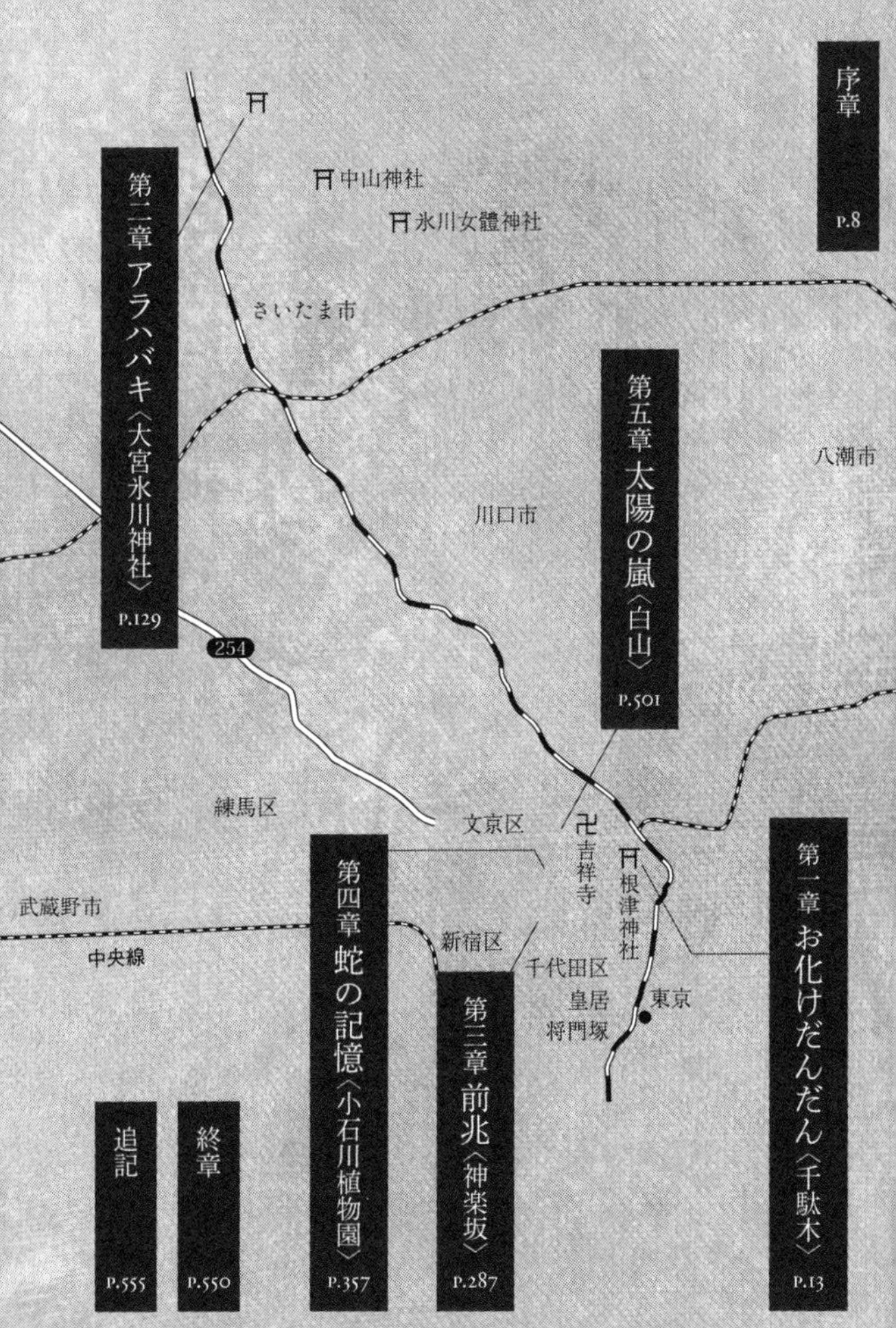

中山神社
氷川女體神社
さいたま市
八潮市
川口市
254
練馬区
文京区
吉祥寺
根津神社
武蔵野市
中央線
新宿区
千代田区
皇居
将門塚
東京

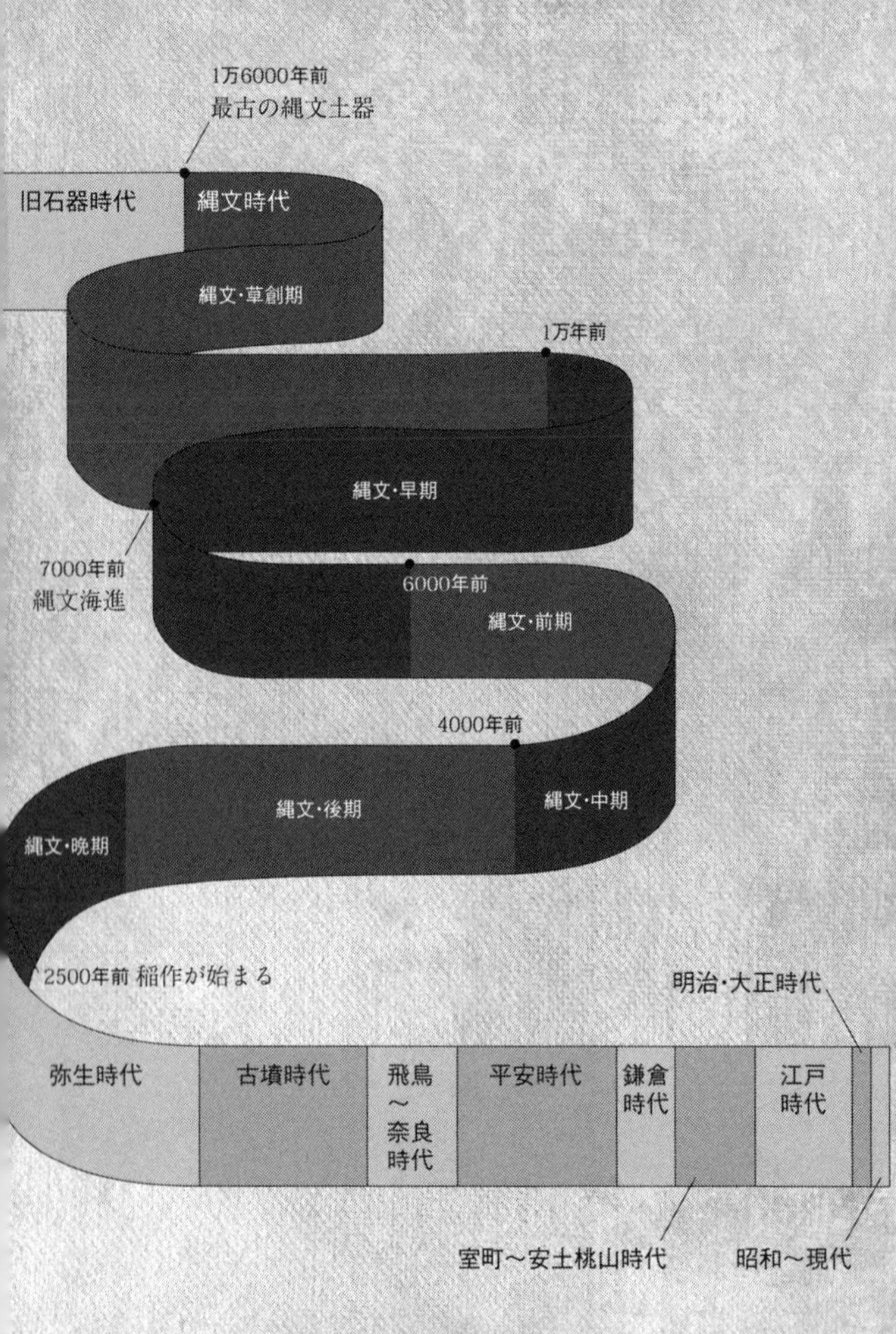
1万6000年前
最古の縄文土器
旧石器時代
縄文時代
縄文・草創期
1万年前
縄文・早期
7000年前
縄文海進
6000年前
縄文・前期
4000年前
縄文・中期
縄文・後期
縄文・晩期
2500年前 稲作が始まる
明治・大正時代
弥生時代
古墳時代
飛鳥
〜
奈良
時代
平安時代
鎌倉
時代
江戸
時代
室町〜安土桃山時代
昭和〜現代

縄紋

9月15日午前10時30分ごろ、東京都文京区白山4丁目の公務員宿舎の一室で、女性が死んでいるのを、宿舎を管理している男性が見つけた。警視庁文京白山署は身元や死因などを調べている。

署によると、女性はうつぶせの状態で部屋に横たわっていた。身長約160センチで、髪を金色に染め、サーモンピンクのキャミソールドレスを身に着けており、ハイヒールがそばに転がっていた。遺体は腐敗が進んでおり、年齢は不明。

なお、発見場所の公務員宿舎は12年前から利用されておらず、20戸ある部屋はすべて空室になっていた。各部屋は施錠されていたとのことだが、「昔ながらのシリンダー錠。ピッキングで容易に解錠は可能。空室であることを知って、侵入したのだろう」と、関係者は語っている。

序章

（二〇＊＊年九月二十四日火曜日）

いつものように植物園の周りを歩いていると、
「あの……ちょっといいですか」
と、女に声をかけられた。
歳頃四十前後の女だ。いや、もしかしたら、もっと上かもしれない。それとも、下か？
いずれにしても、確かなのは、見知らぬ女……という点だ。
なのに、

「あなた、興梠大介さんですよね？」

と、いきなり名指しされた。

「え？」

大介は、防御するように腕を組んだ。

なんだ？　新手のキャッチセールスか？

見ると、女は濃紺のスーツ姿で、白髪まじりのベリーショート。そして、大きなカバン。

いかにも、保険のセールスレディーといった雰囲気だ。

いや、それとも……、

「警察ですか？」

大介は、組んだ腕に力を込めた。

「え？　なぜ、そう思うんですか？」

「だって。……最近、この付近で、女性の死体が見つかったって。身元不明の女性の死体が」

「ああ。そういえば、そんなニュースがありましたね。確か、植物園の裏の……今は使用されていない公務員宿舎で見つかったんですよね」

「ええ、そうです。あの宿舎は本当に物騒なんです。ずっと空き家のまま放置されていて、いつか事件が起きると思っていました。……でも、僕はなにも知りませんよ」

大介は、腕にさらに力を込めた。

「誤解されているようですが――」女が、満面に笑みをたたえながら近づいてくる。そして、「私は、警察ではありません。私は、こういう者です」と、名刺を差し出した。そこには、〝弁護士〟とある。

大介は、組んだ腕をほどいた。

「弁護士さん？」

「はい。私、ある方の弁護人をしておりまして――」

「はぁ」

「……あの。行かれましたか？」

「は？　どこにですか？」

「ああ、まだなんですね」

「…………？」

「じきに、あなたは、覚醒します」

「覚醒？」

「あなたは、人類の救世主になるのです」

そんなことを言われて、大介は再び、腕をきつく組んだ。

この女、ヤバい。きっと、宗教関係の勧誘だ。弁護士なんて言って安心させて、変な宗教のセミナーとかに連れて行くつもりだ。

「あ、そういうの、間に合ってます」

大介は、一目散にその場を駆け出した。

第一章　お化けだんだん

1

（二〇＊＊年九月二十七日金曜日～二十八日土曜日）

あ、間違っている。

しょっぱなから、間違っている！

興梠大介は、鉛筆を握りしめた。

ああ、もう！

叫びそうになったが、それはごくりと飲み込んだ。

その代わりに、

「はぁぁぁぁぁぁ」

と、糸を引くようなため息を吐き出す。

そして深呼吸を五度ほど繰り返すと、改めて目の前のゲラを眺めた。

タイトルは、『縄紋黙示録(じょうもんもくしろく)』。

作者の名前は、「黒澤(くろさわ)セイ」。

黒澤セイ。聞いたことがない名前だ。

それもそのはずだ。大介が見ているゲラは、無名のど素人が書いた小説だ。

なぜ、そんな人物が書いた小説がゲラになっているのか。

ゲラというのは試し刷りのことだ。つまり、文庫本なり単行本なり、ゆくゆく〝本〟になることが前提だ。その判型から推測するに、単行本になるのだろう。……ど素人の小説が、単行本に？　プロだって、なかなか単行本を出せないこのご時世に、なぜ？

答えは、簡単だ。私家版、つまり自費出版だ。

言うまでもなく、今はデジタルの時代だ。素人だろうがプロだろうが、誰でも自由に、自身の作品をネットで発表することができる。無料で発表の場を提供しているサイトもたくさんある。電子書籍という手段だってある。そんな時代でも、いまだにこうやって自費出版する者は絶えない。大金を支払って、わざわざ紙の本にするのだ。

ただの情報弱者？　それとも、歪んだ承認欲求？

まあ、どっちでもいいけど。

おかげで、こうやって仕事にありつけるのだ。ありがたいことだ。

フリーの校正者になって早三年。一年目まではそこそこ仕事も忙しかったが、二年目あたりから仕事の発注が鈍くなった。そして今年。十月になるというのに、まだ八本しか仕事をしていない。このままでは住宅ローンが危ない。とりあえずバイトでもするか……と、アルバイト情報誌を眺めていると、馴染みの版元、轟書房（とどろきしょぼう）からメールが入った。「自費出版なんですけど。校正お願いできますか？」

自費出版を扱うのは初めてだ。戸惑っていると、

「興梠さんに、ぜひ、やってもらいたいのです」

と、版元の担当から懇願された。モチヅキという名の名物編集者で、ヒットメーカーでもある。以前、何度か仕事をした。そのときも、

「この仕事は、興梠さんにしかできません。優秀な興梠さんにしか」

そんな殺し文句で、何度も無茶振りをされた。誤字脱字だらけの記事を三十分で校正しろとか、テープ起こしをしただけのインタビュー記事を一時間で校正しろとか。なのに、料金はいつもと同じ。

今回は騙されないぞ。

が、気がつけば、「喜んで！」と返信していた。それが、三日前。

そして今日、宅配便で送られてきたのが、これだ。

届いたばかりの茶封筒からゲラを取り出したその瞬間、激しい後悔で目が眩みそうになった。

そのタイトル。

『縄紋黙示録』って。なんだ、この中二病くさいタイトルは？　どうせ、異世界だの魔法だの選ばれし者だのが出てくる、選民意識バリバリの独りよがりなファンタジー小説なのだろう。……いやいや、問題はそこではない。〝縄紋〟が、間違っている！

大介は、削ったばかりの鉛筆を握りしめると〝紋〟に引き出し線を描き、〝文？〟と指摘を入れた。

……まったく。〝縄文〟を〝縄紋〟と間違えるなんて。小学生だって、間違えないよ。これだから、素人は。あーあ。これから先が思いやられる。……と、肩をすくめたところで空腹を思い出し、中断。それから夕食の支度をし、それを食べ、いつものドラマを視聴し、風呂に入って……。

シャンプーをしているときに、ふと、気になった。

「なんで、作者は〝縄紋〟と間違えたんだろう？　タイトルにするほどなのに。変換するときだって、まずは〝縄文〟が出てくるはずだ。わざわざ〝縄紋〟とするには、変換キーを何度か押す必要があるはず。……もしかして、なにか意図がある？」

風呂から出ると、早速、ネットで検索してみた。

すると、国会図書館のレファレンス協同データベースに、以下の記述を見つけた。

『１８７９年　モースが大森貝塚から出土した土器を「Cord marked Pottery」とし、索紋土器と邦訳される。

１８８６年　白井光太郎が「人類学会報告」の中で縄「紋」土器の名を用いる。

１８８８年　「東京人類学会雑誌」４巻　32号で、「縄「文」」の記載。ただし偶発的な誤植の可能性が高い。

その後、縄「紋」土器の名が広く採用されたが、考古学界で１９１８年ごろから「縄文」という用語が「縄紋」と混在して使われるようになり、人類学会でも１９３９年ごろから「縄「文」土器」の使用頻度が増加する。』

なるほど。日本考古学の父と言われる、エドワード・S・モース。大森貝塚を発見し、そして大森貝塚から古い「土器」も発見する。その土器には縄状の模様が施されていたことから調査報告書に「Cord marked」と記すのだが、それは「索紋」「縄紋」「縄文」と、時代によって様々に翻訳されてきたというわけか。

確かに、〝Cord marked〟を直訳すると、「縄状の印が刻まれた（土器）」となる。……つまり、〝紋〟のほうがむしろ正しい。

あちゃー。

顔がぽっぽと火照る。風呂上がりだからではない。恥ずかしさからだ。間違っていたのは、自分だ。大介はデスクに向かうと、まずは消しゴムを探した。

「これは、もしかして」

真新しいゲラに消しゴムをかけながら、大介は思った。

この作品は、もしかして、ちゃんとした学術書、あるいは研究論文ではなかろうか？

ならば、納得だ。学者が自身の研究をまとめて本にする……ということはよくある。運がよければ出版社の金で出版することもできるが、そうでない場合、自費で出版するしかない。

そうか、そういうことか。

大介は濡れた髪もそのままに、姿勢を正した。そして、深々と一礼すると、ゲラを恭しく捲った。

すると、

『縄紋時代。

この名を聞いて、みなさんはなにをイメージするでしょうか？』

という一文が、目に飛び込んできた。

教師に突然名指しされた生徒のごとく、大介はさらに姿勢を正した。

＋＋＋

縄紋時代。

この名を聞いて、みなさんはなにをイメージするでしょうか？

学校の教科書でお馴染みの、ユニークなフォルムの人形（土偶）でしょうか？　それとも、やたらとごつごつとしたツボ（火焔土器）でしょうか？

「縄紋時代？　日本史の教科書の最初に登場する時代だよね。竪穴式住居に住み、土器や土偶を大量に作り、木の実や貝を採集し、魚を釣り、動物を狩って生活していた時代でしょ？」

ここまでイメージできる人は、割と真面目に授業を受けていた人に違いありません。縄紋土器と弥生土器の違いを述べよ……というテストの問題にもすらすらと答えることができたことでしょう。

ですが、一口に縄文時代といっても、その長さ約１万年。土偶や土器や竪穴式住居だけでそのすべてを語ることなんか到底できないのです。

「え？　１万年？　１万年も続いてたの？　縄文時代は」

と驚かれた人も多いかと思います。

私もそうです。なんとなくですが、縄文時代はあっというまに終わった時代……というイメージがありました。それはたぶん、日本史の授業では一日やそこらで終わってしまう時代だからです。

ですが、年表をよくよく見てください。縄文時代の長さは、古墳時代から現代までの長さの約６倍！　古墳時代がはじまって現代までが約１７００年ですから、縄文時代が途方もなく長い……ということが実感できるかと思います。

さて、最初の質問に戻ります。

縄文時代。この名を聞いて、どんなイメージを浮かべますか。

私は、北関東のヤンキーを思い浮かべます。

「は？」と、思われるでしょう。

私がイメージする北関東のヤンキーとはこんな感じです。

血気盛んな10代の若者たち。猫のように縄張り意識が強く、縄張りを誇示するかのように奇抜な格好で（縄張りの）駐車場やコンビニの前などでしゃがみこんでいる。

そして、常に仲間とつるみ、しょっちゅう集会を開いている。仲間思いで、結束力も強い。困った仲間がいるとメンバー全員で助ける。その反動か、裏切り者は許さない。掟を破ったり足抜けしたりする裏切り者は容赦なくしめあげる。

外敵にも容赦ない。女を奪った、仲間がやられた……などという事件をきっかけに縄張りを越える小競り合いが勃発、時には、凄惨なリンチや殺人事件に繋がる。……が、それは稀で、普段のヤンキーは地元愛が強く、特に祭りが大好きで、祭りのためなら死ねる……と豪語するほど祭りの優先順位が高い。祭りが近づくと、仕事そっちのけで祭りの準備に出かける。

いかがでしょうか？　想像がつきますでしょうか？

え？　まったく想像がつかないって？

実を言いますと、私も、縄紋時代とヤンキーを結びつけたのは最近なのです。それまでは、世界各地の先住民のようなライフスタイルを漠然と思い描いていました。

そう、アフリカや東南アジア、そしてオセアニアや南米に住む先住民。テレビなんかで見たことはないでしょうか？　アマゾンの奥地などで暮らしている先住民たちを。彼らの生活様式はまさに生きたタイムカプセルで、人類（ホモ・サピエンス）が文明を手にする以前の生活を維持しているように見えます。かつての日本もこんな感じだったのではないか？　縄紋時代の生活様式も、こんな感じだったのでは？……と。

　そんなことを考えていたら、「そもそも人類はどこから来たのか？」という壮大な疑問に突き当たってしまいました。

　私の悪い癖で、気になったら止まりません。縄文時代のことはひとまず横に置き、人類７００万年の軌跡を追う羽目になりました。担当さんに資料を集めてもらい、それをひたすら読み漁る。その期間、約１ヶ月。その１ヶ月の成果を、ごくごく簡単にまとめてみたいと思います。

　私たち人類の遠い祖先である霊長類（サル）が誕生したのが約６５００万年前。以降、何千万年という時間をかけて様々なサルや類人猿に枝分かれしていきます。そして７００万年前のアフリカで、ある共通の類人猿から２種類が枝分かれしました。一方がチンパンジー、そしてもう一方が私たちの直接の祖先である猿人です。

　つまり、私たち人類の大きな分岐点は７００万年前のアフリカ。チンパンジーと袂を分かったときから人類の歴史ははじまり、その後、猿人から原人、そして私たちホモ・サピエンスと進化していくのです。

７００万年。途方もなく長い年月で、実感が湧かないと思います。そこで、１年（３６５日）のカレンダーに置き換えてみます。

１月１日に猿人が誕生、９月28日に原人が誕生し、12月21日頃にようやくホモ・サピエンスが誕生……となります。

こう見ると、ホモ・サピエンスが一番新しい人類のように思えます。ところが、ホモ・サピエンスよりあとに誕生した種がいます。それが、後期ネアンデルタール人（以降、ネアンデルタール人）です。１年カレンダーでいえば、12月28日に誕生しています。

ネアンデルタール人の直接の祖先にあたる種は約50万年前にアフリカを出て、中東、ヨーロッパあたりまで進出し、そこで独自の進化を遂げます。

ネアンデルタール人といえば、これまで、雪男のような毛むくじゃらな野蛮人というイメージがあったと思いますが（少なくとも、私はそうでした）、最近の研究で、そのイメージは覆されてきています。なんと、ネアンデルタール人は金髪碧眼。知能も高く、言葉も獲得していたようです。芸術的センスも持ち合わせ、各地の洞窟に壁画も残しています。そう、ネアンデルタール人は、私たち現生人類とほとんど変わりがなかったのです。

が、ネアンデルタール人は今から約３万年前、１年カレンダーでいえば、12月30日に絶滅してしまいます。どうやら、遅れてアフリカを出て中東に進出したホモ・サピエンスによって、絶滅に追いやられたようなのです。

ちなみに、世界各地に進出していた原人も、ホモ・サピエンスによって絶滅させられました。原人だけでなく、ホモ・サピエンスに出会ったばかりに絶滅させられた大型動物は数知れず。どうも、ホモ・サピエンスは本能的に戦い好きで容赦なく敵（他の種）を破壊するのを好むようです。この残虐性があるいは、ホモ・サピエンスの一人勝ちを支えてきたのかもしれません。

ホモ・サピエンスの残虐性の対象は外敵だけではありません。時には身内であるはずのホモ・サピエンスをも攻撃し、破壊し尽くします。このままでは、身内同士の戦いで自滅してしまう。

そこで、ホモ・サピエンスは、残酷な〝本能〟を制御するかのように、〝知恵〟を手に入れました。

知恵を振り絞って〝神〟を創造し、時には恐怖や強迫観念を植え付けて己の暴走を封印してきました。それが長い年月をかけて〝良心〟となっていくのです。

性善説か性悪説かと問われれば、ホモ・サピエンスの場合、間違いなく、後者なのです。

孫悟空（そんごくう）とはまさに私たちのことで、孫悟空の頭にはめられた輪っかこそが、〝良心〟なのです。つまり、〝良心〟は〝本能〟ではありません。ですから、〝良心〟はいとも簡単に書き換えることもできますし、都合のいいように操作することもできます。そのいい例が、〝宗教〟による殺戮です。ホモ・サピエンスは、〝神〟の名において、いったいどのぐらいの生贄を差し出し、また殺戮を繰り返してきたでしょうか。本来は、残虐な本能を制御するために作り出した〝神〟という装置が、結局はホモ・サピエンスの残虐性を引き出してしまった形です。

話が逸れました。戻します。

ホモ・サピエンスによって絶滅させられたネアンデルタール人のことです。ネアンデルタール人は絶滅してしまいましたが、その遺伝子が、私たち現生人類に残されていたことが最近になって分かってきました。アフリカ人（ネグロイド）以外の人類にはすべてネアンデルタール人の遺伝子が残されていることが解明されたのです。

つまりこれは、ネアンデルタール人と一部のホモ・サピエンスが中東あたりで出会い、交雑したことを意味しています。ネアンデルタール人と交雑したホモ・サピエンスはその後世界各地に広がっていきますが、その一方、ネアンデルタール人と交雑する機会がなかった一部のホモ・サピエンスはアフリカにとどまります。それがネグロイドです。ネグロイドこそが、ホモ・サピエンスの純血だともいえます。

これはなにを意味するか。現存する人類には2種類いるということです。純血のホモ・サピエンス、そしてネアンデルタール人の遺伝子を取り込んだホモ・サピエンスの2種類。

前者はそのままアフリカにとどまり、黒人として太古の姿形と生活を維持してきました。

一方後者は世界各地に広がりながら、その土地や環境に合わせて適応を繰り返し、姿形、そして生活様式まで変えていきました。それが、白色人種（コーカソイド）と黄色人種（モンゴロイド）です。

さて。ホモ・サピエンスが各地に拡散していた頃、地球は氷期の真っ只中。海水面の低下により海底の一部が陸地となりました。陸と陸、陸と島は繋がり、徒歩で移動が可能。日本列島も、北海道、樺太（からふと）、ユーラシア大陸が陸続きとなり、東シナ海の大部分も陸地と化しました。そんな日本列島に、モンゴロイドの一部が大陸から移動してきます。モンゴロイドは、陸続きになっていたベーリング海峡を渡り、南北アメリカ大陸にも進出しました。

この頃のモンゴロイドを、〝古モンゴロイド〟と呼びます。というのも、のちに、ユーラシア大陸に残って寒冷適応した〝新モンゴロイド〟が現れるため、それ以前のモンゴロイドを便宜上〝古モンゴロイド〟と呼ぶのです。

前置きが長くなりました。

いよいよ、縄文時代のお話です——

＋＋＋

……って、前置きかい！

漫才師のつっこみがやるように裏拳でゲラを軽く叩くと、大介は、何度目かのため息を吐き出した。

デスクには、すでに、色とりどりの付箋（ふせん）が貼られている。付箋には、「人類の起源」だの「ホモ・サピエンス」だの「ネアンデルタール人」だの「氷期」だの「日本列島と大陸が陸続き？」だの「古モンゴロイド」だの。

これは、思った以上に、時間がかかりそうだ。

大介は、改めて、ゲラに添付されていた指示書を確認してみた。〝校正〟と〝校閲〟のふたつに、チェックがついている。

〝校正〟とは、誤字脱字がないかを確認する作業のことをいう。内容の矛盾や、地名や固有名詞、または事実などに錯誤はないかを確認する作業のことを〝校閲〟という。

つまり、「人類の起源」だの「ホモ・サピエンス」だの「ネアンデルタール人」だの「氷期」だの「日本列島と大陸が陸続き？」だの「古モンゴロイド」だの、その記述が正しいかどうかも、確認しなくてはならないということだ。例えば、今、ちょっとひっかかっているのは、ネアンデルタール人と交雑する機会がなかったネグロイドこそが、ホモ・サピエンスの純血だ……という部分だ。最近の研究では、ネグロイドの遺伝子にもネアンデルタール人由来のものが見つかっているはずだ。ヨーロッパあたりでネアンデルタール人と交雑したホモ・サピエンスが、アフリカに戻ったという説で、そうなると——。

なんてことだ。

ああ、もう、いやだ、いやだ、いやだ！

大介は、ゲラに鉛筆を投げ付けると、混濁した頭を軽く振った。

それから、こめかみ、頭のてっぺん、手のひらと、疲労が取れると言われているツボを滅多やたらに押してみたが、どうも効果はないようだ。それならば……とキッチンに立ち、電気ポットに水を注いで、スイッチを入れる。……が、肝心の茶葉を切らしている。疲労・ストレスにいいと言われて購入した、ハーブティー。

はぁぁぁぁぁ。

長く濁ったため息が、唇から次々とこぼれ落ちる。

時計を見ると、午後十一時過ぎ。

もう、寝るか？

そもそも、そんなに急ぎの仕事ではない。一ヶ月も、ある。確かに四百ページを超える量だが、指示書によると、納品は来月の今日。一ヶ月もあればなんとかなる。

うん、今日は、もう寝よう。睡眠が一番。若い頃は平気で徹夜もしたもんだが、今は、四十三歳のれっきとしたおっさんだ。昔なら、〝初老〟と呼ばれる域だ。

大介は伸びをひとつすると、洗面台に向かった。一ヶ月前、自身の誕生日プレゼントにと購入した電動歯ブラシを口に突っ込むと、スイッチを押す。

ぶぉぉぉぉぉん。口の中に、心地よい振動が広がる。

デン吉は、ほんと、いい仕事するな……。ちなみに、デン吉とは、大介が電動歯ブラシにつけた、ニックネームだ。

デン吉のおかげで、ずいぶんと歯磨きも楽になったものだ。あんなに億劫（おっくう）だった歯磨きが、今は楽しい。歯垢もきれいに取れているようで、先週行った歯医者では、「歯磨き頑張ってますね」と褒められた。こんなんだったら、もっと早く買っておけばよかった。

……と思っていると、ふいに、トゥートゥートゥートゥーという電子音が聞こえてきた。

クリンちゃんが稼働したようだ。クリンちゃんというのは、去年の誕生日に買ったロボット掃除機だ。きっと、デスク周りに散らばった消しゴムのカスを、せっせと掃除してくれているのだろう。

……そうこうしているうちに、デン吉が止まった。歯磨き終了。

もう寝るか？　それとも、もう一仕事するか？

＋　＋　＋

……前置きが長くなりました。

いよいよ、縄文時代のお話です。

１万５０００年前、氷期がようやく終わります。海水面は上がり、日本列島は文字どおり四方を海に囲まれた〝島〟に戻ります。大陸との行き来は、ここで遮断されます。

島に残された古モンゴロイドは、島の中で独自の暮らしを進化させていきます。その中で生まれたのが、〝土器〟です。一説では、世界で初めての土器だとか。

この土器をきっかけに、世界に類を見ない特異な文明、〝縄紋時代〟がはじまるのです。

さて。私が縄紋に触れるようになったのは、１年前のある出来事がきっかけです。１年前、私は、千駄木(せんだぎ)に引っ越してきました。

千駄木をご存じない人のために、少々説明すると。

東京都文京区の北東端に位置し、最寄駅はＪＲ日暮里駅、そして東京メトロ千駄木駅、あるいは東京メトロ本駒込駅。

本郷台地の東端にある山の手で、江戸時代は武家町として栄え、明治以降は、森鷗外、夏目漱石、川端康成、北原白秋、高村光太郎などの多くの文人が居を構えていました。

最近では、近隣の谷中、根津と合わせて「谷根千」と呼ばれ、観光スポットとして脚光を浴びています――

＋　＋　＋

「へー、千駄木。うちの近くだ」

ゲラを捲る手を止めると、大介は、目頭を揉んだ。

もう寝るか？　それとも、もう一仕事するか？

思えば、一時間前にも、そんな自問をした。そのときは前者を選択し、歯を磨いて、床に就いた。が、どうにも眠れず、これではかえってストレスがたまりそうなので床から出て、デスクに向かった。仕事をしていれば、そのうち眠れるんじゃないか？　そんなことを期待してのことだが、逆効果だった。ますます目は冴え、同時にイライラとモヤモヤもやってきた。頭の中で、無秩序な思考の乱舞が続いている。……でも、体は、疲れている。疲れ切っている。

こんな状態が、ここ数週間続いている。

これが、いわゆる、睡眠障害というやつだろうか？

病院に行けば、なんだかんだと薬を処方してもらえるだろう。でも、どうも、その勇気がなかった。なにか重大な病が発見されそうで。

「あああ、もう！」

大介は、衝動に任せて、冷蔵庫の中から羊羹を取り出した。一棹の羊羹。本来ならば、何日もかけて食べる量だ。が、もう、我慢ならない。包装を剝くと、それにかぶりついた。

そして、気がつけば、もう一口しか残されていない。その一口も、たちまちのうちに、口の中に押し込まれた。

残ったのは、痛いほどの罪悪感。……なぜって。前の健康診断のときに、血糖値を注意されたからだ。このままでは糖尿病になりますよ。糖質の摂取は控えるように。特に甘いものは控えるように。そう言われたのに、いまだに、それを実行できていない。それどころか、日々、甘いものの量が増えている。異常なほどに。

「なんで、こんなことになったのかな……」

睡眠障害だけでも難儀なのに、夜になると甘いものが欲しくて仕方なくなる。

特に、羊羹。これが、なかなかやめられない。

だって、羊羹を食べれば、イライラとモヤモヤが落ち着く。そして、その瞬間だけは、心地よい心の安寧を得られるのだ。

……とはいえ。こんなことを続けていたら、体にはよくない。糖尿病になるのだろう。分かっている。……分かっているけど。

大介が、こんな状態に陥ったのは、三年前だ。きっかけは、明らかだ。

会社を辞めた。表向きは早期退職だが、その実は、リストラだ。

それまで、大介は大手出版会社の校閲部門で働いていた。仕事は順調だった。このまま定年まで勤め上げるものだと思っていた。そもそも、本が大好きだ。校正・校閲という仕事も大好きだった。が、三十代後半になった頃から、様子がおかしくなった。彼女と出会って――。

「ああ、もう、だめだめ、それ以上、考えちゃ！」

大介は、頭に浮かんだ記憶を散らすように、ゲラを捲った。

えっと。どこまで読んだっけ。

そうそう、千駄木の説明の件だ。最近では、近隣の谷中、根津と合わせて「谷根千」と呼ばれ、観光スポットとして脚光を浴びています……と。

……なんて偉そうに説明しましたが、実はそれまで、千駄木がどんなところかなんて、まったく知りませんでした。さすがにその名前は知っていましたが、その名を口に出した記憶はなく、行った記憶もありませんでした。まさに、無縁の土地だったのです。私の家族もそうです。

＋＋＋

そんな私たちと千駄木を結びつけたのは、不動産屋でした。

かねてから終の住処を探していた私たちは、馴染みの不動産屋にお願いしていました。「いい物件が出たら、教えてください」と。私がお願いした条件は「職場まで乗り換えなしで30分以内。最寄りの駅から徒歩10分以内。公立小学校が近くにあり、延床面積80平米以上の一軒家。予算は5000万円。この条件に当てはまれば、中古でも可」。

不動産屋からは毎日のように物件紹介のメールが届きましたが、これは！　というものはなかなか見つかりませんでした。ためらっているうちに5年が過ぎ、いよいよ、住宅ローンを組む限界の歳が近づいてきました。このまま賃貸で一生を終えるか……と決心を固めた頃です、不動産屋から「掘り出しものの中古が見つかりました」というメールが届きました。

不動産に掘り出しものはない。これは、常識です。相場より安い物件の場合は、なにかしら理由がある。

「事故物件ですか？　自殺とか殺人とか、孤独死とか？」

質問すると、

「いいえ、違います。単刀直入にいえば、再建築不可物件です」

という答えが返ってきました。

再建築不可物件というのは、文字どおり、建築基準法により再建築が認められない物件のことで、簡単にいえば、古い建物を取り壊して新しい家を建てることができない物件のことです。もっといえば、道路に接していない物件のことです（2メートル以上、道路と接していればセーフ）。

住宅密集地に見られるような、四方を住宅で囲まれた土地がまさにそれです。その代表例が、旗竿地（はたざおち）。私道を延ばして道路と接するように作られた土地のことです。昭和54年（1979年）の建築基準法改正前までは1・82メートル以上道路と接していればよかったのですが、改正後2メートルとなったため、1・82メートル基準で私道を延ばした家は、ことごとく再建築不可となったのです。

不動産屋が薦めてきたのが、まさに、建築基準法改正前に建てられた、旗竿地の家。

不動産屋いわく、

「ぶっちゃけますと、典型的な旗竿地で再建築不可の、築49年の中古です。が、最寄りの地下鉄の駅から徒歩6分。お客様の職場までは地下鉄一本で10分足らず。立地的には、申し分ございません。しかも文京区の高台で、小学校も至近距離。土地面積83・14平米、延床面積98・79平米の庭付き文京区アドレスの家が、3300万円！　相場から考えると、とてもとても考えられない価格です。相談によっては、3100万円までお安くできます。本当に本当に、心から、お薦めします！　お子様がいらっしゃるなら、治安のいい文京区が一番です！　子育てにもってこいな土地です。……ただ、ひとつ、言っておかなければならないことがあります。再建築不可物件は銀行の住宅ローンを組むことができません。金利が割高な、ノンバンクでローンを組むことになります――」

いくら安いとはいえ、住宅ローンが組めないとなると、論外だ。話になりません。

＋＋＋

「そりゃ、話にならないわ」

大介は、我がことのように、うなだれた。

というのも、大介が今住んでいる家がまさに、旗竿地に建つ再建築不可物件だったからだ。不動産屋に薦められて購入したのが、五年前。

「文京区の高台の家で、この価格は破格です」という不動産屋の強い薦めもあり、購入を決断した。確かに、破格の値段だった。土地面積六十五・三二平米、延床面積八十五・六五平米の文京区アドレスの家が、三千百万円！　さらに値下げしてもらって、二千九百五十万円！　飛びついてしまったが。……今となっては、そのローン返済が悩みの種だ。リフォーム代が想像以上に高くつき、なんやかんやと、総額六千万円近くになったのだ。しかも、勧められるがままノンバンクでローンを組んだので、金利がバカ高い。契約したときは夢のマイホームを手に入れる高揚感でその金利の高さが気にならなかったが、いざ暮らしはじめると、じわじわと、住宅ローンが家計を侵食してきた。しかも、家を購入した翌々年、会社を辞めてしまった。つまり、収入が不安定になってしまったのだ。住宅ローンに追われるように、ペダルを踏む日々。まさに、自転車操業だ。これが、あと二十年続くと思うと。……気が重い。退職金はどうした？　早期退職したなら退職金があるだろう？　と人は思うだろう。が、退職金なんて、とっくの昔に……。

いずれにしても、家を購入したいと思っているすべての人に、忠告したい気分だ。不動産屋の口車に乗るな。金利は安いほうがいいに決まっている。高い金利しか利用できないならば、きっぱり諦めろ。でなければ、どんなに素敵なマイホームでも、そこは地獄と化す。

「だいたい、なんでリフォームに三千万円もかけちゃったんだろう……予算は五千万円だったのに。……なんでトータル六千万円の買い物なんて……」

はじめは、壁紙と水回りの変更だけですませるはずだったのに。結局、スケルトンにして全面リフォームしてしまった。こうなると、新築同様だ。だったら、はじめから、新築を買えばよかった。

「いやいや。文京区ですよ？　六千万円でも新築一軒家なんて手に入りません。マンションだって、厳しいです。しかも、ここは高台ですから。これだけの敷地面積に建つ一戸建てを新築で買うとなったら、一億円近くします。一億円ですよ？　いいですか？　ものは考えようです。この物件は再建築不可ですが、フルリノベーションはできます。躯体だけ残すスケルトンリフォームをすれば、……ほぼ新築ですよ！　もちろん、リフォームにもお金はかかります。でも、せいぜい、三千万円です。トータルで、六千万円ですよ！　六千万円で、新築一戸建てが手に入るんですよ！」

不動産屋は絶妙に話を膨らませたり、逸らしたりして、「相場一億円の新築の家が、六千万円！」と謳った。まったくのイメージ操作だし、ミスリードに他ならないのだが。そのときはうっかり「なるほど」と頷いてしまった。

そんな大介の背中をさらに押すように、不動産屋は、一億円という文字を紙に書き殴った。そしてそれを赤マジックで消すと、「六千万円！」と大きく書いたのだ。

まさに、バーゲンセールの値札だ。その元値にどんな根拠があるのかなんて疑う間もなく、その値下げ率が大きければ大きいほど人の衝動は激しくうねり、判断力は凍結する。そして、大介は、元値一万円の服を六千円で買うように、この家を買ってしまったわけだ。

そんなうっかり者が、他にもいるなんて。こんな目の前に。

大介は、同情の笑みを浮かべながら、ゲラを手繰り寄せた。

＋＋＋

——いくら安いとはいえ、住宅ローンが組めないとなると、論外だ。話になりません。

と思ったのは一瞬で、不動産屋が送ってくれた家の外観に、私はほぼ一目惚れでした。

いわゆる和洋折衷のレトロな造りで、まるで古民家カフェのような佇まい。……そうだ、定年後は、ここでカフェを開いてもいいんじゃない？　なんて、いつのまにか未来図まで思い浮かべたりして。プロフィールにも惹かれました。

「千駄木の閑静な住宅街。森鷗外が暮らした観潮楼まで徒歩5分」

文学などにはとんと疎い私ですが、さすがに森鷗外なら知っています。教科書に載っていた『舞姫』は、なかなかいい話でした。

……そうか、文豪が暮らした街なのか。だったら、ますますカフェにはもってこいだ。

たぶん、この時点で、私はこの家を買う決心がついていたんでしょう。家族と相談するときも、まるで自分が不動産屋になったがごとく、熱心にプレゼンする始末。そして、その週末。内見したその日に、手附金を支払いました。私以上に、家族がその家を気に入ったのです。旗竿地なので家は奥まった場所にありましたが、それがなんとも雰囲気があったのです。

「まるで、スタジオジブリの世界！」

などと、家族揃って大はしゃぎ。言われてみればその家は、『となりのトトロ』に出てくるサツキとメイの家のようでした。来春小学校に上がる娘は特に気に入り、「小学校が近くて、便利！　早く、小学生になりたい！」。さらに、「犬を飼いたい！　ね、いいでしょ？　一軒家なんだから犬を飼えるでしょう？」と娘。「確かにそうだ。この機会に、犬も飼おう」夫もそんなことを言い出して。

そのあとはトントン拍子。ノンバンクのローン審査も無事に通り、正式契約。リフォームも特に問題なく進み、保護犬の譲渡会で可愛いワンちゃんとも出会いました。

そうして、その年の12月私たちはこの家に引っ越してきたのです。

文京区千駄木1丁目。

まったく無縁だった千駄木なのに、その住所を眺めているうちに、なんだか昔から住んでいるような気になってきました。泉のように、愛着が湧いてくるのです。

初めての感覚でした。それまで住んでいた土地では感じることがなかった、不思議な思い。地に足がついたといいますか。ここに骨を埋めるんだな……と思うと、なんともいえない"愛郷心"のようなものが心に立ち上ってきたのです。思えば、実家もずっと借家。家を所有するのはこれが初めてだったのですが、やはり、所有するのと借りるのとでは、心のありようが違ってくるものなのかもしれません。

いずれにしても、自分は千駄木の人間になったんだ！　という強い自負心のようなものが生まれたのです。千駄木の人間になったんだ、この地のことを知りたい。とことん、知りたい！　そんなうきうきした気分に駆られ、引っ越しの翌週、私はひとり、散策に出かけることにしました。

そのとき気がついたのですが、思いの外、坂が多い。ちょっと歩くと、階段か坂、そして崖にぶつかります。

そう、文京区は非常に起伏の激しい、坂の街なのです。なぜか。地形地図を見れば一目瞭然なのですが、言葉だけで説明すると……。

東京（都心）は、武蔵野台地が延びている西側の台地と、低地の東側に大きく分けることができます。

武蔵野台地の東縁部は5つに分かれており、西から関口台、小日向台、小石川台、白山台、本郷台。

その5つの台地、そして台地に囲まれた谷地から成り立っているのが、文京区なのです。

ちなみに、5つの台地が、〝手〟を開いたような形なので、この辺の高台を〝山の手〟と呼ぶようになったそうです。

＋　＋　＋

「えー？　ほんと？」

大介は、付箋に「要確認」と書くと、それを〝山の手〟という文字の横に貼り付けた。こういうのは、いろんな説があるものだ。だから、「諸説あります」的な言い回しにしないと、あとあと面倒なのだ。実際、ネットで〝山の手〟を検索すると、いくつかの説がヒットした。

とはいえ、〝山の手〟が、「武蔵野台地の東端にあたる」というのは、どうも間違いないらしい。

「ということは、うちも〝山の手〟なのかな？」

ネットの地図で、自分の家を確認してみる。どうやら、〝白山台〟の端っこにあるらしい。

「うちは、ぎり高台って感じかな？」

確かに、ちょっと歩けば坂にぶつかり、階段にもぶつかる。でも、高台であることを実感したことはない。というのも、我が家は住宅に囲まれて、どことなく閉塞感があるからだ。いわゆる住宅密集地で、ここを〝山の手〟だの〝高台〟だのというには、気がひける。

………。

それにしてもだ。なんとも不思議なゲラだ。はじめはそのタイトルからファンタジー小説なのか？　と思ったが、読みはじめると教科書的な蘊蓄（うんちく）が続き、そしていきなり不動産の話になり、ついには文京区の地形の話になった。

いったい、これはなんなのだ？　小説？　学術書？　エッセイ？

大介は改めて、ゲラに添付されていた指示書を確認した。

すると、ジャンルの欄に、小さく書き殴った文字が。『預言書（よげんしょ）』。

「預言書!?」

もう一度、確認してみる。やっぱり『預言書』とある。

しかも、〝預言〟だ。〝預言〟とは、すなわち、神のお告げを伝えることを指す。それはたいがい、地球は滅亡する……とか、アセンションがどうとか、最後の審判とか。……ああ、だから、『縄紋黙示録』なのか！

馬鹿馬鹿しい。

きっと、担当者も馬鹿馬鹿しいと思ったのだろう。だから、申し訳なさそうに、小さく書き記したのかもしれない。

「それにしても。……轟書房も焼きが回ったな」

轟書房といえば老舗の大手出版社で、硬派で知られている。そんなところまでが自費出版を扱うようになった。出版不況と言われて久しいが、来るところまで来たという感じがしてならない。

だって、あの天下の轟書房が、『預言書』を出版するなんて。スピリチュアルやサブカルチャー専門の版元ならまだしも……。

「まあ、そんなことを言っている俺も、相当焼きが回ったよな。素人が書いた預言書を校閲しているなんて」

時計を見ると、もう午前一時を回ってしまった。さすがに、もう寝よう。……が、髪が、まだ完全に乾ききっていない。

仕方ない。髪が乾くまで。

そう呟きながら、大介はさらに、ゲラを捲った。

＋　＋　＋

せっかくなので、『森鷗外記念館』に寄ろうと、私は団子坂に向かいました。

もともとそこには、鷗外が30年間暮らしていたという『観潮楼』が建っていたんだとか。

『観潮楼』というからには、昔は海が見えたんだろうか？……いやいや。江戸時代は海辺だった汐留だって、ここから約10キロ。車で約25分もかかる。いくらなんでもここから海は見えないだろう……などとあれこれ考えながら歩いていると、不思議な道に出くわしました。

ようやく車が1台通れるほどの、細い道。

案内板が出ていました。

『藪下通り

本郷台地の上を通る中山道（国道17号線）と下の根津谷の道（不忍通り）の中間、つまり本郷台地の中腹に、根津神社裏門から駒込方面へ通ずる古くから自然に出来た脇道である。

「藪下道」ともよばれて親しまれている。

むかしは道幅もせまく、両側は笹藪で雪の日には、その重みでたれさがった笹に道をふさがれて歩けなかったという。この道は森鷗外の散歩道で、小説の中にも登場してくる。また、多くの文人がこの道を通って鷗外の観潮楼を訪れた。

現在でも、ごく自然に開かれた道のおもかげを残している。団子坂上から上富士（かみふじ）への区間は、今は「本郷保健所通り」の呼び方が通り名となっている。

―郷土愛をはぐくむ文化財―　　文京区教育委員会　平成7年3月』

さらにスマートフォンで検索してみると、

『絶壁の頂に添うて、根津権現の方から団子坂の上へと通ずる一条の路がある。私は東京中の往来の中で、この道ほど興味ある処はないと思っている』


という、永井荷風（ながいかふう）の言葉がヒット。さらにさらに検索すると、司馬遼太郎（しばりょうたろう）をはじめ他にも多くの文人が、この通りについて言葉を残しています。

数々の文人に語られるだけはあります。非常に不思議な、他には見ない道です。

というのも、道の西側には高級住宅街が迫っていて、東側の崖下には小学校。

そう、ここは、崖の縁に作られた道なのです。まさに、高台と低地を分ける道。

なるほど、ここからだったら、昔は海も見えたかもしれない。……というか、この崖下まで海だったのかもしれない。

そんなことを思ったのは、スマートフォンで地図を閲覧していたときです。崖下の小学校の名前は、『汐見小学校』。どうやら〝汐見〟とはこのあたりの古い地名で、〝汐〟とつくからには、かつては海と関係した土地であったろうと考えられます。地名とは、まさにその土地のタイムカプセル。どんなに姿形を変えても、名前にその地の歴史が刻まれているものです。とはいえ、このあたりが海だったのは、かなり大昔の話のはずです。

それこそ、縄紋時代。

縄紋時代は今よりも海水面が上昇しており（縄紋海進）、関東平野は海に浸食されていました。ざっくりいえば、埼玉県の大宮あたりまでが東京湾で、房総半島などは島になっていました。浦和や八潮など、内陸部なのに海に関係する地名があるのは、どうやらその名残のようです。

なるほど、縄紋時代は大昔に終わった時代ではなくて、今もひっそりと生き残っているのかもしれません。その地名に。その言葉に。

＋　＋　＋

「縄文時代の名残が地名になっているって？　じゃ、なにかい？　縄文人が今の日本語をしゃべっていたというのか？」

「んなわけ、ない！」

大介は、再び、ゲラにつっこみを入れた。

と、毒づいてはみたが、はてさて。縄文時代って、どんな言葉をしゃべっていたんだろう？　そもそも今の日本語っていつから使われているんだろう？　そんな疑問が浮かび、ウィキペディアで検索してみると、

『……日本語（族）の系統は明らかでなく、解明される目途も立っていない。言語学・音韻論などの総合的な結論は「孤立した言語」である』

他も検索してみたが、どれも「その系統は明らかではない」と説明されている。

つまり、日本語がいつどのようにして生まれたのかは、今の時点では謎だということだ。

といっても、今の日本語には明らかに大陸の影響が認められる。その代表例が漢字で、日本で漢字が文字として使われだしたのは邪馬台国（やまたいこく）の時代、紀元二〜三世紀頃……今から約千

七百年から千八百年前のことだと、学校で習った覚えがある。それまでの日本には文字はなく、大陸から輸入された漢字を借用して文字を作ったのだと。

だから、それよりもっと大昔の縄文時代に、〝汐見〟だの〝浦和〟だの〝八潮〟だの、漢字が使われているはずはない。

いや、でも、待て。文字は外から輸入したが、言葉はすでにあったはずだ。文字というのはそもそも情報を残すための手段に過ぎず、便利だが生きていくために必要か……と言われればそうでもない。その証拠に、固有の文字を持たなかった文明は多いし、今も、文字を使わずに暮らしている民族もある。が、言葉は別だ。言葉は、人類を人類たらしめている特徴のひとつで、そして共同体で暮らす人類にとってはなくてはならないツールだ。

「……うーん、分からなくなってきたぞ！」

大介は、髪を掻きむしった。すると、ふと、何かが閃(ひらめ)いた。

「〝浦和〟や〝八潮〟や〝汐見〟という文字ではなくて、言葉……つまり、読みが重要なのか？」

ああ、そうか、なるほど。

もしかしたら。……ウラワの〝ウラ〟とか、ヤシオやシオミの〝シオ〟という読みは古代からの言葉で、それは大昔から海に関係する言葉なのかもしれない。それこそ、縄文時代から。あ。もしかして、〝塩〟も、海で採れるから〝シオ〟なのか？

「うーん、本当かな？」

それでも納得いかない大介は、闇雲に検索をはじめた。もう、時計は午前二時をとっくに回っている。と、そのとき、ひとつの文字列がヒットした。

『平安（へいあん）海進』だ。

「え？　平安時代にも、海水面が上昇したのか？」

ウィキペディアによると、

『平安海進（へいあんかいしん）とは、８世紀から12世紀にかけて発生した大規模な海水準の上昇（海進現象）のこと。（中略）

日本においても平安海進の影響は大きく、特に縄文海進の時にも大規模な海進が生じた関東地方ではそれが顕著であった』

「なんだ！　平安時代にも海進があったんじゃないか！」

なんでも、低地にあった集落がごっそり姿を消すほどの、大規模な海進だったようだ。たぶん、今の低地はことごとく海に沈み、谷地は入江になったと考えられる。

「つまり、内陸部なのに海に関係する地名がついているのは、平安海進の名残だ！」

だとしたら、納得だ。

平安時代ならば、漢字どころかひらがなやカタカナも誕生し、今の日本語の原型が出来上がっている。

「よし。これは、指摘しておかないと」

大介は意気揚々と鉛筆を握りしめると、ゲラの、

『なるほど、縄文時代は大昔に終わった時代ではなくて、今もひっそりと生き残っているのかもしれません。その地名に。その言葉に。』

という部分に傍線を引き、「地名は、平安海進の名残では?」と書き込んだ。

＋　＋　＋

いや、間違いない。今現在も、縄文時代は生きている。

もしかしたら、この道も、縄文の人々が行き来していたのかもしれない……。

そんなことを考えながらぶらついていると、不思議な場所にぶつかりました。住宅と住宅の間(はざま)に、突然の雑木林。

地図で確認すると、『千駄木ふれあいの杜(もり)』とあります。が、〝ふれあい〟とは程遠い、原始的な風合い。いい意味で野趣的ですが、人を寄せ付けない禁足地(きんそくち)のようなただならぬ雰囲

気も漂っています。

特に私が気になったのはその横にある、細くて古い、石の階段です。

地図で確認すると『お化けだんだん』とあります。

その名の通りいかにもお化けが出そうな暗がりの階段で、見上げてもその先がまったく見えません。好奇心がムクムクと頭をもたげてきました。いったい、どこに繋がっているのだろう？

それを確かめようと段を上ろうとしたそのとき。どういうわけか、足を踏み外してしまいました。

意識が鼻を抜けて脳天から突き抜けるような感覚に、私は思わず転倒し、うずくまってしまいました。

うずくまっていたのはほんの数秒のことだと思われます。瞬きをひとつしたほどの、短い時間。

が、立ち上がったとき、長旅でもしてきたようなひどい疲労感に覆われました。浦島太郎のように、一気に老化したような。

とにかく、めまいが治らなかったのです。そのめまいを取り除こうと頭を振ったときでした。私の意識の中に、あるビジョンが放り込まれたのです。

縄紋人の、リアルなビジョンです。

おかしくなったのか？　妄想というやつか？　それとも幻覚か？　引っ越しやなんやで、ここ数日忙しかった。仕事の疲労もたまっている。それが、こんなビジョンを見せるのか？

私はすがるように、スマートフォンの画面に指を滑らせました。今の時代、たいがいは、この中に解答がある。

そして、私が得た解答がこれです（以下引用します）。

『縄文人骨
千駄木貝塚で発見された縄文時代のほぼ完全な姿で出土した人骨です。この人骨を調べると、20歳代後半の男性で、彫りの深い顔立ちの典型的な縄文顔で、歯並びもよく筋肉の発達した健康体だそうです』

それは、『文京ふるさと歴史館』のホームページでした。『文京ふるさと歴史館』には、本物の縄紋人骨も公開されているとのこと。

「嘘でしょう？　縄紋人の骨が？」

とても信じられませんでした。私の知識では、日本の土は酸性が強く、百年もすると骨も土に還るので、縄紋時代のような古い時代の骨は残らないはずです。

ところが調べてみると例外もあるようです。貝塚などでは貝殻のカルシウムが溶け出すために土が中和されるので、そこに埋められた骨は残る……ということでした。事実、貝塚から縄紋時代の人骨が出てくるケースは多いということです。

千駄木の縄紋人骨も、貝塚から発見されたとのこと。しかも、ほぼ完全な姿で。

訳の分からない震えが、全身を貫きました。

私はいても立ってもいられなくなり、本郷にある『文京ふるさと歴史館』に向かいました。

縄紋人骨の本物をこの目で確認しなくては。そんな衝動が、私を突き動かしたのです。

＋＋＋

「なるほど、これが、千駄木で発見された縄文人骨」

それを目の前にすると、大介は思わずすくんだ。大昔のものとはいえ、本物の人骨だ。かつては生きていた人間の、骨。

大介は、『文京ふるさと歴史館』に来ていた。

今日、ここに来たのは、仕事だ。事実確認というやつで、『縄紋黙示録』で言及されていた人骨が本当に存在するのかどうか、わざわざ確認しに来たのだ。

ここまでする必要はないとも思ったが、大介自身が、千駄木の縄文人骨に興味を持ってしまったのだ。

というのも、『千駄木　縄文人骨』で検索した結果、面白い記述を見つけたからだ。

千駄木貝塚からは二体の人骨が見つかっており、一体は男性、一体は不明。二体はほぼ同時期に生きた縄文人で、同じ場所で暮らしていた可能性がある——。

同時期に同じ場所で暮らしていたとなると、二人の関係は？

ほぼ全身が残っていた男性のほうは身長、年齢まで推定できるが、骨の一部分しか残っていなかったもう一体は、その年齢も身長も推測は不可能だ。血縁関係なのか、それとも赤の他人なのか。

それだけでも好奇心をそそるのだが、もっと興味深い記述を見つけた。それは、男性の左側頭骨に、げっ歯類の噛み跡が大量に残っていたという事実だ。げっ歯類といえばネズミだが、ネズミに頭をかじられた状態の死体とは、どういうことだ？　頭だけ出して埋められたということか？

悶々と考えていたときだった。これと似た状況の死体が発見されたというニュースを思い出した。

そう、それは去年の事件だ。

民家の庭から、頭だけを出して埋められた男の死体が見つかった。その傍らには、切断された女児の脚。

世に言う『千駄木一家殺害事件』だ。


【千駄木一家殺害事件】

千駄木一家殺害事件（せんだぎいっかさつがいじけん）とは、２０＊＊年12月24日の深夜から翌未明にかけて、東京都文京区千駄木の住宅で起きた殺人事件。

２０＊＊年12月25日の早朝、東京都文京区千駄木の住宅の庭で、会社員Ｂ（当時45歳）が犬の散歩用のリードで首を縛られ、首から下は大量のゴミに埋められた状態の変死体で発見された。そのそばには長女Ｃ（当時６歳）の切断された脚も発見され、長女の頭部は台所の寸胴鍋の中に収められていた。寸胴鍋の中にはシチューの具材が入っており、頭部は煮込まれた状態であったという。

それから２時間後、警官の一人が、事件現場から１００メートルほど離れた場所で、女Ａ（当時43歳）を発見。女Ａは会社員Ｂの妻で、「自分が夫と娘を殺害した」と自供、その場で逮捕された。

が、裁判では一転、殺害したのは自分ではないと、無実を主張。

現在も裁判は続いている。


（ネット百科事典より抜粋）

2

（二〇＊＊年九月二十九日日曜日）


……前置きが長くなりました。

いよいよ、縄文時代のお話です。

1万5000年前、氷期がようやく終わります。海水面は上がり、日本列島は文字どおり四方を海に囲まれた〝島〟に戻ります。大陸との行き来は、ここで遮断されます。

島に残された古モンゴロイドは、島の中で独自の暮らしを進化させていきます。その中で生まれたのが、〝土器〟です。一説では、世界で初めての土器だとか。

この土器をきっかけに、世界に類を見ない特異な文明、〝縄文時代〟がはじまるのです。

「あれ？　最終氷期が終わったのって――」

一場(いちば)直樹(なおき)は、ふと、小首を傾(かし)げた。そして腕を組み、静かに目を閉じる。その様子は、さながらどこぞの修行僧のようだ。その頭も丸坊主(スキンヘッド)で、着ている服も藍染のシャツに、洗いざらしのジーパン。かつてのイケイケが嘘のように、すっかり毒が抜けている。

「なに？　なにか気になるところ、ありました？」

大介は、ティーカップを一場の前に滑らせるように置いた。受け皿には、焼き菓子を添えて。自慢のハーブティーとマドレーヌ。が、一場は見向きもしない。

大介と一場は、同期だ。

といっても、歳は一場のほうが二つ上。浪人した上に留年したらしく、結果、二学年下の大介と同じ年に入社することになった。そのせいか、先輩風を吹かせることも多く、大介は苦手だった。

いや、先輩風だけが原因ではない。その考え方、その仕事ぶり、その性格、すべてが苦手だった。特に苦手だったのが、そのファッション。髪を金色に染め、ピアスをし、そして二の腕にはタトゥーまで入れている。まさに、半グレのそれ。本人は「マイルドヤンキー」などと言っていたが、いやいやいや、〝マイルド〟で済むような形(なり)ではなかった。アルバイトに来ていた子がエレベーターで彼にばったり会い、その場で泣き出した……という逸話まで持っている。

その後、そのアルバイトは、辞めてしまった。「怖い人がいるので」というのが、辞めた理由らしい。そんなことが理由で辞めるのはどうかと思うが、大介も、なるべく一場とは会わないように心を砕いたものだ。同期会の誘いは片っ端からスルー、社内で出会わないように、彼の行きそうな場所には行かないようにしていたし、彼が使う駅も使わないようにしていた。そんな細心の注意を払っても、出会うときは出会ってしまうもので、そんなときは地獄だった。一緒にいるだけでこっちまで怪しい人物のように扱われ、職務質問をされることも数回。ある警官はこんなことを言った。

「ヤクの売人と、客のサラリーマンだと思いました」

しかも、大介のほうを指差して、

「あなた、顔色が悪いですね。お仕事、大変ですか？」と。

なるほど。薬に手を出した過労死寸前の社畜と、そんな男に薬を売りつけるチンピラの図か。

あるときなんか、本物のチンピラに絡まれたこともあった。ぼったくりバーに連れて行かれて、それからは……。

ああ、思い出したくもない。

いずれにしても、こいつと一緒にいて、無事だったためしがない。まさに、疫病神だ。が、仕事はできた。部署は写真週刊誌『フォトスクープ』。いくつもスクープを取り、その売り上げに貢献してきた。その風貌となりふり構わぬやり口から「金色の鬼」とまで言われた、伝説の記者だ。社長賞も何度も取り、そんな輝かしい姿を見るたびに、大介はなんとなくいじけた気分になったものだ。

「いくら睡眠を削って丁寧な仕事をしても、校閲部にいる限り、一生スポットライトは当たらないよな。どうせ、僕は裏方人生だ」

ところがである。人生とはどこでどう転ぶか、分からない。

裏方の大介と、花形の一場。平行線をたどるはずの二人の人生が、一瞬、交差した。二人とも同時に、早期退職者のリストに載ったのだ。

大介の場合は自ら志願した口だが、一場は、強制的に肩を叩かれた。会社の金を横領しただの、闇の組織に足を突っ込みすぎただの、いろんな噂が飛び交ったが、一番の理由は、『フォトスクープ』の廃刊だった。看板雑誌ではあったが、部数は年々落ち込み、いよいよ採算ラインを割ってしまった。そして、突然の廃刊。一時は飛ぶ鳥を落とす勢いだった存在だが、その最期はあっけないものだった。

あれから、三年。大介と一場は会うことはなく、これからも一生会うはずではなかったが、今、こうして膝を交えて、同じ校正紙を眺めている。

ゲラのタイトルは、『縄紋黙示録』。

「確か、最終氷期が終わるのは、約一万一五〇〇年前だ」

一場は、うんうんと頷きながら、ゆっくりと目を開けた。

「約一万一五〇〇年前に氷期が明けて、地球は温暖化し、海水面も上がる。あちこちに肥沃な湿地帯が出現し、西アジアで農耕がはじまるんだよ」

「さすが、史学科出身ですね」

そう。今回、一場と会う羽目になった理由のひとつがこれだ。大学で史学を専攻していた一場なら、なにか助けになるんじゃないか。そういえば、いつかの飲み会のとき、「貝塚」について熱弁をふるっていた。なんでも、卒業論文は「貝塚」で、大学時代のあだ名は「貝塚博士」だったらしい。

「よっ、史学科！　よっ、貝塚博士！」

大介がおどけた調子で囃し立てると、一場がじろりと上目遣いで睨んだ。怯んでいると、

「嫌味かよ」と、一場が、にやりと笑った。「史学科なんて、滑り止めだよ。この他は全滅。さすがに二浪はできないから、いやいや行ったんだよ。……まったくさ。一浪までして、特

に好きでもないところに金払ってまで行くなんてさ。馬鹿馬鹿しい話だよ。授業も全然面白くなくて、結局、留年」

「それでも、僕よりは詳しいですよね。なにしろ、貝塚博士……とまで呼ばれたんですから」

「まあ、そうかもしれないけどね。お前は、確か――」

「工学部です。校閲部にいたときも、理数系の専門書をもっぱら担当していました。あ、あと、ミステリーも少しばかり。なので歴史物は、とんと苦手です。特に考古学なんて。苦手どころか、まったく縁がありませんでした」

「歴史とか考古学も、一種のミステリーだけどな。推理する……って意味では」

「推理？」

「そう。証拠を集めて、事実を推理する。またはストーリーを見立てて、それに沿った証拠を揃える。まさに、推理小説そのものだよ」

「そう……ですか？」

「そうだよ」

一場が上から目線で、断言する。こういうところは、昔と変わっていない。

「まあ、いずれにしても。最終氷期が終わったのは約一万一五〇〇年前なんですね」

言いながら、大介は鉛筆を手にした。そしてゲラを自分のほうに引き寄せると、『1万5000年前、氷期がようやく終わります』の部分に横線を引き、「約1万1500年前？」と指摘を書き込む。が、

「いや、でも、本当に約一万一五〇〇年前かどうかは分からないよ？」

などと、一場が前言撤回とばかりにツッコミを入れる。

「え？」

「今のところ、約一万一五〇〇年前に終わった……という証拠が揃っているってだけで、もしかしたらこれから先、もっと新しい証拠が出てくるかもしれない。それこそ、一万五〇〇〇年前かもしれない」

「なんですか、それ」

「歴史もそうだけど、考古学も日々、書き換えられるもんなんだよ」

「どういうことです？」

「例えば、恐竜。うちの姉なんか、『日本に恐竜はいなかった』といまだに言い張っているんだけど、それもそのはず。姉が小学校の頃までは、日本には恐竜がいないというのが定説で、なぜなら、恐竜が生きていた時代、日本列島はまだなかったからなんだ。ところが、なんと、昭和五十三年……一九七八年に岩手県で恐竜の化石が発見される」

「もしかして、フタバスズキリュウ？」

「お、フタバスズキリュウのこと、よく知っているな」

「以前、国立科学博物館に行って、見たことがありますよ。巨大な首長竜の化石。圧倒されました」

「フタバスズキリュウの化石は一九六八年に発見されているんだが、でも残念ながら、学術的には恐竜ではない」

「……そうなんですか」

「話を戻すと、一九七八年に岩手県で恐竜の化石が見つかって、それをきっかけに、日本の各地で続々と恐竜の化石が発見されることになる。今じゃ、日本列島は、恐竜の化石大国とまで言われている」

「でも、恐竜が生きていた頃、日本列島はなかったんですよね？」

「正確に言うと、あった。恐竜が生息していたのは、諸説あるが、約二億五〇〇〇万年前から約六五五〇万年前。その頃、日本列島はユーラシア大陸の一部だったんだよ」

「約二億五〇〇〇万年前から約六五五〇万年前って。途方もなく大昔ですね」

「そうだな。その頃、俺ら哺乳類はちっちゃなネズミに過ぎなかった」

「ネズミ……」

「で、恐竜のほとんどが絶滅したあとしばらくして──」

「ほとんどって。全部絶滅したんじゃないんですか？」

「最近の研究では、恐竜の一部は生き残って、鳥類に進化している……ということが分かってきた。身近なところでは、スズメ。あれは、恐竜の生き残りだ」

「スズメ？　マジですか！　ほんと、考古学って、常識が次々と塗り替えられるもんなんですね。……あのちっちゃなスズメが、かつて恐竜だったなんて」

「話を戻していい？」

「あ、はい。すみません」

「で、恐竜のほとんどが絶滅したあとしばらくして……今から約二一〇〇万年前──」

「全然、しばらくじゃないですよ。恐竜が絶滅してかなり時間が経っています」

「地球の歴史から見れば、い、い、しばらくでいいんだよ。……で、今から約二一〇〇万年前、ユーラシア大陸の東の端で断裂が起こる。さらに約一五〇〇万年前に日本海の原形となる窪みが形成されて海が浸入、徐々に大陸から切り離されていく……と。それが、日本列島のはじまりだ」

「つまり、日本列島は、元から島ではなかったんですね？」

「そう。降ってわいたように突然できた島ではないし、ましてや神が作ったものでもない。

恐竜が生きていた時代は言うまでもなく、もっともっと昔から、その原形はあったんだよ」

「なるほど。じゃ、大陸の一部だった時代の生き物が、化石となって今の日本の地層に残っているというわけですね」

「そう。地質学的にそれが分かってきたんで、日本にも恐竜の化石があっても不思議じゃない……ってことになったんだ。まあ、姉に言わせれば、『そんなの嘘だ！　先生が嘘を言うはずない』って、信じてくれないけど」

「僕にもありますよ。学校で習ったことなのに、今は違う……というようなことが。聖徳太子はいなかった説とか、源頼朝の肖像画とか。なんで、過去のことなのに、そんなにどんどん変わるんでしょうね」

「だから、ミステリーだって言ってんだよ。今の常識だって、他になにか証拠が見つかれば、あっけなく覆される。……それにしても、このお茶、いい匂いだな」

　一場が、ようやくティーカップを手にした。そして一口含むと、

「うーん、うまい。ちょっと癖はあるけど、美味しいよ」

「でしょう？　オリジナルブレンドのハーブティーなんです。僕が、ブレンドしたんです」

「お前が？　もしかして、この焼き菓子も？」

　言いながら、一場がマドレーヌに視線を投げた。

「はい。手作りです。甘さ控えめですが、その代わりバターをたっぷり入れてありますので、美味しいですよ。……自画自賛ですが」

「お前、相変わらずだな」

「なにが？」

「オトメン」

「は？　オトメン？」

「乙女のようなおっさんってことだ」

「は？」

「この部屋も、なんだよ。北欧趣味バリバリじゃねぇか。おしゃれすぎて、なんだか居心地が悪いよ」

そう。大介は、一場を自宅に呼んでいた。

本当はそんなことはしたくなかったが、仕方なかった。外で会ったら、こいつのことだ。どこぞのヤバそうなキャバクラかなにかを指定してくるだろう。そうなったら、こちらが誘った手前、奢(おご)らなければならない。今は、そんな余裕はない。じゃ、カフェでお茶をするか？　とも思ったが、こんなやつとツーショットでお茶をしている姿を想像するだけで、背筋がむず痒い。……ということで、「近いうちに来ませんか？」と不本意ながら誘ってしまった。それが、昨日。断られるかと思ったが、「おぅ。了解」と、快諾されてしまった。

どうやら、こいつも、まともな暮らしはしていないようだ。

「噂で、お前が一戸建てを買った……というのは聞いていたけど――」一場が、改めて、部屋を見渡した。「ここまでおしゃれな家だとは思わなかったよ。女性誌のインテリア特集に出てきそうな家だよな。まさに、モデルルーム。高かっただろう？」

こういうところも昔と変わっていない。答えにくいことにズバズバと斬り込んでくる。

「まあ、所詮、中古ですから。……そんなには」

「嘘つけ。ここまでフルリノベーションしているんだ、総額六千万円はいっているだろう？」

大当たりだ。黙っていると、

「以前、不動産業界の闇……的な記事を書いたことがあってね。それ以来、不動産には詳しいんだよ」

「ほんと、なんでも詳しいんですね」

「……なんてね。実は、俺らと同期のヤマダ女史に聞いた」

「ヤマダ？　ああ、総務の山田（やまだ）さん」

「そう。お前、住宅ローンの書類を会社に提出しただろう？」

「ああ、はい。住宅ローン控除の書類を。……え、それで山田さんにバレた？」

「そう。で、俺の耳にも入ったと」

とんだ、個人情報漏洩だ。きりきりと唇を噛んでいると、

「まあ、彼女のおしゃべりは一種の病気だからさ。彼女、そのおしゃべりでいつか、痛い目にあうんじゃないかな……。とはいえ、でも、お前だって、彼女のおしゃべりで得したこともあっただろう？」

「得なんか、してませんよ」

「嘘つけ。早期退職者募集の情報をいち早く、キャッチしたくせに。で、その退職金の額も誰よりも早く把握していただろう？」

「…………」

「それで、お前、まっさきに手を挙げたんだろう？　立候補したほうがより退職金に色がつくと知って」

「…………」

「でも、なんで？　お前、結婚するんじゃなかったの？　結婚するから、この家だって買ったんだろう？」

「……それも、山田さんから？」

「え？……うん、そう」

「でも、誰にもそんなことは――」

「彼女は地獄耳だから。お前が無意識に漏らした言葉をすかさず拾ったんだろう」

恐ろしい女だ。二の腕をさすっていると、一場の顔が近づいてきた。

「山田女史だけじゃないよ。女はみな恐ろしい。その証拠に、三年前のリストラのとき、対象になったにもかかわらず、女性社員は全員、会社にとどまっただろう？　それどころか、棚ぼたで出世したやつまでいる」

「つくづく、女は逞しいですよ」

「……で、お前、結婚は？」一場は、なにか証拠を探す鑑識官のような眼差しで、ぐるりと視線を巡らせた。「結婚したの？　それとも――」

「後者ですよ。今はまだしてません」

「今は……っていうと？」

「彼女が戻ってきたら、するつもりです」

「戻ってきたら？　どっかに行ってんの？」

「……病気なんです。入院しているんです」

「病気？　もしかして、お前。……山田女史が言っていたな。お前が早期退職にいち早く手を挙げたのは、退職金が目当てだって。まとまった金が必要だから、手を挙げたんだって」

「はぁ……、そんなことまで」大介は、ため息混じりで肩をすくめた。山田さんは本当に地獄耳だ。そして、悪質なほどにおしゃべりだ。「……ええ、そうです。僕が早期退職に応募したのは、退職金が目当てです。彼女の治療に、大金が必要だったんです」

「退職金って、お前の場合、四千五百万円は出ただろう？」

「はい。それはすべて、彼女の治療費に消えました」

「マジか。……それって」

今度は、一場がため息混じりで肩をすくめた。引き続き、苦い笑いを浮かべ、

「俺も、退職金は全部、女に取られた」

「は？」

「元妻だよ」

「元妻って。離婚したんですか？」

一場の奥さんは、確か、元グラビアアイドル。おしどり夫婦で知られていたが。

「とっくの昔に夫婦関係は壊れていたよ。で、会社を辞めてからは、もう地獄だったよ。毎日毎日、修羅場。で、俺は逃げるように浮気に走って。そしたら、待ってましたとばかりに、離婚を切り出された。莫大な慰謝料と養育費も請求されて」

「養育費……？　お子さん、いましたっけ？」

「退職した翌年にできたんだよ。……どういうわけか」

「あ、それは、おめでとうございま――」

めでたいのか？

「で、そんな金はないと突っぱねていたら、いかにも悪徳な弁護士がやってきて、家を追い出された。退職金も差し押さえられて。無一文で追い出されたのが、去年。さらにだ。家のローンは俺が引き続き払えという。……なんか、ハメられた感じだよ」

「そんなことが――」

「結局、元妻にとって俺は、金蔓（かねづる）でしかなかったんだよな。……まあ、なんとなく気がついていたけどね。大手出版会社の記者……という肩書きが目当てだったということは。その肩書きがなくなったら、用済みってわけだよ」

あんただって、奥さんのことをトロフィーワイフぐらいにしか見てなかったんだろう？　元グラビアアイドル……というその肩書きに価値を見出していただけなんだろう？　お互い様だ。……大介は思ったが、もちろん言葉にはしなかった。その代わり、

「浮気していた女性とは？」

「浮気っていったって、パパ活の出会い系サイトで知り合って、一回しかヤってないからね。一文無しと分かったら、逃げられた。彼女も、俺の金が目当てだったんだろう」

「まあ、パパ活なら、そうでしょう。お金だけが目的ですよ」

「金だけじゃない、俺自身が好きだ……って言ってくれたんだけどな」

そんな言葉を信じるほうがどうかしている。というか、一場のようなやつでも、女にいいように扱われることがあるんだ。いい気味だ。……と思ったが、これももちろん言葉にはせず、「大変でしたね……」という労り（いたわ）の表情を滲（にじ）ませながら、

「じゃ、今は？」

と、大介は身を乗り出した。

訊かれた一場はまたもや、苦笑い。

「スマートフォンだけ持って、あっちこっち渡り歩いている。ま、言ってみれば、ホームレスだ」

「ホームレス……」

「まあ、それでもなんとか暮らしているよ」

「仕事は？」

「まあ、なんやかんやとね。ぼちぼちと」

言葉を濁しながら、その話は終わりとばかりに、一場は『縄紋黙示録』のゲラを自分のほうに引き寄せた。

「これって、自費出版？」

「はい」

「へー」そんな仕事まで引き受けているんだ……という同情の眼差しを感じ、大介は視線を逸らした。

「でも、今、縄文ブームだから。いい線いっているんじゃない？」

「でも、預言書ですよ」

「ヨゲン？　ノストラダムスの大予言的な？」

「そっちのヨゲンではなくて、こっちのヨゲンですよ」

大介は、ゲラの隅に〝預言〟と小さく書き殴った。

「なるほど。そっちのヨゲンか」

一場の顔が一瞬、険しくなる。「しかも、作者は、黒澤セイか……」

そして、マドレーヌをつまむと、それを一気に口に押し込んだ。

「そんなことより。ゲラですよ」

大介は、大事なことをようやく思い出したとばかりに、ゲラをぱんぱんと叩いた。

「なんだか、横道に逸れてしまいましたが。もう一度、確認させてください」

大介は、ゲラの該当箇所に鉛筆の先を当てると、ぐりぐりとマーキングした。

『1万5000年前、氷期がようやく終わります。海水面は上がり、日本列島は文字どおり四方を海に囲まれた〝島〟に戻ります。大陸との行き来は、ここで遮断されます。

島に残された古モンゴロイドは、島の中で独自の暮らしを進化させていきます。』

「この部分に矛盾が出てきます。氷期が終わったのが一万年前だとすると……」

「正確には、一万一五〇〇年前ね」

「……一万一五〇〇年前だとすると、もうすでに、縄文時代ははじまっていますよね？　縄文時代がはじまったとされるの、一万四五〇〇年前から一万六〇〇〇年前ですよね？　まあ、ざっくりいえば、約一万五〇〇〇年前？」

大介は、愛用の大学ノートを開くと、テーブルに置いた。そのページには、手書きの年表が描かれている。

「おぅ。縄文年表？」一場が目を輝かしながら、ノートを覗き込む。

「分からないなりに、描いてみたんです。頭の整理をするついでに」

「なるほど」

うんうん頷きながら、一場が右人差し指をちょいちょいと蠢かす。たぶん、筆記用具を催促しているのだろう、削ったばかりの鉛筆を差し出すと、一場はそれを奪い取るように握った。

「日本列島に人類が住みはじめたのは、約十一万年前から十二万年前だと言われている」年表にラインを描き足しながら、一場。「まあ、これも、新しい証拠が見つかったら覆されるかもしれないが。いずれにしても、今のところ、日本で一番古い石器だと言われているのは、十一万年から十二万年前の――」

「ちょっと、待ってください。我々人類……ホモ・サピエンスがアフリカを出たのは、約六万年前。七万年前という説もありますが、いずれにしても――」

大介は、大学ノートを捲りながら言った。そこには、にわか勉強の跡がぎっしり。

「いずれにしても、十一万年前といったら、ホモ・サピエンスはまだアフリカを出てませんよ？」

「うん、そうだ。でも、ホモ・サピエンスではない〝原人〟は、すでに世界各地に広がっていた。有名なところでは、北京（ペキン）原人とかジャワ原人とかね」

「え？　ということは、日本にも原人が？」

「まあ、それは色々と意見が分かれるところであって。なにしろ、その時代のヒトの骨も化石も一切発見されていない。いや、厳密には、旧石器時代の化石だと言われている明石（あかし）原人の化石が見つかってはいるんだが今は焼失してしまって、謎に包まれたままだ。……でも、俺は、ホモ・サピエンスが日本列島に到達するずっと前から、誰かが日本列島にいたことは間違いないと思っている」

「誰ですか？」

「だから、それは、まだ解明されていない。そもそも、十一万年前の石器が本物なのかどうかも、怪しまれているところがある。事実、旧石器捏造事件というのもあってだな……」

「捏造事件？　なんかキナ臭い話ですね」

「そう。考古学の世界というのは、割とドロドロしてんだよ。誰かがなにかを発見しても、なんやかんやと横槍が入って、引っ掻き回されて、結局、謎が増えるだけなんだ」

「なるほど」

「いずれにしてもだ。十一万年から十二万年前のことは謎に包まれているが、もっと時代がくだって三万年前になると、日本列島にヒトがいた証拠がたくさん発見されている。なので、便宜上、日本の旧石器時代は、約三万年前からはじまる……ということになっている。ざっくりと言うと、このあたりから旧石器時代がはじまる」

一場は、大介が描いた縄文年表に付け足すようにノートの端までラインを長々と引くと、そこに〝旧石器時代〟と書き記した。

「で、今から約一万六〇〇〇年前、いよいよ縄文時代がはじまる」

「ちょっと待って。そもそもなんで、ここから急に縄文時代なんですか？」

「その頃に作られたと思われる〝土器〟が発見されるからだよ」

「土器？」

「そう。土器が作られたことによって、それまでのライフスタイルががらりと変わる。当時にしては、大きなテクノロジー革命だったわけさ。今でいえば、産業革命？　それともＩＴ革命？　あるいは、明治維新？　いずれにしても、土器によって、人々の暮らしは大きく変わった」

「なるほど。つまり、土器が作られた時点で、〝縄文時代〟になるんですね」

「いや、そう簡単でもない。いつから〝縄文時代〟なのかはいろんな意見があって、今も定まってはいない。土器が作りはじめられてもまだ石器時代だと言う人もいる」

「なぜ？」

「その頃は、まだ定住生活ではなかったからだ。土器は作られたが、そのライフスタイルはまだ石器時代を引きずっている。そこで、この時代を、一般的に『縄文草創期』と呼んでいる。言ってみれば、プレ縄文時代だな。縄文時代は、まだ本格的にははじまっていないというわけ」

「本格的な縄文時代がはじまるのは？」

「今から一万一五〇〇年前。氷期が明けて、温暖化がはじまった頃だ。縄文時代のはじまりは、一万一五〇〇年前だと言い切る人もいる。俺もそれに一票」

「なるほど。じゃ、今までのことをまとめると……。

『1万5000年前、氷期がようやく終わります。海水面は上がり、日本列島は文字どおり四方を海に囲まれた〝島〟に戻ります。大陸との行き来は、ここで遮断されます。島に残された古モンゴロイドは、島の中で独自の暮らしを進化させていきます。』という部分は、〝1万5000年前〟を〝1万1500年前〟とすれば正解？」

「まあ、諸説あるけど。それでいいんじゃない？……気になるのは、次の記述、『島に残された古モンゴロイドは、島の中で独自の暮らしを進化させていきます。』という部分なんだけど。……でも、まあ、概ね間違いではないけれど――」

一場が、「うーん」と唸りながら、ゲラを引き寄せた。

「なんですか？」

「いや、しかし、これ、大変だな」

一場が、ゲラをこつんと叩いた。

「でしょう？　もう、クタクタですよ」

大介も、こつんとゲラを叩く。

「このゲラが届いて、今日で三日目なんですけど。まったく進んでないんです」

「締め切りは？」

「一ヶ月後。といっても、もう三日過ぎちゃいましたから、厳密にはあと二十七日。……ああ」大介は、大げさに頭を抱えてみせた。が、そのオーバーアクションが、裏目に出た。

「手伝おうか？」

一場が、唐突にそんなことを言い出す。大介は慌てて、

「は？」と惚（とぼ）けてみた。

「そもそも、今日だって、手伝わせるつもりで、俺を呼んだんだろう？」

いや、違う。それは違う。目的は、それじゃない。頭を横に振ってはみたが、

「よし、分かった。俺とお前の仲だ。手伝ってやろう」と、一場が一方的に話を進めていく。

しかも、「が、条件がある。ここに置いてくれ。この家に」

なにを言い出すんだ。この家に置いてくれだと？　言っている意味が分からない。

半笑いで黙っていると、

「ずっととは言わない。どこか住処（すみか）が見つかるまで」

いや、いや、それは――。拒絶の意味を込めて両手を左右に振ってはみたが、

「じゃ、このゲラの締め切りまで」などと、懇願はますます激しくなるばかり。しかも、

「……頼むよ、今はまだ暑いけど、これからどんどん寒くなる。台風だってまた来るかもし

れない。このまま外で寝るのは辛い……本当、死にそうなんだ」

一場は、実際に死んだ魚のような目をして言った。つい、絆されてしまう。

「……一場さん、外で寝ているんですか？　今時のホームレスは、漫画喫茶とかで寝泊まりするもんじゃないんですか？」

「寝泊まりしてたよ、漫画喫茶で。でも、諸事情があって、追い出されたんだ。今は、水道橋のガード下にいるんだが、あそこも縄張りがきつくてな。古参のホームレスに出て行けって、ねちねちと責められてまいっているよ。だから、頼む。家が見つかるまで」

「……見つかるんですか？」

「ホームレスのままじゃ厳しいけど、現在住んでいるところがちゃんとしたところなら、見つかるさ。だから、ここにいったん、住民票を移させてくれ」

「えぇぇ……」住民票まで？

「こんな一軒家に、お前一人なんだろう？　俺が住む部屋ぐらいあるだろう？　そこを貸してくれよ。な、頼む」

「えぇぇ……」

「言っておくけど、このゲラ、お前には無理だぜ？　ちらりと見た感じでは、かなりの専門知識が必要だ。お前だけじゃ、一ヶ月どころか、一年あっても無理だ」

「…………」

「お前だって、お手上げだったから、俺に連絡を入れたんだろう？」

「いや、だから、それは違いま——」

「もし、締め切りに間に合わなかったらどうなる？　いくら自費出版だからといって、適当にやっつけたらどうなる？　そのせいで、なにか問題が起きたらどうする？　フリーの身でそんな前科がついたら、もう仕事はないぜ？　違う？」

「……おっしゃる通りですが」

「だろう？　なら、俺と契約しろ。この家の一室を俺に貸す。その代わりに、俺が仕事の手伝いをする。……どうだ？」

一場が、殺気をまとったチンピラのような眼差しで迫ってくる。……このままでは、やられる。大介は、身構えた。こいつには確か、前科がある。以前、恐喝容疑だか傷害容疑だかで、逮捕されたことがあると、聞いたことがある。

「……じゃ、……一ヶ月」大介は、言葉を絞り出した。「その間に、他に家を見つけてくれますか？」

「ああ、もちろんだよ。約束は守る」

「……じゃ」

「よし、契約成立。……相棒を呼んでくるよ」

「相棒？」

「門扉のところで、待たせてあるんだ」

「は？」

「じゃ、連れてくる。ちょっと待ってて」


それからしばらくして。

一場が、〝相棒〟を連れて戻ってきた。それは――。

「……犬？」

「そう。女の子。たぶん、チワワとシーズーのミックス。可愛いだろう？」

「たぶん……って？」

「詳しいことは分からないんだよ。捨て犬だから」

「捨て犬？」なんで、犬なんか拾うんだよ。ホームレスなのに。それ以前に、「本当に捨て犬ですか？　迷い犬では？　きっと飼い主が捜してますよ」

「いや、それはないと思う。だって、ビルとビルの狭い間に、繋がれていたんだ。ちょっとやそっとじゃ人には気付かれないような場所。可哀想に、猿轡(さるぐつわ)までされて」

「猿轡？　マジですか」

「俺が見つけなかったら、こいつ、間違いなく死んでいた。……キャバクラのホステスだ、捨てたのは。客に買わせて、飼いきれなくて捨てた。……そんなところだろう」

「なんで、キャバ嬢って断言するんですか。キャバ嬢に対して、偏見持ってませんか？　キャバ嬢差別ですよ」

「なに、ムキになってんだよ」

「だって――」

「悪かったよ。でも、可哀想な子であることは間違いない。このまま見捨てたら、この子は人間を恨んで怨霊になること間違い無し。犬の怨霊は怖いぞ。子々孫々、祟られるぞ。それでもいいのか？」

「それは嫌ですけど。……でも、犬と暮らすのはもっと嫌ですよ」

「いい子だよ？　トイレトレーニングだってばっちりだ。躾はちゃんとしている。それともなにかい？　この子を捨てろというのか？　ひどいやつだな。そんなことをしたら、動物愛護協会が許さないよ？　徹底的に糾弾されるよ？」

怨霊の次は、動物愛護協会かよ。呆れていると、

「頼むよ！」一場が、突然、土下座した。「お前の邪魔はしないからさ。むしろ、お前の役

に立つと思うよ。なにしろ、犬は、ホモ・サピエンスにとってなくてはならない存在だ。犬がいたから、今のホモ・サピエンスの繁栄があったと言っても過言ではない。……そうそう、縄文時代にも犬がいたこと、知ってる？」

「縄文時代にも？」

「そう。犬は、番犬として猟犬として、なにより友人として、人類のそばにずっといたんだよ。人類の繁栄を支えた四つのツール。それは、言葉、火、服、そして犬だと、俺は考えている、それに――」

このまま放っておいたら、一日中でも演説しそうだ。大介は、観念したかのように、息を吐き出すと、言った。

「……一ヶ月だけですよ」

「もちろん。一ヶ月で充分だよ！……よかったな、マロン！」大げさに声を上げながら、犬を抱きかかえる一場。犬も、それに応えて、きゅんきゅんとしきりに甘える。

「……その犬、マロンっていうんですか？」

「そう、マロン。栗は、俺がこの世で一番好きな食べ物だ」

「そうですか――」

「よし、じゃ、マロンになにか食べさせてやってくれ。可哀想に、こいつ、今朝からなにも食べてないんだよ」

「なにかって？」

「うん、そうだな。とりあえず、そのマドレーヌ、もらってもいいか？」

「え？　マドレーヌなんて、食べさせていいんですか？」

「じゃ、他にはなにが？」

「分かりました。合挽き肉とキャベツとジャガイモがありますから、それでなにか作ります」

それから、ネットで見つけた手作りドッグフードのレシピを見ながら、一品、拵えてみた。

それは我ながら上出来で、マロンちゃんもはぐはぐと一心不乱に食べてくれた。

食べ終わると、うとうとがはじまり、そしてとうとう、寝てしまった。

マロンが寝静まったのを確認すると、一場は声を潜めて訊いてきた。

「で。他には？」

「他には……とは？」

「校閲の手伝いをさせるのがメインではないんだろう？　俺に連絡してきたのは」

「ええ、そうです。もちろん、校閲にも手を焼いていましたが、他にも気になることがあって、それで、一場さんに連絡してみたんです」

が、今となっては、連絡したことを大いに後悔している。ちょっと訊きたいだけだったのに、あれよあれよというまに、一場と暮らす羽目になった。しかも、犬つき。一ヶ月限定とは言っているが、どこまで信じていいものだろうか。なんだかんだと住み続ける気じゃなかろうか。……いや、そうはさせない。来月の今日、必ず追い出してやる。必ず！

「で、気になることって？」一場が、ドッグフードの残りをつまみはじめた。

「『千駄木一家殺害事件』のことです。ほら、去年のクリスマスイブに起きた――」

「ああ、あの事件」

そう言ったきり、一場の言葉が止まった。黙々と、ドッグフードの残りをつまむばかり。

「……一場さん？」

「ああ、ごめん。このドッグフードが案外、美味しいもんで。夢中になった」

「『千駄木一家殺害事件』、一場さん、取材してますよね？　フリーライターとして、轟書房の『週刊トドロキ』に寄稿してましたよね？」

「よく知っているな」

「『千駄木一家殺害事件』の記事の校閲、僕に回ってきたんですよ。急げ急げ時間がないって、デスクに急かされたんで、今でもよく覚えているんです」

「あそこのデスクは、きついからな」

「急かした割には、その記事は土壇場（どたんば）でお蔵入り」

「ああ、そうそう。そんなこともあったな」

「どうして土壇場でお蔵入りに？」

「なに？　お蔵入りした理由を知りたかったの？　だったら、ごめん。よく覚えてない」

「あ、違います。お蔵入りの理由はこの際どうでもよくて。……『千駄木一家殺害事件』ってどんな事件だったのか、詳しく教えてほしいんですよ。ネットで調べても、当時の記事がヒットするばかりで、概要しか分かりません。詳しく説明したサイトが見つからないんですよ」

「まあ、そうだろうな。たぶん、削除しまくっているんだろうな」

「削除？」

「あの事件は、デリケートな問題を含んでいるからさ」

「デリケート？」

「まあ、なんていうか。……タブーがらみ？」

「タブー？　もしかして、土壇場でお蔵入りしたのも、それが理由ですか？」

「だから、ごめん。……よく覚えてない」

一場が、言葉を濁らせた。しつこく訊けば、貝のように固く口を閉ざしてしまう恐れもある。大介は巧妙に論点をずらした。

「ところで、一場さん」

「うん？」

「千駄木に貝塚があるの、知ってますか？」

「千駄木に貝塚？……まあ、あの辺なら貝塚はあるだろうな。あの辺の低地は縄文時代は入江だったろうから」

「その千駄木貝塚で、縄文時代の全身人骨が発見されたんです。これです」

大介は、大学ノートに挟んでおいたフリーペーパーを、引き抜いた。文京ふるさと歴史館でもらってきたもので、『ワンポイント講義』とある。Ａ４のペラで、国立科学博物館人類研究部部長・馬場悠男氏が執筆したレポートだ。

大介は、それを口に出して読んでみた。

『この人骨は縄文時代の若い男性です。しかも、たくましく、いい男でした。そして、亡くなる少し前に、高い所から飛び降りたらしい。（中略）

まず、身長は１６５㎝ほどあります。縄文時代男性の平均は１５８㎝ですから、男性としてもかなり背が高いと言えます。骨組みが全体としてがっしりしています。こんなにごつい女性がいたとは考えられません。また、骨盤を見ると、（中略）全体に大きい割に内側が小さいのが男性の証拠です。女性では、全体に小さい割に内側の赤ん坊が通る産道が大きいのです。年齢は、歯が全部そろっていて、縄文時代としてはあまり減っていないこと、関節面がきれいなこと、そして、骨盤の恥骨結合に隆起と横溝が残っていることなどから、20歳代の後半と推定できます。（中略）

……この人は、縄文人の中でも平均以上に大柄でがんじょうだったようです。野山を走って狩をしたり、舟をこいだり、家を建てたり、かなり重労働だったのかもしれません。

この人の左の脛骨（けいこつ）の下の関節面には、幅2㎜ほどの「ひび」が入っていて、骨の両側に上の方まで続いています。つまり、軽い骨折を起こしていたのです。このような骨折は、足首を非常に強く押して曲げようとしたときにできます。恐らく、高い所から飛び降りたのが原因でしょう。さらによくみると、「ひび」の外側の部分では周囲に骨が増殖してもりあがっています。炎症を起こしながら、治りかかっていたのです。ひょっとすると何か事件があって、この人は高い所から飛び降り、それと前後して大きな傷を受け、2〜3週間後に亡くなったのかもしれません。（後略）』

「なるほど。長身で逞しい千駄木イケメン、謎の転落死!……ってところか?」一場が、興味津々に身を乗り出してくる。「なにか事件の臭いがするな。ただの事故なのか。それとも、誰かに突き落とされたのか――」

「しかもです」一場の好奇心をさらに刺激するように、大介は言った。「この人骨は、頭だけを出した状態で、無数の貝殻に埋められたようなんです」

「うん?」

「『千駄木一家殺害事件』で殺害された夫も、頭だけを出して、ゴミに埋もれた状態で発見されていますよね?……なんだか、似てませんか?」

「そうか? まあ、偶然だろう」

「偶然ですかね……」

「ちなみに、貝殻に埋もれた状態の縄文人骨が見つかることは、ままある。そもそも、貝殻に埋もれていたからこそ、人骨は現在まで残っていたわけだ」

「貝殻のカルシウムが溶け出したから?」

「そう。カルシウムのおかげで、本来、残るはずのない遺体が骨となって現在まで残っているというわけだ。皮肉なことに」

「皮肉とは?」

「貝塚が、縄文時代のゴミ捨て場であることは、小学校の頃、習ったろ？」

「ああ、はい。集落をぐるりと囲う形で、貝殻や壊れた土器なんかを捨てていたって」

「それだけじゃなくて、貝塚は、共同トイレだったんじゃないかと俺は考えている。貝殻は、脱臭殺菌の効果もあるからな。事実、福井県の鳥浜貝塚、滋賀県の粟津湖底遺跡の貝塚からは、糞石が出土している。トイレとして使用されていた証拠だ。いずれにしてもだ。そんな貝塚に人骨が埋もれていたということは？」

「捨てられた？」

「そう。わざわざゴミ捨て場に捨てる……というのは、今でいう、夢の島に死体を遺棄するようなものだ」

「夢の島って。感覚が昭和ですね。古いですよ。今の夢の島は、とっくに整備されて綺麗になっていますよ。昔のようなゴミの山ではありません。若い世代には伝わりませんよ」

「いずれにしても、ゴミの山、糞尿の山に死体を遺棄したんだ。まともな死に方じゃない。遺棄した側から見れば、闇に葬りたかった相手だったんだろう」

「なのに、骨は何千年も残った」

「そう。だから、皮肉だ……って言ってるんだよ。ちゃんと墓に埋葬された大多数の人々は、綺麗に土に戻って跡形も無くなったというのに」

「なるほど。確かに、皮肉ですね。……あれ、でも。千駄木貝塚のイケメンは、住居跡から見つかっているんですけど──」

大介は、『文京むかしむかし─考古学的な思い出─』という冊子を取り出した。やはり、文京ふるさと歴史館で購入してきた冊子だ。

「それ、たぶん、廃屋墓（はいおくぼ）だ」

「廃屋墓？」

「廃屋墓というのは、もともと住居だったところに、人骨が見つかった場所をいう。その資料には、そんなこと書いてない？」

「え？……えっと。……あ、これだ。ありました。『廃屋墓』って。

さらには、

『人体埋葬後に住居内に貝を廃棄した──』

とありますね……」

「埋葬？　違うね。今でいえば、ゴミ屋敷の空き家で死体が発見されるようなものだ」

「なんですか、その喩（たと）えは。……埋葬しただけかもしれないじゃないですか。廃屋〝墓〟というぐらいですから」

「〝墓〟と名付けたのは現代人で、当時の人にしてみれば、住居に死体を放置しただけかもしれない。さらに、死体を放置したあとに、ゴミ捨て場にした」

「えぇぇぇ。なんですか、それは。夢もロマンもない」

「古代史だからといって、ロマンばかりじゃないよ。所詮、人間のすることだ。今も昔も、起きる事件はそう変わりないってことだ。殺人事件が縄文時代に起きていても不思議じゃない」

「……だからって」

「そもそも、廃屋墓っていうのは東日本、特に千葉県の縄文遺跡に多く見られる独特の墓で、たぶん、地域色が強い風習だったんじゃないかと思うんだ。

廃屋墓で有名なのが、千葉県市川市の姥山貝塚遺跡。その遺跡では合計三十九軒の住居跡が見つかっている。かなり大きな集落だ。その集落の一軒の住居跡から、成人男女各二名と子供一名、計五名の人骨が検出されているんだが。……五体の人骨は折り重なっていて、その状態から五人は同時に死亡したんじゃないかと。フグの骨も発見されているところから、フグの毒で一家が同時に死んだんではないかとも言われている。

でも、俺はこう考える。一家殺害事件ではないのかと。殺害したあと、その証拠を消すかのように家の中に死体を放置し、そのあとは家ごとゴミ捨て場にした。……。うーん、こうなると、村人全員が共犯者だ」

「なんですか、それは。横溝正史(よこみぞせいし)じゃあるまいし」

「横溝正史は、日本の古い風習を小説に盛り込んでいるからね。その感想は、あながち、間違いではないよ」

「………」

「いずれにしても、廃屋墓というのは、その家で死んだ人物を家の中に放置し、そのあと貝殻なんかを廃棄して、ゴミ捨て場にしたような場所をいう。どう考えても、遺棄だよ、隠蔽(いんぺい)だよ。〝埋葬〟からは程遠い。……と、俺は考える。その証拠に、廃屋墓とは明らかに違う、ちゃんと埋葬されている墓も発見されているからね。犬ですら、ちゃんと墓を作ってもらっている」

「つまり、廃屋墓に放置された人物は――」

「村にとって、よからぬ人物だったんじゃないかな。例えば、タブーを犯したとか、妙な病気にかかったとか。いずれにしても、村人にとっては、隔離したい人物」

「じゃ、千駄木貝塚で見つかった人骨も――」

「いや、でも。廃屋墓は、東京都心ではかなり珍しい。さっきも言ったけど、千葉独特の墓なんだよ」

「そうなんですか？」

大介は、冊子を手にした。

「ああ。確かに、資料には、

『……東京23区内では検出がめずらしい廃屋墓であり――』

とありますね」

「だろう？……いったいぜんたい、千駄木イケメンになにがあったんだろうね？　そういえば、さっき、頭だけを出した状態で無数の貝殻に埋められた……って言ったよな？」

「はい」

「頭だけを出して……って、どういうこと？」

「この資料によると――」

冊子を顔に近づけながら、大介。

「……骨の表面にげっ歯類による噛み跡が残されていたんですって。特に、頭骨左に集中していたようで――」

「げっ歯類というと……ネズミ？」

「はい。ネズミ的な動物に、頭の左側を多くかじられていたようなんです」

「頭だけ？」

「上肢、下肢には噛み跡が少々見られましたが、椎骨（ついこつ）、肋骨（ろっこつ）、手、骨盤には噛み跡は見られなかったようです」

「つまり、千駄木イケメンは、頭だけを露出した状態で長らく放置されていた？」

「資料によると、

『人体は非常に浅いか、あるいは半身が露出した状態で安置され、露出した部分にネズミ等の動物が接近しやすい状態であった可能性が考えられる。』

とあります。さらに、

『おそらく廃屋墓埋葬は、人体を床にそのまま安置した状態でしばらくの間（この時間はわからないが）そのままにしていた可能性がある。』」

「なるほど。……で、その千駄木イケメンの人骨は、いつ発見されたんだ？」

「資料によると――」

大介は、冊子をさらに顔に近づけると、

「昭和六十三年……一九八八年とあります」

「うん？　ちょっと、その資料見せて」

言い終わらないうちに、一場が大介の手から資料を奪い取る。

そして、しばらく、「うん、うん、なるほど」と一人頷くと、やおら、視線を上げた。

「千駄木貝塚では、二個体の縄文人骨が出土しているのか。それぞれ、一号人骨、二号人骨と名付けられている。一号は大腿骨と脛骨のみだが、二号はほぼ全身の骨が出土している。……その二号が、千駄木イケメンってことか」

一場の独り言は続く。

「うんうん、なるほど。骨のコラーゲンを回収、分析した結果、一号も二号もほぼ同時期に生きていた可能性があり、食生活もかなり似ていた……と。一緒に出土した土器の型式から、時代は、縄文時代中期後半。今からだいたい四千八百年前……？」

「つまり、一号も二号も一緒に暮らしていたということですよね？」

「まあ、そういう可能性もある」

「……夫婦ですかね」

「うん？　全身の骨が出土した二号が男性ってことは確実だけど、一号の性別についてはこの冊子には書かれてないけど」

「…………」

「おいおい。もしかして、独りよがりの推測？　妄想？」一場はにやりと笑う。

バカにされたような気になって、大介はあからさまに表情を歪めた。

「おいおい。校閲がそんなことじゃ、困るぜ？　客観的にならないと」

「ああ、もう！」大介は、いらいらと声を上げた。

積もりに積もった鬱憤が、ここにきて爆発した。

もう、やってられない。こんな仕事、やめだやめだ！　明日にでも、送り返してやる！

「そんなことしたら、本当に仕事、なくなるよ？　それでなくとも、仕事、減ってきているんだろう？」

「…………」なんで、そんなことが分かるんだよ。

「プライドが高いお前が自費出版を引き受けるんだから、仕事を選べる立場ではないことは一目瞭然だよ」

「…………」まったく、こいつは、痛いところを突いてきやがる。

「だからといって、仕事を安請け合いしたお前も悪い」

「…………」あんたに言われなくても、分かっているよ。

「短気と癇癪は、失うものが多い。俺みたくなるぜ？　家、なくすぜ？　いいのか？」

「…………」いいわけがない。

「住宅ローンだって、あるんだろう？」

「…………」そりゃ、そうだけど。

「この家がなくなったら、俺とマロンも困るからさ。……やろうよ。一度引き受けた仕事は、ちゃんとやろうよ」

「…………」

なんで、こいつとその犬のために、仕事をしなくちゃいけないんだ。納得がいかない。が、一場の言い分ももっともだった。この仕事を途中で放棄したら、「仕事ができない男」のレッテルがすぐさま貼られてしまう。狭い業界だ。その悪評はあっというまに拡散され仕事は途切れてしまうだろう。

だからって。……正論をマシンガンのようにバンバンと撃ち込まれると、かえってやる気をなくす。

視線を明後日の方に向けて不貞腐れていると、

「分かった。なら、明日にでも、行ってみよう。な？」と、一場が、たしなめるように誘ってきた。

「え？　どこに？」完全無視を決め込んでいた大介だったが、つい、反応してしまう。

「千駄木貝塚に」

「なんで？」

「だって、お前、なにか引っかかるんだろう？　千駄木貝塚から見つかった骨が。千駄木イケメンの骨が」

「……まあ、なんていうか」

「しかも、『千駄木一家殺害事件』と結びつけている。違う?」

一場が、子供のように顔を覗き込んできた。そんなふうに尋ねられると、無視もできない。

「……いや、僕にもよく分からないんですよ。ただ、このゲラを読んでいると、どうも『千駄木一家殺害事件』がちらついて——」

「それで、俺に連絡したと?」

「……まあ、そういうことです」

「苦手意識のある俺に連絡してくるぐらいだ。相当引っかかっているんだろうな」

「…………」

なんだ。苦手意識があることは、ちゃんと分かっているんじゃないか。

「なんか、俺も気になってきた。だから、明日、千駄木貝塚に行ってみよう」

「いや、でも」

「なに?」

「よく、分からないんです。千駄木貝塚の場所が。千駄木貝塚から人骨が出土したってことまでは、文京ふるさと歴史館でも説明されていましたが、それ以上は——」

「この資料にもないの?」

一場が、冊子をこつんと叩く。

「はい。隅々まで読んでみましたが、具体的な場所は。〝千駄木貝塚〟と記述があるだけで」

「なるほど。……となると、頼りになるのは――」

もごもご呟きながら、一場がスマートフォンの画面を軽快にタッチしていく。

「この近くに、図書館は？」

「ここから一番近いのは……」

「千石図書館？」

「あ、はい。そうです」

「……なるほど」

一場が、またもやごにょごにょ言いながら、スマートフォンをタッチしていく。

そして、

「よし、あった。たぶん、これだ」

「なにがあったんです？」

「お前、図書館の利用カード、持ってる？」

「もちろん。ときどき、利用してますので」

「よし、じゃ、明日、早速、図書館に行こう」

「明日？」

「蔵書検索したら、千石図書館に『文京区千駄木貝塚他発掘調査報告書』というのがあった。

たぶん、これに、いろんな解答があるはずだ」

スマートフォンのディスプレイをこちらに向けながら、一場がにやりと笑う。

……ああ、そうか。その手があったか。地元の図書館。市販されている書籍だけではなく、ローカルな報告書も多く所蔵されている。

「ローカルな調べごとは、地元の図書館に限る。これは、記者のいろはの〝い〟だよ」

一場は、〝記者〟の部分を嫌味ったらしく強調した。すみませんね。どうせ僕はしがない校正・校閲者。……でも、そこまで丁寧に調べていたら、締め切りに間に合わない。それに、そこまで調べたとしても、結局は、採用されないこともある。採用されたとしても、その作品、その文章は、筆者のものだ。僕らにはなんの功績も残らない。どんなに時間を割いてミスや間違いを指摘してもだ。「こんな細かいことをいちいちと、指摘するな、うざい」と、罵声を浴びせられることもある。……まったくもって、不毛な仕事なのだ。それでも、僕はこの仕事が好きだ。プライドを持っている。僕たち縁の下の力持ちがいるからこそ、日本の書籍は水準が高い。たとえ、それが自費出版だったとしても。

そう、手を抜いてはいけないのだ。

「分かりました。明日、早速、千石図書館に行きましょう。あそこは月曜日もやっているから」

大介は、すっくと立ち上がった。

なんだか、甘いものが欲しくなってきた。ここ最近、これほど他者とおしゃべりしたことはない。しゃべり疲れた。脳が、甘いものを渇望している。でも、マドレーヌはもう全部食べてしまった。……そうだ。

「一場さん、羊羹、食べます？」

3

（二〇＊＊年九月三十日月曜日）

「あ、あった。これだ」

一場が、冊子を手に、声を上げた。

一場が手にしているのは、『文京区千駄木貝塚他発掘調査報告書』。先ほど、図書館で借りてきたものだ。

大介は、「声が大きい、静かに」という意味を込めて、顔をしかめた。

千石図書館近くの、ファミリーレストラン。ランチ時ということで多くの客がいるが、誰もが黙々とランチをとっている。おしゃべりに興じているものなどいない。

そんな中で、先ほどから響き渡っているのは、一場の声だった。それでなくても、この男の声は大きい。しかも、ダミ声の早口。なにやら恐喝しているようなガラの悪さもある。傍から見れば、借金取りと、その客……という図だ。

だから、何度も、「しぃっ、しぃっ」と人差し指を唇に当てて制しているのだが、一向に届かない。

さらに一場は、

「ほら、これ。読んでみろよ。ここんところ。ほら！」

と、せっかくのカツ丼もそのままに、子供のように目を輝かせながら冊子を大介のほうに向けた。

デザートのマロンパフェを食べはじめたばかりだったが、ここで無視したら、さらにでかい声で催促してくるだろう。大介はスプーンをいったん置くと、冊子を引き寄せた。

『千駄木遺跡（貝塚）は千駄木町太田邸内発見として明治34年以来報告されてきたものの、正式な発掘調査もなく遺跡の具体的位置は不明であった。昭和63年に至って同1丁目11－＊で緊急調査が行なわれ、縄文中期住居1軒・弥生後期住居1軒・方形周溝墓2基などが発見されるに及び、本遺跡が湧水地をめぐる集落址として相当の広がりをもっていることが明らかになってきた。』

「まあ、たぶん、家を新築するにあたって、遺跡が発掘されたんだろうな」

一場が、なにやら楽しげに頷きながら、スマートフォンに指を滑らせていく。

「千駄木一丁目11－＊をマップで調べると――」

大介も、自身のスマートフォンで該当住所を検索してみた。

「あ。千駄木ふれあいの杜」「え？　千駄木ふれあいの杜」

大介と一場の声が重なる。

と、同時に、二人の視線がかちあった。

バツが悪そうに、一場が視線を逸らす。

大介も、スマートフォンに表示された地図に視線を戻した。

千駄木ふれあいの杜。『縄紋黙示録』にも出てきた。この近くの『お化けだんだん』で、〝私〟は不思議な体験をする。簡単にいえば、あるビジョンが頭に投げ込まれた。

縄文時代のビジョンが。

その後、『縄紋黙示録』はそのビジョンの記述が延々と続き、難解さが増す。はじめこそは割と分かりやすかったのに、『お化けだんだん』あたりから、次第に、支離滅裂となっていくのだ。大介の校閲作業がなかなか進まないのも、それが理由のひとつだ。

「おい、この部分も読んでみろ」

一場が、冊子をめくった。

そのページには、

『千駄木貝塚C地点の調査』

とある。読んでみると、

『C地点ではようやく完全な形で遺存していた貝塚を発見するにいたった。縄文時代だけで住居跡7軒を検出し、うち1軒は廃屋墓として2体が埋葬され、その上に径3m程の貝塚が形成されていた。』

……なるほど。このC地点で、例の縄文人二体の人骨……千駄木イケメンが発見されたんだ。

大介は、スマートフォンを再び手にすると、C地点の具体的な住所、『千駄木一丁目9－*』をマップで検索してみた。すると、藪下通り沿いの、『千駄木ふれあいの杜』から百メートルほどの位置がマーキングされた。

「今から、行ってみるか」

一場が、ぽつりと言った。

「え？」

「だから、『千駄木ふれあいの杜』にだよ。ここから、歩いて行けるだろう？」

「まあ、そんなには遠くないと思いますが」

「じゃ、行こう。すぐに」一場が、いきなり、カツ丼をかきこみはじめた。

なんだ？　いったいなんのスイッチが入ったんだ？　一場の姿を唖然として眺めていると、

「お前が気にしている『千駄木一家殺害事件』の犯人――」口をもぐもぐさせながら、一場。

「――まあ、裁判で否定しているからまだ正式な〝犯人〟ではないんだけど、仮にA子としておく。そのA子が、事件発覚二時間後にいた場所が、『千駄木ふれあいの杜』の前なんだよ」

「え？　マジで？」どういうわけだろう。全身に鳥肌が立つ。

「マジだ。しかも、事件現場は、『千駄木ふれあいの杜』から百メートルほどの、民家。ここだ」

スマートフォンに表示された地図をこちらに向けながら、一場はあるポイントに指先を置いた。

そこは、まさに、縄文時代の人骨……千駄木イケメンが発掘されたという千駄木一丁目9―＊の近く。『千駄木ふれあいの杜』の近くの高台だ。

「うっひょー、なんか、面白くなってきたな！」

一場が、子供のようにはしゃぐ。なんだかんだ言いながら、こいつは考古学が好きなんだな。やたらと詳しいし。

一方、大介は、少しやる気が削がれていた。近くにアゲアゲな人物がいると、すぅぅと冷めてしまうのは、昔からだ。

「でも、よく考えたら、ゲラとこの件は関係ないような気もしてきたし。なんか無駄な作業のような気もしてきました……」

が、一場の耳には届いていないようだった。紙ナプキンで口の周りを乱暴に拭くと、

「さあ、行くぞ」

と、まるで上司のような口ぶりで言った。

ますます、やる気が削がれる。大介は、残ったマロンクリームをスプーンでかき集めると、それをゆっくりと口に運んだ。

「ほら、行くぞ」

一場が、ぎらぎらとした視線で急かしてくる。大介は、そんな視線には動じないとばかりに、やはりのんびりとした調子で、オレンジジュースをちびちびと飲んだ。

そんな大介の心情を読み取ったのか、

「偶然ではないと思うな。お前が、あのゲラを読んで、『千駄木一家殺害事件』を連想したのは」

と、一場が、もったいぶるように言った。

「え？」

「『千駄木一家殺害事件』の犯人とされる女の名前、知ってる？」

「えっと、確か――」

裁判中ということもあり、ネット百科事典では被害者も加害者もアルファベットで表記されていたが、匿名掲示板ではずばり、その名前が晒されていた。下の名前はよくある名前だが、上の名前は珍しいので、印象に残っている。

「確か、五十部（いそべ）――」

「そう、五十部靖子（やすこ）。現在四十四歳。御茶ノ水（おちゃのみず）にある新聞社の総務で働いていた」

「御茶ノ水の新聞社って――、まさか、あそこ？」

「そう、あそこ。だから、報道規制が入ったんだよ」

「タブーって、……そういうことだったんですね」大介は、あからさまに肩をすくめてみせた。「あー、なんか、馬鹿馬鹿しい。いつもは加害者をとことん追い詰める新聞社が、自分のところの人間が事件を起こしたとなると、いきなり規制？　でも、他のメディアは？　他のメディアまでダンマリってどういうことですか？」

「お前だって、知らないではないだろう。マスコミどうしが繋がっているのは」

「そりゃ、そうですけど」

「しかも、この事件では、五十部靖子の責任能力も問われている。そういう意味でも、タブーなんだよ」

「責任能力？　なにか、疾患でも？」

「薬物依存症」

「大麻？」

「そう。……しかも、五十部靖子は売人だったという噂もある」

「売人？」

「あの女は、調べれば調べるほど、キナ臭いんだよ。どこにでもいる普通のおばさん……って感じだが、いい噂を聞かない。大学時代にはAVに出ていたっていう噂もあるし。……生まれ育った家庭環境も複雑だ」

「もしかして、そのことを記事にしようとして、お蔵入りになったんですか？」

「まあ、そういうことだな」

「なるほど。色々とキナ臭いですね」

「だろう？」

「で、あのゲラ……『縄紋黙示録』とどういう関連が？」

「あれを書いた作者は？」

「黒澤セイ」

「五十部靖子の旧姓は、〝黒澤〟っていうんだ」

「え？」

「さらに〝靖子〟の〝靖〟っていう漢字は〝せい〟とも読める」

「あ……」鳥肌を通り越して、身体中（からだじゅう）が冷凍マグロのようにかちんこちんに固まる。大介は、バカのひとつ覚えのように、瞬きを繰り返した。

「え、ちょっと待ってください。……ということは、黒澤セイは、……五十部靖子？」

「それはまだ分からないよ。ただの偶然かもしれないし」

「訊いてみます、早速、版元に！」

大介は、慌ててスマートフォンの電話マークを押した。が、

「そんなの、教えてくれるはずないだろう？　誤魔化されるだけだよ」

と、一場。冷静に考えれば、まったくその通りだ。

「いずれにしても、面白い案件じゃないか。調べてみようよ」

「調べるって……」

「だから、『千駄木ふれあいの杜』に行こう」

「でも……」

「今日は、天気もいい。腹ごなしのウォーキングとしゃれこもうぜ」

「えぇぇぇぇ」

「いいから、行こう！」と、一場は右手に冊子とスマートフォン、左手にジャケットを持つと、勢いをつけて席を立った。

「ちょっ、ちょっ」大介も、カバンとジャケット、そして伝票を手にすると、後を追うように席を立った。

それから三十分ほど歩いて、団子坂上までやってきた。

団子坂は古くからある坂で、歌川広重(うたがわひろしげ)の『名所江戸百景』の中にある『千駄木団子坂花屋敷』にも描かれている。ちなみに、江戸川乱歩(えどがわらんぽ)の『D坂の殺人事件』の〝D坂〟とは、団子坂のことである。

「へー。別名、〝潮見(しおみ)坂〟だってさ」

スマートフォンを見ながら、一場。その額にはうっすら汗が滲んでいる。

「ここから、東京湾の入江が見えたことによる……とあるけど。本当かな？　位置的に、見えないと思うんだけど。……ああ、この近くに森鷗外が暮らした観潮楼もあるのか。観潮楼というぐらいだから、やっぱり見えたのかな？　いやいや、聞いたことがある。森鷗外の家族だったかが、『観潮楼から海は見えなかった』と言っていたと。……まあ、縄文時代なら、話は別だけど」

ほんと、いろんなこと、知ってるな、こいつ。ここまでウンチクを垂れ流されると、癇にさわる。

「平安時代なら、海が見えたかもしれませんね」

大介は、顎（あご）をクイッと上げながら言った。

「え？」

「平安海進というのがあったようなので。平安時代は、この近くまで入江が迫っていた可能性があります」

「おう、平安海進のこと、よく知ってるな」

「常識ですよ」

本当は、付け焼き刃の知識だけど。主導権はこちらにあるのだということを、ここら辺で見せつけておかなくてはならない。大介は、

「あ、ここですよ。この道が――」

と、坂上から南方向に延びる細い道をガイドよろしく指差そうとしたとき、

「うん、藪下通りだな。この通りをまっすぐ行って、四つ目の道を曲がると、『千駄木ふれあいの杜』だ」

と、主導権は譲らないとばかりに、一場。

「詳しいですね」

「取材で何度も来ているからね。さあ、行くぞ」

おい、待て。主導権はこっちだぞ……と示す間もなく、一場がずんずんと歩いていく。仕方なく、その後ろを追う。

しかし、なんだ。『縄紋黙示録』にもあったが、なんとも不思議な道だ。

崖の中腹に自然とできた道……とあったが、確かに、東側は崖下。崖下の小学校のグラウンドが俯瞰(ふかん)できるほどの高低差がある。そして西側の高台は高級住宅街。住宅街はさらに段差になっているようで、ところどころ、階段やら坂やらが見える。

縄文時代はどうだったんだろうか。

この崖下は入江で、凪(なぎ)の海。一方、崖上は豊かな緑と集落。男たちは崖を下りてワイワイ言いながら貝や魚を採り、女たちは炉を囲んで籠(かご)なんかを編みながらおしゃべりに興じる。

そんな日常が浮かんできて、大介の唇がふと綻(ほころ)ぶ。

縄文時代。案外、楽しいかもな。行ってみたいな。

などと考えていると、先を行く一場の歩が、ふと止まった。大介の足も、自然と止まる。

「ここだ。ここが、『千駄木ふれあいの杜』だ」

え？　ここ？

大介は、小さく落胆した。思った以上に、そこはただの〝雑木林〟だった。

しかも、なにか理由があって放置された雑木林。危ない生物でも棲んでいそうな。事実、やぶ蚊も多そうだ。

案内板が出ている。大介は、それを読んでみた。

『千駄木ふれあいの杜

江戸時代、この辺りは太田道灌(おおたどうかん)の子孫である太田備中守資宗(びっちゅうのかみすけむね)が三代将軍徳川家光(とくがわいえみつ)から賜(たまわ)った下屋敷で、現千駄木1丁目一帯に及ぶ広大な敷地でした。（中略）そこには湧き水を源泉とする池があり、明治以降これは「太田が池」と呼ばれました。近くには森鷗外、夏目漱石らの文化人が住まいを構え、その作品の中に当時の風景を書き残しています。

昭和の初めまでに「太田が池」はなくなりましたが、昭和40年代まで屋敷内の庭には湧き水が残っていました。しかし時代の変遷とともに、その湧き水も涸れ、本郷台地東縁崖線の姿を伝える崖地の緑も、現在は「千駄木ふれあいの杜」を残すのみとなりました。

(中略) 平成28年3月に太田氏より区に寄附されました。

(後略)

文京区土木部みどり公園課』

「なるほど。つまり、この辺一帯は、もともと太田道灌所縁の太田氏の屋敷があった場所で、明治以降、土地は切り売りされて住宅街となるも崖部分のみが残り、文京区に寄附され『千駄木ふれあいの杜』となった……ということですか」

大介は、その案内板をつくづくと眺めながら言った。一方、

「千駄木一丁目すべてが太田氏の敷地だったわけか。かなり広大な敷地だな。東京ドームまるまる一個、入るかな?」スマートフォンで、マップを見ながら一場。「でも、東京ドーム何個分って、あの単位、東京ドームそのものだけを指すのか? それとも、アトラクション、ラクーア、ホテルも入れた東京ドームシティ全体の敷地面積なのか? な、どうなの? 校閲さん」

「東京ドーム単体です。建築面積でいえば、約四・七ヘクタールです」

「お、さすが」

「常識です。……それにしても、なんですね。ここだけ時間が止まったようですね。一見すると、放置された土地にも思える。〝杜〟というより、まさに〝禁足地〟です。このフェンスがまた、なにやら意味ありげな」

……それにしてもだ。こんな一等地の住宅街に、なんでここだけぽつんと緑地が残ったんだろう？　売り出したら、デベロッパーが放っておかないだろうに。あれこれと考えていると、

「なにかが、あったんだろうな」

一場が、そんなことを言う。

「なにか？　なにかってなんです？」

「いや、よくは分からないけど。……あ、でも、『太田が池』があったって、この案内板にあるじゃん。湧き水があったって。湧き水あるところに人が集まり、集落ができる。もしかしたら、ここは、縄文時代から神聖な場所だったんじゃないかな。古来、命の源になる湧き水は、〝神〟として祀られてきた」

「なるほど」

「ちょっと、気になるな」

「なにがです？」

「この近くに神社、あるよな？」

「ああ、根津神社？　この道をまっすぐに行けば、ありますよ」

「そう、根津神社――」

一場が、スマートフォンの画面に指を置いた。そしてしばらくは軽快に指を滑らせていたが、

「ビンゴだ」と、指を止めた。

「なにが、ビンゴなんですか？」

「現在ある神社は、たいがい、場所を遷されているんだよ。元あった場所から」

「そうなんですか？」

「その神社の本来の由来を知るには、元はどこにあったのかを調べるに限る」

「そうなんですか？」

「前に、宮司が起こした殺人事件を取材したときに、色々と教えてもらったんだよ。神社の本来の意味を」

「本来の意味？」

「まあ、それは、今は置いておくとして。問題は、根津神社。根津神社は、もともと、千駄

木にあったらしい」

「え？　〝根津〟神社なのに、千駄木にあったんですか？」

「根津神社のサイトによると、

『根津神社は今から千九百年余の昔、日本武尊が千駄木の地に創祀したと伝えられる古社で、文明年間には太田道灌が社殿を奉建している。

江戸時代五代将軍徳川綱吉は世継が定まった際に現在の社殿を奉建、千駄木の旧社地より御遷座した。』

　とある。

　さらに、ウィキペディアによると、

『１９００年ほど前に日本武尊が千駄木に創祀したとされる。文明年間（１４６９年―１４８６年）には太田道灌により社殿が造られた。

万治年間（１６５８年―１６６１年）に同所が太田氏の屋敷地となったため東方に移り、のちさらに団子坂上（現文京区立本郷図書館周辺、元根津）に遷座した。』

　とある」

「日本武尊？　ヤマトタケルノミコトって、実在したんですか？　伝説ではなくて」

「諸説あるけど、そのモデルになった人物は実在したと俺は考えている。蝦夷征討の――」

「エミシ……」

「先住民だ。簡単にいえば、縄文人の血を濃く受け継ぐ民だ」

「先住民……」

「そう。その先住民を征討するヤマト政権の大将だったのが、ヤマトタケルノミコトのモデルだったと、俺は考える」

「ヤマト政権……」

「そう。古墳時代の西日本に台頭した、新興勢力。大陸の影響を強く受けたこの勢力は、西日本をあっというまに飲み込んでいく。一方、東日本は、縄文時代からの生活スタイルが続いていた。そんな東日本に住む昔ながらの人々……縄文人を、ヤマト政権は〝蝦夷〟と呼んで、蔑み、そして敵対していた」

「なんか、嫌な感じですね」

「ヤマト政権は、たびたび東日本に征討隊を送り、先住民を捕虜として西日本に連れてきた。そして特定の場所に住まわせ、それが現在にまでいたる差別の——いやいや、この話は、ここではよそう。話が複雑になる。……いずれにしても、アメリカ大陸で起きたような、先住民(ネイティブアメリカン)と移民(白人)の戦いが、この日本でもあったということだ」

「なるほど」

「まあ、この話はややこしいので、今は置いておいて。問題は、根津神社の遷座経歴だ。……約千九百年前、蝦夷（エミシ）征討で西方からやってきたとある大将が、千駄木の地に神を祀る。時は流れて室町時代中期、太田道灌が社殿を造る。さらに時は流れて江戸時代に入ると太田道灌の子孫にあたる太田氏がこの地を幕府から賜り下屋敷としたので社殿は東方に遷り、後に社殿は団子坂上に遷される。さらに五代将軍徳川綱吉の代に、現在の土地に遷った……という経歴だ」

「転々としてますね」

「転々とすることで、神社の意味合いがどんどんこじつけられていくんだが、その経歴をたどって原点に戻ることで、その神社の本来の意味を推測することができる」

「本来の意味……」

「蝦夷征討の大将が、そして太田道灌が、どうしてここに注目したか」

「なぜ？」

「たぶん、古代から続く、なにかがあったからだ」

「なにが？」

「俺が推理するに、湧き水だと思う」

「どこに？」

「まさに、この地。『千駄木ふれあいの杜』に、根津神社の原形があったんじゃないかと」

「へー」

「つまり、太田道灌が鍵を握っているんだよ！」

「へー」

「なに、あまり、驚かない？」

「いや、なんていうか、あまりに情報が多くて、ピンとこないというか。……てか、太田道灌って？」

「マジか？　太田道灌、知らないのか？」

「名前だけは。でも、よくは知りません」

「江戸城を作った人だよ」

「江戸城を作ったのは、徳川家康ではないんですか？」

「それ、マジで言ってる？」

「違うんですか？」

「違うよ！　江戸城は、太田道灌が築城したの。徳川家康が生まれるずっと前にね！　徳川家康は、もともとあった江戸城を自分の城としただけ。今でいえば、古い空き家をフルリノベーションして住むようなもの」

「いや、ほんと、それは知りませんでした」

「江戸はね、徳川家康が一から構築したものじゃないんだよ。徳川家康が入城する前からそれなりの町はあったし、有力豪族たちがしのぎも削ってきた。それこそ、縄文時代から続く、古い土地なんだよ」

「分かりました。で、太田道灌って？」

「太田道灌は、鎌倉公方を補佐する関東管領上杉氏の一族である扇谷上杉家の――」

「分かりやすく言ってください」

「分かりやすく言えば、都知事の右腕って感じかな。室町時代の」

「つまり、室町時代、関東を統治するための役人を補佐した人ってことですね」

「そう。まさにそれ。……関東には、古くからの有力豪族がわんさかいて小競り合いも絶えなかった。さらに関東を統治する役人も身内でごたごたが続いてね。まあ、大変な時代だったわけよ。そんな時代を、太田道灌は華麗な手さばきでばっさばっさと仕事をこなしていった……と。だから、関東のあちこちに、太田道灌の伝説や言い伝えが残っているんだよ。そのひとつが、夢見ヶ崎伝説」

「夢見ヶ崎？」

「神奈川県川崎市にある小高い山なんだが、はじめ、太田道灌はそこに江戸城を築こうとした。が、夢のお告げによって、その地に築くのをやめた。で、今の地に江戸城を築いたんだよ」

「その夢を見なかったら、もしかして江戸城は川崎にあったのかもしれないんですね」

「そうだ。……こんな感じで、太田道灌にかかわる伝説は、どこかオカルトじみている。たぶん、実際、霊媒体質なところがあったんだろう。そんな太田道灌が、千駄木に社殿を建てたんだ。たぶん、ここにあったとされる湧き水になにか霊的な意味があったんだと思う。……ここでなにかを見たとか、なにかを感じたとか――」

なにやら、氷のように冷たい風が吹いてきた。空を見上げると、濃い灰色の雲が空を覆い尽くそうとしている。首すじがすぅすぅと寒い。大介は、ジャケットの襟を立てた。

なのに、どうしたことだろう。首すじが、汗に塗(まみ)れている。

「おい、どうした?」

「いや、寒気が」

「マジ? 九月末とは思えない、暑さだぜ? 見てみろよ、この太陽。まるで、真夏のようだぜ?」

太陽? 噓つけ。太陽なんか見えない。灰色の雲に覆い隠されてしまっている。

「俺なんか、暑いぐらいだよ。ほら、お前だって、汗、かいてるじゃないか」

確かに、そうだ。首も額も、汗びっしょりだ。でも、冷たいんだ。寒いんだ。かちんこちんなんだ。

大介は、さらに、襟を立てた。

なのに、一場はジャケットを脱ぎ、半袖シャツのまま、ずんずんと先に進む。

なにやらごにょごにょと説明をしているようだが、まったく、耳に入ってこない。

ただ。

『お化けだんだん』という言葉だけが、妙な響きを持って、耳の中をぐるぐる巡っている。

なるほど、『千駄木ふれあいの杜』のすぐ横に延びている階段が、『お化けだんだん』らしい。

あ。

なんだ？　体が。体が動かない！

あ。

なにかが聞こえる。

唸り声だ。……獣の唸り声だ！

あ。

あれは、なんだ？

……黒い影。大きな黒い影。こっちに来る、階段を下りてくる！

あ！

……痛い、なにかが、足を…………痛い！

なのに、

「上ってみようぜ」

などと、呑気な一場は、ひとり、ずんずんと進む。

いや、待て。そこは行ってはダメだ。

だって、そこには、そこには——

第二章　アラハバキ

それは、まるで、寝すぎた日の、目覚めのような感覚でした。

体のあちこちが痛くて、頭がどよんと重くて。……このまま、眠っていたい。

それでも、瞼（まぶた）を開けずにはいられない。なぜなら、その光。

そこに光があれば、それを確かめたいと思うのが、人間の性（さが）なのかもしれません。

そう。朝の光に導かれる花びらのように、私の瞼は激しく反応したのです。……開けないと。目を開けて、それを確かめてみないと。

こうなると、自分の意思ではどうにもなりません。瞼が、勝手に開いていきます。

が、そこは——。


白い白い、白い世界。

なにもない、白い世界。

闇のように、白い世界。

　でも、眼下でなにかがものすごいスピードで蠢いている。なにかが、激しく逆巻いている。

　ああ、私は死んだのだな……と思いました。

　というのも、私の母が死ぬときに発した言葉が、

「白い。……なにもない――」

　でした。

　脈はもう2時間も前からほぼないというのに、医者も匙を投げていたというのに、母は、砂抜き中のアサリのように細い呼吸を止めることなく、必死でこの世にしがみついていました。

　そして、いよいよ、心臓が止まろうとしたそのとき、

「白い。……なにもない――」

　と、言葉を発したのです。

　その言葉は、ひどくはっきりしていました。そしてチューブに繋がれた腕を上げ、なにかを探すように、あるいはなにかを追い払うように、手をワイパーのごとく揺らしながら、ついに、息絶えたのでした。

　その口は開いたままで、まだなにかを言いたげでした。

なにを言いたかったんだろう……と、親族の間でしばらく話題になったものです。ああでもない、こうでもない。みんな、それぞれ自分の都合のいいようにあれこれと推測して、勝手に盛り上がっていました。

でも、私は知っています。母の、最期の言葉を。

母は、

「あ」

と言ったのです。

文字にすれば、なんてことはない、一文字。でも、その意味は、途方もなく深く広いように感じました。

なにかに驚いたような「あ」。

なにかに恐怖するような「あ」。

なにかに気付いたかのような「あ」。

なにかに憤怒したかのような「あ」。

なにかに……。

いずれにしても、その「あ」は、「阿形（あぎょう）」そのものだと思いました。「阿形」とは、密教で宇宙のはじまりと終わりを示すと言われる「阿吽（あうん）」のうち、「阿」の形に開いた口のことです。口を開いたときに最初に出る音が「あ」ということで、「あ」は、万物のはじまりを意味しているとも言われているんだそうです。

母の口は、まさに、その「阿形」の形でした。そしてその形通り、母は「あ」と言ったのです。

おかしなものだと、そのときは思いました。最期の言葉が、はじまりを示す「あ」だなんて。なぜ、終わりを示す「吽（うん）」ではないのかって。

でも、これは、母だけではないのです。

私は、これまでにも何人かの臨終に立ち会ってきましたが、どの人も、その最期は「阿形」の口なんです。口を閉じた状態の「吽形」は見たことがありません。

思いました。

ああ、人間って、もしかしたらみんな「あ」と言いながら、死ぬのではないか……と。つまり、死とは、はじまりなのではないかと。

そんなことを、知り合いの医者に言ってみたことがあります。彼は言いました。

「それは、呼吸の問題だね」と。

「人間は、脈が止まったあとも、呼吸をしようと頑張るんだよ。結果、口が開く」と。

なるほど、そうかもしれません。でも、私は思うのです。

呼吸とは別の、意味があるんではないかと。
例えば、母の場合。その最期の瞬間、なにかを見たのではないか？
白い白い、白い世界で――、
なにもない、白い世界で――、
闇のように、白い世界で――、
母は、なにかを見たのではないか。
「あ」とつい、漏らしてしまうような、何かを。

いけない、いけない。

また、話が横道に逸れてしまいました。

戻します。


……そう、あのとき。千駄木の『お化けだんだん』で、私は不覚にも転んでしまいました。

その反動で意識がすぅぅぅと遠のき。

死んだと思いました。

ああ、死んだんだ……と。

不思議と、恐怖はありませんでした。悲しみも。絶望も。

いや、むしろ、どこか嬉しかったのです。

ほっとしたのです。

ようやく、「人生」という地下鉄から下車することができる……と。

……ああ、ようやくだ。

他者から見れば、恵まれた人生だったかもしれない。でも、地下鉄の車窓に流れる風景は単調で、その窓ガラスは車内の様子しか映さない。慣れればそれはそれで快適だったけれど、それでも、もう、うんざりだった。

早く降りたい。そればかりを考えてきた。そして、いよいよ、降りることができる。

でも、残した家族には後ろ髪を引かれた。

ごめんね。先に降りるけど、ごめんね。

……そんなことを思ったときです。

光が。光が、私の瞼を刺激したのです。

なに？　いったい、なにがあるのか？

確認したい欲求に駆られ、私は瞼に力を込めました。

現れたのは、

白い白い、世界。
なにもない、世界。
闇のように、白い世界。
そのときです。
「あ」
私の口から、言葉がこぼれ落ちました。
言葉とも言えないかもしれません。
それは、人類が言葉を獲得する以前から存在した、原始的な「あ」でした。
それは、本能が生み出す、原始的な感情の表現——。

4

「あ」
一場直樹は、ふいに、そんな言葉を漏らした。その指が捲るのは、『縄紋黙示録』と題された校正紙。

「なるほど。『あ』は、本能が生み出す、原始的な感情の表現か」

そうかもしれない。だとしても。

直樹は、その校正紙からいったん、視線を外した。

そして、しばらくは宙を眺め、頭を整理してみる。

なんとも、慌ただしい一日だったな。

図書館に行ったのが、ずいぶんと昔のことのようだ。

そう。千駄木貝塚の詳細を調べるために、千石図書館に行ったのは、今朝のことだった。そこで『文京区千駄木貝塚他発掘調査報告書』なる冊子を借りて。その足でファミリーレストランに行き、冊子を片手にランチをとり。ランチを終えると、冊子に記された住所を頼りに、千駄木まで足を延ばし。そして、たどり着いたのが、千駄木ふれあいの杜。

そこは、かの太田道灌ゆかりの地であった。案内板にもそう記されていたので、間違いないだろう。直樹の背筋に、さぁぁと鳥肌が走る。太田道灌。どういうわけか、この名前によく突き当たる。そして、ヤマトタケルノミコトという名前にも。事実、この近くの根津神社は、ヤマトタケルノミコトが祀られていた。

ああ、やはり、ここも——。

と、何気なく、目の前の石段を見上げていたときだった。

隣にいるはずの輿梠大介の姿がない。

「え？」

と、振り返ると、輿梠がうずくまるように地面に倒れ込んでいた。

「どうした？」

問いかけてみるも、返事はない。体の反応もない。

その顔は白く、呼吸も浅い。汗塗れの額に触ってみると、それは氷水のように冷たかった。

そして、体中が細（こま）かく痙攣（けいれん）している。

これは、まずい。

急いでスマートフォンを懐から引っ張りだし、一一九と押す。

救急車を待つ間にも、輿梠の容態はひどくなる一方だった。

打ち上げられた魚のように四肢がぴくぴくと痙攣を続け、時折ぴたりと動きを止める。そして、再びぴくぴくと――。

このまま、死んでしまうのか？

と、思った瞬間。

輿梠の口から、

「あ」

という言葉が発せられた。

と、同時に、目がぱちりと開く。

「どうした？」

問いかけるも、

「あ」「あ」「あ」「あ」

と繰り返すばかり。が、その視線は、明らかになにかを指している。

視線をたどると、自動販売機があった。

「なにか飲みたいのか？」

と問うと、微かに頷く。

もしかしたら、熱中症か？

確かに、熱中症の症状とよく似ている。

でも、今は秋だぜ？

いや、だからこそだ。今日は妙に暑い。こんな日は、脱水症状による熱中症の危険があると、聞いたことがある。夏ほど水分をとらない上に、汗をかくようなこんな陽気の日だからこそ。

「よし、待ってろ」

自動販売機に走り寄ると、早速ペットボトルの水を購入。キャップを開けて口に近づけてみるも、それじゃないと、飲んでくれない。

その視線は、相変わらず、自動販売機を指している。その視線を再度たどると、オレンジジュースにぶつかった。

オレンジジュースが飲みたいのか？

半信半疑で購入し、飲み口を近づけてみると、

ごくごくごくごく……

と、擬音が聞こえるほどの勢いで、それを飲み込む興梠。

ペットボトルの中身が減るにつれ、体も徐々に起き上がり、その様はまるで、昭和の頃に流行った玩具、ハッピーバード。

啞然として見守っていると、

「あれ？　ここは？」

と、興梠が、きょとんとこちらを見た。

まさしくあれだ。「ここはどこ？　私は誰？」

まさか、記憶を失くした？

と、途方に暮れていると、けたたましいサイレンを鳴らしながら救急車が到着した。

何事かと、付近の民家から、住人たちが顔を覗かせる。

「なんです？　どうして救急車？」

興梠が、やはりきょとんとした顔で質問してきた。

その顔色はよく、ろれつもしっかりしている。額の汗も引いたようだ。

「なにが……って。お前が乗るんだよ」

「え？　どうして？」

「だって、お前、さっきまで気を失ってたんだよ？　ひくひくって痙攣までして」

と、立ち上がるも、足はまだふらつくようだ。救急隊員の腕に倒れ込む。

「嘘ですよ。だって、ピンピンしている」

そのままストレッチャーに寝かせられて、あれよあれよというまに救急車の中に運ばれる。

その場の流れで、直樹も同行することになった。

初めての救急車。緊張していると、救急隊員がなにやら読経のような質問をはじめた。きっと、興梠の意識の状態を確認しているのだろう。

その質問に、ひとつひとつ答えていく興梠。

「こちらの声は聞こえますか？」

「はい」

「お名前は？」

「興梠……大介」

「どこか、痛いところはありますか？」

「特にありません」

「連絡する家族はいますか？」

…………。

が、興梠はこの質問には答えなかった。その代わりに、こちらに視線を飛ばしてきた。

今更ながらに、救急隊員がそんなことを訊いてきた。

「あなたは？」

「あ。えっと。……家族ではないんですが、同居している者です。……そうそう。元、同じ会社に勤めていた同期でして――」

直樹は、しどろもどろに答えた。

こうやって言葉にすると、なんとも説明しづらい関係だ。同居の理由を訊かれたら、なんて答えよう？　いっそのこと、同性婚しているんです……とでも答えようか？　まったくのでっち上げだが、それが一番ストレートで、相手も納得するだろう。

「なるほど」

が、救急隊員は、それ以上は訊いてこなかった。

救急車が、猛スピードで街を駆け抜けていく。

まさに、そこのけそこのけ救急車が通る……状態だ。トラックもバイクもタクシーも自家用車も、どれもが健気に道を譲る。

なかなかの、快感だ。

が、病院はなかなか見つからず、約一時間も彷徨（さまよ）った挙句、練馬（ねりま）の総合病院に搬送された。

「……ずいぶんと遠くまで連れてこられたもんですね。……僕、なんともないのに」

興梠が、バツが悪そうに、小さく呟く。

「まあ、いい機会だ。医者に診てもらえよ。どうせ、会社辞めてから、健康診断なんかしてないんだろう？」

「そりゃ、そうですけど。でも、本当になんでもないんですよ。いつものことですよ」

「いつものこと？」

「ごはんを食べたあと、一時間後ぐらいに、時々ああなるんです」

「それって――」

もしかして、糖尿病のサインじゃないか？

そうだ。上司の一人が、まさに、食後一時間して倒れたことがある。医者に行ったら、重度の糖尿病だと診断されたという。

案の定だった。

「糖尿病の疑いがありますね」

と、縦長のディスプレイに映し出された電子カルテを見ながら、歳頃三十そこそこの若い女医が無表情で告げる。そして、

「一時的に低血糖に陥り、そして意識を失ったと思われます」

「え？　糖尿病なのに、低血糖？」

興梠が、ややおどけた調子で言った。「糖尿病って、血糖値が高くなる病気ですよね？なのに、低血糖って？」

「糖尿病というのは、簡単にいえば、インスリンの問題です。インスリン、分かりますか？」

女医が、少々バカにしたような表情で言った。

「まあ、……聞いたことはあるけど」

出来の悪い生徒のように、興梠が答える。

「健康な人の場合、食事をして体内に糖質が入ると分解されてブドウ糖になり、血液に運ば

れます。そのとき膵臓からインスリンが分泌されます。血液内のブドウ糖の量をコントロールするのがインスリンの役割です」

「は……」

興梠が、ぼんやりとした表情で、相槌を打った。

「なるほど」

直樹も、分かったかのように相槌を打ってみる。この生意気そうな女医に、見下されたくないという思いからだ。

が、女医は、不遜な眼差しで、しかし視線はこちらには向けずに、続けた。

「日頃の不摂生や遺伝、老化などが原因で、インスリンの分泌が充分でなかったり、分泌のタイミングがズレたりすることがあります。すると、血液内にブドウ糖が必要以上に溢れるのです。これを放置するとブドウ糖により血管が傷つき、心臓病や腎臓病、失明、末端壊死などの合併症が現れます。これが、一般に糖尿病と言われる、二型糖尿病です。ちなみに、一型糖尿病は主に子供に発症する自己免疫疾患のひとつで、インスリンがまったく分泌されない病気のことです」

「は……」興梠が、遠い目をしながら、惰性で頷く。

「つまり、あなたは、二型糖尿病の疑いがあるというわけです」

女医が、突き放すように言った。

「いえ、それは分かります。分からないのは、なぜ、糖尿病なのに、低血糖になったかです」

直樹は思わず、口を挟んだ。

女医が、ちらりとこちらを見た。

「先ほど、インスリンの問題だと言いましたよね？　それが、答えです」

「は？　もう少し、分かりやすく」

女医は、あからさまに肩でため息をつくと、相変わらず視線を外しながら、言った。

「じゃ、もっと嚙み砕いて説明しましょうね。……食事をすると、血糖値が上がる。これは分かりますか？」

「ええ、まあ」

「上がった血糖値を正常値に下げるために、膵臓からインスリンが分泌される。……分かりますか？」

「ええ、はい、分かります」

「健康な人は、食事のすぐあとに訪れる血糖値の上昇に合わせてインスリンが分泌されて、血糖値をコントロールします。そのため、血糖値は大きくは上がらない。……分かりますか？」

「はい、はい、分かります」

「が、糖尿病患者は、そのインスリンが充分に出ないか、または分泌のタイミングがズレてしまうため、血糖値の上昇に間に合わずに、血糖値がどんどん上がってしまう。……分かりますか？」

「ええ、まあ、なんとなく」

「インスリンの分泌が充分でない患者は、そのまま血糖値が上がり続けます。上がったまま、なかなか下がりません。それが、糖尿病患者の症状です。

が、中には、インスリンの量は足りているけれど、その分泌のタイミングがズレてしまうために高血糖になる患者がいます。それが、興梠さんのケースです」

名指しされて、興梠の肩が、ぴくりと震える。

「この場合に、低血糖が起こるんです。……分かりますか？」

「いや、分かりません」直樹は、なおも口を挟んだ。

「はあぁぁ」

女医は、今度もあからさまにため息をついた。そして、

「ですからね。血糖値がどんどん上がると、血糖値を下げるために、インスリンを分泌しよ

うと必要以上に膵臓が頑張るんです。すると、大量にインスリンが分泌されて、血糖値が正常値に戻っても、血液内はインスリンで溢れている状態。結果、血糖値がどんどん下がってしまうんです。それが、低血糖の原因です」

「つまり、……インスリン注射を誤って多めに打ってしまったような感じですか？」

直樹がそう喩えると、女医がようやく、こちらに視線を合わせてきた。

「ああ、まさにそうです。インスリン注射は糖尿病患者に必要不可欠な処置ですが、対応を間違えると、低血糖を引き起こし、最悪、命を落とします」

「なるほど。興梠は、それが体内で起きてしまった……ということですね」

「まさに、その通りです」ようやく授業の内容を理解した出来の悪い生徒に飴を与えるように、女医が初めて笑った。

「でも、高血糖よりかは、低血糖のほうがいいんじゃないですか？　低ければ低いほど、いいということはないんですか？」

興梠が、信じられないことを質問した。

「バカだな。高血糖より、低血糖のほうが怖いんだよ。下手したら、死ぬ」直樹が言葉を挟むと、

「その通りです」

と、女医が、今度は聞き分けの無い三歳児をあやすように、優しく言葉をかけた。

「糖質は、人類にとっては必要不可欠な栄養素です。エネルギーのもとです。人間は、糖質がなければ、生きられません。特に、脳。脳の栄養分は、ブドウ糖のみです。だから、血糖値が七〇を下回ると、体に様々な症状が出ます。あなたの場合、痙攣と昏睡状態が見られたとのことですので、たぶん、五〇を切っていたのでしょう。そのまま放置すれば、死に至ります」

「でも、今はピンピンしてますよ？」

興梠が、両手を大きく振り回しながら、元気なことをアピールする。

「オレンジジュースを飲んだからですよ。それで、危機から免れたのです」

「へー。……でも、今、糖質制限ダイエットとか流行っているじゃないですか。糖質を制限しても、ケトン体がブドウ糖の代わりになるって、……前に担当した新書にありました」

「前に担当した、新書？」

「ああ、こいつ、校閲の仕事しているんですよ」直樹が、慌てて、補足する。「ちなみに、新書とは、本の形態のことで。ほら、書店に行くとずらーっと並んでいるじゃないですか。文庫よりちょっと大きめの小型の本が」

「ああ、なるほど」と、とりあえず納得する女医。が、その顔はなにやら歪んでいる。ゴキブリにでも遭遇したような。

が、興梠は、呑気(のんき)に話を続けた。

「その新書には、炭水化物などの糖質を摂取することにより、脂肪が蓄えられる。糖質こそが、脂肪を作る原因なのだと」

「それは、間違いありません。糖質は主にエネルギー源として利用されますが、それが余ると、脂肪として蓄えられます」

「だから、糖質を制限することで、脂肪を減らすことができると」

「まあ、……それも間違ってはいませんね」

「糖質を制限すると、すでに蓄えられている脂肪が分解されて、肝臓でケトン体が作られる。それが、ブドウ糖の代わりとなって、エネルギーになるって」

「……これだから、嫌なんですよ」

女医が、やれやれと肩を落とした。

「最近は、いろんな本が氾濫して、困りものです。特に、ダイエットに関する本の多いこと。医者の肩書きがある人ですら、偏った内容の本を出しては荒稼ぎ。しかも、医者ですらない素人までもが、根拠のないことをあれこれと書き散らして。まるで、どこぞの宗教の洗脳みたい」

「洗脳？」

「そうです。私に言わせれば、書店に並ぶダイエット本は、ほとんどが、洗脳道具です。まやかしです。インチキです」

女医が、校則を破った生徒に向き合う教師のごとく、前のめりになる。

「確かに、糖質制限は、一部の糖尿病患者や肥満患者には、有効な方法です。が、糖質を制限すると、様々な副作用が出てくることも、今、報告されています。特に、先ほどあなたが言った、ケトン体」

女医に睨まれて、興梠のきょとん顔がびっくり顔に変換される。まるで、犬に睨まれた、リス。

女医は、続けた。

「……ケトン体は、飢餓状態に陥ったときの、最終手段です。死に直面した危機的な状況下、体が蓄えた脂肪を分解して、ケトン体を作るんです。そして、それをエネルギーの代わりにするんです。喩えは悪いですが、海で遭難したときに、自分の尿を飲んで脱水と餓えを凌ぐようなものです。あなた、日常的に尿を飲みますか？」

「いや、それは……」しどろもどろの興梠。が、余計な一言も忘れない。「でも、飲尿健康法というのもありますよね――」

「じゃ、他の喩えにしましょう。飛行機が山の中に墜落したとしましょう。助けはなかなか来ない。食べ物も一切、ない。あるのは、同じ人間の死体だけ。……それを食べるようなものです」

「……まあ、確かに、そういう事件もありましたが――」いたたまれずに、直樹がおどけた調子で合いの手を入れたが、それは見事にスルーされた。

女医は、一気にまくしたてた。

「普段、人間は、共食いなんかしようとは微塵も思いません。考えるだけで虫酸が走ります。でも、激しい飢餓状態に置かれると、共食いすら平気になるのです。つまり、飢餓状態というのは、人間が長い年月築き上げた倫理も理性もすべて吹っ飛ばしてしまうほどの威力があるのです。ケトン体を意識的に作るというのは、そういう飢餓状態を自ら作り出すようなものです。

いずれにしても、ケトン体が作られるというのは、健全な状態ではないと、私は思っています。事実、ケトン体を作り出す肝臓には大きな負担になるし、なにより、ケトン体は強い酸性。血液中にケトン体が溢れると酸性に偏り、ケトアシドーシスとなります。これは、かなりの危険な状態です。放置すると、死に至ります。

つまり、ケトン体は、体を朽ちさせるほどの酸性を伴うのです。事実、ケトン体の臭いは、かなり臭いですよ。一般にはダイエット臭なんて言われますが、そんな言葉では片付けられないほどの悪臭です。悪臭というのはすなわち、体がそれだけ悲鳴を上げているサインなんです！」

女医は、椅子から体を浮かせると、強く断言した。が、体を椅子に戻すと、静かに、付け加えた。

「……と、私は考えます」

まるで、テレビの「諸説あります」のテロップのようだと、直樹の顔がつい綻ぶ。それを見逃すものかと、女医が、再び視線を合わせてきた。

「なにか？」

「いいえ」

「なにか、質問があるなら、今のうちにどうぞ」

「ああ、……えっと」なんで、俺が責められる形なんだ。……と思いながらも、「先ほど、先生は、糖尿病の疑いがある……とおっしゃいましたが、つまり、今はまだ糖尿病ではないと？」

「……今の段階では、限りなく糖尿病に近い、糖尿病型としか申せません。近いうちに、再検査にいらしてください」

「再検査？」興梠が、あからさまに嫌な顔をした。「面倒だな……。自宅からも遠いし」

「この病院でなくてもいいですよ」カチンときたのか、女医はさらに突き放すように言った。

「……ああ、文京区にお住まいですよね。なら、いい病院はたくさんありますよ。紹介状を書きますから、それを持って、お好きなところにどうぞ」

さすがに、その言い方はないんじゃないかな……と、直樹が口を挟もうとしたとき、

「本当に、糖尿病ですか？　だって、僕、全然太ってないし」

と、興梠が反論した。

「確かに、今のあなたは痩せ型です。……それは、昔からですか？」

「はい。僕の人生で、太った経験は一度もありません。なにを食べても太らないんで、痩せの大食いとよく言われたものです。女子なんかには羨ましがられて。というのも、甘いものをいくら食べても、全然、太らないんですよ」

「なるほど」

女医の顔が、微妙に反応した。そして、「やっぱり、糖尿病の可能性、大ですね」

「なんでですか？」

「日本人の場合、食べても太らないような痩せ型の人ほど糖尿病リスクがあるんですよ」

「どういうことですか？　日本人の場合って？」

「そもそも、日本人は、西洋人に比べて糖尿病リスクが高いんですよ」

「なぜ？」

「西洋人は狩猟民族で、日本人は農耕民族だからです」

「へ？」興梠が、またもや、間の抜けた顔をしてみせた。それはどこかふざけているようにも見える。女医の視線がさらにきつくなる。「はぁ」と、これ見よがしのため息をついたあと、演説でもするかのように説明をはじめた。

「つまり、カロリーが高いものを太古より食べ続けた狩猟民族の西洋人は、糖尿病になりにくい体に進化したんです。事実、西洋人の膵臓は強く、インスリンの能力も抜群。食べた分だけインスリンが働き、即座にブドウ糖を筋肉や内臓に運びます。そして、余ったブドウ糖をせっせと脂肪に変えてくれるので、西洋人は太りやすいのです。つまり、太りやすいということは、それだけインスリンが働いている証拠。西洋人に、百キロ超えの人がゴロゴロいるのは、そのせいです。

一方、農耕民族の日本人の膵臓の能力はそれほど高くなく、その能力は西洋人の半分と言われています。だから、インスリンの働きも西洋人の半分。結果、食べすぎると血液内にブドウ糖が溢れ、脂肪にも変換されない。だから、日本人の場合、太る前に、糖尿病を発症する人が多いのです」

「いや、待ってください。それには、矛盾があります」

興梠が、校閲者の顔になる。

「矛盾？」女医の顔に、恐ろしげな陰影が浮かび上がる。いわゆる、般若顔。

が、興梠も負けてはいない。

「糖尿病というのは、インスリンの問題だって、さっき、先生はおっしゃいましたよね？」

「そうですよ。インスリンの問題です」

「インスリンは、血液内の糖質をコントロールするんですよね？　糖質は、すなわち炭水化物」

「厳密にいうと、糖質とは、炭水化物から食物繊維を除いたものと定義されています」

「いずれにしても、広義的にいえば、糖質=炭水化物ですよね」

「まあ、ざっくりいえば」

「日本に農耕文化が入ったのは縄文時代晩期。約二千五百年前です。一方、中東やヨーロッパは約一万年前から農耕が根付いています。つまり日本は農耕後進国で、むしろ狩猟時代のほうが長いんです」

「…………」

女医はポーカーフェイスを維持しているが、その唇は微かに震えている。動揺しているようだった。

興梠は得意満面で続けた。

「一般的に〝縄文時代〟は狩猟時代だったと言われています。それはご存じですか？」

女医が、唇をひん曲げながら、小さく頷いた。

「その長さ、なんと約一万年！」

興梠が、なにやら楽しげに両手を掲げた。

「約一万年続いた縄文時代。なのに、教科書ではほんの一瞬で終わってしまいます。あたかも、日本の歴史は弥生時代からはじまった……と言わんばかりに。縄文時代一万年に対して、弥生時代から現代までたった二千四百年。この二千四百年だけを切り取って〝日本人〟を語るから、いろんな矛盾や違和感が生じるのではないでしょうか？」

「…………」

女医の唇は相変わらず、ひん曲がっている。

が、興梠はさらに続けた。

「先ほど、先生は、『西洋人は狩猟民族、日本人は農耕民族』とおっしゃった。でも、糖尿病メカニズムから見ると、農耕民族なのは、むしろ西洋人です。なにしろ、一万年前から農耕を続けている。だから、炭水化物……糖質をより分解しやすい体に進化してきた。

一方、日本では、狩猟時代が長く続いた。農耕をはじめたのは、たかが二千五百年前。だから、いまだ糖質に適応した体に進化していない……と説明したほうがしっくりくるのではないでしょうか」

「………」

ぐうの音も出ないとはまさにこんな顔……というお手本のような表情の女医。

「いずれにしても」

女医は、ぐっとなにかを飲み込むと、静かに言った。

「再検査が必要です。必ず、再検査してください。うちでなくてもいいですので」

女医は、もう二度と来るなとばかりに、「では、お大事に」と、くるりと背を向けた。

「あの！」

が、興梠は、なおもすがりついた。

「血糖値が低いと、……幻覚とか、そういうのを見たりしますか？」

「は？」女医が、いやいやこちらに視線を向ける。

「いや。……なんていうか。さっき、倒れたときに、変なものを見た……というか体験したというか……」

「変なもの？」

「いや、……気のせいです、たぶん」

「まったくないとは言えません」

「え？」

「血糖値が極端に低くなると、脳の働きに異常が出ます。そのひとつに、幻覚もあるかもしれません。事実、糖質やカロリーが日常的に足りないと、幻視や幻聴を体験することが多いと言われています。いわゆる、トランス状態です」

「カロリーも糖質もギリギリで、飢餓と隣り合わせの暮らしを続けていると、トランス状態になることもあるということですか？」

「まあ、そうですね」

「現実と幻覚の境目が分からなくなるということですか？」

「……そうですね」

「ドラッグをやったときのような」

「……まあ、近いかもしれません」

「ああ、なるほど」

興梠、ひとり、納得する。そして、直樹のほうに視線を向けると、

「縄文時代は、常にカロリーと糖質が不足していた。だから、人々は、日常的に幻覚の中に

いたんですよ。つまり、そこらじゅうに、この世のものでない〝神〟を見て、〝神〟を感じていたんです。まさに、シャーマニズムですよ。……ああ、そうか。黒澤セイもまた、その症状だったに違いない。だから、『縄紋黙示録』は、途中から、訳の分からない展開を見せるんですよ。でも、それは、すべて黒澤セイの幻覚なんですよ！　黒澤セイの場合、その原因は大麻だったけれど、僕の場合は――」

「大麻？」

女医が、怪訝な顔で睨みつけてくる。

「いや、なんでもないです。フィクションの話です、物語です。今、こいつ、ドラッグ中毒者の話を校閲してましてて――」

直樹は慌てて言いつくろった。

「さあ、もう、行こう。こんな時間だ。マロンちゃんがお腹すかせて待って――」

「あああ！」

女医が、突然、変な声を上げた。

「なに、これ、まただわ！」

女医が、取り憑かれたようにキーボードのEnterキーを連打しはじめる。

見ると、先ほどまでカルテが表示されていた縦長のディスプレイが真っ白だ。

「嘘でしょう！」

なにか、トラブルのようだ。とばっちりを受けないうちに立ち去らなければ。

「さあ、行こう」

直樹は、半ば強制的に興梠を椅子から立たせると、部屋を出た。


「僕さ、見ちゃったんですよね……」

帰りの電車の中、興梠が呟いた。

「見ちゃったって？」

「『お化けだんだん』で、見ちゃいけないものを、見ちゃったんですよ」

「だから、なにを？」

「……いいえ、いいです。幻覚だってことは分かりましたから。血糖値が下がりすぎて、頭の機能がバグってしまっただけなんです――」

それきり、興梠は無口になった。なにを質問しても、「はあ」だの「へー」だの、生返事だ。

それは、家に戻ってからも続いた。

直樹が話しかけても、やはり、生返事。

「なんか、腹減ったな。お前は？」

と、質問すると、ようやく、

「……冷蔵庫の中にあるもので、適当になにか作って、食べてください。犬のごはんも、ご自分でお願いします」

という、まともな答えが返ってきた。そして、

「僕は、ちょっと、仕事しますので。……覗かないでくださいね」

などと、まるで『鶴の恩返し』の鶴のようなことを言いながら、書斎に籠もってしまった。

そんなことを言われたら気になるのが人間だ。

帰りがけに買ったドッグフードを犬のマロンに与えると、書斎の前まで行ってみる。ドアが細く開いていた。そこから中を覗いてみると、興梠が机に向かって、一心不乱に仕事をしているところだった。机には、例の『縄紋黙示録』の校正紙。その手には、羊羹を一棹。興梠はそれをそのままかじっている。

おいおい。そんなの食べていたら、また——。

声をかけようと思った瞬間、

「ね、一場さん」

と、逆に声をかけられた。

「え？　いや、違うんだよ。トイレに行こうと思ってさ。……ごめん、間違えた」

と、咄嗟に子供じみた言い訳をしてみる。

「あ、トイレなら、玄関横ですよ」

「あ、そうか」

「そんなことより。……アラハバキってなんですか？」

「……あ、あら……あらはは——」

「アラハバキですよ」

「あらはばき？……いや、ごめん。知らない」

「一場さんでも、知らないことがあるんですね」

興梠が、くるりとこちらを振り向いた。

その表情に、ぎょっとする。

……なんだか、いつもの興梠ではない。別人のようだ。なにより、その目が据わっている。

……というか、やけに透き通っている。

初めて会った他人と接するような、変な緊張が走る。直樹は、それを隠しながら言った。

「『縄紋黙示録』に出てくる言葉か？」

「はい」

「検索してみた？」

「はい。……でも、ダメでした」

「ヒットしなかったのか？」

「いや、そうじゃなくて。……ネットに繋がらないんですよ」

「ルーターになにかあったんじゃないか？　再起動してみたら？」

「しました。それでも、繋がらなくて」

「スマホは？」

「スマートフォンも繋がらないんですよ」

「マジで？」

急いでリビングに戻ると、テーブルに置きっぱなしにしてあるスマートフォンを手にする。

「あ、本当だ」

キャリアのシステム障害か？　それとも、端末の設定がなにか間違っているのか？　ネットでそれを調べたくても、パソコンもネットに繋がらないという。

万事休す。

……しかし、なんだな。一昔前なら、こんなことでジタバタしなかったのに。なにしろ、ネットや携帯端末がまだそんなに普及していなかった学生の頃は、電話だけだった。電話だけで、事足りた。

よく、電話だけで、生活していたな。あの頃は、どうやって生活していたんだろう？

ぼぉーっと立ちすくんでいると、マロンが足元を舐めてきた。

思えば。こうやって犬を室内で飼うのだって、一昔前までは少数派だった。たいがいの犬は、外に繋がれていたものだ。今、外に繋いでいたら、動物虐待で通報される恐れすらある。猫だってそうだ。ちょっと前までは、猫は室内と外を自由に行き来していた。が、今は、室内飼いが原則で、外に出したらそのままどこかの団体に保護されてしまう。

いつのまにか、世の中、色々と変わってしまったんだな。

そして、一度変わると、なかなかそれ以前には戻れないものだ。

そんな昔のことではないのに。

というか、昔は、どうしていたんだろう？　こういうとき。なにかの言葉にぶつかり、それを知らなかったとき。どうやって調べていたんだっけ？

そうだ。辞書だ。そうだよ、辞書だよ。

直樹は、再び、書斎へと走った。

「辞書。辞書には載ってないのか？」

が、返事はなかった。

見ると、興梠が机に突っ伏している。その傍らには、辞書。「あ」のページが開かれている。

「興梠！　大丈夫か？　また、低血糖か？　だから、羊羹なんて――」

と、興梠の顔に手を近づけてみると、その呼吸は、寝息のそれだった。寝息というか、いびきだ。

「なんだよ、寝ちゃっただけかよ」

しかし、いきなり睡魔に襲われるのも、低血糖の症状のひとつかもしれない。このままにしておいて大丈夫だろうか？

「おい、興梠、大丈夫か？　おい！」

興梠の体を揺すると、「あ？」と興梠がようやく反応した。そして、

「……ああ、大丈夫です。大丈夫です。もう、寝ますんで。あとは、よろしくお願いします」と、ブツブツ呟きながら、興梠が書斎を出て行った。

「おい、本当に大丈夫か？」

「寝室に行って寝ますんで、……あとはよろしく――」

興梠が、子供のように目をこすりながら、二階へと続く階段を上っていく。そして、その突き当たりの部屋に消えていった。

「なんだよ、よろしくって」

校正紙とともに取り残された、直樹。

「ああ、やれやれだ。これじゃ、ホームレスしていたほうがよかったかもな。なんで、人の仕事を、俺がやらなくちゃいけないんだよ」

悪態をつきながらも、直樹は、『縄紋黙示録』の校正紙を手繰り寄せた。

……それが、二時間前。

直樹は、いまだ校正紙にかぶりついていた。

時計を見ると、もう午前零時になろうとしている。

が、眠りたいとは思わなかった。『縄紋黙示録』の内容が面白いからではない。むしろ、訳が分からなくて、イライラする。だから、気持ち悪くて仕方ないのだ。

つっこみどころが多くて、知らない言葉も多く出てきて。それをひとつひとつ検証してみたいが、なにしろパソコンのネットは切断されたまま。スマートフォンもだ。頼りの辞書も、あまりあてにならない。

ああ、気持ち悪い！　むずむずする！

分からないことがあったら、すぐに検索する癖が体の隅々まで浸透している。分からないという状態が長く続くと、耐えられない。

特に、アラハバキってなんだ？

随所随所に、出てくる言葉。が、その意味がよく分からない。

「ああ、もう、マジで気持ち悪い！」

直樹は、机の上に転がっていた羊羹を手にした。興梠の食べかけだ。人の食べかけを食らうなんてはしたないことはしたくないが、今はとにかく、脳がギンギンしてたまらない。これを鎮めるには、羊羹しかない！……とばかりに、直樹は、それを口にした。

「……ああ、うまい。五臓六腑に染み渡るようだ」

あああ……と深呼吸すると、脳も落ち着いてきた。

直樹は、「ふぅぅぅ」と長めに息を吐き出すと、捲った校正紙を戻し、前に遡ってみた。

「そうなんだよ。ここから、なにか様子がおかしくなるんだ。〝私〟が、『お化けだんだん』で転倒して、なにか光を見たあたりから――」

＋　＋　＋

光が。光が、私の瞼を刺激したのです。

なに？　いったい、なにがあるのか？
確認したい欲求に駆られ、私は瞼に力を込めました。
現れたのは、
白い白い、世界。
なにもない、世界。
闇のように、白い世界。
そのときです。
「あ」
私の口から、言葉がこぼれ落ちました。
言葉とも言えないかもしれません。
それは、人類が言葉を獲得する以前から存在した、原始的な「あ」でした。
それは、本能が生み出す、原始的な感情の表現――。
「あ」
私の発したこの言葉に反応するかのように、なにか、音が耳元でしました。
それは、打楽器のようでもありました。
そう、何かを叩いている。

が、微かに旋律らしきものも感じられます。

不思議な音色です。

私は、耳を澄ましました。


ア……ラ……ハ……バ……キ……


これは、もしかして、人間の声？

誰かが、歌っている？

私は、さらに、耳を澄ましました。


ア……ラ……ハ……バ……キ……


今度は、鮮明に聞こえました。

「アラハバキ」

と聞こえます。

ア……ラ……ハ……バ……キ……


その声は、なにかを促しているようでした。

私に、なにかを強要しているようでした。

と、その瞬間、世界がくるりと反転しました。

白から、黒へ。

でも、ただの黒ではありません。小さな点がびっしりと詰まった、黒。吐き気を催すような、恐怖心で身体中が震えるような、……そう、顕微鏡でダニの大群を見てしまったときのような、ぞくっとした感覚。

私は、一瞬、目を閉じました。が、もう一度、ゆっくりと開けてみると。

それは、星空でした。

恐ろしいほどの、星空でした。

ここは、プラネタリウム？


ア……ラ……ハ……バ……キ……

また、そんな声がします。

その声に導かれるように、私はゆっくりと体を動かしました。

なんだか、不思議な感覚です。

とても、体が軽い。まるで、自分の体ではないような。

と、そのときです。私の体はなにかによって引き上げられました。宙に浮いたような感覚です。視界もぐんと上がりました。

「あ」

私は、またしても、その言葉を発しました。

もう、それしか発することができませんでした。

なぜなら、私は、言葉を失っていたからです。

言葉は失っていましたが、感覚はひどく鋭くなっていました。

そこにいる人々のすべての心の中を読み取れるほどに。

そう、私の前には、数人の人間がいました。

圧倒的な星空の下、煌々（こうこう）と輝く巨大な焚き火。

焚き火を巡るように、蹲踞（そんきょ）の姿勢で座る人々。

その様は、まるで、深夜のコンビニにたむろする、ヤンキーの集会のようでした。

でも、たぶん、ヤンキーではありません。

なぜなら、彼らは、服を着ていません。その代わりに、奇妙な飾り物を身体中にまとっています。

……いいや、違います。あれは、刺青(いれずみ)です。見事にデザインされた彩りの刺青を、彼らは身体中に入れているのです。

そして、誰かが叩くリズムに合わせて、
ア……ラ……ハ……バ……キ……

と、唱えます。

ア……ラ……ハ……バ……キ……

歌は、続きます。

私の視点は、さらに引き上げられました。

そして、次の瞬間。

私の身体は激しい力で、地面に叩きつけられました。

不思議と痛みはありませんでしたが、私に同情するかのように、「くぅぅうん」と悲しげな唸り声を上げながら、なにかが近づいてきました。

それは、犬でした。

痩せた、犬でした。
臭いのきつい、雌犬でした。
犬が、私に顔を近づけてきました。
「あ」
私は、またもや、そんな声を上げていました。
なぜなら、その雌犬の目に映った、私の姿。
……それは、子犬だったのです。
生まれたばかりのような、小さな子犬だったのです。

＋　＋　＋

なにか、生温かい気配を感じ、直樹は恐る恐る、瞼を開けた。
うん？
なんだ？　このビー玉のように、うるうるとしたものは。
うん？
なんだ？　なにかが、映っている？

うん？

俺？　俺の姿か？

「うわっ」

直樹は、思わず、声を上げた。その声に応えるように、うるうるとした玉が、さらに近づいてくる。

「くぅぅぅぅん」

その鳴き声は、マロンだった。

直樹が保護したミックス犬だ。そのビー玉のようなうるうるとした目はチワワのそれなので、たぶん、チワワの血を引いているのだろう。あとは、シーズーの面影もある。いずれにしても、まさにぬいぐるみのような可愛らしさだ。

「なんだ、マロンちゃんでちゅかぁ」

直樹は、自分でも信じられないぐらいの甘い声で、その名を呼んだ。

「どちた？　おなか、しゅきまちたか？」

そうだ、その通りだというように、マロンがくぅぅーんと鳴く。

「よちよち、ごはんにちまちょうね」

体をよっこらしょと起こすも、なにやらあちこちが痛い。

しかも、その腕には、色とりどりの付箋。

「え？」

ようやく、直樹は自身の現状に気がついた。

「そうか。これを読みながら、眠っちゃったのか」

デスクの上には校正紙。

『縄紋黙示録』

しかし、つくづく、変な小説だ。

いや、そもそも小説なのか？　それとも、ノンフィクション？

いや、間違いなく小説だろう。しかも、子供騙しなファンタジー。

なにしろ、千駄木の『お化けだんだん』で転倒した主人公が、縄文時代へと旅立つ。いわゆるタイムスリップものだ。しかもだ。その時間はほんの一瞬。

そう、転倒して気を失っていた一瞬のうちに、主人公は縄文時代を旅するのだ。まさに『浦島太郎』のそれだが、異なるのは、タイムスリップするのは主人公の〝意識〟のみ。その〝意識〟が、子犬、カラス、蛇の体を借りて、縄文時代を見聞するという流れだ。その構成は、『浦島太郎』というよりダンテの『神曲』。

――森の中で迷ったダンテが詩人ウェルギリウスと出会い、彼を案内人に、地獄、煉獄、天国を旅する物語。

それとも、平田篤胤（ひらたあつたね）の『仙境異聞（せんきょういぶん）』。

――江戸末期、天狗（てんぐ）にさらわれて異界に行ったとする少年のインタビュー集。

「うーん」直樹は、唸りながら、腕を組んだ。

なぜ、黒澤セイこと五十部靖子は、こんなものを書いたのか。なにが、目的で？

たぶん、あの事件となにかしら繋がりがあるのだろう。だから、轟書房もこれを出版しようとしているのだ。

「でも、本当に事件と繋がりなんてあるのか？　こんな、ファンタジーもどきが？」

いや、あるのだ。でなければ、天下の轟書房が、出版するはずもない。仮に自費出版だとしても。ある程度のレベルに達していない原稿は受け付けないはずだ。そのある程度に、この作品は、どう贔屓目（ひいきめ）に見ても達していない。ということは、やはり、作品の内容以外の部分でこれを出版する意義があるはずなのだ。

「うーん」

直樹は、腕を組み直した。

このゲラを託された興梠大介もまた、「うーん」と唸りながら、腕を組んでいたことを思い出す。

彼が、頭を抱えるのも無理はない。校閲者としていったいどこまで見ればいいのか。一から創作のファンタジーならば、架空の出来事ということで裏付けもそれほどは必要ないだろうが、この作品の中に出てくるのは「縄文時代」。ある程度の時代考証は必要だろう。

直樹は、付箋を貼り付けたページを広げた。

例えば、この部分。

主人公が、最初に目撃する縄文時代の光景だ。

男たちが、蹲踞（そんきょ）の姿勢で焚き火を囲んでいる。その姿は裸で、刺青が施されている。その様は、たむろするヤンキーのようだと。

蹲踞というのは、簡単にいえばしゃがんでいる姿で、土俵上の力士を想像すると早い。仕切り前のあの姿を言う。または、剣道でも立合いの前にしゃがむが、あれがまさに蹲踞だ。蹲踞というのは、日本伝統の姿勢で、巫女（みこ）もまた、神の前であの姿勢をとる。

いや、なにも、力士や剣士、巫女に限ったことではない。日本人は古来、どんな人であろうと、蹲踞の姿勢をとってきた。その一例が、蹲踞（つくばい）。つくばいとは、手を清めるための手水（ちょうず）鉢（ばち）のことで、鉢は低い場所にあり、手を洗うには「つくばう（しゃがむ）」必要があることからその名がある。

つまり、日本人は「しゃがむ」ことを日常的に行ってきた民族で、それは、縄文時代からだとも言われている。

大学時代、上野の国立科学博物館で〝蹲踞面〟を持つ縄文時代の人骨を見たことがある。蹲踞が習慣化すると、股関節、膝関節、足首の関節に独特な小関節面または圧痕ができるのだが、それを〝蹲踞面〟というらしい。その蹲踞面が認められる個体が縄文時代の骨には多く見られるというのだ。

つまり、日本では、縄文時代から蹲踞が日常的な姿勢だったのだ。〝正座〟が一般的になったのは江戸時代からだと言われているが、それ以前は、蹲踞の姿勢が日本人の習慣だったようだ。

が、今は、欧米化の影響で、蹲踞の姿勢をとるのは一部の人に限られている。その一部の中に〝ヤンキー〟がいる。彼らは、誰に教えられたわけでもなく、伝統的に、あの姿勢をとる。

「……俺も、やってたっけ」

直樹は、苦笑いしながら、ひとりごちた。

直樹の出身地は、群馬だ。群馬にいる限り、ヤンキースタイルは切っても切り離せない。むしろ、ヤンキースタイルが常識だったのだ。髪を染め、高くそびえ立つようなリーゼントにし、制服を加工し、焼ごてでタトゥーを入れ。

ところが、ヤンキーの特徴のひとつでもある、あのヤンキー座り（蹲踞）がなかなかできなかった。物心ついた頃には洋式便所で、大便をするときだってしゃがむことはなかったせいで、あの姿勢をとるのは、ハードルが高かった。でも、ヤンキーになるには、まず、あのヤンキー座りをしないことにははじまらない。

そう。ヤンキー座り……すなわち蹲踞という姿勢は、案外、難しいのだ。かなりの訓練と忍耐が必要だ。

それを日本人が伝統的に続けてきたというのを知ったのは大学に入ってからだが、そのとき思ったのが、蹲踞を自然と体得してしまうヤンキーというのは、実は日本の古い伝統を受け継ぐ究極の保守なんではないか？　ということだった。なにしろ、ヤンキーは地元愛が凄まじい。それが縄張り争いや、裏切り者に対する制裁に繋がるわけだが、本をただせば、その暴力は地元愛、はたまた同胞愛に他ならないのだ。そして、彼らは祭りも大好きだ。祭りとなれば、なにを差し置いても参加する。さらには、その徹底した縦社会。礼儀には厳しく、先輩後輩の関係は一生もので、その関係性はなにがあっても崩れることはない。

そんなヤンキーの習性こそが、日本の伝統そのものなんじゃないか？

ヤンキーが蹲踞の姿勢をとるのも、偶然ではなく、知らず知らずのうちに伝統を引き継いだものなのではないか？　そう、ＤＮＡレベルまでに刷り込まれた、伝統なんじゃないか？

そんなようなことを大学時代に考えて、北関東のヤンキーの生態を調べたこともあった。そして、行き着いたのは、「北関東の人は、縄文人の特徴を強く受け継いでいる」という結論だ。縄文人の特徴としてよく挙げられているのは、天然パーマ、濃い体毛、湿った耳垢、彫りが深い顔、大きい鼻、そして、長頭。長頭というのは、頭を上から見たとき横幅よりも前後の長さが長い頭をいう。白人や黒人の頭がまさにそれだ。ちなみに、短頭というのはその逆で、上から見たときに横幅より前後の長さが短い頭をいい、いわゆる絶壁頭を想像すると分かりやすい。一般的に、長頭は縄文人の特徴で、短頭は弥生人（渡来人＝新モンゴロイド）の特徴だと言われている。それらの特徴を引き継いでいる人が北関東には多く、つまり、北関東には縄文人の遺伝子を濃く受け継ぐ人が多くいるということだ。事実、先祖代々、群馬に根付いている直樹もまた、長頭だ。そして、チリチリの天然パーマで、彫りが深い。この顔のせいで、よく外国人とも間違われ、職務質問にも遭っている。

北関東だけではない。ヤンキーが多いと言われている沖縄でも、北関東以上に縄文人の特徴を強く受け継いでいる人が多い。

もしかしたら、ヤンキー文化は縄文時代の名残なのか？……などと、大学時代の直樹は真剣に考えたりもしたが、黒澤セイもまた、同じようなことを考えたのか？

それで、縄文時代の男たちに「蹲踞」の姿勢をとらせたのか？

それとも、本当に、意識だけが縄文時代にタイムスリップして、見たままのものを記しただけなのか？

「んな、わけないじゃん」

直樹は、頭を振った。足元では、マロンが今か今かと、こちらを見上げている。

「まってててくだちゃいね。すぐにごはんにちまちゅからね」

それにしても。今、何時なんだ？

マロンがごはんを欲しがるぐらいだから、もう朝だとは思うのだが。

が、この書斎には、窓がない。たぶん、図面上ではここは「部屋」ではなく、「納戸」とか「サービススペース」とか呼ばれる場所なのだろう。

直樹は、書斎の中をぐるりと見渡した。

時計らしきものもない。

ノートパソコンがそこにあるが、どこか具合が悪いらしく、電源が切れたままだ。起動してみようかとも思ったが、人のパソコンを勝手に触るのも気がひける。

なら、あとは自分のスマートフォンしかない。が、これがどういうわけか、ボタンを押してもうんともすんとも言わない。ディスプレイが真っ黒なままなのだ。

これも、壊れたか？

万事休すだ。

そう思ったら、急激な眠気がやってきた。

直樹は、倒れるように机に突っ伏した。

足元では、マロンが相変わらず、悲しげに鳴いている。

そうか。ごはん。ごはんをやらなくちゃ。

でも、眠いんだよ。たまらなく、眠い。体が、動かないほどに。

でも、ごはん、やらなくちゃ。マロンちゃんにごはんを——。

眠りと覚醒の間を漂っていると、意識の隅で、誰かが何かを呟いているのが聞こえてきた。


ア……ラ……ハ……バ……キ……

いや、呟いているのではない。歌っているのだ。まるで、抑揚の激しいお経のように。

ア……ラ……ハ……バ……キ……

ああ、そうだ。

でも、パソコンもスマホもダメで。

「アラハバキ」。この言葉の意味を調べようとしていたんだっけ。

ア……ラ……ハ……バ……キ……

いや、でも、待て。

どこかで聞いたことがあるような気がする。

アラハバキ。

どこだっけ？　どこで――

＋　＋　＋

ア……ラ……ハ……バ……キ……

ア……ラ……ハ……バ……キ……

ア……ラ……ハ……バ……キ……

歌は、まだ続いているようでした。

私は、自分の姿を確認するかのように、もう一度、その雌犬の目を凝視しました。

映るのは、やはり、子犬。生まれたばかりの、胞衣(えな)の名残があちこちに見える、濡れた子犬でした。

え？　もしかして、この子犬は、私？

理屈ではさっぱり分かりませんでした。

でも、感覚では、なんとなく理解していました。

「ああ、私は、意識だけここに飛ばされたんだ。そして、子犬の中に入ったんだ」

そして、私は、どこに飛ばされてきたのかも、直感で理解していました。

「ここは、縄文時代だ」

でも、目に映る光景は、私の知っている縄文時代とは、少し違う気もしました。

とはいえ、私が知っている縄文時代の光景は誰かが想像したもので、それを鵜呑(うの)みにしているに過ぎません。例えば、博物館に展示されているような、縄文時代の再現ジオラマ。麻袋のような服を着て、長い髪を後ろで結った髭面(ひげづら)の屈強な男たちが、イノシシを追いかけ弓を引いているような、あんなイメージ。あれを縄文時代だと思い込んでいますが、そのイメージが真実とは限りません。私たちが認識している恐竜だって、化石を基に誰かが想像したものに過ぎず、それが正しいかどうかは分からない。事実、昔は爬虫類のようだった恐竜のイメージが、今では鳥類に近いイメージに描き直されています。将来は、もっと違うものになっているでしょう。

つまり、DNA解析だなんだと人類は進歩しているように見えて、その大半は〝想像力〟に頼っているのです。

あるいは、この世の中そのものが、誰かの〝想像〟なのかもしれません。

だとしたら、今、目の前で繰り広げられている光景も、〝想像〟の範囲なのかもしれません。

でも、私の意識ははっきりと、こう結論づけています。

「ここは、縄紋時代だ」と。

想像であれ、現実であれ、ここは縄紋時代だと。

でなければ、説明がつかないのです。

私の姿が子犬になっていることも、そして、目の前で繰り広げられている光景も。

目の前では、男たちが数人、蹲踞の姿勢で大きな焚き火を囲っている。

男たちはみな若く、少年のようです。髭を生やしている者はいませんが、髪はそれぞれです。長い者もいれば短い者もいる。思い思いの髪型で、なにか羽根のようなものをつけている者もいれば、なにかで染めている者もいる。

そして、その裸体はどれも細くしなやかで、つやつやと張りがあり、痛々しいほどに美しい。痛々しいと感じたのは、それが刺青だからです。顔はもちろん、体の隅々まで、びっしりと刺青が施されている。まるで、高級なペルシャ絨毯のような。

ああ、そうです。まさにペルシャ絨毯。漆黒の闇に浮かび上がる、何枚もの色鮮やかな絨毯。焚き火のオレンジ色がその模様をさらに美しく照らして。

なんとも言えない神秘的な光と影のゆらめき。

私は、しばし、うっとりした心持ちでその絨毯の饗宴を眺めていました。

が、心の隅で、嫌な記憶が疼き出したのも事実でした。

この光景は、さながら、空き地で焚き火をしているヤンキーのようでもあったからです。

なぜ、そんなことを連想したのか。

それは、私の小さい頃の記憶のせいです。

私は小さい頃、親の事情で北関東のある地域に住んでいました。

ひどく閉鎖的な地域で、私は結局馴染めなかったのですが、兄は馴染もうと必死でした。

それまで成績もよく優等生だった兄でしたが、あるときからぱたりと勉強をやめてしまったのです。そして学生服を加工し、髪も金色に染め、腕には夕トゥーまで。

親は毎日のように兄を叱り飛ばしていましたが、兄はそうするしかないのだという諦めに似た冷笑を浮かべるだけでした。そう、その地域で無事に過ごすには、その地域のコミュニティーに染まるしかないのだと。

兄は、基本的に優しい人間でした。私のことも可愛がってくれました。だから私も大好きで、兄が行くところならどこでもついていったものですが、その地域に越してきてからというもの、兄は私を遠ざけました。それはきっと、兄なりの思いやりだったに違いありません。私を守るために。

兄はいつしか家に帰らなくなり、警察に補導されることも数回。すっかり、不良となってしまいました。

両親も匙を投げるしかありませんでした。

そんなあるとき。兄が、焼死体で見つかったのです。

警察は〝自殺〟で片付けてしまいましたが。

でも、私は、目撃したのです。

兄が、数人の男たちにリンチされ、挙句、焼かれたところを。

が、私はそのことを今まで誰にも言ったことはありません。

言ってはいけないと思ったからです。

言ってしまったら、今度は自分がやられると。

だから、私は、記憶の奥の奥にそれをしまい込み、何重にも施錠をしてきました。

だというのに。その記憶があっけなく飛び出してきたのです。

その、ペルシャ絨毯の饗宴を目の前にして。

私は、記憶と対峙するように目を見開きました。

そのとき、

「見てはいけません」

誰かの声がしました。

見ると、それはあの雌犬でした。出産したばかりなのか、臭いがきつく、その股間からはへその緒も延びています。

「見てはいけません」

雌犬は、繰り返しました。

もちろん、犬がそうしゃべったわけではありません。

私の意識の中に、直接語りかけてきたのです。

もしかしたら、これが世に言うテレパシーというものなのかもしれません。言葉ではないなにかが意識を振動させ、その振動が、私の中で、〝言葉〟に変換されるという感じです。

　もっと分かりやすく言えば、私の中に翻訳機のようなものが埋め込まれていて、一瞬のうちに、自分が理解できる言葉に訳してくれるという感じでしょうか。

「見てはいけません、坊や」

　坊や？　そう、どうやら私は、雄のようでした。股間には、その印が見えます。

「見てはいけません。目をつむるのです」

　雌犬は、さらに続けました。あまりにしつこいので、

「なぜですか？」

　と私は尋ねました。

「あなたは、死んでいるからです」

「え？」

「だって、あなたは、先ほど、あの人間たちの手によって殺されたんですよ」

「でも、生きています。ちゃんと生きています」

「そうです。運悪く、あなたは生きながらえてしまった。本当なら、あなたの兄弟とともに、死んでいなくてはならなかったのです」

　雌犬の視線が、ふと悲しげに揺れます。

　その視線の方向を見ると、四肢をもがれた、あるいは黒焦げになった小さな塊があちこち

に転がっています。

「あなたと一緒に生まれたあなたの兄弟です。みな、生まれると同時に、殺されました」

「なぜですか？」

「男だったからです」

「男は、殺されるんですか？」

「そうです。ここには、もうすでに男がいます。これ以上は必要ないのです。男が増えると、災いの元にしかならないからです」

「つまり、男は間引きされると？」

「そうです。だから、坊や。あなたも死ななくてはなりません」

「いやです、いやです」

「ならば――」

雌犬の口が、私の股間を探りはじめました。まさか。まさか、それを噛みちぎろうとしているのか？

「そうです。これを取ってしまわないと、あなたは、あの人間たちに殺される運命です」

「いやです、いやです、やめてください、やめてください、やめて――」

5

（二〇＊＊年十月一日火曜日）


「やめろ！」

そんな自分の声に驚いて、直樹は目を覚ました。

なんだ。……めちゃ、変な夢を見た。

直樹は、反射的に股間を押さえた。

よかった。とりあえずは、無事だ。と、安堵のため息を漏らしていると、
ちんちろりーん……

と、素っ頓狂な音が聞こえてきた。

メールの着信音だ。自分で設定した音だが、我ながら、趣味が悪い。

スマートフォンを手にすると、メールが到着したことを知らせるメッセージが表示されている。

なんだ、よかった。スマホ、復活した。

と安心したのもつかの間、そのメールの内容を見て、直樹は、

「ひぃぃぃ」

と、小さな悲鳴を上げた。


「で、今日はどうしたんですか？」

「金を、貸してほしい」

「え？」

直樹は、駒込駅から数分、六義園近くのファミリーレストランに来ていた。

この辺には出版社がいくつかある。そのひとつは大手出版会社の帝都社で、そのためか同業者と思われる客がちらほら見える。隣のボックス席でうなだれている男はAというフリージャーナリストで、ドリンクバーを行ったり来たりしている女はBというフリーの芸能記者で、斜め後ろで煩く電話をしまくっているのはCというライター。どいつも、帝都社お抱えだ。

直樹は、声を潜めて、もう一度言った。

「金を貸してほしい」

「なに言ってんですか」

なのに、相手は、周囲に聞こえるように声を張り上げた。たぶん、わざとだ。

「先月、前金として二十万、振り込んだばかりじゃないですか」

あちらこちらから、視線が飛んでくる。そのひとつ、Bの視線とかち合った。直樹はさらに声を潜めると、

「ああ、確かに、二十万、受け取った」

「もしかして、もう使い果たしたとか？」

直樹は、無言のまま、こくりと頷いた。

「まったく、これですよ」

そう言いながら、いかにもな感じで肩をすくめたのは、土方(ひじかた)という名の編集者だった。その名字にちなんで、こっそり「としぞう」と呼んでいる。千駄ヶ谷(せんだがや)にある大手出版社に勤める男で、直樹より五歳下。元はウェブライターで、かつては直樹がこの男を使っていた。が、今では、その立場は逆転している。片や天性の男芸者振りを発揮し大手出版社に潜り込み、片や、天性の無愛想がアダになり大手出版社を放り出されて、野に下る。直樹はもちろん、後者だ。

「まったく。もう少し、考えながら使ってくださいよ。昔は湯水のように経費を使える立場だったかもしれませんが、今はそういう身分ではないでしょう？」

湯水のように使わなくても、なくなるもんだ。たかが、二十万円。一週間もすればぱーだ。

そう思ったが、直樹はぐっと堪えた。

なぜなら、今日は、なにがなんでもこの男から金を引っ張りださなくてはならない。なにしろ、今朝方、消費者金融から督促のメールが届いたのだ。今月分の返済日を二日過ぎている、今日中に今月分の返済金を振り込んでください云々。文面は優しげだったが、油断はならない。なにしろ、その消費者金融は今でこそアイドルを起用してテレビCMを流しているような会社だが、もともとは泣く子も黙るヤミ金業者、その追い込みは業界一だ。督促が来たなら、とっとと払うが吉。が、銀行口座にはもう一万円もない。財布の中身は千円札が一枚とあとは小銭が六百円ほど。

「ほんと、勘弁してくださいよ……」

土方は、モーニングセットのトーストをかじりながら、恨めしそうに言った。

「僕だって、今月、かつかつなんですよ。なのに、わざわざこんなところまで呼び出して」

その通りだった。ここまで呼び出したのは、直樹だった。だって、千駄ヶ谷まで行くには、交通費が……。ここだったら、歩いて二十分ほど。

「なんで、ここなんですか？」

土方は、周囲を見渡しながら言った。

「ここは敵陣のようで、なんか居心地が悪いんですけど」

そう、ここは、帝都社の関係者御用達だ。特に、ランチ前の今の時間は、徹夜明けの連中でどの席も埋まっている。どす黒いコーヒーを無闇に胃に送り込んで、眠気を覚ますのだ。

「ここしか、思い浮かばなかったんだよ」

「一場さんだって、居心地悪くないですか？　クビになった会社の近くのファミレスなんて」

「クビじゃないよ、自ら、退職を志願したんだ」

「同じですよ」

「まったく、違う」

「クビになったから、見返してやろうと、僕んところにネタを持ってきたんじゃないんですか？」

それは、半分本当だった。でも、半分は違う。こんなネタ、帝都社に持ち込んだところで、つぶされるだけだ。だから、わざわざ、ライバル関係にある出版社に持ち込んだのだ。

「で、一場さん、今は？」

今度は、土方が声を潜めた。

「取材は、うまくいってるんですか？」

「ああ。潜り込むところまでは、成功した」

「じゃ、今は……？」

「そう。ターゲットの家にいる。しばらく、一緒に暮らすことになった」

ターゲットとは、興梠大介のことだ。

「よく、潜り込めましたね」

土方が瞳を輝かした。

「うん。ラッキーだったんだ」

直樹は、親指を立てた。

……ほんと、ラッキーだった。どうやって興梠と接触するか、そんなことをあれこれと考えていたときに、興梠のほうから連絡があったのだ。縄文時代のことを教えてほしいと。まさに、あれはラッキーだった。

直樹は、仕事を手伝うことを条件に興梠の家に居候（いそうろう）することになった経緯を、簡単に説明した。

「じゃ、しばらくは、お金は必要ないんじゃないですか？　居候するんなら」

コーヒーを啜りながら、土方。

「そういうわけにもいかない。犬の餌代もあるし」直樹も、コーヒーを啜った。

「は？　犬の餌代？」

「マロンちゃんだ」

「は？」

直樹は、コーヒーを啜りながら、取材中に犬を拾ったことも簡単に説明した。

「一場さん、本当にホームレスのような真似をしていたんですね」

「そうだ。なにしろ、家を追い出されちゃったしな。で、ビジネスホテルとか漫画喫茶を渡り歩いているうちに、金はぱー。しかも、マロンちゃんをこっそり持ち込んだせいで、漫画喫茶から、とんでもない違約金を請求されてさ。まいっちゃうよ。ちょっと、おしっこをしただけなのにさ」

「おしっこ、したんですか？」

「ちょっとだよ、ちょっと。何冊か本が濡れただけ。大したことは無い」

「大したこと、ありますよ。そもそも、漫画喫茶に犬なんてダメでしょ。……それにしても、なんで、犬なんか……」

「犬と人類は、切っても切り離せない仲なんだよ」

直樹は、モーニングセットの目玉焼きをつっつきながら、言った。

「は？」

土方はトーストをかじりながら、またもや、これ見よがしに肩をすくめた。……その目は、またダよ、またはじまった……という諦めの色に染まっている。

直樹は、続けた。

「ホモ属の中で、どうして我々ホモ・サピエンスだけが生き残ったか、分かるか？」

「なんですか、突然。ってて、ホモ属って？」やれやれ……という表情を浮かべながらも、律儀に応える土方。こういうところが、この男の数少ない長所だ。とりあえず、話は聞いてくれる。

直樹は、さらに続けた。

「人類のことだよ。いろんな種類をまとめて、ホモ属という」

「人類には、いろんな種類がいたんですか？」

「そう。有名なのは、ネアンデルタール人とかかな」

「ああ、テレビの特集で見たことがありますよ。……ホモ・サピエンスに絶滅させられたとかなんとか」

「それは、ひとつの説に過ぎない。そもそも、ホモ・サピエンスはひ弱で、屈強なネアンデルタール人を絶滅に追い込むほどの力はない」

「でも、〝サピエンス〟というのは〝賢い〟っていう意味でしょう？　力はなくても、その知能で、絶滅に追いやったんじゃないですか？」

「ホモ・サピエンスが急激に賢くなったのは、割と最近のことだ。ネアンデルタール人と共存していた時代は、サピエンスもネアンデルタール人も、知能的にはそう変わりはなかった……とも言われている」

「へー、そうなんですか。じゃ、なぜ、ネアンデルタール人は絶滅したんです？」

「色々と、説はある。が、俺が考えるに、その鍵は、〝犬〟なんじゃないかと」

「犬？」

「そう。さっきも言ったが、サピエンスはひ弱で、しかもネアンデルタール人ほど狩りもそんなに上手くはない。そんなサピエンスが生き残ることができたのは、他の力を利用する才能に恵まれていたからだ」

「他の力？」

「狼を飼いならして、自分たちの協力者にしたことだよ」

「ほー」

「ホモ・サピエンスは行く先々で、その地に生息している動物を絶滅させてきた。オーストラリアが有名かな。ホモ・サピエンスが上陸したことで、オーストラリアの大型動物のほとんどが絶滅したと言われている。それは、なぜか。〝犬〟という強力な協力者がいたからだよ」

「へー」

「犬は、サピエンスに従うことで安定した食糧を保障され、サピエンスもまた、犬のおかげで自分たちの力では到底しとめることができない獲物をゲットすることができた。まさに、最強のパートナー同士なんだ」

「なるほど」

「一方、ネアンデルタール人が犬と一緒にいたという証拠は出ていない。たぶん、自分の種以外の動物をパートナーにしようなどと、微塵も考えなかったんだろうな。だから、氷河期などの過酷な時代を生き抜くことができずに、絶滅したんじゃないかと」

「じゃ、自ら滅びた？」

「あるいは、犬を使って、サピエンスが絶滅させたのかもしれない」

「マジですか」

「まあ、諸説あるけどね。いずれにしても、ネアンデルタール人は、自身の力を過信していた。だから、すべてにおいて自身の力だけを頼りにした。それが、アダになった。一方、サピエンスはひ弱だった故に、いろんな工夫をせざるを得なかった。そのひとつが、自身とは異なる種を飼いならして、利用する……という手段だ」

「なるほど」

「利用するだけではない。サピエンスにとって犬は、大切な家族でもあるんだ」

「家族？」

「だから、俺がマロンちゃんを保護したのは必然なんだよ。サピエンス故のね」

「ははははは」土方が、トーストの破片をつまみながら、軽快に笑い飛ばした。「いつもの一場節ですね。なんだか、安心しましたよ」

「安心？　え？　俺って、心配されてたの？」

「そうですよ。朝っぱらから連絡が来て、こんなところに呼び出して。いったい何事かと思って来てみたら、今にも死にそうなスキンヘッドの男が、どこか遠くを見ながら、ぶつぶつ独り言を言っている。……怖くて、なかなか声がかけられませんでしたよ」

「そんなに、怖かったか？」

「ええ。なんだか、あっちの世界に行っちゃった人みたいでした」

「あっちの世界か……」

直樹は、ふと、今朝方まで読んでいたゲラを思い出した。

「まあ、変な小説を読んでいたから、その影響だろうな」

「変な小説？」

「ああ、黒澤——」が、直樹は、言葉を引っ込めた。この件については、また別途。

土方に持ち込んだネタは、他のものだ。

「……で、いくらぐらい、必要なんですか？」

土方が、観念するように言った。「今、持ち合わせがなくて、五万円ぐらいしか融通できませんけど」

「五万！　それで、充分だよ」消費者金融に返済しなければならない今月分は、とりあえず、三万円。

「まったく。……今度は大切に使ってくださいよ。うちだって、昔と違って湯水のように経費が出るわけじゃないんですから」

「分かっているよ」

「それに、この経費は僕のポケットマネーなんですよ」

「なんで？」

「このネタ、まだ上司には通してないんです。だから――」

「そうなの？」

「ある程度、記事がまとまったら、上司に見せるつもりですけどね。それまでは――」

「なんだよ、それ。俺を信用してないの？」

「そういうわけじゃ――」

「俺を信じろ。大スクープをお前にくれてやるからさ」

「信じていいんですよね？」

「もちろん」

「なにか、証拠は出てきたんですか？」

「まあ、ぼちぼちと」言ってはみたが、嘘だった。

「……そもそも、そのネタ、本当なんですか？」

土方が、頼り無げに訊いてきた。

「経費を使うだけ使って、実は見立て違いでした……というのだけは、勘弁してくださいよ。僕、以前、くされライターにその手で騙されたことがあるんですから」

「そんなくされと一緒にすんな。俺を誰だと思っている。……あ」

土方の頭の向こう側、ドリンクバーに、見慣れた顔を見つけた。

ヤマダ女史だ。……時計を見ると、十一時を過ぎたところだ。なるほど、早めのランチというわけか。

「一場さん、どうしたんですか？　知っている人ですか？」

「ネタ元だ」

「え？」

「振り向くな。バレる」

「あ、はい」

「頭を伏せろ」

「あ、はい。……って、いったいなんなんですか？」

「先々週だったかな。ここでぼんやりランチをとっていたときだ」

「クビになった会社近くのファミレスでランチ？　どんだけ未練があるんですか」

「ここのランチは、値段の割にボリュームがあって美味しいんだよ」

「はいはい。……それで？」

「そしたら隣のボックス席で、総務部と経理部の仲良しお局四人組がランチをとりながら、おしゃべりしていたんだ」

「もしかして、例の噂を？」

「そう。今も、しているだろう？　例の噂を」

＋

「それにしても、早期退職に応募しなくて、正解だったわね」

「ほんと。早期退職なんかしたら、結局、損だもんね」

「で、結局、どのぐらい早期退職したんだっけ？」

「なんだかんだと、五十人近く」

「うわっ、そんなに？」

「目の前の退職金に目が眩んだのよ」

「バカよね。そのまま定年までいれば、年収の他に、普通に退職金も出たのに」

「ほんと。でも、そのバカたちのおかげで、私たちはセーフだったんだから、感謝しなくちゃね」

「だね。……でも、なんで、奥さんが止めなかったんだろうね、早期退職。私の旦那が応募するって言ったら、全力で止めるわよ、私」

「早期退職した人って、ほとんどが独身か、仮面夫婦だったのよ」

「あ、なるほど。止める人がいなかったわけか」

「あ、でも、結婚間近な人がいたな、そういえば」

「誰？」

「校閲部の人」

「ああ、もしかして、興梠さん？」

「そう」

「結婚控えていて、早期退職する、フツー？」

「しかも、マイホームも買っちゃったのよ、彼」

「じゃ、住宅ローンもあるってこと？」

「そう」

「ますます、分かんない。結婚控えていて、住宅ローンもあるような人が、なんで？」

「なんかさ、その人、変な噂があるんだけどさ――」

「変な噂って？」

「先日、うちの人事部に警察がやってきてね。ある女性を捜していますって」

「ある女性って？」

「新大久保（しんおおくぼ）で働いていたキャバ嬢みたい。なんでもその子がいなくなっちゃって、捜索願が出されているんだって」

「そのキャバ嬢と興梠さんにどんな関係が？」

「……警察の人が言うにはね、興梠さん、そのキャバ嬢のこと、ストーキングしていたらしくて」

「ストーキング!?」

「そう。被害届も出ていたみたいで」

「それって、めちゃヤバくない？」

「そう。めちゃヤバい。なにしろ、うちに来た警官、警視庁の捜査一課」

「捜査一課って。……殺人？」

「っていうか、興梠さんが結婚しようとしていた相手って、そのキャバ嬢なんじゃ？」

「たぶん、そう」

「やだ、嘘。つまり、興梠さん、一方的にキャバ嬢に入れあげて、ストーキングして、結婚までしようとしていたの？」

「たぶん」

「しかも、殺した？」

「いや、それはまだ分からないみたいよ」

「でも、捜査一課が動いているとなると、マジ、事件じゃん」

「そ。だから、このことは内密にね。退職した人とはいえ、元はうちの社員だったわけだから。マスコミとかにバレたら、うちの会社まで面倒なことになる」

「まあ、色々と、あること無いこと書かれるだろうね」

「だから、今のことは内緒ね、絶対ね」

「内緒ねって言いながら、あんなに大きな声で。まる聞こえですよ」

土方が、呆れた様子でコーヒーをずるずると啜る。

「〝内緒〟なんて言葉、あのお局様たちの辞書には載ってないよ」直樹も、コーヒーをずるずると啜った。

「でも、警察が動いているってことは、すでに他のマスコミにも――」

「たぶん。……例えば、轟書房とか。なんだか訳の分からないゲラをやつに託して、様子を窺っているようだ」

「『週刊トドロキ』ですか！」

「そう」

「『週刊トドロキ』が動いているとなると――」

「あとは、時間の問題だ」

直樹は、意味を含ませて、じろりと土方を見た。

「分かりました。とりあえず、これが当分の軍資金です。少し色をつけます」

そして、その財布から、一万円札を十枚抜き出し、それをテーブルに置いた。

その札束を見て、直樹の喉がごくりと鳴る。が、待ってましたとばかりにそれを摑むのも、なにかプライドが許さない。札束をそのままに、

「ついでだから、デザートも頼んでいいか？」

と、メニューを広げた。

マロンパフェの写真が、目に飛び込んできた。いかにも美味しそうだ。再び、喉がごくりと鳴る。

が、目の前の土方に、きっと揶揄われる。「相変わらず、乙女ですね」とかなんとか。前にも、パンケーキを食べていたら揶揄われたことがある。それに――。

「……やっぱり、いいや」直樹は、そっとメニューを閉じた。

「いいんですか？」メニューを自分のところに引き寄せながら、土方。

「ああ。糖質を控えているんだ」

「え？　一場さんらしくないな。控えているって。つまり、それは、食べたいけど健康のために食べないでいる……ってことですよね？」

「まあ、そういうことだな」

「やっぱり、一場さんらしくないですよ。今まで、健康の〝け〟の字も匂わせたことがない

のに。不健康上等！　とばかりに、暴飲暴食を楽しんでいたくせに」

「そうも言っていられなくなったんだよ。不健康なやつを目の当たりにしてさ」

暴食が招いた低血糖が原因で、いきなり卒倒したやつの姿がまざまざと浮かんでくる。あれには、本当にビビった。それまでピンピンしていたのが、突然、大量の汗を噴き出して前のめりで倒れたのだ。死んだかと思った。

「不健康なやつ？」土方の目がきらりと光る。「もしかして、それ、輿梠大介のこと——」

「しっ」

直樹は、唇に人差し指を当てた。なにしろ、すぐそこに、あの仲良しお局四人組がいる。中華人形の被り物のようなヤマダ女史、今にもインド舞踊を踊りだしそうなタナカ女史、タイの民族衣装が似合いそうなスズキ女史、そして、こけし顔のヨシダ女史。

「しかし、なんだな……。一言で日本人っていっても、いろんな顔があるもんだな……」

「え？」メニューを眺めながら、土方。

「いや。日本って、割と多様性があるな……と思って」

「確かにそうですね。彫りの深いソース顔やら、彫りの浅い醤油顔やら。最近では、ソース顔と醤油顔をさらに細分化して、塩顔、酢顔、ミソ顔、マヨネーズ顔、ケチャップ顔、砂糖顔なんかが言われてますね」

「そんなにパターンがあるのか、最近は」

「昔から、アイドルグループなんかは、いろんなパターンの顔を満遍なく揃えてますよね。例えば、アイドルグループの元祖と言われているフォーリーブスは、砂糖顔のコーちゃん、塩顔のター坊、マヨネーズ顔のトシ坊、ケチャップ顔のマー坊で構成されています」

「古すぎて、全然分かんねーよ」

「すみません。うちの母親がファンだったもので。……じゃ、最近のアイドルグループでいうと——」

「もう、いいよ」

「一方、韓流のアイドルグループなんか、全員が醤油か塩です」

「うーん、確かに、そうなんだよな」直樹は、深く頷いた。「日本人って、ハーフかって思うほどの濃いソース顔から、東アジア代表というようなあっさりの醤油顔、そしてその中間まで、満遍なく揃っている。中学校の頃、クラスメイトにどこからどう見てもインド人のような顔の男子がいたけど、れっきとした日本人だった」

「ほんとですよね。明治時代の初期、日本にやってきた外国人が撮ったサムライの写真なんかも、見事にバラエティーに富んでいます。しかも、今でいう、ソース顔のイケメンが多いんですよね。彫りが深いんです。……特に、新撰組（しんせんぐみ）の……」

ああ、もしかして。土方歳三のことを言っているのか。確かに、土方歳三は、写真で見るとかなりイケメンだ。しかも、今風の彫りの深いイケメン。ＥＸＩＬＥやジャニーズにいても不思議ではない。

ああ。なるほど。こいつが突然、明治時代のサムライの写真を話題にしたのは、そういうことか。自分と同じ名字を持つ土方歳三。この名前を出して、それとなく自分自身をアピールしているのだ。きっとこいつは、今までもこうやって、土方歳三を利用してきたのだろう。バカなやつだ。名字は同じでも、顔の種類はまったく違う。お前は、ただのキツネ目の石ころ顔だ。そう、どこにでもいる顔だ。お前がなにか罪を犯して、指名手配犯になってその似顔絵が全国に貼り出されても、まず、お前だと特定できないだろう。グリコ・森永事件の犯人がそうだったようにな。三億円事件の犯人だってそうだ。あのモンタージュ顔は、あまりにありふれている多数派、〝石ころ顔〟だ。キツネ目で、凹凸は少なく、唇は薄い。そして歯並びが悪くて出っ歯。無論、グリコ・森永事件の犯人、そして三億円事件の犯人が出っ歯かどうかは分からない。でも、きっと、歯並びは悪いだろう。それが、日本人の多数派だからだ。

……なんて、人のことは言えない。自分だって歯はガタガタで、そのせいか、虫歯も多い。

そして、目の前の土方もまた、そうだ。出っ歯な上に、歯並びもユニークだ。きっと、虫歯も多いのだろう。が、土方はそんなことはひとつも気にしていない様子で、それどころか自慢でもするかのように、「特に、新撰組の土方歳三は――」などと、黄ばんだ前歯をむき出しにして、楽しげに話を繰り広げていく。

「ところで、こんな説を聞いたことがある」

直樹は、土方の話を遮るように、言った。「ミトコンドリア・イブって聞いたことあるだろう？」

「え？」話の勢いを削がれた格好の土方は、不満げな視線を隠しもせず、半ば投げやりに言った。「ああ、はい。……全人類のミトコンドリアDNAを遡ると、たった一人の女性にたどり着く……というやつですね。現存する人類の母系の祖は、アフリカにいた一人の女性だという。聖書に出てくる最初の人間の女性にちなんで、〝イブ〟と呼ばれているんですよね。……ロマンチックな話ですよね」

「ロマンチック？　そうか？」

「だって、全人類は、たった一人の女性からはじまったってことですよね？」

「それは違う。〝イブ〟なんて名前をつけてしまったために、そう勘違いするやつが続出しているが。まさに、言葉によるミスリードだな」

「違うんですか？」

「ミトコンドリア・イブと呼ばれる女性は、約十六万年前に存在していたと推測されてはいるが、……ちなみに、ミトコンドリアDNAは母親から子供に必ず受け継がれるんだが、産んだ子供が全員男子だった場合、孫にはそのミトコンドリアDNAは伝わらず――」

「簡単にお願いします。理系の話は苦手なんで」

土方が、黄ばんだ歯をさらけ出しながら、憎たらしく笑った。

……まあ、確かに、この話をしだしたら、三十分でも一時間でも費やしてしまう。直樹は軽く咳払いすると、

「まあ、あれだ。……めちゃくちゃ簡単にいえば、ミトコンドリア・イブは、現在の全人類に共通するミトコンドリアの遺伝子の一部を持つ祖先の一人に過ぎない……ということだ」

「祖先の一人？」

「そう。つまり、約十六万年前に、たまたま女の子をたくさん産んだイブがアフリカにいて、子孫の代になっても女系が絶えることはなかった……という話に過ぎない。人類の共通祖先は他にもいる。もちろん、イブ以前にも延々と祖先は存在する。ということで、ミトコンドリア・イブではなくて、最近では、〝ラッキー・マザー〟とも呼ばれている。ミトコンドリ

ＡＤＮＡを現在まで残すことができた幸運な母親……という意味で」

「へー、なるほど」

土方が、納得していないという様子で、惰性で頷いた。

「でも、そのイブと、全人類が繋がっているのは確かなんですよね？」

「そうだ。繋がっているのはイブ一人ではないが」

「だったら、やっぱり、ロマンじゃないですか。人類、みなきょうだい……ってね」

「きょうだい？　そんなこと言い出したら、猿、いや、哺乳類、いや生物みなきょうだいってことになる」

「で、なんの話でしたっけ？」土方が、そんな難しい話はもうどうでもいい……とやんわりと拒絶を示した。そんな態度をとられると、なんだかムキになる。直樹は続けた。

「……ミトコンドリア・イブに対抗するわけじゃないんだが、Ｙ染色体アダムというのがある」

「それは、初耳ですね」

「Ｙ染色体は、父から息子にだけ受け継がれる染色体だということは、分かるよな？」

「もちろんですよ。バカにしないでください。男性を男性たらしめるのが、Ｙ染色体ですよね」

「そうだ。そのY染色体を遡ると、一人の父にたどり着くはずだ……という推測がある。それが、Y染色体アダムだ」

「ふーん……」

土方が、興味がないというように、生返事する。直樹は、ますますムキになった。

「Y染色体を遡ることで、その社会が男性中心だったのか、それとも女性中心だったのかが、分かるんだ」

「どういうことです？」

土方の表情が、少しだけ興味を示す。

「Y染色体を次の世代に残すことができた男性が多いのか、少ないのか。つまり、その地域に子孫を残すことができた男性がどれだけいたかによって、父系社会だったのか、母系社会だったのかが、分かるってことだよ」

「……つまり？」

「父系社会の一夫多妻社会の場合、子孫を残すことができる男性は一握り。つまり、Y染色体の多様性は失われる」

「……へー。……うん？」

「ちなみに、八千年前の人類は、子供を産んだ女性が十七人に対して、子孫を残すことができた男性は一人だったそうだ」

「つまり、一人の男性に対して、十七人の女性ってことですか？　なんて、羨ましい。まさにハーレムじゃないですか。八千年前に行きたいですよ」

土方が、誠意のない笑みを浮かべた。直樹は、無視して続ける。

「八千年前、Y染色体の多様性は極端に減った。Y染色体ボトルネック効果と呼ばれている」

「ボトルネック？」

「瓶の首は、胴と比べて細いだろう？」

「ああ、なるほど」

「つまり、子孫を残してめでたく瓶の首を通過することができた男性の数は一握り、その他大勢の男性は子孫を残せないまま、瓶の底で死んだということだ」

「そんなY染色体ボトルネック効果が起きた八千年前、人類になにが？」

「農耕だよ。農耕社会になって、貧富の差が生まれた。たぶん、それが原因だ。富める一握りの男性が多くの女性を独占して子孫を残し、そうではない男性は、子孫を残すどころか、性交すらしないで死んでいった」

「えええ。……童貞のまま？」

「そう。それでも羨ましいか？　ハーレム社会っていうのはな、一握りの男性以外は、みな童貞っていうことなんだよ。つまり、男性にとっては、残酷なほどの格差社会。ハーレムのてっぺんをとるために戦って戦って、そしててっぺんをとった男性以外の敗者は、童貞のまま無残に死んでいくんだよ。……それでも、羨ましいか？」

「…………」

「俺は、御免だね。てっぺんをとれる自信なんかない。どんなにひ弱で下っ端の男でも、恋人を作れて、子孫を残せる可能性がある今の一夫一妻社会のほうが、はるかに生きやすい」

「確かに、そうかもしれませんね。僕、文化系ですから、八千年前に生きていたとしても、体育会系の男どもにあっけなくつぶされていますよ。……童貞のまま」

「だろ？」

「ところで、八千年前、日本ではどうだったんでしょうね？」

「え？」

「日本の八千年前というと――」

「縄文時代早期だ」

「やっぱ、ハーレム社会だったんでしょうか？　Y染色体ボトルネック効果というやつが起きていたんでしょうか？」

「八千年前、ユーラシア大陸のあちこちで農耕が盛んになり、男性優位の格差社会があちこちで形成される。それが原因で、Y染色体DNAの多様性はどんどん失われていったんだが、その頃、日本列島は相変わらず、狩猟採集が中心の縄文時代。だから、ユーラシア大陸とは事情が異なるんじゃないかと、俺は考える。……俺が想像するに、その頃の日本列島は、女性優位な社会だったんじゃないかと」

「どうしてそう考えるんですか？」

「縄文時代に作られた土偶なんかは、ほとんどが女性だからだよ」

「え？　あれって、女性なんですか？　なんか、宇宙人みたいな奇抜なやつですよね。てっきり、男だと――」

「股間を見れば一目瞭然だ。ほとんどの土偶には、男性器はついてない。中には、あからさまに女性器だと分かる土偶もたくさん見つかっている」

「へー、あれって、女性なんだ……」

「最古の土偶と言われているのは、女性の乳房を象（かたど）ったものだ」

「おっぱい？」

「そう、おっぱいそのものの、土偶だ。まさに〝母〟を象徴するものだ」

「おっぱいか……」

「一方、農耕が根付いた頃の古墳時代に作られた埴輪（はにわ）は、圧倒的に男性が多い。つまり、農耕がはじまったことで、男性優位の社会になったからなんじゃないかと、俺は考える」

「なるほど」

「いずれにしても、縄文時代が女性優位だったことは間違いないと思うんだ。優位どころか、神格化されていたんじゃないかと」

「どういうことです？」

「そもそも、『日本書紀』や『古事記』でお馴染みの天照大神（アマテラスオオミカミ）は、女性だ」

「確かに。天照大神は、日本神話の最高神と言われていますね」

「そうだ。最高神が女神という例は、かなり珍しい。たいがい、女神の上に、さらに偉い男神がいたりする」

「まあ、……ギリシャ神話なんかがそうですね」

「キリスト教・イスラム教・ユダヤ教のアブラハム宗教は言うまでもなく、エジプト神話でも、ローマ神話でも、ヒンドゥー教でも、中国神話でも、最高神は男だ。では、なぜ、日本だけ女神なのか。ずっと不思議だったんだよ。でも、かつての日本が女性優位の社会だったなら、合点がいくんだ。天照大神は、八世紀初頭、ヤマト政権を揺るぎないものにするために創造された女神だが、そのネタ元があったはずなんだ。それは、縄文時代から続く古い土着信仰なんじゃないかと。女神を崇拝する信仰が、この国には何万年も前からあったんじゃないかと、俺は考える」

「なるほど。まるで、アマゾネスですね」

「え？」

「ほら。ギリシャ神話に出てくるという、女性だけの民族」

「いや、それとは違う。縄文時代がアマゾネスのような女性だけの民族だったなら、日本の遺伝子の多様性が説明できない」

「どういうことです？」

「日本列島は、遺伝子の坩堝（るつぼ）とも言われているほど、多様性があるんだ。アフリカを出てネアンデルタール人と交わった頃の古い遺伝子も、日本列島には残っているらしい。つまり、世界中に拡散したそれぞれの民族が、北から南から西から、なんだかんだと集まってきたのが、日本列島。それは、遺伝子解析で分かってきている」

「へー」

「これだけ遺伝子の多様性が見られるのは、世界的にも珍しく、奇跡とも言われてる」

「なぜなんですかね？」

「簡単だ。どこかの民族に侵略されて先住民が大虐殺された……という歴史がないということだよ。俺の想像だが、大陸や南方の島から、故郷を追われた移民やら亡命民やらが日本列島に逃げ込んだ。そんな多民族が何万年という時間をかけてゆっくりと融合したのが、日本人なんではないかと。……その証拠が、歯だ」

「歯？」

「日本人は、八重歯なんかの乱杭歯が多いだろう？　そして、出っ歯も。俺とか、お前とか」

「え？　僕もですか？」

「出っ歯の自覚ないのか、もしかして」

「これでも、小学校の頃、矯正したんですけどね……。昔は、もっとひどかったんですよ。……小学校の頃のあだ名は、がちゃっぱ。歯ががちゃがちゃって意味ですよ。……ああ、嫌なこと、思い出しちゃったな……」

「安心しろ。コンプレックスを持つことはない。日本人に乱杭歯が多いのは、混血の結果なんだから」

「どういうことです？」

「有名なところでは、古モンゴロイドと新モンゴロイドの混血かな」

「…………？」

「日本に古くからいる縄文人……古モンゴロイドと、弥生時代に大陸から渡来してきた新モンゴロイドは、体のサイズも歯のサイズも顎のサイズもまったく違う。小柄な古モンゴロイドは歯も小さい。一方、大柄な新モンゴロイドの歯は大きい。この二者が混血した場合、大きな歯に小さな顎……、逆に小さな歯に大きな顎……という不釣り合いが生じるんだ。それが原因で、日本人には乱杭歯やすきっ歯が多いんだよ」

「つまり、僕と一場さんの歯並びが悪いのは、混血の印？」

「そういうことだ。現在の日本人は、いろんな民族の遺伝子が混じり合った結果なんだ。キマイラのような存在なんだ」

「……ふーん」土方が、混乱した顔で小さく頷く。直樹は続けた。

「話を戻すと。遺伝子の多様性を生んだ背景に、女性優位の世界があったんじゃないかと、俺は考える」

「つまり？」

「つまり、男性優位の社会の場合、男性は自身の遺伝子だけを残そうとする。他の男性たちを皆殺しにしてでも、多くの女性を独り占めにしようとする」

「まさに、ハーレムですね」

「そう。結果、Y染色体DNAの多様性は失われ単純化する。ところが、女性優位の社会ならば、性交相手の選択権は女性にある。一人の女性が複数の男性との子供を産むことで、Y染色体DNAの多様性が維持できるんだ」

「多夫一妻ってことですか？」

「事実、多夫一妻的な家族構成を匂わせる縄文遺跡も見つかっている」

「つまり、逆ハーレムですか……」

土方が、スプーンを咥え込んだ。見ると、マロンパフェが置かれている。

「いつのまに、頼んだんだ!?」

「さっき。……一場さんが、ミトコンドリア・イブについて、熱心にしゃべっていたときですよ。そして、天照大神の話のときに、届きました。……気がつきませんでした？」

「全然」

「一場さんは、昔からそうですよね。自分の世界に入り込むと、周りがまったく見えなくなる。まるで、遮眼革をした競走馬のように、前しか見えなくなるんですよ」

「自分の世界に入り込む……ってなんだよ」

「縄文時代ですよ。さっきから、その話しかしてない。なんですか？　マイブームなんですか？」

「マイブーム？」

まあ、確かにそうかもしれない。昔から縄文時代には興味があったが、『縄紋黙示録』なんていうヘンテコなものを読んだせいで、悪酔いしてしまっている節がある。

「これが小説なら、間違いなく読み飛ばされますよ。特に、女性の読者からは嫌われます。『男の蘊蓄（うんちく）って、キモいし、うざい！』って。だから、気をつけてくださいよ。女性の前では、こんな話、しないほうがいいですよ」

「…………」

「間違いなく、距離をとられます」

「…………」

「一場さんも、デザート、頼みます？」

土方が、メニューを差し出してきた。直樹は、それを素直に受け取った。

「で、縄文時代が逆ハーレムだったというのは、本当ですか？」

トッピングの生クリームをスプーンですくいながら、土方。「逆ハーレムということは、一人の妻に、複数の夫ということですよね？」

「まあ、俺の想像に過ぎないけどな」直樹は、メニューを捲ると、マロンパフェのページで指を止めた。やっぱり、マロンパフェだよな。……でも、それだと土方に真似したと思われ

そうだ。……うーん。一方、土方は、マロンクリームを舐めながら、

「でも、逆ハーレムの場合、妻が妊娠しているとき、夫たちはどうしているんですか？　妻が出産するまで、禁欲生活を送っているんですか？　なんか、生理的に無理な気が」

「妻と夫とか、そういうキリスト教的な考えを基にするからいけないんだよ。古来、日本には、夫とか妻とかいう概念はなかったんじゃないかな」

「というと？」

「妻とか夫とかいうのは、文明が作り出した〝制度〟に過ぎない。つまり、秩序を維持するための〝契約制度〟なんだよ。本能に基づいているわけじゃない」

「じゃ、本能に基づくと、どうなるんですか？」

「女は、そのつど自ら男を選んで性交し、子供を産む。男は、女に選ばれるためにあれこれ努力し性交にこぎ着ける。そして女を妊娠させたら子育ては女に託して、他の相手を探す」

「まるで、猫じゃないですか。実家の近くにいた雌猫がまさにそうですよ。発情のたびに、違う雄と交尾してましたよ」

「ああ、そうだな、猫の生態に近かったのかもしれないな。多夫多妻ってやつだ」

「本当ですか？　猫の場合、子猫は数ヶ月で乳離れして独立しますけど、人間の場合は、子

育て期間が長いですよ？　猫のようにはいかない気もしますが」

「そうなんだよ、それなんだよ、人類の最大の弱点。乳離れするまでに数年、そして成人するまでにさらに数年。子育てに時間がかかりすぎることなんだよ。ここまで子育て期間が長い生物は、他にない。この長い子育て期間があったから、今の社会制度が成り立った……ともいえるんだ」

「なんか、また、難しい話になってきましたね……」

土方が、スプーンを舐めた。見ると、容器はすっかり綺麗になっている。いつのまにか、マロンパフェを平らげてしまったようだ。

「いずれにしても、縄文時代って、案外、面白そうですね」

土方が、口元を紙ナプキンで拭いながら言った。

「だって、男も女も、そのつど違う相手と性交してたんですよね？　なんか、憧れるな……」

土方が、左薬指の指輪をそっとなでた。

今では、当たり前の結婚指輪。それをはめることに誰も疑問すら抱かない。が、改めて考えると、なんて残酷な習慣だろう。まるで、農場の牛の耳につけられている、耳標（じひょう）のようだ。飼われていることを示す印。こんな小さくて細い指輪で、人生まるごと閉じ込められているようなものだ。でも、そのおかげで、社会的信用というご褒美も与えられているが。

「僕も、そんなパラダイスに行ってみたいですよ」

土方が、今すぐにでも抜いてしまいたいというように、指輪を執拗になでつけた。

「……縄文時代が、パラダイスだったかどうかは、分からないぜ」

「え？」

「案外、男にとっては、厳しい時代だったかもしれないよ」

直樹は、メニューをそっと閉じた。やっぱり、今日はやめておこう。

「男にとっては難しいって？」

「今、読んでいる小説によると。……間引きされていた可能性がある」

「え？　間引き？」

「そう、間引き」

6

「男は、殺されるんですか？」

「そうです。ここには、もうすでに男がいます。これ以上は必要ないのです。男が増えると、災いの元にしかならないからです」

「つまり、男は間引きされると？」

「そうです。だから、坊や。あなたも死ななくてはなりません」

「いやです、いやです」

「ならば——」

雌犬の口が、私の股間を探りはじめました。まさか。まさか、それを噛みちぎろうとしているのか？

「そうです。これを取ってしまわないと、あなたは、あの人間たちに殺される運命です」

「いやです、いやです、やめてください、やめてください、やめて——」


抵抗虚しく、私は、その雌犬……母犬によって、そこを噛み切られてしまいました。

が、痛くはありませんでした。

もしかしたら、肉体と意識は切り離されているのかもしれません。

そう、肉体は生まれたばかりの縄文時代の〝犬〟。でも、意識は昭和生まれの〝私〟に他なりません。

ああ、いったい、なにがどうなってこんなことになってしまったのか、さっぱり分かりません。

意識だけ縄文時代に飛ばされ、しかも生まれたばかりの〝雄犬〟に姿を変え、さらにその性器を母犬によって噛みちぎられてしまったのです。

小さな小さなそれが、私のそばにうち捨てられています。母犬がなんのためらいもなくそれを咥え込み、そして、あっというまに食べてしまいました。

「さあ、坊や。これで、証拠はなくなりました。あなたが男である証拠は。これで大丈夫ですよ」

と言わんばかりに、くぅーんくぅーんと、鳴きます。

なにが大丈夫なのか。その答えは、すぐに示されました。

先ほど、私を高く掲げて地面に叩きつけた男が、再び、私を摑み取りました。またもや叩きつけられるのかと思ったら、違いました。

男は私を優しく丁寧に抱きかかえると、焚き火の近く、藁（わら）で拵えた籠のような場所にそっと置きました。

そこはひどく心地よい場所でした。羽毛布団とも高級なソファーとも違う、なんとも素晴らしい肌触り。つるつるしていてざらざらしていてひんやりして。それなのに程よい弾力。

ア……ラ……ハ……バ……キ……

ア……ラ……ハ……バ……キ……

歌は相変わらず続きます。

ア……ラ……ハ……バ……キ……

ア……ラ……ハ……バ……キ……

ああ。まるで、子守唄。
私のための子守唄のようです。
私は、うっとりとした心持ちで、それを聞いています。
ああ。それにしても、なんて綺麗な星空なんでしょう。
ああ。こんな星空、プラネタリウムでも見たことがありません。
黒いベルベットにちりばめられたスパンコール。
墨汁に浮かべた砂金。

どんな表現を使っても、間に合いません。

ああ。私まで、星空の一部になってしまいそうです。

ああ……。

ああああ……。

ああああああ……。

こんな体験は初めてでした。

私の体の細胞ひとつひとつが、世界……いえ、宇宙そのものになった感じです。

その圧倒的な安心感。恍惚感。

いろんなリラクゼーションを試してみましたが、それらがどれも偽物だと分かりました。

本物のリラクゼーションとは、まさに、〝一体感〟なのだと、私は悟りました。

そう、森羅万象、そして宇宙と交わることこそが、本来の生物のあるべき姿なのです。その状態にあるとき、初めて、あらゆる束縛と緊張から解き放たれるのです。

ア……ラ……ハ……バ……キ……

ア……ラ……ハ……バ……キ……

歌が、言葉が、私の中にずんずんと染み込んでいきます。

エネルギーが漲(みなぎ)るようでした。

澱(おり)が浄化されるようでした。

なんとも言えない悦(よろこ)びが、体中に満ち溢れるようでした。

ああ！　あああ！　ああああ！

私は、生きている！　生かされている！　この世界に！　この宇宙に！

そんな感謝の気持ちでいっぱいになり、涙が溢れそうになったとき、目の前の世界が一転しました。

星空の下のほうから白い光がぐんぐんせり上がってきて、星を一気に飲み込んだのです。

そう、朝がやってきたのです。

視界に広がるのは、闇のベールを剥がされた、見たことがない光の世界。

ああ！　あああ！　ああああ！

その美しさときたら！

それまで、いろんな美しい景色を見てきましたが、そのどれもが色褪せてしまうほどの、色彩の競演！

どんな絵の具を使っても、どんな高解像度の技術を使っても、どんな言葉を使っても、とても再現できそうもない、色、色、そして、色！

天国と言われたら、信じてしまうでしょう。

でも、天国とも違います。なぜなら、今まで見てきたどの天国の絵ともイメージとも違うからです。

どう説明したらいいのか。

無理に喩えるならば、それは北欧のフィヨルドに似た光景です。複雑に入り組んだ入江。でも、色彩と強い光彩は南国のそれです。瑠璃紺の空とそれをそのまま映したような海、そして、鶸色から若竹色まで緑系統の色見本をすべてばら撒いたような植物群、その緑を彩るようにちりばめられた赤と橙、そして黄。

ああ、貧弱な語彙がもどかしい！

とにかく、筆舌に尽くしがたいほど、圧倒的に美しい世界であることは間違いありません。


その臭いがなければ。

そう、先ほどから私の鼻を侵しているのは、母犬の体臭でした。

どの母でもそうするように、母犬は乳をくれようと、私の体にぴったりと寄り添っています。が、その乳房はしぼみ、乳首は黒ずみ、乳なんか出そうにもありません。

きっとこの母犬は、何年も生きて、何匹も子犬を産んできた、老母に違いありません。

「そうです、坊や。わたしは、もう、何十匹と子犬を産んできました。そして、たぶん、お前が最後です」

母犬が、例によって、私の意識の中に直接語りかけてきました。

「だから、お前には生きてほしい。生き抜いておくれ」

母犬が、なにがなんでも乳を飲ませようと、乳首を私の口にあてがってきます。

私はそんなことはしたくありませんでしたが、仕方なく、それを吸い込みました。

「わたしは、もう長くはない。今日か明日には、死ぬでしょう」

「死んだら、どうなるんですか？」

「あの人たちの一部になるだけです」

「え？」

母犬の視線の先には、男たち。
一、二、三……七人。
七人は、夜通し歌っていたせいか、朝だというのにぐったりと眠り込んでいます。それぞれのハンモックで。

　ハンモックはなにでできているのでしょうか？　精巧に編まれています。まるで蜘蛛の巣のようでした。朝日に照らされてきらきら光る、朝露をまとった蜘蛛の巣。そしてそこで眠る男たちは、蜘蛛の糸に搦め捕られた蝶のようでした。

　その光景は、私がイメージしている縄紋時代とは少し違いました。どちらかというと、南の島のようでした。

　そう感じたのは、この気温のせいかもしれません。太陽が昇ったとたん、気温はぐんぐんと上がり、暑いぐらいです。

　私は、乳を飲みながら、観察を続けました。

　夜空を焦がすように燃え盛っていた焚き火は、今はとろ火ほどの弱々しさ。それを中心に、いくつもの棒が環状に打ち立てられ、それにハンモックを吊るしています。

　ハンモックに揺られて眠る男たちはみな若く、少年といってもよさそうな年齢に見えます。その体には色とりどりの刺青。

　少し視線を遠くに向けると、キラキラ光る水面が見えます。泉？　池？　それとも川？　いずれにしても、水場のようでした。

　そこには、少年たちとは明らかに違う男たちが見えます。

一、二、三、四……十人以上はいます。

彼らはハンモックの少年よりやや年長で、みな、長い髪の毛を後ろでひとつにまとめ、蓑のようなものを羽織っています。ハンモックの少年たちに比べ、どこか見すぼらしい感じです。

蓑の男たちは、黙々となにか作業に没頭しています。

例えば、

一人はなにかの石を研ぎ、一人はなにかの肉を削ぎ、一人はなにかを編み、一人は土を捏ねてなにかを作り、一人は口の中になにかを入れては出してを繰り返している。

「あれは、皮をなめしているんですよ」

母犬が言いました。

「お前の父の皮をね」

父犬の皮？

私は、思わず、口に含んだ乳首を吐き出してしまいました。

「わたしも、近いうちにそうなる運命。そして、お前もです」

返す言葉がありませんでした。

「でも、お前の父は運がよかった。何匹も子供を残すことができましたからね。お前の父は、選ばれたんですよ」

「選ばれた？」

「いいですか、坊や。よく見ておきなさい。ハンモックで寝ているのは、選ばれた男たちです。彼らは、一日中、ただ歌を歌い、寝て暮らすのです。一方、選ばれなかった男たちは粗末な蓑をまとい、働き続ける。食べ物を採ってきてそれを料理し、あるいは道具や服や家を作る。日が昇り、日が沈むまで、働きます。休むことなど、許されません」

「…………」

「蓑の男たちの口をよく見てごらんなさい。みな、前歯がないでしょう？　あれは、木の皮をしごいて糸を作ったり、硬い肉を柔らかくしたり、皮をなめしたりするために抜かれたんですよ。つまり、蓑の男たちは、生きた〝道具〟なのです。死ぬまで、働く運命です」

「死ぬまで働く？　それって、つまり、奴隷ってことですか？」

「そうです。奴隷のようなものです。でも、奴隷になれただけでもありがたいんですよ。奴隷にもなれず、死んでいった男もたくさんいるんです」

そんな……。縄紋時代って、そんなに過酷な時代だったんでしょうか？

唖然としていると、あることに気がつきました。いわゆる、竪穴式住居というやつがないのです。あの、全体に藁を葺(ふ)いたような家が。

そして、女性の姿もまったく見えません。

「ああ、それなら、あちらの世界ですよ」

母犬の視線を追うと、そこには、赤く塗られた二本の木が立っていました。

その二本の木を繋ぐように、なにか縄状のものが渡されています。

「鳥居？」

そうなのです。その様は、まるで鳥居のようで――

＋＋＋

「いや、ちょっと待て」

興梠大介が、ゲラを捲る指を止めた。

「鳥居？」

そして、付箋をぺりっと剝がすと、そこになにやら鉛筆で書き込んでいく。

「おいおい、飯時ぐらい、仕事はやめたら？」

直樹がやんわりと苦言を呈すも、興梠はその作業を止めない。

……直樹が家に戻ったのは、午後七時過ぎ。興梠は、書斎に籠もったままだった。キッチンは綺麗で、どうやら、朝も昼もなにも食べずに、ゲラを読み込んでいるようだった。

「おい、なにか作ろうか？」と声をかけてみるも、返事はない。「……じゃ、勝手に作るよ？」と、冷蔵庫の中にあった余り物で適当に焼き飯を拵えて、ダイニングテーブルに並べたのが十五分前。その匂いにつられてテーブルについた興梠だったが、手にはゲラの束と鉛筆と付箋と、そしてスマートフォン。

「お前ってさ、そんなに仕事熱心なやつだったか？」

やはり、返事はない。

「まるで、取り憑かれているようだな」

直樹は、焼き飯をスプーンでかき集めると、それを口の中に詰め込んだ。

適当に作ったものだが、なんて美味しいんだ！　今日は、特に美味い。スプーンが止まらない。

興梠もそれに関しては同じようで、ゲラを見ながらも、スプーンを口に運ぶ動作をリズムよく繰り返している。

「お代わり、あるからな」

「……はい」

「おい、聞いているか？」

「……はい。……すみません、ちょっと黙って」

興梠が、またもや付箋をぺりっと剝がした。

テーブルの端には、すでに付箋がずらりと並んでいる。

覗き込んでみると、

『子犬は生まれたばかりだが、目が見えてＯＫ？　通常、子犬の目が開くようになるのは十日から十五日』

『縄文時代の平均寿命は、約十六年。長く生きても三十一歳ぐらい？』

『フィヨルドというより、リアス海岸？』

『ハンモックと蓑の材料は、葦（あし）か？』

『縄文時代、抜歯の風習が確認されている』

『皮をなめすのは男性でＯＫ？　イヌイットなどは、皮をなめすのは女性の仕事』

などなど。

そして、またもや疑問点が出てきたのか、スマートフォンを引き寄せると、なにか検索をはじめた。

「ああ、そういえば。〝アラハバキ〟って、なんのことか、分かったのか？」

直樹がそう質問すると、興梠はようやく、その視線を合わせてきた。

「ああ、分かりましたよ。……明日、早速、大宮に行ってこようと思います」

「大宮？　埼玉県の大宮？」

「はい。大宮にある氷川神社に行ってこようかと」

「なんで？」

「〝アラハバキ〟が、祀られているからです」

「え？　〝アラハバキ〟って、神様のことだったのか？」

「はい。漢字では、こう書きます」

言いながら、興梠が付箋になにやら書き込んだ。

『荒脛巾』

その付箋を直樹に向けながら、興梠は続けた。

「荒脛巾神の祠は全国の神社で見ることができるんですが、有名なのは、氷川神社の摂社のひとつ、門客人神社で、江戸時代までは、〝荒脛巾〟神社だったらしいんです」

「江戸時代？」

「はい。もともとは古い土着の神を祀っていたものが、時代ごとに変化し、今の形になったようです」

興梠が書き込んだ付箋を見ているうちに、直樹は、はっと思い出した。

「あ、そうか。どこかで聞いたことがあると思ったら。……『東日流外三郡誌』に出てきたやつだ！」

「つがるそとさんぐんし？」

「そう。青森、秋田、岩手の古代史を綴ったとされる、古文書だ」直樹は、ワクワクと足を揺すった。「ところが、内容にいろんな矛盾が見られ、捏造された偽書だということになっている」

「偽書？」

「まあ、確かに、現存しているものはそう古くない時代に書かれたものだと思う。でも、元ネタはあったんだと思う。〝文書〟という形ではなく、〝口頭伝承〟という形で。だから、まるっきりの創作、嘘とはどうしても思えないんだ。事実、『東日流外三郡誌』に書かれていることは概ね真実である……と擁護する学者や文学者は多い」どうしたことだろう。今の今まで忘れていたくせに、ついさっきまで「東日流外三郡誌」を読んでいたかのように、次々とその内容が頭に浮かんでくる。

「その文書に、アラハバキが？」目を爛々とさせながら、興梠。

「そう。『東日流外三郡誌』では、こういう漢字が当てられている」

直樹は、スプーンから鉛筆に持ち替えると、付箋の端に、

『「荒羽吐」または「荒覇吐」』

と書き込んだ。

「へー。そんな字も当てられているんですね」興梠は、付箋をつまみ上げると言った。「漢字を当てると、途端にヤンキーみたくなるのは、なんでなんでしょうね？」

確かにそうだ。〝荒羽吐〟も〝荒覇吐〟も、まるで暴走族の特攻服に刺繍されている漢字のようだ。

興梠は付箋に書かれたその文字をまじまじと見ながら、続けた。

「漢字って、不思議ですよね。それを当てた途端、意味が一瞬でビジュアル化されてしまう」

「ビジュアル化？」

「はい。〝荒羽吐〟も〝荒覇吐〟も、なんだかいかにも怖そうな感じじゃないですか。荒々しい怪物的なものが火を吐いているような？」

「ゴジラとか？」

「そう、まさにそれです。ゴジラ的な怪獣のイメージがあります、この文字には」

「なるほど」

「例えば、こんな漢字を当てたら、途端に耽美的になりませんか？」

新たに付箋を一枚ぺりっと剝がすと、興梠はそこに『亜羅葉場姫』と書き殴った。

「ははは」直樹は、つい、笑った。「耽美小説に出てくる登場人物のようだな。……じゃ、これは？」

直樹も負けじと、付箋を剝がすと、『新幅機』と書き込んだ。そして、

「なんかのマシーンみたいじゃないか？　革新的な技術が盛り込まれた次世代のマシーン」

「そうですね。〝新〟という漢字を当てると、いきなりモダンなイメージになります」

「ヤンキーの〝夜露死苦〟もそうだが、どの漢字を当てるかで、その人の主張というかキャラまでもが伝わるのが面白いな」

「そもそも漢字は、象形文字みたいなもの。簡単にいえば絵文字のようなものです。その形そのもので、なにかを表現しています。一方、ひらがなやカタカナは、音。音の組み合わせで文字にしますから、ぱっと見、意味は捉えづらいんですよね」

「カタカナやひらがなばかりの文字は、確かに、読みづらい」

「〝アラハバキ〟も、カタカナやひらがなでは、なにを意味しているかさっぱり分かりませんよね」

「そうだ。さっぱり分からない」

「でも、漢字を当てると、途端にそのビジュアルまでもが浮かび上がり、意味が固定しま

す」

「うん、そうだな」

「それは、つまり、その漢字を最初に当てた人物の思惑も投影されているということだと思うんですよね」

「……うん？」

「例えば、これ」

興梠は、『「荒羽吐」または「荒覇吐」』と書かれた付箋を改めてつまみ上げた。

「先ほども言いましたが、この漢字を当てたことによって、なんとなく、荒々しい神……というのをイメージします。深読みしすぎる人だったら、体制に背く反逆の神……とイメージするかもしれません」

「その通り。『東日流外三郡誌』は、ヤマト政権と戦った、東北の民の話なんだ。その民こそが、〝荒羽吐〟または〝荒覇吐〟で、その神もまた、〝荒羽吐〟または〝荒覇吐〟」

「なるほど。だったら、『東日流外三郡誌』の作者も、意図的にこの漢字を当てたんでしょうね」

「……作者？」

「だって、その本、偽書なんでしょう？　誰かが捏造して書いたものなんでしょう？」

「まあ、そうは言われているが……」

「だったら、作者がいるってことですよね」

「いや、っていうか」

直樹は、椅子から腰を浮かせた。が、すぐに元の位置に戻した。

……この話をしだしたら、それこそカオスの迷路に放り込まれてしまう。そして、不毛な対立に溺れ、ついにはそこから戻れなくなってしまうのだ。数々の学者や有識者がそうだったように。直樹も学生の頃、「東日流外三郡誌」は偽書なのか、それとも本物なのか？　でサークル仲間と口論になり、それが高じて殴り合いの喧嘩にまで発展したことがあった。警察まで飛んでくる始末。

今は、できるなら、そんな喧嘩はしたくない。警察沙汰は勘弁だ。

「まあ。……今回はそういうことにしておこう」

直樹は、捨て台詞(ぜりふ)を吐き逃げ出すチンピラのように、この話題を打ち切った。が、胸の中にはモヤモヤが広がる。そんな直樹のモヤモヤを知ってか知らずか、

「……ちなみに、〝アラハバキ〟には、こんな漢字も当てられているんです」

と、興梠は、傍らのノートをこちらに向けた。

そこには、

荒波々喜　荒脛　脛巾　客人……

などと、漢字が書き込まれている。

「うん？　客人？」

直樹は、その文字に目を留めた。

「客人って。……いくらなんでも、当て字が過ぎないか？」

「そうでもないんです。調べてみると、〝アラハバキ〟を〝客人神〟として祀っているところも多いんです」

「……まろうど神？」

「ご存じですよね」

「当たり前だ」

言ってはみたが、それははったりだ。いくら古代史に興味があるとはいえ、網羅しているわけではない。その道の専門家でもなければ、研究者でもないのだから。

……しかし、なんだ。昨日まではこちらが色々とレクチャーする側だったのに、いつのまにか、聞き役に回っている。昨日、低血糖で倒れてから興梠はなにか変わった。なにかに憑依されたというか。……いや、ただ単純に、仕事熱心が高じて、調べまくったからだろう。今は、大量に知識を飲み込んでいるかもしれないが、それは一時的なもので、この仕事が終わったら、すべて吐き出しているに違いない。なにしろ、こいつは、歴史に関してはまったくのトーシロ一で、門外漢。その証拠に、

「ネットの『コトバンク』では、こうあります」

と、興梠は、今度はスマートフォンの画面をこちらに向けた。そこには、〝客人神〟の意味を説明する言葉が並んでいた。

ほら、やっぱり。こいつの知識はすべてネットの受け売りで、一夜漬けのようなものなのだ。にわか知識に過ぎない。身についているわけではないのだ。

なのに、

「ほら、読んでみてください。さあ」

と、まるで、出来の悪い子供に勉強を教える家庭教師のように、興梠は直樹に迫ってきた。直樹の中に、さらにモヤモヤが広がる。が、それを上手に隠し、直樹は興梠の言葉に従い画面に視線を走らせた。

まろうどがみ【客神∥客人神】

神社の主神に対して，ほぼ対等か，やや低い地位にあり，しかしまだ完全に従属はしていないという，あいまいな関係にある神格で，その土地に定着してから，比較的時間

の浅い段階の状況を示している。ふつう神社の境内にまつられている境内社には，摂社（せつしゃ）と末社（まつしゃ）とがある。摂社には，主神と縁故関係が深い神がまつられており，末社は，主神に従属する小祠である場合が多い。客神の場合は，この両者とも異なり，主神のまつられている拝殿の一隅にまつられたり，〈門（かど）客神〉と称され随神のような所にまつられ，まだ独立の祠をもっていないことが特徴である。

「うん？　つまり、〝客人神〟って、神様の名前じゃなくて、神様の格付けってこと？」

直樹は、小首を傾げながら顎をさすった。

「格付けというか、位置付けというか」直樹の質問に、興梠が、ドヤ顔で答える。

「……ひとつの神社には、主神を祀る本殿の他に、いくつかの社があるのは周知の通りです。主神と縁故関係にある神様が摂社、従属関係にある神様が末社に祀られます。

まあ、神社をひとつの大きな家だとすると、本殿は本家、摂社は分家、そして末社は奉公人が住む離れ……という感じでしょうか。

そして、客人神は、迎賓館（げいひん）のようなものです」

「迎賓館？」

「そうです。本家に住む主人とは同格の、あるいは少し格下の、他の地から来た神様をもてなす場所……という感じです。……ですよね？」

「うん、そうだな。その通りだ」

直樹は、そんなの知ってて当たり前だ……とばかりに、言った。

「ちなみに、『三省堂　大辞林』には、こうあります。

――土着の神ではなく、その社会の外から来訪して、その土地にまつられた神。きゃくじん」

「うん、知ってる、知ってる」

なんだか、知ったかぶりをしている小学生のようで、我ながら情けなくなる。直樹は、自虐的に笑った。そして、

「つまり、〝アラハバキ〟というのは、もともとその場所に祀られていた神様とは別の、他の場所から遷されて祀られた神様ってことだよな」

「うーん、そうでしょうか？」

興梠が、どこかニヤニヤした顔で言った。それは、「その答えは完璧ではないね。もっとよく考えてごらん」と言っている家庭教師のそれだ。

直樹の中に、さらに、モヤモヤが広がる。今にも爆発しそうだったが、そこはぐっと堪えた。

「じゃ、お前の考えを聞かせてくれよ」

「僕の考えですか？」

もう降参なんですか？　と言わんばかりに、興梠の瞳を傲慢な光がよぎる。

……なんなんだよ、こいつは。今日はやけに癇にさわる。

むかつく。むかつく。むかつく。

が、ここでヤケを起こしてはいけない。なにしろ、相手は宿を提供してくれる主だ。

直樹は、やおら視線を落とした。空の皿が視界に飛び込んでくる。

あ。焼き飯。そうだ、焼き飯をお代わりしよう。

直樹は、皿を手に席を立つと、カウンター向こうのキッチンに立った。

ガステーブルには、フライパン。先ほど拵えた焼き飯が残っている。それを皿に装おうとしたまさにそのとき。

「ひゃ――――」

考えるより先に、悲鳴が飛び出した。脊髄反射というやつだ。

というのも、フライパンの中から、何か黒いものが飛び出したからだ。

虫か？　もしかして、ゴキブリ？

そうだ。リフォームのおかげで新築のようにも見えるが、この家は中古だ。年季も結構入っている。このキッチンだって、外側は新品だが排水管などは、相当くたびれているはずだ。ゴキブリが上ってきても不思議ではない。

それまでリビングの隅で寝ていた犬のマロンも、なにかの気配を感じたのか、「ううううぅぅ」と小さく唸りながら、とことことキッチンにやってきた。

犬がこれほど反応しているのだ。やっぱり、さっきのは、虫……ゴキブリに違いない！

直樹の全身が粟立つ。

というのも、ゴキブリにはいい思い出がない。小さい頃、畳の上で仰向けで寝ていたら天井からゴキブリが落ちてきて、それが口に入ったことがある。それだけでもトラウマ級の事件なのに、なんと、吐き出す前にうっかりそれをかじってしまったのだ。あの感触たるや！

そのときの経験がトラウマになり、以降、ゴキブリは恐怖の対象となった。この世で一番恐ろしいのは？　と訊かれたら、まっさきに「ゴキブリ」と答えてしまうほどに。

そのゴキブリが、フライパンの中から飛び出してきた？　焼き飯の中から？

あれほど美味しい美味しいと頬張っていた焼き飯が、途端に忌々しいものに思えてくる。

まさか、料理中にもゴキブリが？

さっき食べた焼き飯の中にも、ゴキブリが？

いや、まさか。いくらなんでも、それはない。ちゃんと確認しながら作った。……でも、もしかしたら、ちょっと視線を外した隙に……。

直樹の頭の中に、ゴキブリがバラバラになって炒められているビジョンが浮かんだ。胃の中で消化中のそれが、逆流してくる。直樹は、突然の吐き気に身を屈めた。

一方、ダイニングテーブルでは、興梠が、自分の〝考え〟を滔々と披露している。

「僕の考えは、こうです。

〝アラハバキ〟は、〝荒川〟の〝荒〟に、〝脛〟に、〝雑巾〟や〝頭巾〟などの〝巾〟を当てて、〝荒脛巾〟とすることが多いのですが、僕は、〝脛〟と〝巾〟に注目しました。脛は言うまでもなく、足のスネで、巾は布を意味します。つまり、脛に当てる布。

すなわち、〝脚絆〟〝ゲートル〟のことです。

例の『コトバンク』では、

――長時間の歩行，労働，防寒，保護などのためにすねに着ける脚衣。別名脛巾（はばき）ともいい，脛穿（はぎはき）の略である。大津脚絆，江戸脚絆，筒脚絆などがある。

と説明されています。

ほら、日本中を旅する『水戸黄門』の登場人物たちが脛に布を巻いているじゃないですか。レッグウォーマーみたいなやつ、あの布のことですよ。

さらに『ウィキペディア』では、

——活動時に脛を保護し、障害物にからまったりしないようズボンの裾を押さえ、また長時間の歩行時には下肢を締めつけてうっ血を防ぎ脚の疲労を軽減する等の目的がある。

とあります。

つまり、長い時間歩く旅人にとっては必要不可欠な〝脚絆〟すなわち〝脛巾〟は、〝旅人〟そのものを意味しているといってもいいと思います。

と、なると、〝アラハバキ〟は、〝荒〟い〝脛巾〟……荒々しい旅人となります」

「荒々しい旅人？」

直樹は、ようやく口を挟んだ。が、ゴキブリの気配を感じ、いまだその場から動けずにいる。

「そうです。〝荒々しい旅人〟。

ちなみに、〝荒〟という漢字には、『荒れる、粗い、乱暴、乱れる、辺境、でたらめ』などの意味があり、はっきりいえばあまりいい意味はありません。まさに荒(すさ)んだイメージです。

たぶん、〝アラハバキ〟に〝荒脛巾〟という漢字を当てたのは、『手に負えない乱暴なよそ者』という意味を込めたからでしょう。

つまり、客人は客人でも、得体の知れない異国人(ストレンジャー)。でも、丁寧におもてなしする必要がある」

「ストレンジャー……なるほど」

直樹は、いまだ立ち竦みながら、顔だけは平気の平左という表情で、相槌を打った。

「一場さん、昨日、言いましたよね？……神社の意味合いはどんどんこじつけられていく。その経歴をたどって原点に戻ることで、その神社の本来の意味を推測することができる……的なことを」

「ああ、そうだよ」相変わらず、固まったままの直樹。

そんな直樹の窮状を置いてけぼりに、興梠は続けた。

「取って代わられたり、分離したり、合体したりを繰り返しているのが、日本の神社ですよね。ひとつの神社にたくさんの神様が祀られているのは、その紆余曲折を物語る証。つまり、神社に祀られている神様は、その土地の栄枯盛衰を刻むタイムカプセルともいえますね」

「うん、そうだ」

「なんか、日本のユニークさが凝縮されている感じがします。その土地を支配していた者が侵略されて滅んでも、その土地の神様だけは残されるなんて。そして勝者の神様の名前に変えて、そのまま残す。

しかも、それは、須佐之男命（スサノオノミコト）とか、大己貴命（オオナムチノミコト）とか、『古事記』や『日本書紀』に登場する神様の名前。

つくづく面白いですよね。もともとはもっと違う名前で祀られていたはずなのに――。あれ？　一場さん、どうしました？」

直樹の反応が鈍いことに、興梠はようやく気がついた。

「一場さん？」

興梠が、カウンター越しに、こちらを覗き込んできた。

情けない姿を見せたくない。

「いや、なんでもないよ。ちょっと、ゴキブリを見たような気がして」

直樹は、意を決してその名前を口にした。

「ゴキブリ？」

「いや、気のせいかもしれない」

「じゃ、気のせいですよ。ゴキブリは、この家で一度も見たことないですから。安心してください」

「ほ、本当か？」

「本当です。ゴキブリはいません。ゴキブリは」

「安心していいのか？」

「はい。安心してください」

その言葉を信じるしかない。でなければ、この体の硬直状態は解けない。

そうだ。ゴキブリなど、いない。さっきのは、気のせい、幻だ。

直樹はそう自分に言い聞かせると、ようやく体の力を抜いた。

犬のマロンも警戒状態を解除し、「くぅーん」と小さく鳴きながら、定位置に戻っていった。とはいえ、焼き飯をお代わりする気はすっかり失せた。手にしていた皿をシンクの中にそっと置くと、直樹は蛇口をひねった。

勢いよく流れる水。

そういえば、なんで、〝蛇口〟って言うんだろう？　蛇の口って。そんな疑問がふと浮かんだが、直樹はテーブルに戻った。

「で、なんの話、してたんだっけ？」

「神社の意味合いはどんどんこじつけられていくって話です。その経歴をたどって原点に戻ることで、その神社の本来の意味を推測することができる……という」

「ああ、そうだった。今の神社の神様は、ほとんどが、『古事記』や『日本書紀』に出てくる神様の名前になっているけれど、もともとは、もっと別の名前で祀られていた可能性があるって話だな。……まあ、それはヤマト政権の一種の政治宣伝（プロパガンダ）だな」

「ヤマト政権……」

「前にも説明しただろう？　今から約千七百年前、古墳時代の西日本に台頭した、新興勢力だ」

「ああ、はい。東日本に征討隊を度々送り込んでいたんですよね？」

「そう。で、ヤマト政権は征討の証として、征服したその土地の土着神に自分たちの神の名前をつけたんだと思う」

「なるほど。……じゃ、その土着神のひとつが、〝アラハバキ〟なのでは？」

「……かもな」

「〝アラハバキ〟という神の名前に、色々と漢字を当てて、あたかも物騒なストレンジャー……あるいはモンスターのようなイメージをつけたのも、ヤマト政権のプロパガンダのように思いますね、僕は。土着の宗教に〝悪〟〝不気味〟のレッテルを貼って、異端として排除しようというのは世界でもよく見られますから」

なんだ、こいつは。付け焼き刃のくせして、この自信満々な言いようは。こっちだって、負けてられない。直樹は背筋を伸ばすと、言った。

「ゾンビ映画のようだな」

「ゾンビ?」

「そう。ゾンビ映画の元ネタは、ハイチの民間信仰のブードゥー教だ」

よし、この話題なら、こっちのほうが知識は上だ。直樹は、声を張った。

「ブードゥー教の魔術のひとつに、『生ける死体』というのがあって、それがゾンビのルーツなんだ。一九一五年、アメリカはハイチを占領するんだが、手を焼いたのが、民間に深く浸透していたブードゥー教だ。で、ブードゥー教ネガティブキャンペーンが行われ、その一環が、ゾンビのエンターテインメント化だ。映画なんかでゾンビを徹底的に悪者にして、そしてこき下ろした。それと似たようなことが、古代の日本でも起きていたんだろうな」

「なるほど」

「宗教というのは、為政者にとっては勝手のいい洗脳ツールでもあるが、都合の悪い邪魔な存在になる場合も多い。そこで、時として、魔女狩りのような集団ヒステリーも引き起こす」

「魔女狩りでは、魔女とされた人物はことごとく火あぶりにされますが、日本の場合、異端の神も、ちゃんと祀られているところが面白いと思います」

「日本人は、基本、ビビリなのかもしれないな。敗者や異端者や犯罪者を悪魔や鬼として排除するのではなく、神に昇格させて祀る。つまり、なんとなく温存してしまうんだ。しかも、神として」

「日本人の曖昧な性格のせいでしょうか？」

「というか、やっぱり、心のどこかでビビっているからなんだと思う。日本人は、大昔から、呪いを死ぬほど恐れているからな。呪われるよりかは、神として崇めてしまえ……的な考えだ。神田明神の平将門とか、天満天神の菅原道真とか」

「だとしたら、〝アラハバキ〟も、まさにそんな感じで神として祀られたんじゃないでしょうか。物騒なストレンジャーというイメージをつけられたとはいえ、神として今現在まで、温存されている。……それも、客人として。つまり、後から入ってきたヤマト政権の神に主神の座は奪われたけれど、特別な客人として、辛うじてその場に留められたんじゃないかと」

「まあ、その可能性はあるかもな」

「『大辞林』には『土着の神ではなく、その社会の外から来訪して、その土地にまつられた神』とありましたが、実際は、新しく来た神に取って代わられた土着の神……といったほうがいいかもしれません」

「なるほどね。だとしたら、かなり影響力の大きいなにかだったんだろうな、〝アラハバキ〟は。なにしろ、〝客人〟として温存されたんだから」

「しかも、〝アラハバキ〟が祀られているのは、東北、そして関東に多いんです」

「東北、関東は、ヤマト政権の影響が届くのに時間がかかった地域だ。そして、縄文時代に栄えたのもまた、東北、関東だ」

「へー、そうなんですか」

興梠が、身をこちらに乗り出してきた。

どうだ、まいったか。この話題ならば、こっちの知識のほうが何倍も上だ。しかも、一夜漬けでも付け焼き刃でもない。本物の知識だ。

直樹は、さらに声を張った。

「縄文時代は、東高西低だったと言われている。栄えていたのは東日本なんだ。その証拠に、縄文遺跡のほとんどは東日本から発掘されている。つまり、縄文時代、文化の中心は東日本で、西日本は辺境の地だったというわけだ。

ところが、農耕が入ってきた弥生時代になると、今度は西日本が勢いづいてきて力をつけてくる。大陸から持ち込まれた最新のテクノロジーで、暮らし振りもがらりと変わった。が、東日本では相変わらず、縄文的な生活が続いていた。そんな縄文的な暮らしをする東日本の民を、西日本では侮蔑を込めて、〝蝦夷〟と呼ぶようになる。そして、西日本でヤマト政権が台頭してくると、蝦夷は、征討の対象になっていく。

この対立こそが、今なお、日本の深層に蠢く、〝差別〟の正体だ」

「差別？」

おっと、しゃべりすぎたか。

直樹は、湯呑みを引き寄せると、冷めたお茶をずずっと啜った。……この話はかなりデリケートだ。そして、タブーの領域だ。

興梠も、それを察したのか、とってつけたように、お茶を啜った。

そして、

「いずれにしても。明日、大宮に行ってきますから。大宮氷川神社に」

そこまでするか？

直樹は、湯呑みを弄びながら、興梠の顔を見つめた。

自費出版の校正なのに。わざわざ、事実確認に大宮まで行くなんて。

でも、こいつは、昔からそういうところがあった。変に真面目なのだ。適当にかわすことができない。いまだ、一度も結婚していないのは、その性格が原因かもしれない。今も昔も、女は「誠意のある真面目な人」を伴侶の条件に挙げるが、実際に惚れるのは、どこか不真面目で適当な男だ。真面目な男は、むしろ敬遠される。

特に水商売の女にとっては、真面目な男というのは、カモ……金蔓でしかない。なのに、真面目な男は、それが本当の恋愛だと思って、のめり込む。そして、事件が起きる。

例えば、ストーキング行為。例えば、殺人。

興梠の顔を見つめていると、あちらも視線を合わせてきた。

「一場さんも、行きますか？」

「え？」

「だから、大宮に」

「そうだな。……暇だし。あ、でも、交通費はそっち持ちで頼む」

7

（二〇＊＊年十月二日水曜日）

直樹と興梠は、朝の九時に家を出た。

今日はひどく冷え込む。直樹は、興梠に借りたマフラーを首に巻いた。

「で、今日のルートは？」声もどことなく、震えている。

「ここから少し歩くんですが、まずは巣鴨駅に行きましょう。で、山手線で田端まで行って、そこから京浜東北線に乗って……。まあ、たぶん、一時間ちょっとで着くと思います」

それから二十分ほど歩いて、巣鴨駅に到着した。結構歩いたのに、なかなか体が温まらない。

「これ、一場さんのＰＡＳＭＯです。三千円ぐらいは残っているはずなので、今日はそれで凌いでください」

巣鴨駅に到着すると、興梠はプリペイドカードを直樹に差し出した。が、手がかじかんで、うまく摑めない。

ちくしょう。なんで、今日はこんなに寒いんだ？　天気予報では、最低気温はマイナス一度で最高気温は四度。まるで真冬だ。一昨日の夏日はなんだったんだ。これも、異常気象のなせるわざか？

山手線に乗り込むも、暖房がきいていない。ジャケットの上から二の腕をさする直樹だったが、興梠はというと、寒がっている様子はない。

きっと、ヒートテックの下着でも着ているのだろう。ちくしょう。俺も貸してもらうんだった。

などと震えている間に、田端に到着した。京浜東北線に乗り換えると、今度はしっかり暖かい。暖房がちゃんときいているようだ。

直樹は、ようやく、マフラーを緩めた。すると、今度は強烈な眠気がやってきた。

「一場さん、寝てていいですよ。大宮はまだ先ですから」

そんなふうに言われると、意固地になる。

「いや、大丈夫、全然眠たくない」

などと、空元気で笑ってみせるが、瞼が今にも落ちてきそうだ。

だめだ。本当に瞼が落ちてきた。……起きろ。興梠にかっこ悪い姿を見せるな。毅然としていろ。毅然と。………。

……しね。

「え？」

上半身ががくんと落ちた気がして、瞼を開けると、『南浦和（みなみうらわ）』の文字が視界に飛び込んできた。いつのまに南浦和？　ついさっき、田端を出たばかりじゃないか。

「あ、まだ寝てても大丈夫ですよ」

興梠が、膝に置いたゲラを捲りながら笑う。

……って、ゲラを持ってきたのか！　しかも、昨日よりさらに、付箋が増えている。鉛筆の書き込みも。

「いや、大丈夫、全然眠たくない」

直樹は、先ほどとまったく同じ台詞を吐き出した。今度は、本当だった。嘘のように眠気が吹っ飛んでいる。

「なにか、夢でも？」興梠が、粘ついた視線を横から飛ばしてきた。

「え？　なんで？」

「いや、なんか、……寝言を」

「寝言？」直樹の背筋に、冷たいものが落ちていく。「……俺、なにか言っていたか？」

「よくは聞き取れませんでしたが」

「いや、なんか、……五十部靖子の夢を見ていたんだよ」

「五十部靖子。……黒澤セイですね。『縄紋黙示録』を書いた」

「そう。彼女の夢を見ていた」

「一場さん、もしかして、黒澤セイに会ったことがあるんですか？」

「……うーん。……実は、一度だけ。拘置所で面会したことがある」

「なんで、今まで、言ってくれなかったんですか」

「訊かれなかったから」

「でも、ここ数日、彼女の書いたものを前にして、ああでもないこうでもないと話題にしているんですよ？　今も、こうやって、大宮くんだりまで……」

「それは、お前の好奇心に過ぎないだろう」

「まあ、そうですが」興梠が、呆れたようにため息をついた。「……まったく。一場さんって、昔からそうですよね。秘密主義なんですよ」

「秘密主義？」

「で、黒澤セイ……五十部靖子って、どんな人なんですか？」

「まあ、普通のぽっちゃりおばちゃんだ。今年で確か四十四歳だが、歳より上に見えた。まあ、拘置所にいるせいかもしれないが。ただ、彼女のバックグラウンドは、ちょっと普通じゃない」

「バックグラウンド？」

「彼女の兄が、焼身自殺している」

「あ、それは、『縄紋黙示録』にもありましたね。でも、焼身自殺ではなくて、リンチによる殺人だと」

「リンチではないと思う。正真正銘の自殺だ。遺書もあったようだし、なにしろ、目撃者もいる」

「でも──」興梠が、ゲラをペラペラ忙しく、捲る。

「たぶん、それは、五十部靖子の妄想だと思う。あるいは、幻覚。それとも願望」

「妄想……」

「五十部靖子は、中学校の頃から薬物を摂取していたらしいから」

「ああ。……大麻？」

「そうだ」

「中学生の頃から大麻って。……いったい、どんな家庭環境だったんでしょう？」

「表向きは、普通の会社員の父に専業主婦の母。が、裏では、なにやら怪しい商売に手を出していた」

「怪しい商売？」

「護符(ごふ)とか魔除けとかパワーストーンとか、そういうものを通信販売していた。で、子宝に恵まれるとか病気が治るとかいう触れ込みで危険薬物も扱っていて、その流れで大麻も扱うようになったんだろう」

「……なんなんですか、それ。ハードすぎる」

「どうやら、母親は、シャーマンの流れを汲むようだ。東北のとある村の出身で、そこでは代々、〝シャーマン〟筋が重用されていたらしいんだが、あるときなにか事件が起きて、親子ともども、村を追放されたらしい。そのときの子供が五十部靖子の母親らしい」

「で、その母親は、今は？」

「死んだ。自殺だ」

「自殺？」

「靖子の兄が死んだあと母親の様子もおかしくなり、自分の夫……つまり靖子の父親を道連れに、無理心中をはかったらしい」

「じゃ、父親も？」

「そうだ。死んだ。靖子が、十五歳のときだ」

「そのあと、靖子は？」

「しばらくは、山梨県に住む父方の伯母の家に身を寄せていたらしいが、その伯母も、夫と子供ともども事故死。車でスキーに行く途中で、転落事故を起こした。靖子が十七歳のときだ」

「……マジですか。死屍累々じゃないですか」

「そうなんだよ。しかも、靖子には、伯母夫婦がかけていた保険金が転がり込んできた。それを元手に、上京し、大学にも進学する。……そのあとは、順風満帆。大学を卒業後は、大手新聞社に就職、社内恋愛の末、結婚に至る。そして、一児を儲けた。が、亀裂もできはじめていた。大麻だ。靖子は、大麻の味を忘れることはなく、大学時代も、結婚してからも、ずっと続けていた。そして、去年。とうとう、あの陰惨な事件が起きた」

「もしかして、あの事件は大麻が原因ですか？」

「裁判では、靖子はそれを主張している。大麻のせいで、精神がおかしくなった。責任能力を失っていた。だから、無罪だと」

「……なんなんですか、それ。信じられない」興梠が、怒気を含ませる。「それで無罪になったら、世の中真っ暗ですよ」

「この『縄紋黙示録』も、〝無罪〟を勝ち取る手段に過ぎないんだと思う」

「え？」

「こんなめちゃくちゃなものを書いてしまうほど、自分は頭がいかれてしまっている……と証明したいのだろう」

「……そんなバカな」

「だから、こんなものを真剣に校正・校閲しようとしたって、虚しいだけだよ？」

言うと、興梠が一文字に唇を結んでしまった。

バツの悪い静寂。

……しかし、なんだ。五十部靖子という女は、本当に不思議だった。中学生の頃から大麻を嗜んでいるジャンキーとは思えないほど、穏やかで優しそうな普通のおばちゃんだった。ハードな仕事が続く新聞社よりは、雑貨屋で働いているほうがお似合いの、おっとりとした雰囲気だった。が、そのオーラはただものではなかった。オーラの正体は、微生物雲ではないかという説がある。微生物雲とは、腸内フローラなどの体内の微生物が空気中に放出するバクテリアのことで、指紋のようにその人特有のものだ。だとしたら、五十部靖子の微生物雲はとんでもなく強力なバクテリアに違いない。つい、すべてを白状し、跪いてしまいたくなるような吸引力があった。そして、その声。いつまでも聞いていたくなるような、鈴をコロコロと転がすような軽やかな美声。面会時間があと一分長かったら、間違いなく、彼女の信者になっていただろう。

直樹が五十部靖子のことを思い出していると、

「ところで、なんで〝浦和〟と言うんでしょうね……。〝浦〟というのは、本来、入江の岸辺を指す言葉」

と、興梠が、ゲラを見ながら、ひとりごちた。

直樹は、五十部靖子の記憶を打ち消すように軽く頭を振ると、

「簡単だよ。この辺は、縄文時代、海だったんだ。その名残で、江戸時代まで大きな沼があって、それが理由で〝浦〟が地名になったんじゃないかな」

「なるほど。やっぱり、海がらみですか」

「ちなみに、縄文時代は、大宮、川越（かわごえ）、春日部（かすかべ）あたりまで、東京湾が続いていた」

「ほんと、全然、想像がつきませんね。だって、埼玉県といえば、海無し県」

「今はね。でも、〝浦和〟とか〝八潮〟とか、海に関係している地名が残っている」

「確かに、そうですよね」

「えっと。どこかに、いい画像ないかな……」

直樹は、スマートフォンを取り出すと、検索をはじめた。

「あ、あった。これだ」

そして、画面を興梠に向けた。（画面1）

「ざっくりいうと、縄文時代の東京湾はこんな感じで、埼玉県の奥まで海に浸食されていたんだ」

「……川口市（かわぐちし）なんて、どっぷり海じゃないですか」

「そうだ。だから、この辺は、案外、地盤が緩いんだよ。３・11の大震災のときも、液状化

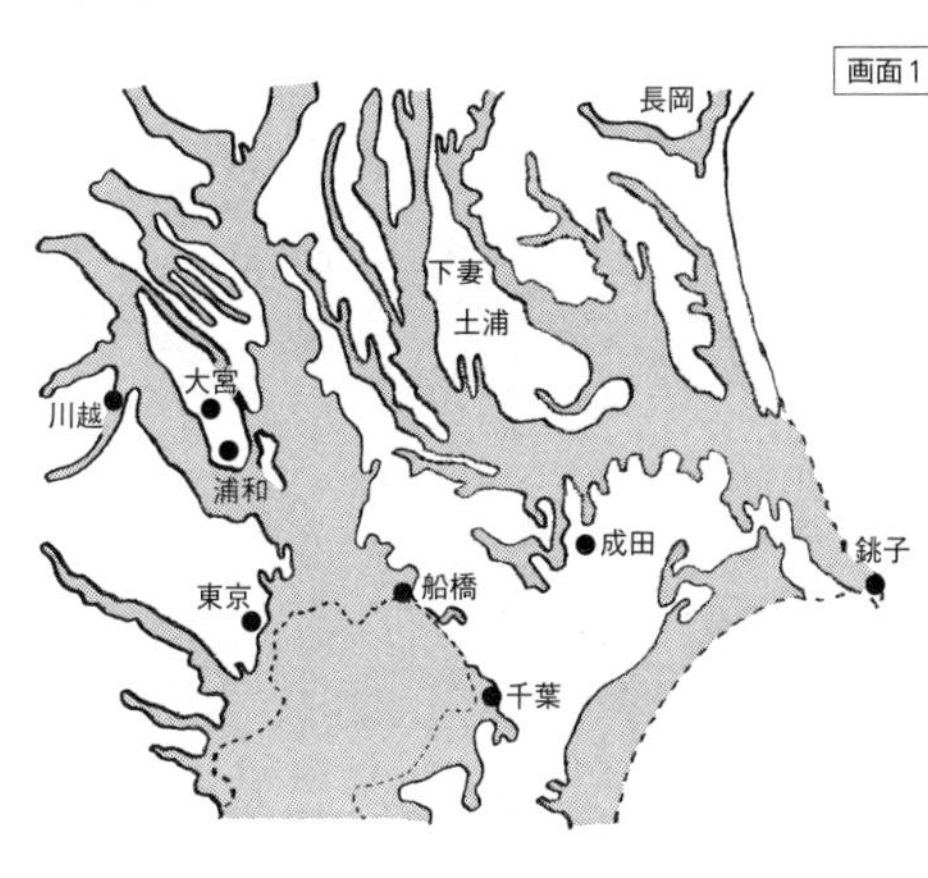

で問題になった」

「あれは、不思議だったんですよ。なんで、内陸地で液状化が起こったんだろうって。千葉県の浦安市（うらやすし）も液状化で問題になりましたが、そのほとんどが埋め立て地なので納得だったんですが。……なるほど、埼玉県の東部は、もともと海だったからなんですね」

　などと言っているうちに、終点の大宮に到着したようだった。

　前回大宮に来たのは、遠い昔だ。まだ新幹線も通っていなかった頃だ。そのときの印象は、よくある地方都市だったが。

　今、その光景を見て、直樹は度肝を抜かれた。

　この人込みたるや！

　平日だというのに、上野駅、いや東京駅にも匹敵する賑わいだ。

「すごいですね！　大宮駅、想像以上に大きなターミナル駅ですね！」

興梠が、上京したての修学旅行生のように声を上げた。

「大宮駅に来るのは初めてですが、こんなに大きいとは思いませんでしたよ！　それに、この人の多さ！　目が回りそうです！」

直樹も同感だった。人込みには慣れているはずなのに、すっかり飲み込まれている。気がつけば、マフラーを外し、ジャケットまで脱いでいた。その熱気に当てられたのだ。

「とにかく、行きましょう。東口です」

人の波をかき分け、ようやく東口に下りる。平日だというのに、ここも人で溢れている。

「いやー、なんか、懐かしい感じがしません？　見てくださいよ、あの商店街！　まるで闇市のようですよ！」

興梠が言う通り、ビルとビルの狭間に、闇市の名残のような商店街の入り口が見える。まるでトンネルのようなそこは、『すずらん通り』という名前らしい。

「いやー、懐かしいな……！」

興梠は、その商店街に興味津々のようだったが、こんなところで道草などしていたら、時間がいくらあっても足りない。直樹はスマートフォンで地図を確認しながら、「参道に出るには、大通りをまっすぐみたいだ」などと、先を急がせた。

大通りはいかにも地方都市といった趣で、大小のビルがびっしりと並んではいるがどこかレトロで、昭和の雰囲気があちこちに滲み出ている。

「懐かしいなぁ、懐かしいなぁ！」

などと、興梠のテンションは上がりっ放し。

が、大通りをしばらく歩いていると、突然、雰囲気が変わった。それまでの猥雑な空気が一転、ぴーんと張りつめる。休み時間中に轟（とどろ）いていた騒音が、担任教師の一喝で途端に静まり返るような、そんな感じだ。興梠のテンションにも急ブレーキがかかる。

氷川神社の参道にぶつかったのだ。

「これが、日本一長い、参道ですか……」

噂には聞いていたが、想像以上に静謐（せいひつ）で美しい参道だった。車両は入れず、店舗もない、歩行者専用の参道。両脇に植えられたケヤキが、ただ延々と続く。紅葉にはまだ少し早いが、ところどころ色づいていて、その幻想的な色合いに、つい、ため息が出る。

とにかく圧倒的な光景だった。無神論者の人間だとしても、自然と背筋が伸びる。

興梠の背筋も、いつのまにか伸びていた。

が、直樹は、その寒さに耐えかねて、背中を丸めた。そして再びジャケットを着込むと、マフラーをきつめに巻いた。

「……参道を歩いていると、なんか、不思議な気持ちになりますね」

興梠が唐突にそんなことを言い出した。

「なんというか、……親の胎内に戻っていくような気持ちになりませんか？」

「は？」

「〝参道〟の〝参〟を、〝出産〟の〝産〟に変えたら、〝産道〟。赤ちゃんが生まれるときの通り道になります」

「え？……うん、確かにそうだ。でも、そんなの、ただの偶然だろう。よくある同音異義語だ」

「そうでしょうか？　だったら、〝子宮〟は、なんで〝宮〟という字なんでしょう？　〝宮〟とは、宮殿や御殿、そして神社のことですよね？」

「え？」言われてみれば。……〝宮〟は、神社のことだ。

「たぶん、昔の人は、赤ちゃんが育つ子宮を、神の領域、……神社のように感じていたのかもしれません。それとも……」

興梠の足が、ふと止まった。つられて、直樹の足も止まる。見ると、すぐそこには真っ赤に塗られた鳥居。二の鳥居のようだった。

「不謹慎かもしれませんが。……鳥居って、なんだか、股のようじゃありませんか？」

「股？」

「はい。しかも、女性の股」

「女性の……股？」

「もっといえば、女性性器そのもの」

「……は？」

「参道があって、鳥居があって。そして、そこを潜れば、神社、つまり宮です。これって、膣、産道、子宮……を表しているんじゃないかって、ふと、思ったんです。つまり、神社に詣でるということは、一度母親の胎内に戻って、生まれ直す……ということなんじゃないかと。それを禊というのではないかと」

言われてみれば。

確かに、鳥居は、〝門〟と一言で片付けられない、特別な存在感がある。なぜ、赤いのか。なぜ、あのような形なのか。

そういえば、『縄紋黙示録』でも、鳥居の記述があった。

『――そこには、赤く塗られた二本の木が立っていました。

その二本の木を繋ぐように、なにか縄状のものが渡されています。

「鳥居？」

そうなのです。その様は、まるで鳥居のようで――』

もしかしたら、鳥居は、縄文時代からあった、象徴的ななにかなのかもしれない。

そういえば、縄文時代には、〝石棒〟と言われる男性性器を象った石器が多く作られた。今も、〝石棒〟を神のように祀っている地域は多くある。

だが、女性性器そのものを象ったものは、今のところほとんど見つかっていない。無論、土偶や土器に施された、女性性器と見られる意匠は多く見つかっている。が、男性性器そのものを表した石棒のようなものがないのだ。

が、鳥居が女性性器を象ったものだとすれば、そしてその原形が縄文時代にすでにあったとすれば、石棒と鳥居は、対で存在していた可能性もある。

なるほど、だとすれば――。

などと考えている間に、いつのまにか三の鳥居の前に来ていた。見ると、先を行く興梠が、「こっちこっち」と手招きしている。

直樹は、駆け足で興梠の後を追った。

「はて。〝アラハバキ〟の名が見当たらないんだが」

直樹と興梠は、『氷川神社境内案内図』なる案内板の前に来ていた。大きな看板で、氷川神社を俯瞰することができ、さらに各社殿に祀られた神様の名前も記されているのだが、〝アラハバキ〟を連想させるようなものはない。

「〝門客人神社〟というのが、たぶん、それです」

興梠が、案内図を指差した。そこは本殿の東側にある社で、確かに〝門客人神社〟とある。

「でも、〝門客人神社〟に祀られているのは、〝足摩乳命〟と〝手摩乳命〟って、案内板の説明にあるじゃないか。〝アラハバキ〟なんて……。あれ？　でも、ちょっと待て。〝足摩乳命〟と〝手摩乳命〟って、八岐大蛇伝説に出てくる姫の両親じゃなかったか？」

そうだ。乱暴者の須佐之男命が活躍する、八岐大蛇伝説。蛇の化け物の生贄にされそうになる姫を助けるために、須佐之男命が化け物を退治する……というあのお話だ。そのとき、化け物の尾から飛び出したのが草薙剣で、歴代天皇が継承する三種の神器のひとつだ。

直樹は、案内板を改めて見てみた。

本殿に祀られている主神は、

■須佐之男命
■稲田姫命
■大己貴命

稲田姫命とは、生贄にされそうになった姫のことで、後に須佐之男命と夫婦になる。その夫婦の子孫にあたるのが、大己貴命、別名大国主神で、あの因幡の素兎伝説、そして国譲り伝説に出てくる神だ。

ちなみに、大己貴命は島根県にある出雲大社の主神としても有名だ。

ということは……。

「ヤマト政権に服従した出雲系の民が関東に移住してきて、そして武蔵というクニが作られたという説があります。だから、出雲系の神様である大己貴命と、その祖先にあたる須佐之男命と稲田姫命が、主神として祀られているんだと思います」

興梠が、スマートフォンに指を滑らせながら、言った。そして、

「問題は、出雲系の民が入植する以前はどうだったのか？　という点です。氷川神社の由緒を見ると、その創立は、二千四百年以上前。紀元前四〇〇年のことです。その頃のことは、一場さんが詳しいですよね」

「紀元前四〇〇年ということは、……まあ、色々な説はあるが、概ね、弥生時代に移行したばかりの時代だな。農耕がはじまり、各地にクニが形成されだした頃だ。クニどうしの戦いもはじまった。とはいえ、関東を含めた東日本では、まだ、狩猟採集を中心とした、縄文色の強い生活を続けていたはずだ」

「そんな頃に、ここに祀られていた神様ならば……」

「縄文系の民が崇拝していた神様だろうな」

「それが、〝アラハバキ〟なんですよ！」

興梠が、スマートフォン片手に、嬉しそうに声を上げた。そして、スマートフォンの画面をこちらに向けた。

「見てください。〝氷川神社〟〝アラハバキ〟と検索すると、こんなにヒットします。〝アラハバキ〟が、氷川神社の隠れ神というのは、知る人ぞ知る、真実なんですよ」

「隠れ神？」

「そう。ほら、見てください。これは、『江戸名所図会』……江戸時代のガイドブックのようなものなんですが、そこにこの氷川神社も紹介されていて、図も載っています」

「うん？　江戸時代の氷川神社？」

「そうです。本殿の東側のこの小さな社、ちょっと拡大してみますね」

画面2

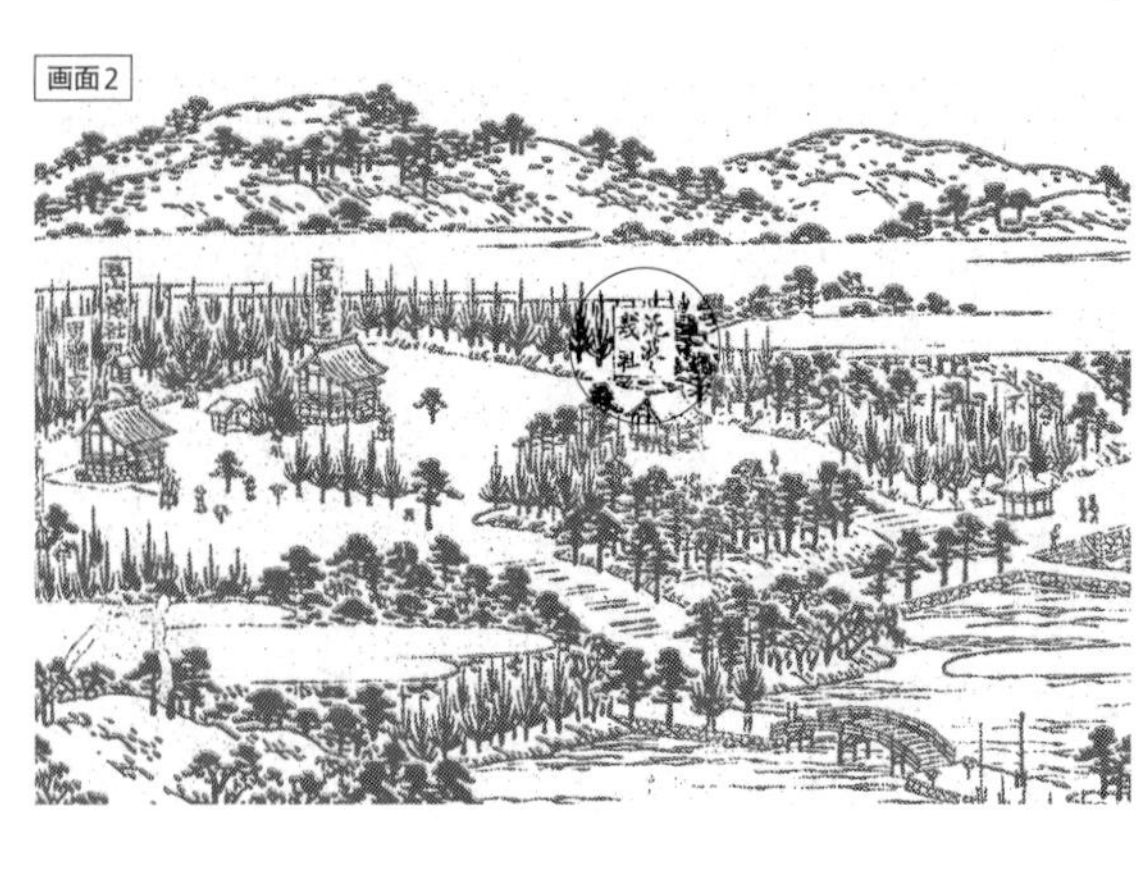

言いながら、興梠はその部分をピンチアウトした。

すると、『荒波々幾』という文字が。（画面2）

「あ、〝アラハバキ〟だ！」

「でしょう？　江戸時代までは、〝アラハバキ〟の名前は、ちゃんと残っていたんですよ。『江戸名所図会』によると、『荒波々幾の社、本社の傍らに在り。テナヅチ、アシナヅチ二神を祀る』とあります」

「テナヅチ、アシナヅチって。〝手摩乳命〟と〝足摩乳命〟のことだな……」

「そうですよ！　〝門客人神社〟に祀られている、神様たちのことですよ！　つまり、〝門客人神社〟こそ、〝アラハバキ〟なんです！」

興梠は、案内板の俯瞰図を再び指した。その指の先には、〝門客人神社〟の文字。

「行きましょう、とりあえず、行きましょう！」

興梠が、興奮気味に言った。が、直樹には、まだ疑問があった。

なぜ、〝アラハバキ〟の名前が消されたのか。なぜ、その代わりに〝足摩乳命〟と〝手摩乳命〟が祀られたのか。

「ああ、もしかして」

直樹は、ひとり、頷いた。

〝足摩乳命〟と〝手摩乳命〟は、本殿に祀られている稲田姫命の両親。つまり、本殿に祀られている神様たちの親に当たるような、先代の神様……もともとその土地に祀られていた土着の神様という意味を込めたのかもしれない。ちょっと、強引だが。

いずれにしても、〝アラハバキ〟が、縄文時代の神であることは間違いなさそうだ。そして、今も隠れ神として、本殿の横に大切に祀られている。

つまり、氷川神社そのものが、かつてはアラハバキだったのだろう。ということは、関東各地にある氷川神社すべてが、アラハバキという可能性も？

もしかして。

直樹は、寒さも忘れて、ある思いを巡らせた。

それは、大学時代からずっと抱き続けている思いだ。

「縄文時代、東日本一帯を治める巨大な王国があったんじゃないか？」

いる。

が、興梠からの反応はなかった。見ると、興梠が、スマートフォンを見ながら、固まっている。

「どうした?」

「……山田さん」

「え?」

「総務の山田さん、覚えてますよね?」

「ああ、もちろん」なにしろ、昨日、ファミレスで……。「山田女史が、どうしたんだ?」

「死んだって」

「え?」

「ネットニュースに出ているんですよ! 山田さんが、殺されたって!」

第三章　前兆

8

（遡って、二〇＊＊年九月三十日月曜日）

新宿区神楽坂七丁目、轟書房ビル。

その地下一階の片隅にあるのは、三年前に新設された「パーソナル書籍編集部」。

いわゆる〝自費出版〟の部門で、これが新設されたとき、「いよいよ、あの轟書房も、自費出版ビジネスに手を出したか……」などと大っぴらに揶揄されたものだが、今は、そんな悪口は、もう耳に入ってこない。無論、陰口を叩く輩はまだいるだろうが、それは嫉妬に他ならない。

なにしろ、この部門から十万部を超えるベストセラーが三冊出たからだ。十万部超えは、このご時世、人気作家だとしても難しい。

「でも、所詮、話題先行だよな」

「だよな。なにしろ、書き手は全員犯罪者だもんな」

それは否定しない。最初のベストセラーは、振り込め詐欺の受け子だった元受刑者の手記。二冊目のベストセラーは前科五犯の元暴力団員の小説。そして三冊目のベストセラーは、少女売春の元締めをしていた女子中学生の日記。

だからといって、十万部を叩き出すには、話題性だけでは難しい。その手腕がなければ。

そう、編集者としての手腕がなければ。

よし、私だって。

牛来(ごらいあ)亜弓(ゆみ)は、ふんっと鼻息荒く、校正紙を捲った。

ゲラは、『縄紋黙示録』という小説だ。

今朝、前任者のモチヅキから引き継いだものだ。

そのモチヅキこそが、三年で三つのベストセラーを叩き出した辣腕編集者だ。元『週刊トドロキ』の記者で、なにをやらかしたのか、自費出版部門に飛ばされた。が、彼はここでも手腕を遺憾なく発揮した。持ち前の嗅覚と人脈で話題性抜群の人物を探し出し、彼らに書かせたのだ。しかも、自費出版で。

さあ、四冊目もベストセラーだ！　なにしろ筆者は全国を震撼させた「千駄木一家殺害事件」の犯人で、現在裁判中の殺人鬼母、五十部靖子だ！　夫をゴミに埋め、そして娘の首を切断してシチューにした前代未聞の鬼畜母だ！　今度は五十万部、いやミリオンを狙えるぞ！……とモチヅキは息巻いていたが、先週あたりから体調を崩し、いよいよ先週末、入院してしまった。

そして、亜弓は編集長に呼ばれた。それが、午前中のことだ。

「このゲラは、今、校正に出しているところらしい。そして、これがスケジュール表と資料と、引き継ぎメモ。あとは頼む」

と、ゲラ一式を託された。

さらに、五十部靖子の連絡先も。それは、東京拘置所と法律事務所の住所だった。

「本当に、あの殺人鬼母が書いたものなんだ……。自分の娘をシチューにした……」

正直、そのときは、ちょっと怯んだ。足もがくがく震えた。

が、これをやり遂げれば、自分もまた返り咲けるかもしれない。元いた場所に。

そう、文芸編集部に。

亜弓がこの地下に追いやられたのは、半年前のことだ。所属していた文芸誌が休刊になり、さらに担当していた作家をセクハラで訴えたところ裏目に出た。本来なら他の文芸誌に異動になるはずが、人事部に渡された辞令に書かれていたのは「パーソナル書籍編集部」。目の前が真っ暗になった。退職願を出そうとも思った。

が、思いとどまったのは、

「今、一番、勢いがある部署だよ」

と、同僚たちに言われたからだった。

そうだ。これは決して左遷ではない。むしろ栄転なのだ。だって、「副編集長」という肩書きもついたのだから。

そう自分に言い聞かせてこの地下に潜ってきたのだが、この半年間、胃が悲鳴を上げるようなことばかりだった。

来る原稿といえば、独りよがりなものばかり。自費出版なのだから仕方がないとはいえ、あまりにひどかった。なのに、「ああ、いいですね、素晴らしい」などと、心にもないことを言わなくてはならない。はじめのうちは「こうしたほうがいい、ああしたほうがいい」などと、本来あるべき編集者の姿勢で執筆者と接してきたのだが、「担当を替えてほしい」というクレームが出た。

「執筆者はお客様だからね。あなたの意見なんか、いらない。お客様の言う通りにして」と編集長に言われたときは、涙したものだ。

そうなのだ。この地下に来たからには、もう〝編集者〟ではないのだ。お客様に媚び諂う〝営業〟のようなものなのだ。

それでも〝営業〟に徹すれば、いつかは自分もベストセラーに巡り合えるかもしれない。モチヅキのように。

……そんな思いでこの半年を耐え、そして、ようやく、自分にもチャンスが巡ってきたのだが。

……不安がよぎる。

てっきり、五十部靖子が殺人鬼母になった経緯について書かれている手記だと思っていたのに、『縄紋黙示録』は、どうやらただの小説のようだった。しかも、ファンタジー色の強い。

「こんなのが、売れるのかしら?」

半信半疑で、亜弓はゲラを捲った。

＋　＋　＋

……唖然としていると、あることに気がつきました。いわゆる、竪穴式住居というやつがないのです。あの、全体に藁を葺いたような家が。

そして、女性の姿もまったく見えません。

「ああ、それなら、あちらの世界ですよ」

母犬の視線を追うと、そこには、赤く塗られた二本の木が立っていました。

その二本の木を繋ぐように、なにか縄状のものが渡されています。

「鳥居？」

そうなのです。その様は、まるで鳥居のようでした。

「坊や、あの先には行ってはいけませんよ。絶対に」

母犬が、脅すように言いました。

「あの先に行ったら、……今度こそ、助かりませんよ」

「いったい、あの先には、なにが？」

が、母犬は答えません。そして、次の瞬間、うずくまるように身を地面に伏せました。

「坊や、あなたも早く隠れなさい！」

が、不思議なものです。そんなことを言われると、かえって好奇心が疼きます。

「え？　なに？」と、私は、思わず、空を仰ぎました。

するると、とてつもなく大きな黒い影が、こちらに向かって落ちてきます。

「坊や！」

母犬の叫びに驚いたのか、黒い影がふと、遠のきます。

それは、カラスでした。見たこともない巨大なカラスでした。

「坊や、いっときも油断してはなりませんよ。この世は、生きるか死ぬか。少しでも油断したら、たちまちのうちに、黄泉の国行きですよ」

母犬が、消え入りそうな声で言いました。

見ると、首から血が噴き出しています。

どうやら、先ほどの巨大カラスの一撃を受けたようでした。

「お母さん……」

私は、初めてそう呼びました。

すると、どこからともなく大きな悲しみが押し寄せてきました。私は泣き叫びました。

「お母さん！　お母さん！　お母さん！」

それを聞いたのか、蓑をかぶった男が一人、こちらにやってきます。

男は私を抱き上げると、なにか、言いました。

「……ハハ……カカ……」

でも、意味は分かりません。

不思議でした。母犬の言葉は、脳に翻訳機が埋め込まれているかのように、瞬時に理解できたのに。……そうか。今の私は、犬。だから、犬の言葉は理解できても、人間の言葉は理解できないのかもしれない。

「ワガネェ……アフラアフラド……ウラウラ……」

男が、なにかしきりに言葉をかけてきます。

まったく、分かりません。

が、それは、どこか聞き覚えのある、そして懐かしい響きでもありました。

……東北弁？　そうです。訛りのきつい東北弁を聞いている感じです。

「……アマ……アマ……アマ」

男が、そう繰り返しながら、私をさらに抱き寄せました。

「アマ！　アマ！」

もしかして、それは、私の名前なのか？

私は、小さく鳴いてみました。

するど、

「アマ！　メンコー！」

……めんこい？

そう聞こえました。「可愛い」と言ってくれているのでしょうか？

今度は、微かに尻尾を振ってみました。すると、

「メンコー……エンコー……アマ……」

と、男が、私を高く掲げ、周りにいる人たちに宣言するように言いました。

「ワー……エンコー……！　アマ……！」

蓑をかぶった男たちが一斉に視線を上げ、

「ウンダー」

と、それぞれ小さく呟きます。

ハンモックで揺られていた七人の少年たちも、ちらりとこちらを向くと、

「ウンダー」

と、声を上げました。

もしかして、これは、承認を意味する言葉なのかもしれません。

その後も、私は似たような光景をしょっちゅう目にすることになります。

「ワー」と言いながら誰かが何かを掲げると、「ウンダー」と周囲が答える。

どうやらここでは、なにかを「所有」したいときは「私のだ！」と声高らかに宣言し、そ

して周囲が「ウンダー」と同意するのがルールのようです。

「マーネー」という声が上がることもありますが、これは「不同意」を意味するようです。一人でも「マーネー」という声を上げた場合、所有は認められません。それを無視したら、どうなるか。

……いずれにしても、私は「ヒィ」の所有物となりました。

「ヒィ」というのは、私を拾い上げた養男です。周囲がこの男を呼ぶとき、必ず「ヒィ」と言うので、これが彼の名前なのだろうと思います。なので、これからは、彼のことは「ヒィ」と表記します。

「ヒィ」は、私のことを「アマ」と呼びます。意味は分かりませんが、これが、私につけられた名前なのでしょう。

さて、ここで少し、この集落について説明しておきます。

太陽が沈む側、つまり西側には森に続く崖。太陽が昇る側、つまり東側には海辺に続く崖。つまり、ここは、なだらかな崖の中腹のようでした。

そう、まさしくここは、千駄木の藪下通りから「千駄木ふれあいの杜」あたりではないかと思われます。東側の海辺は汐見小学校で、西側の森は千駄木一丁目の高台、かつて太田氏の下屋敷があったあたりです。

だとすると、あの鳥居のような二本の木（以降、「鳥居」と呼びます）がある場所は、お化けだんだん下に違いありません。

その鳥居の西側には小さな泉があります。そこを始点に小さな川ができていて、東側の海へと注いでいます。

集落は、この川を基準にふたつに分かれているようでした。

川より南側は、蓑男たちの仕事場。彼らは一日中、なにか作業に追われています。

川より北側の、一段高くなっている場所には消えることがない焚き火。それを中心に、七人の少年がハンモックに揺られています。

前にも書きましたが、ここには、男性しかいません。

まずは、七人の少年。踊って歌っているか、またはハンモックで寝ているだけの七人の少年は非常に美しく、いわゆる〝日本人〟とは異なるように見えます。その肌は灰色がかった褐色で、瞳は緑か青、そして目鼻立ちもはっきりしていて、いわゆるハーフの美少年という風情です。髪は短く切られているか、肩まで伸ばしています。そして、ほとんど全裸のその体には、美しい刺青が施されています。

次に、蓑をかぶり、ほぼ一日中なにか仕事をしている男たち。

母犬の言葉を借りれば「奴隷」です。

その数は、三十人ほどでしょうか。〝ほど〟というのは、数がはっきりしないからです。十五人のときもあれば、四十人のときもある。もしかしたら、交代で、休んでいるのかもしれません。

養男たちは、みな、同じように見えます。長く伸ばした髪を高く結い上げてはいますが、肌は赤黒く、瞳は鳶色（とびいろ）、その顔立ちから、美しさは少しも感じません。

そして、養男たちは極端に声が高い。

私は、「類宦官症（るいかんがんしょう）」という病気を思い出しました。いつかテレビかなにかでやっていたのですが、男性ホルモンの分泌が極端に少ないのが原因で二次性徴が現れない病気で、中国の宦官たちと同じような症状だったため、この名前がつけられたそうです。

宦官というのは、かつての中国または朝鮮などにいた、去勢して宮中に仕える男子のことです。

なぜ、私がその病気を連想したのかといえば。

養男たちには、全員、性器がないからです。そう、去勢させられているのです。母犬が、私の性器を噛み切ったのはそういうことなのかもしれません。

ここでは、「選ばれた男子」以外は、去勢させられる。あるいは、去勢しなければ生きてはいけない。

「選ばれた男子」は、ハンモックの少年たちだと思われます。彼らにはちゃんと性器があるからです。が、まだ幼いからなのか、髭も性毛も生えていません。

ちなみに、去勢させられた蓑男たちも、髭どころか性毛も生えていません。体毛すら。

私が知る縄紋時代のイメージとは、まるでかけ離れていました。

縄紋時代の男といえば、屈強な体を持った、髭面のごつい男……というイメージです。が、それは、所詮は誰かが考えた「想像」に過ぎません。恐竜の想像図が、ここ数年で大きく描き替えられたように、縄紋人のイメージも、大きく描き替える必要があるのかもしれません。

竪穴式住居もそうです。私は、まだ、それを目撃していません。

選ばれた七人の少年が寝床にしているのは、ハンモック。ハンモックは木陰を上手に利用して作られており、雨が降っても、木の葉が雨避けの代わりをしてくれます。中には、蚊帳（かや）のようなものを木の枝から垂らし、それを屋根代わりにしている者もいます。いずれにしても、とても美しく優雅な様です。

一方、蓑男たちは、その蓑をそのまま布団にして、野宿しています。野宿といってもテリトリーはちゃんとあるようで、藪をドーム形に盛った即席の寝床があちこちに点在していて、雨をしのげるようになっています。

　とはいえ、蓑男たちが寝ている姿を見ることはほとんどありません。

　たぶん、彼らは、猫や犬のように、うたた寝という程度の短い睡眠を繰り返すことで、睡眠時間を確保しているのでしょう。つまり、手を動かしながら、合間合間に寝ているのです。

　そんなふうにしか眠れない蓑男は、まさに二十四時間労働。

　蓑男にはそれぞれ専門の仕事があるのですが、例えば、私の飼い主である「ヒィ」の仕事は、石研ぎと籠編み、そしてハンモックの少年たちの世話です。

「ヒィ」の一日はこんな感じです。

　夜通し石を磨き、日が昇ると泉に行き、瓶（かめ）に水を汲む。

　その水で、ハンモックの少年たちの体を洗い、夜通し磨いた鋭利な石器で少年たちの髪と爪を整える。

　そのあとはひたすら籠を編み、日が沈んだら焚き火のもと、石を研ぐ。

「ヒィ」とよく一緒にいる「モォ」は、一日中ひたすら柴を刈り、それを炭にしたり、干したり、または皮をはいで紐状にしたりしています。その紐状のものを「ヒィ」が材料にして、籠を作るのです。見事な連携プレーです。

　ちなみに、「ヒィ」が研いだ石は、ナイフや鏃（やじり）になり、他の蓑男たちがそれを利用して各々の仕事に役立てます。

例えば、ある養男は、「ヒィ」が研いだ石器で貝または木に細工して、アクセサリーのようなものを作っています。まさにジュエリー職人です。彼は刺青も彫ります。刺青は主にハンモックの少年に施されますが、養男たちも刺青を入れています。なにかの印のようです。「ヒィ」が研いだ石器は、言うまでもなく、動物の解体・調理にも使われます。それを専門で行う養男もいます。

つまり、ここでは、完全なる分業制でした。

養男のうち半分が生活用具にかかわる仕事をし、残りの半分が食糧を調達する役目を担っています。

例えば、一日の大半を浜辺で過ごす養男。彼の主な仕事は貝採りです。大きな籠を背負い一日中貝を採り続けます。そのせいか、彼の腰は大きく曲がっています。彼の仕事はそれだけではありません。貝採りの合間に、塩も作ります。海水を土器にため、それを延々と煮詰めて、塩を作るのです。

貝採りがいる海辺には、カヌーのような船が繋がれています。これは、一本の木をくりぬいたものです。この船に乗って、あるとき二人の養男が漁に出ましたが、何日も戻ることはありませんでした。日の出を五つ数えたとき、ようやく戻ってきましたが、一人の養男の腕はありませんでした。その腕を差し出して捕まえたのか、小さなサメが船の端にちょこんと乗っていました。

が、そのサメは、蓑男たちの口には入りませんでした。

解体され、燻製（くんせい）にされましたが、それは大きな瓶に保存されてしまいました。

サメだけではありません。食糧調達係が不眠不休で集めてきた食べ物は、いったん、大きな瓶に保存されます。いわゆる縄紋土器です。

この土器だけは、私が知っているものでした。縄状の模様が施され、そして細部のいたるところに意匠が凝らされています。

が、ちょっと違うな……と思ったのは、その色でした。

私が知っているお馴染みの縄紋土器は黄土色ですが、ここで利用されている土器は、黒光りしています。中には、赤い土器も。

そう、漆（うるし）です。

漆が、使われているのです！

漆はいたるところに使われ、土器はもちろん、アクセサリーにも籠にも、そして、鳥居の木にも使用されています。あの赤色は、漆の色だったのです。

それにしても、分からないのは、この鳥居です。

あの母犬がいれば色々と教えてくれたのでしょうが、母犬は、カラスの餌食となりました。

その後、蓑男たちによって解体され、肉と内臓は燻製に、皮は剝がされ太鼓の一部になりました。そう、縄紋太鼓というやつです。土器の口に皮をなめして張り、太鼓に仕立てたものです。

その太鼓は、今、鳥居の前に置かれています。

太鼓だけではありません。

鳥居の前には、日没までに、いくつかの籠といくつかの瓶が置かれます。その中には、大量の食糧とアクセサリー、そして葦やら蔓やらの植物が詰め込まれています。

まるで、お供えのようです！

そして、翌日、鳥居の前には小さな瓶だけが残されます。

中身は、残飯のようなもの。

その残飯こそが、集落の男たちの食糧となります。まずハンモックの少年たちが食べ、その残りを蓑男たちがありがたそうに食べる……という寸法です。私のような犬は、さらにその残り物。ほんのわずかです。……まあ、私のことはいいとして。

このシステムが、よく分からないのです。

いったい、お供えはなんのためにするのか。そのお供えは誰の手に渡るのか。そして、そのお供えの残りを、なぜあれほどまでにありがたく食するのか。本来ならば、自分たちの食糧のはずなのに。

もうひとつ、分からないことがあります。

それは、鳥居の二本の木に渡された、白い縄のようなもの。

しめ縄のようにも見えましたが、どうも質感が違います。色だって。

あるとき、蓑男の一人がそれを指して、「カカ、カカ」と呼ぶのを聞きました。また、あるときは、ハンモックの少年の一人が「ハハ、ハハ」と呼んでもいました。

「カカ？　ハハ？」

いったい、どういう意味だろう？

と、鳥居を眺めていたときのことです。ある瞬間、その縄状のものが、にょろりと動いたように見えました。

「え？」

目を凝らしていると、上から大きな影が落ちてきました。

確認する間もありませんでした。

私は再びカラスに襲われ、その目をつぶされてしまったのです。

私の飼い主である「ヒィ」が飛んできましたが、手遅れでした。

私は、息絶えていました。

が、不思議なことに、私の意識はまだ生きていて、しかも、ずんずんと視点が上がっていきます。

喩えるなら、ドローンの映像を見ているような感じです。

眼下には、痩せた黒い子犬が血まみれになって横たわっています。そのそばで、「ヒィ」がしきりになにかを叫んでいます。

ああ、これが臨死体験というものか？　などと呑気に考えていましたら、今度は急降下。どこかの水面に向かって、ぐんぐんと意識が落ちていきます。

そして、その水面の前でぱたりと動きは止まりました。

水面に映っているのは、子犬の私を襲った大カラス。その嘴（くちばし）の先には、目玉。そう、私の目玉でした。

大カラスはその目玉をしばらく嘴で弄んでいましたが、それに飽きると、最後は飲み込んでしまいました。

それでも、私の意識ははっきりしていました。

私は、水面を眺めました。

映っているのは、大カラスだけ。

そして、気がつきました。

今度は、カラスになったんだ……と。

＋＋＋

「はあ？」

亜弓は、ゲラを前に、頭を抱えた。

「犬の次は、カラス？」

なんじゃ、こりゃ？　こんなの、売れるはずがない！

ああ、外れ籤（くじ）を引いてしまった。いくら、世間を騒がせている殺人鬼母が書いたものだとしても、こんなの、売れるはずがない！

……それにしても、これを校正しているの、誰なんだろう？　さぞかし、苦労していることだろう。

前任者の引き継ぎメモには、「興梠大介」とある。どうやら、フリーの校正者のようだ。

「でも、待って。この名前、どこかで見たような」

こんな難しい漢字なのに、「こうろぎ」とすぐに読めたのが、その証拠だ。

え……と。どこで見たんだっけ？

しばらく、うーんうーんと唸りながら記憶を辿ってみたものの、思い出せない。

まあ、いいか。とりあえず、コーヒーでも……と立ち上がったところで、電話がけたたましく鳴った。

半年前なら、アルバイトか派遣または後輩に任せていたが、今は、そうも言っていられない。なにしろ、今、ここにいるのは編集長と自分だけだ。

はいはい、分かりましたよ、分かりました。亜弓は、半ば投げやりに、受話器を取った。

「モチヅキさん、いらっしゃいますか？」

電話の相手は、前任者の名前を出してきた。

「いえ、モチヅキは今……」おっと、これ以上は個人情報だ。「というか、どちら様でしょうか？」

「あ、失礼しました。私、タチバナ法律事務所の、コイケと申します」

タチバナ法律事務所のコイケ？

亜弓は、前任者のモチヅキから託された引き継ぎメモを改めて見てみた。

『小池千春』

あ。……五十部靖子の弁護人の一人だ。

「こちらこそ、失礼しました。……モチヅキは、今、長期休暇をいただいていまして――」

「長期休暇？　どこか具合でも？」

「いえ、大したことはないのですが——」

　嘘は上手なほうではない。しかも相手は弁護士だ。深く突っ込まれる前に、亜弓はこちらから質問してみた。

「五十部靖子のことで、なにかあったんでしょうか？」

「……あなたは？」

「あ、申し遅れました。私は、牛来亜弓と申します。モチヅキの後任です」

「……ゴライ？」

「〝牛〟が〝来〟ると書いて、〝牛来〟です」

「ああ、牛来さん。……で、あなたが、モチヅキさんの後任に？　つまり、五十部靖子の担当ということですか？」

「はい、そうです」

「はぁ、そうなんですか。聞いてませんでしたけど——」

　その声が、あからさまに不機嫌になった。

「あ、違うんです」亜弓は、慌てて付け足した。「急遽、そういうことになってしまって。明日にでも、早速、ご連絡しようかと思っていたのですが」

まったくの嘘だった。今の今まで、弁護士の存在など気にも留めなかった。だが、確かに、弁護士がいなければ五十部靖子と接触しようがない。お金のやりとりだって。言ってみれば、この小池弁護士こそが、〝お客様〟。そう言っても言いすぎではないのだ。

「いずれにしても、一度お会いしたほうがいいですね。こちらも、お話ししたいことがあるんです」

小池弁護士の言葉に、

「はい。喜んで！」と、亜弓は、居酒屋の店員のように威勢よく答えた。

「じゃ、これから、お会いできますか？」

「……今からですか？」

時計を見ると、午後四時過ぎ。そして、メモにあるタチバナ法律事務所の住所は飯田橋。

……まあ、いいか。この住所ならば、歩いてでも行ける距離だ。

「はい。大丈夫です。では、何時頃――」

「実は、もう、御社の近くまで来ているんですよ。神楽坂上に」

「え？」神楽坂上といえば、目と鼻の先だ。

「今から、伺っていいですか？」

「あ、はい。もちろん。では、到着しましたら――」

が、電話は切れていた。

なんだろう？　妙に慌てている感じだ。五十部靖子になにかあったんだろうか？

受話器を置くと、亜弓も急いで支度をはじめた。ゲラを整えて、そして最新のスケジュール表をプリントアウトして――。

あ、大事なことを忘れてた。会議室、押さえておかないと。

パソコンで会議室の空き状況を閲覧しているとき、着信音が鳴った。内線だ。

受話器を取ると、受付の元気な声が耳いっぱいに広がった。

「タチバナ法律事務所の小池さんがいらしています！」

亜弓は、少し受話器を耳からずらすと、

「今すぐ行きますので、ロビーでお待ちいただくよう、お願いします」

「分かりました！」

が、会議室の空きはなかった。

ああ、どうしよう？　とりあえず、亜弓はゲラと諸々の資料をショルダーバッグに詰め込むと、ロビーに急いだ。

「……そういうわけで、すみません。……外でいいですか？　この近くに喫茶店がありま すので――」

亜弓は、ロビーのソファーに座るスーツ姿の女性に駆け寄ると、挨拶もそこそこに言った。なぜ、その人物が小池弁護士だと分かったのか、自分でも不思議だった。

ソファーには、五人の客が座っていた。そのうち三人が女性。三人とも似たり寄ったりの歳格好で、着ている服もスーツ。

が、一人だけ、並々ならぬオーラを放っている人物がいた。それは、どんなことにも動じないという堂々としたオーラで、その証拠に、その人は、六つあるソファーの中でひときわ目立つシングルソファーに座っていた。この中で一番高価なソファーだ。噂では五百万円とも一千万円とも。社長がイタリアのブランドメーカーに特注して作らせた、ピンク色のソファーだ。全体的に貝殻を模したデザインで、口が悪い社員などは、「ラブホテルのベッドみたい」などと評している。確かに、どこかいかがわしい感じのするソファーで、そのせいか、そこにわざわざ座る客はほとんどいない。そこしか座るところがないときでも、客はあえて座らなかった。もちろん、社員も。

なのに、小池弁護士は、そのソファーに当たり前のように座っていた。我が物顔で。

その傍らには、往診中の医者が持つような大きなカバン。このカバンもまた、いやに存在感を放っていた。なぜなら、一面を飾るのは某有名ブランドのモノグラム。

「でしたら、社員食堂に行きましょう。この地下に、社員食堂、ありますよね？」

小池弁護士が、すっくと立ち上がる。

「え？……まあ、ありますが」

「以前、モチヅキさんとお打ち合わせしたときも、そこを使ったんです。ですから、今日もそちらにしましょう」

と、小池弁護士は、まるで自分がここの社員のように先に歩きはじめた。そして、迷うことなくエレベーターに向かい、やはり迷うことなくB2を押す。

亜弓は、唖然としてその女性の姿を眺めた。

歳は、自分と同じくらいかそれとも少し上か。髪は白髪まじりのベリーショート、身長は平均よりやや高めだが、仕事が忙しすぎて体をメンテナンスする時間がないのか、全体的にだるっとした体形だ。スカートの先から覗く足も、どこか浮腫(むく)んだ感じがする。

が、顔は割と整っている。目鼻立ちがはっきりしていて、若い頃は相当美人だったに違いない。今は、余分な肉に覆われて、少しもったいない。

などと人のことを言っている場合ではない。自分もここんところ、肉がついてきた。特に二重顎。これをなんとかしなくちゃな……などと考えている間に、エレベーターのドアが開いた。地下二階の、社員食堂だ。

社員食堂の隅に、ちょっとしたカフェスペースがある。

カフェ……といっても、メニューはコーヒー、紅茶、そして日替わりの焼き菓子だけだ。どれもセルフサービス、焼き菓子はカウンターの籠に無造作に置かれている。

とはいえ、この焼き菓子は、結構、美味しい。もともとは有名ホテルのシェフだったという料理長が焼いたもので、三時までに残っていることはほとんどないのだが、今日は珍しく、数個、残っていた。

バスクチーズケーキのようだった。

「あ、今日は、残っている」

小池弁護士の目が輝く。

「前は、売り切れだったんですよ。モチヅキさんが、残念そうな顔をしていた」

「あ、そうですか。確かに、この時間まで残っていることはあまりないですね」

「ラッキーね」

「……お食べになりますか？」

「いいかしら？」

「はい」

「じゃ、紅茶もお願いできます？　ミルクも砂糖もいりません。ストレートで」

「あ、……はい」

「私は、席を確保しておきますから」

「……あ、はい。ありがとうございます」

亜弓は、あたふたと財布から食券のつづりを取り出し、「ドリンク」と書かれた券と「焼き菓子」と書かれた券をそれぞれ二枚、店番のおばちゃんに手渡した。そしてセルフサービスで紅茶を淹れ、小池弁護士が待つテーブルへと急ぐ。

テーブルにはすでに資料が広げられていた。

『縄紋黙示録』のゲラと、そしてスケジュール表だ。

亜弓は、紅茶二セットとバスクチーズケーキ二個を載せたトレイをテーブルの端に置くと、ショルダーバッグをようやく下ろした。とりあえず資料を詰め込んできたのだが、筆記用具を用意してこなかったことに、今更気付く。

が、取りに行くような雰囲気ではなかった。

小池弁護士が、

「では、早速ですが」

と、刺すような視線で身を乗り出してくる。

「進捗状況を確認したいのですが。スケジュール表では、現在、『校正』となっていますが

――」

「あ、はい。今、校正に出しているところです」

「『校正』は、どなたが？」

「えっと。……フリーの校正者です」

「フリー？」

「……といっても、ちゃんとしたプロです。それは間違いありませんので、ご安心ください」

「お名前は？」

「え？」

「興梠大介さんで、間違いないですか？」

「ええ、はい。そうです――」なぜ、その名前を？

「よかった」小池弁護士が、一瞬破顔する。が、すぐにポーカーフェイスに戻ると、「では、契約の確認をさせてもらっていいですか」。

「え？」

「モチヅキさんの話では、『縄紋黙示録』は、初版の二百部までは自費出版という形をとるが、それ以降は、轟書房の本として扱うので印税を支払う……ということでした。契約書も交わしましたよ」

「契約書？」

亜弓は、慌てて、ショルダーバッグの中を探った。そんな亜弓を横目に、小池弁護士は続けた。

「校正も、轟書房の本と同じ扱いでしっかりやる。だから、時間がかかる……と。そういうわけで約一ヶ月、校正期間が設けられているんですよね？」

「ああ、はい、そうです」亜弓は、ようやく契約書を探し当てると、とってつけたように相槌を打った。

「そう、契約書にはありますよね？」

小池弁護士に急かされるように契約書に目を通す亜弓。

……ああ、本当だ。初版は自費出版、二刷りからは印税を支払う……となっている。

つまり、二刷り以降は轟書房の本として、出版、流通させるということだ。ということは、モチヅキは、『縄紋黙示録』を本当にベストセラーに育てるつもりだったのか。

あんなファンタジー小説もどきを？

「牛来さん、あなた、『縄紋黙示録』をちゃんと読みました？」

小池弁護士が、刺すような視線で訊いてきた。

「え？」

亜弓の腋(わき)が、じんわり湿ってくる。

ここで下手な嘘をついたところで、どうせバレるだけだ。亜弓は姿勢を正すと言った。

「すみません。引き継いだのは今朝のことなので、まだ全部は……」

「じゃ、どこまで？」

「えっと……」

亜弓は、ゲラをパラパラと捲った。そこには夥(おびただ)しい付箋。疑問点があるページに付箋を立てただけだが、もうすでにこんなに立っている。

その一枚が、はらりと抜け落ちた。

『漆、縄文時代にある？』

と赤ペンで書き込まれている。まさに、ついさっき書き込んだものだ。

それを見たのか、

「漆、縄文早期からすでに利用されていたようですよ。九千年前の漆加工品が北海道の縄文遺跡から見つかっていますが、それが今のところ世界で最も古い漆製品です」

「あ、そうなんですか」

「縄文時代、漆の木を栽培していた……という説もあります」

「すごいですよね、日本の縄文時代は。土器を世界で初めて作っただけじゃなくて、漆まで利用していたんですから。私たちが考えるよりもっと進んだ時代だったのかもしれません」

「あ、そうなんですか」

「あなた、縄文時代には興味がないんですか？」

生返事がバレたのか、小池弁護士の表情が少しかたくなった。

「あ、すみません。歴史には疎くて……。しかも、縄文時代は、学校の授業でもほとんど触れなかったので……」

「本当に問題ですよね、今の歴史教育は。一時は、教科書から消えたこともあるんですよ、縄文時代。今は復活したようですが、それでも、ほとんど触れていません。縄文土器と竪穴式住居の説明で終わり。……由々しきことです」

「は……」

「で、どこまでお読みになりました？」

「え？」

「だから、『縄紋黙示録』ですよ」

「えっと。……ああ、そうそう。〝犬〟だった〝私〟が、〝カラス〟になるところまでです」

「じゃ、まだあちらの世界に行ってないわね」

「あちらの世界？」

「そう。鳥居の向こう側の世界」

「あ、はい。そうですね。鳥居の向こう側はまだ出てきませんね」

「じゃ、これから、ますます面白くなるわよ！　カラスの体を手に入れた〝私〟は、早速、鳥居の向こう側に行くんだけど……」

　小池弁護士の目がキラキラと輝き、その体もこちら側に迫ってくる。

　亜弓は、身を引いた。

　いったい、なんのスイッチが入ったのか、小池弁護士が、甲高い声でまくし立てる。まるで、友人とご贔屓のアイドルについて語り合う女子高生のようなテンションだ。

「鳥居の向こう側には、なにがあったと思う？　それはね……。ああ、でも、これは言わないほうがいいわね。あ、でも、ヒントだけ言わせて。ヒントは〝ハハ〟と〝カカ〟よ」

「〝ハハ〟と〝カカ〟？」

「そう。〝ハハ〟と〝カカ〟が、キーワード。これから先、〝ハハ〟と〝カカ〟がいたるところで出てくる。だから、よく覚えておいたほうがいいわよ」

「は……」

「それとね――」

しゃべりすぎたのか、小池弁護士の声が掠れてきた。亜弓はすかさず、紅茶を差し出した。紅茶はすっかり冷えてしまったようだが、それがかえってよかった。紅茶を口にした途端、小池弁護士のテンションが元に戻る。カップをソーサーに戻すと、

「……それで、校正の件ですが」と、彼女は話を戻した。「興梠大介さんって、どんな人なんですか？　経歴は？」

「経歴……ですか？」

と、そのときだった。突然、記憶の回路が繋がった。

「帝都社」

亜弓は、ほとんど無意識に、その名前を口にした。

小池弁護士の顔が、ぱぁっと明るくなる。

「テイトシャ？……あの帝都社？　出版数日本一の超大手出版社？」

「そうです。その帝都社で働いていた興梠さんは、帝都社校閲部のエースだった人です」

「……そう、帝都社の校閲部にいた人なら、安心ですね」

「はい。安心してください」

そして亜弓は、「どうぞ召し上がれ」とばかりに、バスクチーズケーキを載せた小皿をそ

っと小池弁護士の前に置いた。

が、小池弁護士はスマートフォンを取り出すと、なにやら検索をはじめた。

「あら、いやだ。なんか、うまく繋がらないわ。……地下だからかしら?」

「いえ、そんなことはないと思うんですが——」

亜弓もスマートフォンを手にすると、ブラウザのアイコンをタップしてみた。

ほんとだ。繋がらない。

なんでだろう?

「いずれにしても、興梠さんは、エースです。なので、安心してください」

亜弓は、繰り返し、言った。

+

「エース? 興梠くんが?」

山田登世子(とよこ)は、陽気に笑い飛ばした。「あの興梠くんが、エース? ウケる」

「でも、仕方なかったんだよ。ああでも言っておかないと、おさまらなくて」

亜弓は、帰宅すると早速、友人に電話した。

山田登世子。今は、帝都社の総務部にいるが、かつてはバリバリの文芸編集者だった。会社は違えど、担当していた作家が同じだったせいで顔を合わせる機会がちょくちょくあり、はじめはお互い警戒していたものの、いつのまにか親友のような関係になっていた。同い歳で、実家が埼玉県、そして趣味も似通っていて、なにより、話が合う。登世子が結婚、出産したあとも関係は続き、こうやって、連絡を欠かすことはない。

が、今日は勝手が違った。いつもなら、ＬＩＮＥでやりとりしているのだが、どういうわけか、繋がらないのだ。携帯電話も繋がらない。だから、固定電話から固定電話に連絡を入れたのだが。

久々に使用する固定電話。少し、埃がかぶっている。

それをティッシュで拭いていると、

「興梠くんのこと、よく覚えてたね」

と、登世子が揶揄うように言った。「興梠くんと会ったのって、もう十年近く前でしょう？　えっと、あれは、確か、合コンかなにかだったっけ？」

「そうだよ。登世子が企画した合コン。数合わせで、私まで呼ばれてさ。で、隣になったのが、興梠さん。……でも、ほとんど話さなかったけどね。校閲部なんですか……とか、珍しい名前ですね……とか、少し言葉を交わした程度。だから、今日まで忘れてた」

そう、興梠という珍しい名前でなければ、今日だって思い出すこともなかっただろう。

「……で、その『縄紋黙示録』とかいう原稿、本当にあの五十部靖子が書いたものなの？」

と、登世子が興味津々な様子で訊いてきた。

「なんだか、怪しいんだよね。もしかしたら、あの弁護士が書いたものかもしれない」

「え？　どういうこと？」

「だって、自分のことのように熱心なのよ」

「そりゃそうでしょう。自分が担当している被告人が書いたものなんだから。仕事熱心な人なんじゃないの？」

「うん、そうかもしれないんだけど。……なにか、妙なんだよね」

「妙？」

「うん……」

「妙といえば、例の興梠くんもなんだよね」登世子が、唐突にそんなことを言い出す。

「え？」亜弓は、構えた。「なにが、妙なの？」

「なんで、あの人、早期退職に手を挙げたんだろうって」

「興梠さんって、早期退職したの？」

「そう。……ほら、うちの会社、収益ががたっと落ちて、ちょっと危ないときがあったじゃない」

「ああ、三年前のことね」

「それで早期退職者を募集したんだけど、まっさきに応募してきたのが、興梠くんなのよ」

「へー、まっさきに。……彼、まだ独身なの？」

「え、もしかして、彼のことが気になるの？　機会があれば、結婚したいって思っているとか？」

「まさか！　っていうか、私、彼のこと今の今まで忘れてたんだよ？　そもそも、ああいうタイプは苦手なの。合コンのときだって、まったく印象に残らなかったんだから。アウトオブ眼中ってやつよ」

「の割には、名前は覚えてたじゃない」

「だって、あんな珍しい名字」

「じゃ、なんで彼が独身かどうか気になるの？」

「単純な話よ。既婚者なら、早期退職になんて手を挙げないと思って。……実は、うちの会社も前に危ないときがあってさ。早期退職者を募ったんだけど、既婚者は一人も手を挙げなかった。独身者ばかり。それにつられて、私もうっかり手を挙げそうになったわよ」

「なるほど。確かに、そうね。既婚者だったら、石にかじりついてでも会社に残るわよね」

「でしょう？　その点、独身者は身軽だからさ。後先考えず、目先の退職金に目が眩んじゃったりするものよ。……私がそうだったから。でも、思いとどまったけど。だから、リストラにまっさきに手を挙げた興梠さんも、いまだ独身なのかな……って」

「ところが、よく分からないのよ」

「分からない？　どういうこと？」

「結婚するっていう噂があって、で、家も買ったのよ」

「家を買ったの？」

「そう。うちの会社から歩いて二十分ぐらいの場所。割と高級な住宅地に。中古みたいだけど、あの辺なら、そこそこすると思う」

「じゃ、ローンを組んで？」

「うん。もちろん」

「そんな人が、早期退職？」

「でしょう？　なんか、妙でしょう？」

「確かに」

「妙なことは他にもあって――」

なにやら、雑音が聞こえてきた。混線でもしているような、耳障りな雑音だ。登世子の声が、どんどん遠くに行ってしまう。

「登世子、登世子、聞こえている？　ね？」

登世子の声はするが、その内容ははっきりと聞き取れない。

ザザザザザ……と、砂を掻くような雑音がさらにひどくなるばかり。

なに？　固定電話まで変になった？

「登世子？　聞こえる？　いったん、切るね、また、かけ直すから」

そして亜弓は、小首を傾げながらそっと受話器を元に戻した。

「なんだろう？」

スマートフォンに続き、固定電話まで。大規模な通信障害でも起きているのだろうか？

……もしかして、パソコンも？

案の定だった。パソコンを立ち上げるも、ネットに繋がらない。無機質な「エラー」の表示が現れるだけだ。

……まさか、テレビまで？

大丈夫だった。最近は、あまりつけることがなくなったテレビだが、やはり、最後に頼りになるのは、テレビだ。

が、テレビは平常運転で、特になにか問題が起きているような様子はない。

「……どういうこと？」

改めてスマートフォンを手にすると、電話のアイコンをタップ。……だめだ、やっぱり繋がらない。

ああ、なんなの？　いったい、どうしたの？

亜弓は、イライラと、熊のように部屋の中をぐるぐると歩き回った。

なんだろう？　この不安、この焦り、この孤独。

携帯電話が繋がらない、ネットに繋がらない……ってだけなのに。まるで、世界から隔離されたような、とてつもない絶望感に苛(さいな)まれてしまう。

同時に、こうも思った。

どんだけ、携帯やネットに依存しているんだ。

そうだ。これじゃまるで、薬が切れたジャンキーのようじゃないか。

とにかく、情報が欲しい、情報が！

なのに、最後の頼みの綱のテレビは、くだらないバラエティー番組か、ドラマばかり。ニュース番組はやっていないだろうか？　と、再びリモコンを手にすると、チャンネルボタンを押しまくる。そしてようやく、生放送らしき番組にたどり着いた。公共放送だ。

「こういうときは、やっぱり、公共放送」

が、やはり関係のないニュースばかりで、ネットの通信障害のことにはまったく触れず。

再び、熊のように部屋をぐるぐる巡る亜弓だったが、ふと、思い出した。

「あ、ラジオ。携帯ラジオ！」

それは、先の大震災のときに購入した、防災グッズのひとつだった。まさか、これがこんな形で役に立つとは。

がちゃがちゃと選局していると、横浜のある局にたどり着いた。生放送のトーク番組で、なんとかっていう漫才コンビが、一日の出来事を総括している。

「なんで、今日、遅刻したんだよ？　連絡ぐらいしろよ」

「携帯が繋がらなかったんだよ」

「またまた、そんな嘘を。俺は、ちゃんと使えたよ」

「いや、嘘はついてない。本当に、繋がらなかったんだって。でも、横浜に入ったら、繋がった」

「それまでは、どこにいたの？」

「池袋。タクシーの運転手も、無線がおかしいとかなんとか、ぼやいていたよ」

「またまた、タクシーの運転手さんまで巻き込むなよ」

「本当だよ！」

「でも、八王子にいた後輩とは、普通に連絡ついたよ？　あ、それと、港区の事務所にいたマネージャーとも」

「嘘じゃないって。少なくとも、池袋は通信状態が変だったんだよ。……ね、スタッフの誰か、ちょっと、検索してみてくれる？　絶対、通信が変だったんだよ、俺が嘘をついていない証拠を、誰かくれ！」

この芸人は、絶対に嘘はついていない。その証拠を早く、誰か見つけてやって！

と、ラジオに耳をそばだてていると、着信音が鳴った。固定電話だ。

「登世子！」

亜弓は、遭難者のごとく、受話器にすがりついた。

「亜弓、どうしたの、なんで、電話切ったの？」

登世子の言葉に、

「だって、ずっと変な雑音がして。……携帯もだめだし、パソコンもだめだし、テレビはポンコツだし、そしたら、ラジオが――」

「ちょっと、落ち着いて。どうしたの？」

「ごめん……。私、一人暮らしじゃない？　こういうとき、どうしたらいいか。……3・11のときを思い出しちゃって、ちょっとナーバスになってた」

「３・11？　東日本大震災のことを？　なんで？」

「だって。携帯もネットも繋がらないんだよ？　３・11のときですら、ネットは繋がったっていうのに……」

「亜弓のところも、ネット、繋がらないんだ？」

「うん。……登世子のところも？」

「そう。それで、困っちゃっているのよ。持ち帰った仕事ができなくてさ」

「登世子んちは、豊島区だよね」

「うん、豊島区巣鴨」

「で、うちが新宿区西早稲田。……さっき、ラジオで言ってたけど、池袋もだって。でも、八王子と港区、そして横浜は大丈夫だって」

「じゃ、通信障害は、都心の北側の一部ってことかも」

「なんだろう？　なにが起きているの？」

「大したことはないでしょう。ただの、通信障害よ。よくあるやつよ」

「そうかな……」

「大丈夫よ、大丈――」

　と、そのときだった。登世子の声が途切れたと思ったら、突然、暗闇に襲われた。

亜弓の思考も、そこで途切れた。

9

（二〇＊＊年十月一日火曜日）

……ここはどこだろう？
空。そうだ、空を飛んでいる。
ああ、なんて広い空。
なんて美しい空。
なんて、清々しい空気。
眼下に広がる風景も、なんて綺麗なんだろう。
海と森と山が複雑に絡み合って。どこもかしこも、キラキラと輝いて。
まるで、８Ｋの絶景ビデオを見ているみたいだ。
……あ。あれは、なに？　鳥居？

いや、違う。赤く塗られた木が二本。その間に、白い縄状のものが渡されている。
え？　縄が動いた？
まさか。
近づいてみる。……ほら、なんともない。ただの白い縄。
……うん？
ひゃっ。
動いた。やっぱり動いた！
なに、なんなの？
……これは、いったい、なんなの？
好奇心に駆られ、もっと近づいてみる。
ひゃっ。また動いた！
嘘でしょう？　これは――。
蛇だ……！
二匹の蛇が、絡み合っている！
いやだ、なに、気持ち悪い！

いやだ！　気持ち悪い！

自分の声に驚く形で、亜弓は目を覚ました。

「あれ？　ここは？」

見回すと、いつものベッドだった。

ああ、そうか。昨夜、突然停電になって。そのままベッドに飛び込んで、寝てしまったんだっけ。

それにしても。

「変な夢見た」

額に触れると、汗でぐっしょり濡れている。前髪もこんなに湿っちゃって。

まったく。あの変な小説がいけないんだ。『縄紋黙示録』。あんなのを読んだから、あんな変な夢を。

「本当、気味の悪い夢だった。縄だと思ったら、蛇が二匹、絡み合っていて」

その様子が、今もありありと浮かぶ。

それが肌を伝うような感覚に囚われ、全身に鳥肌が立つ。

やめて！

亜弓は、その感覚を取り払おうと両手をバタつかせた。……と、同時に、思った。

……夢で見たあれは、いったい、どういう状態だったのだろう？

ふと気になって、パソコンを立ち上げてみた。ブラウザのアイコンをクリックすると、いつもの画面が表示される。

「ああ、よかった。ネットに繋がった」

通信障害は解消されたようだ。なんだか、ひどく懐かしい恩人に再会したような気分になり、亜弓は破顔した。そして、

「蛇　二匹　絡み合う」と入力、検索してみると——。

「ひゃっ！」

思わず、目を逸らす。画面に大写しされたのは、二匹の蛇が縄のように縒り合わさった画像で、それはまさに、夢で見たやつだった。

恐る恐る視線を画面に戻すと、指の間からその説明を読んでみる。

「交尾？……うそ、これって蛇が交尾している状態なの？」

それはまるで、縄のようで、もっといえば、注連縄のようだった。

「まさかと思うけど。……注連縄の由来って、蛇の交尾だったりするのかな？」

こうなると、止まらない。〝蛇〟をキーワードに次々と検索してみる。

「うそ。……鏡餅って、もともとは、蛇がとぐろを巻いている姿なの？」

「じゃ、なんで、〝鏡〟餅っていうの?」

「〝鏡〟って、〝蛇〟の〝目〟って意味なの?」

「……つまり、太古、〝蛇〟は〝カカ〟と呼ばれていて、蛇の目、カカメ……カガミ……鏡になったということなの?」

あ。

亜弓の意識の奥で、小池弁護士の言葉が再生される。

――鳥居の向こう側には、なにがあったと思う? それはね……。ああ、でも、これは言わないほうがいいわね。あ、でも、ヒントだけ言わせて。ヒントは〝ハハ〟と〝カカ〟よ。

〝ハハ〟と〝カカ〟。

そういえば、『縄紋黙示録』の中でも、しきりに出てきた言葉だけど……。

亜弓は、今度は〝ハハ〟を検索してみた。すると――。

「へー。〝ハハ〟も、〝蛇〟を意味する古い言葉なんだ。……つまり、〝ハハ〟と〝カカ〟は、〝蛇〟ってこと?」

っていうか。〝ハハ〟と〝カカ〟も、子供を持つ女性のことじゃないか? 言うまでもなく、「母」だ。そして、母は、「かかぁ」とも呼ばれる。

偶然?

亜弓の中に、またもや小池弁護士の言葉が浮かび上がった。

――そう。〝ハハ〟と〝カカ〟が、キーワード。これから先、〝ハハ〟と〝カカ〟がいたるところで出てくる。だから、よく覚えておいたほうがいいわよ。

亜弓の中に、妙な衝動が湧き起こる。

「読みたい！　今すぐに、『縄紋黙示録』の続きを読みたい！」

我ながら、驚いた。昨日まで、くだらないだの退屈だの言っていた小説なのに。

「とにかく、読まなくちゃ！」

が、その小説は、今ここにはない。職場だ。ここで、ようやく亜弓は会社のことを思い出した。パソコンの時計表示を恐る恐る見てみると、

「十二時十六分！」

いくら出版社とはいえ、これは大遅刻だ。亜弓は、まずは歯を磨きに洗面所に走った。

＋

登世子から電話があったのは、会社に到着してすぐのことだった。デスクにバッグを置いたところで、着信音が鳴った。

「あ、亜弓。昨日は、大丈夫だった？」

昨夜、登世子と電話中に停電になり、話の途中だったが亜弓は電話を切った。そしてベッドに飛び込んだのだった。

「亜弓、めちゃ怖がってたからさ。あれからどうしたかな……って」

「うん、ありがとう。昨夜あれからすぐに、ベッドに入った。そのあとは熟睡。……まあ、変な夢も見たけどさ」

「それは、よかった。うちもそう。いつもは丑三つ時になってもなんだかんだ起きているんだけど、昨夜は、子供と一緒にすぐに寝た。……まあ、旦那は大変だったみたいだけどね。マンションのセキュリティが解除できない上に、携帯電話も繋がらなくて。結局、公衆電話を探して街を彷徨った挙句、秋葉原のサウナに泊まったみたい。朝方、帰ってきた」

「巣鴨から秋葉原？　それは大変だったね」

「でも、昨日の停電、大きなニュースにはなってないんだよね。ウェブニュースにちょこっと載った程度。旦那なんか、怒っちゃってさ。あんなに大変な思いしたのに、ニュースにもならないのかって」

「まあ、港区とか千代田区が停電にならない限り、あまり大きなニュースにはならないのかも」

「豊島区だって、れっきとした二十三区なのに！　文京区だって」

「文京区がどうしたの？」

「うん、うちの会社、文京区にあるじゃない？　やっぱり、停電食らったみたいで、会社のサーバーがダウンしちゃったのよ。で、データも飛んだみたいで、今、大騒ぎ。メールサーバーもおかしくなっちゃったみたいで、メールも打てやしない。……で、サーバーが復活するまで、開店休業状態。仕方ないから、早めのランチをとろうって、会社近くのファミレスで時間をつぶしてた。だって、サーバーだけじゃなくて、空調もエレベーターもダウンしているんだよ？　まったく、たかが数時間停電になっただけなのにさ。どんだけ、電気に依存しているんだって話よ。電気というか、コンピューターだけどね。……で、そっちはどうなの？　轟書房は？　新宿区でしょう？　新宿区の一部も停電したんじゃないの？」

「うちは、今のところ、大丈夫みたい。古いビルなんで、そんなにややこしいシステムにはなってないんだろうね。エレベーターも普通に動いてた」

「そうか、それは、よかった。やっぱり、アナログな部分は残しておいたほうがいいかもね。……うちなんかさ、文芸部がヤバいみたいで。今って、ほとんどの原稿がデータでやりとりでしょう？　そのデータが吹っ飛んだみたいで、てんてこ舞いなのよ。手書き原稿でやりとりしていた人が、『助かった……』って、トイレの前で原稿用紙抱きしめながら泣いてたわよ」

「マジで、そんなに大事になっているの？」

「阿鼻叫喚（あびきょうかん）の地獄絵図よ」

「大変だね……」

「あ、そういえば。さっきファミレスで、縄文時代のことを話題にしていた人がいてね」

「え？」

「なんだろう？　と思って、聞き耳を立ててたら、一場直樹がいたのよ！」

「イチバ……ナオキ？」

「あら、覚えてない？　興梠くんも出席していた例の合コン。そこに出席していた人よ。亜弓、彼のこと見て、『どこの組の人？』って、ビビっていたじゃない」

「……ああ、あの人。……そうそう、思い出した。昔、何度か飲んだことあるかも。……私が担当していた作家さんのお友達が、飲み会によく連れてきていたっけ」

「その一場さんも、早期退職者の一人でね」

「じゃ、帝都社を辞めたの？」

「うん。三年前」

「なのに、なんで、帝都社近くのファミレスに？」

「なんだかんだ言って、未練あるんだろうね。それとも――」

ここで、「ちょっと、いいかな？」と、亜弓は編集長に声をかけられた。

「あ、登世子、ごめん。またあとで、電話するわ」

と、亜弓は電話を切った。


「悪いんだけど、モチヅキくんのところに、行ってくれないかな？」

編集長は、自慢の顎髭をさすりながら言った。どこぞのプロ野球選手を真似たスタイルらしいが、正直、あまり似合っていない。なんだか、顎にカビが生えているようだよね……と言ったのは、誰だったか。

「モチヅキさんのところに？」

亜弓は、顎髭から視線を外しながら、言った。「でも――」

モチヅキさん……望月貴之(もちづきたかゆき)は、体調を崩して、入院しているんでは？

「そうなんだが。……さっき、連絡があってね。ぜひ、後任者と話がしたいって」

後任者といえば、自分のことだ。亜弓は、姿勢を正した。

「引き継ぎってことでしょうか？」

「まあ、そうだろうね。とにかく、後任者と直接話しておきたいって、きかないんだよ。お見舞いついでに、ちょっと行ってきてくれないかな？」

「……今日ですか？」

「うん、今から」

＋

それから、約一時間後。

亜弓は、中央線の武蔵境(むさしさかい)駅に降り立った。それから、タクシーに乗り込んで、十分。到着したのは、武蔵野市民病院。

総合受付で望月貴之の名を告げると、意外な言葉が返ってきた。

「精神科病棟の三〇七号室です」

精神科？

……どういうこと？

なにか嫌な予感を抱きながら、案内板に従い、精神科病棟に歩を進める。

精神科病棟というと、いつかの映画で見た、暗く澱(よど)んだイメージがある。……そう、『カッコーの巣の上で』のような。ひやひやしながら歩いていると、『メンタルヘルス』という表示板が見えた。体が硬直する。

が、そこは、案外明るく、開けた場所だった。喩えるならば、大学の構内という感じだろうか。あちこちに観葉植物も飾られ、カフェのイメージすらある。どこかで、アロマでも焚いているのだろうか。いい匂いもする。

ほっと肩の力を抜くと、『307』という数字が視界に飛び込んできた。

「ここだ」

病室も明るく、開けていた。

ハイサッシの大きな窓のせいかもしれない。窓の外に広がるのは、緑に溢れた公園。

……まるで、リゾートホテルに来たようだ。

「あ、牛来くん」

声をかけられて、その方向を見ると、見覚えのあるメガネが奥のカーテン越しに見えた。

望月だった。

「望月さん……!?」

そう応えてはみたが、その足は釘を打たれたようになかなか動かない。というのも、そのメガネは間違いなく望月貴之のものだったが、雰囲気がまるで違う。……そうか、髭だ。望月もまた、編集長と同じように顎髭を生やしていた。

が、その髭が、今はない。そして、その髪。以前は長く伸ばして、後ろでひとつに縛っていた。その様子がどこか侍のようで、女子社員の中には、「サムライさん」と呼ぶ人もいた。

が、今は、その頭は短く刈られている。

そのトレードマークのメガネがなければ、まったく分からなかったかもしれない。

「牛来くん、悪かったね、わざわざ来てもらって」

その声も、間違いなく、望月のものだ。綺麗な低音で、その声だけ聞けば、どこかのイケメン俳優のようだ。

「……そんなとこに突っ立ってないで、こっちに来てくれないかな？」

亜弓は、一歩一歩、踏みしめるようにそのベッドに向かった。

そして、ベッドの端に来たとき。

「あ」亜弓の足は、再び止まった。「これって……」

……ギプス？　いや、違う。拘束ベルトだ。望月の体には、頑丈な拘束ベルトが這わされていた。

その衝撃の光景に、やはりここは精神科病棟なのだと、思い知る。

「情けないだろう？　こんな体になっちゃってさ」

望月が、頭を少し上げた。が、拘束ベルトのせいで、すぐにベッドに引き戻される。

「俺、どこも悪くないのにさ。……気がついたら、これだよ。まったく、なにがなんだか」

でも、なにか理由があるから、こんな状態になっているはずだ。なんの理由もなく、こんな状態にするはずもない。

「妻だよ。……妻が、強制的にここに入れたんだ」

「……奥さんが？」

「そう。俺は、ただ、『縄紋黙示録』を読んでいただけなのにさ。ほんと、訳が分からないよ」

「…………」

「食事はもちろん、トイレにも行けないんだぜ？　だから、オムツをしている。寝返りを打つこともできない。背中が痒くても、掻くこともできない。二十四時間、こうやってベッドに縛り付けられているんだ。ごはんは、点滴のみ。昨日なんか、猿轡もされてさ。……信じられないだろう？　まったく、人権なんてあったもんじゃないよ。なんで、こんなことになったんだろうな」

「…………」

「きっと、俺が、世界の秘密を知ってしまったからなんだろうな」

「……世界の秘密？」

「そう。……だから、うちの妻が、俺の口を封じたんだ」

「……奥さんが？」

「そう。……というか、妻はもう本当の妻ではない。乗っ取られている」

「……乗っ取られている？」

「ところで、牛来くん。『縄紋黙示録』は読んだ？」

「まだ途中です」

「どこまで読んだ？」

「〝私〟が〝犬〟から〝カラス〟になったところまでです」

「じゃ、まだあっちの世界には行ってないんだね⁉　鳥居の向こう側には！」

「……ええ、まあ」

「だったら、これから面白くなるよ！　羨ましいな！　あの感動をまっさらなままで体験できるなんて！」

小池弁護士のようなことを言う。彼女もまた、興奮気味に言っていた。「じゃ、これから、ますます面白くなるわよ！」と。目をキラキラさせて。

亜弓は、思わず、身を引いた。

が、望月は続けた。

「鳥居の向こう側には、なにがあったと思う？　それは……。ああ、でも、これは言わないほうがいいな。あ、じゃ、ヒントだけ。ヒントは〝ハハ〟と〝カカ〟だ」

「〝ハハ〟と〝カカ〟？」

「そう。〝ハハ〟と〝カカ〟が、キーワード。これから先、〝ハハ〟と〝カカ〟がいたるところで出てくる。だから、よく覚えておいたほうがいいよ」

まさに、小池弁護士の台詞そのままだ。

啞然とする亜弓だが、望月はさらに続けた。

「ああ、でも、我慢できない。言っちゃっていい？　ね、鳥居の向こう側になにがあったか、言っちゃっていい？」

「……ああ、はい、どうぞ」

「それはだね。……女だらけの村なんだよ」

「女だらけの……村？」

「そう。女たちは、立派な家も持っていてね。いわゆる竪穴式住居とも違う。貝殻やら葦やら木やら葉っぱやら布やらを器用に組み合わせた、とても美しいカラフルな家だ。女たちはそれぞれ家を作ってもらって、そこで子育てしながら優雅に暮らしているんだ。歌ったり、踊ったり、食べたり、おしゃべりしたりして、楽しく一日を過ごす。つまり、あの世界では、男が働き蟻で、女はすべて女王様ってことだ」

「は……」

「食糧を集めたり道具を作ったり家を作ったり敵と戦ったり、そんな汚れ仕事はすべて男がやるんだ」

「は……」

「一方、女は家の中でまったりと暮らすってわけさ。仕事があるとすれば、子育てだけだ。そう、それは、まさに、女にだけ許された、大仕事だ。子を作り、そして育てる。だから、あの世界では、母親になることこそが、重要なんだ。だから、女たちは、ひたすら子供を産んでは、また子供を作る。子供を産めば産むほど、〝ハハ〟または〝カカ〟と呼ばれ、尊敬され、崇められるんだ」

「男がいなければ、子供はできないじゃないですか。……でも、『縄紋黙示録』では、男たちは去勢されて――」

「去勢されていない男たちもいただろう？」

「ああ、ハンモックの少年たち？」

「そうだ。それが、女たちの〝夫〟候補だ。少年たちは大切に育てられ、ある時期が来ると、神輿に乗って鳥居を潜るんだよ。つまり、女たちに奉納されるんだ。そして奉納された少年たちは――」

「どうなるんですか？」

「ああ、これから先は、ぜひ、『縄紋黙示録』を読んだほうがいいよ。そのほうが、より楽しめるよ！」

と、言いながら、望月の口は休むことはなかった。もったいぶりながらも『縄紋黙示録』の内容をあれこれと紹介し、その素晴らしさを賞賛し、そしてその合間合間に、意味不明な単語を差し込んでくる。

その様子は、明らかに正常ではなかった。

亜弓の足が、一歩、また一歩と後ろに退く。

「牛来くん！」

が、望月が引き止める。

「五十部靖子様には、もうお会いした？」

五十部靖子様？　なんで、「様」付け？

「まだなら、ぜひ、お会いしたほうがいいよ。世界が変わるよ。……そして、世界の秘密を垣間見ることができるよ！」

……やっぱり、望月さん、おかしい。正常ではない。逃げて！　そんな声が聞こえたような気がした。その声に従い逃げ出そうとした、そのとき。

「あなた！」

と、誰かが部屋に飛び込み、ベッドにしがみついた。

もしかして……望月さんの奥さん？

＋

病院内のカフェ。

テーブルの向こう側は望月夫人。亜弓は、緊張気味にコーヒーカップを引き寄せた。

「……お恥ずかしいところをお見せしました」

望月夫人が、頭を深く下げる。

元は、フリーアナウンサーだと聞いたことがある。が、今はそんな面影は一切ない。やつれ果て、憔悴しきったその姿は、ひどく老け込んでいる。

「……昨日までは、閉鎖病棟にいたのです。が、今朝あたりからだいぶん落ち着いてきまして。すまなかった、すまなかった、どうかしていた……と。いつもの彼に戻った様子だったので、開放病棟に移ったのですが。……もしかしたら、あれは演技だったのかもしれません。あなたに会うための」

「私に会うため？」

「ええ。やり残した仕事がある。どうしても、後任の人間に伝えておきたいことがあると、涙ながらに言うものですから、今日、特別に、あなたの面会を主治医に許してもらったのです」

「……そうだったんですか」

「あれでは、また、閉鎖病棟行きですね。……可哀想ですけれど、仕方ありません」

夫人が、枯れ枝のような手でハンカチを握りしめた。「……なんで、こんなことになってしまったのか」

それは、こちらが訊きたい。なんで、望月さんは、精神科病棟に？　そして、なんで、あんなふうにベッドに拘束される羽目に？　確かに、正常ではなかった。だからといって、あんなふうにベッドに縛り付けておくのは……。あれじゃ、まるで拷問だ。

「……驚かれたでしょう？　あんな主人を見て」

問われて、亜弓は、こくりと頷いた。

「仕方ないんです。ああでもしないと、また、なにをやらかすか」

「望月さんは、なにをしたんですか？」

「まずは、可愛がっていた犬を、殺しました」

「……え？」

「首を刎ねたんです。そして、それを鍋に入れて……」

「…………」

それって、まさに五十部靖子が——。

「それだけじゃないんです。主人は、自分の性器を切り取ろうとしました」

「……え？」

「去勢しようとしたのです」

「…………」

「これで、分かっていただけたでしょうか？　私が、主人をここに入れた理由が。そして、主人が拘束された理由が」

亜弓は、ゆっくりと頷いた。

望月の現状は、亜弓を激しく打ちのめした。

電車に揺られていても、先ほどの望月の姿が浮かんできて、胃の中のものが逆流してきそうだ。

なにかで気を紛らわそうと、スマートフォンを手にしたときだった。ぶるっと震えた。電話が来たようだ。表示は、「登世子」。が、ここは、電車の中。出るわけにはいかない。

留守番電話サービスのアイコンをタップしたとき、留守番電話にすでにメッセージが入っていることに気がついた。表示は、「登世子」。

「登世子、どうしたんだろう？」

簡単な用事なら、ＬＩＮＥかメールで済ませる登世子なのに。

新宿駅に到着したようだ。

会社の最寄駅は飯田橋だが、亜弓は慌てて電車を降りた。そして、人込みが少ない場所に避難すると、留守番電話メッセージを聞いてみる。まずは、最初のメッセージ。

『亜弓？　私、なんかヤバい状況かも。……どうしよう？　また、電話する』

そして、次のメッセージ。

『亜弓？　私、結構ヤバめな事件に巻き込まれちゃったかも。でも、この事件はとても興味深いんだ。元編集者の性だね。怖さとは別に、ワクワクもしている。亜弓もきっと、興味あると思ってさ。今度、詳しく教えてあげるね。……あ、あの人が来た。じゃ、これで。また、電話するね』

ヤバめな事件？

来た？……誰が？

胸騒ぎが、ますます激しくなる。

亜弓は、すかさず登世子に電話してみた。

が、出ない。

それから十分おきに電話をするが、出ない。ＬＩＮＥを送っても、未読のまま。

思い余って、帝都社の総務部に電話してみる。登世子の職場だ。

「山田は早退しました」

早退？

なら、家にいる？　自宅の固定電話にも電話してみる。

出ない。

胸騒ぎが止まらない。

そんな亜弓に電話があったのは、その深夜のことだった。スマートフォンの表示は、「登世子」。

「登世子、どうしたの？　電話にも出ないで！」

「あ、すみません」

その声は、男の声だった。

「え？」

「あ、わたし、登世子の夫です」

「あ、すみません。てっきり登世子からだと。……え？　でも、なぜ？」

「実は――」

男は、今にも消え入りそうな声で、言った。

「妻は……亡くなりました」

第四章　蛇の記憶

10

（二〇＊＊年十月二日水曜日）

大宮氷川神社。

「ネットニュースに出ているんですよ！　山田さんが、殺されたって！」

「え？」

「だから、総務部の山田さんですよ！　吉祥寺（きちじょうじ）近くの墓地で、遺体で見つかったって」

「吉祥寺？」

「中央線沿線の吉祥寺ではなくて、文京区本駒込にある吉祥寺です」

「ああ、分かっている。八百屋お七所縁（しちゆかり）の寺だろう？　帝都社から歩いて十分ぐらいの距離にある」

「そうです――」

興梠大介は、そう言ったきり黙り込んだ。

一場直樹もまた、言葉を失った。


気がつけば、直樹と興梠は、氷川神社に隣接する公園の中をあてもなく歩いていた。

そう言ったのは、興梠だった。興梠の視線を追うと、ベンチが見える。

「座りましょうか？」

本当は、座りたくなどなかった。どこかに座ってしまったら最後、立てなくなるような気がしたからだ。

疲れ切っていた。そして混乱もしていた。

あの山田女史が、死んだ。

中華人形の被り物のようなあの独特な容姿が、瞼の裏に浮かんでは消える。

興梠も同じ気持ちだったらしく、「座りましょうか」と提案した割には、ベンチに寄ることはなく、だらだらと歩き続ける。

「山田さんは、なぜ殺されたんでしょうね……」興梠が、無表情でそんなことを言う。「一場さん、昨日、山田さんを見かけたんですよね？　どんな感じでした？」

「相変わらずだ。……元気だった」

「それは、何時頃？」

「昼前だよ。……十一時過ぎかな」

「場所は？」

「帝都社の対面（トイメン）にある、ファミレス」

「ああ、あそこですか。……でも、なぜ、一場さんはそこに？」

「まあ、ちょっと野暮用があって」

「野暮用？……そうですか」

興梠の視点が定まらない。右を見ていたかと思ったら、左を見ている。……これは、なにかを隠そうとしているときのサインだ。それとも、嘘をついているときのサイン。

直樹がその視線を追いかけていると、

「僕は、ずっと、家にいましたからね」

と、興梠が、唐突に言った。

なんだ、急に。訊いてもいないことを。訝（いぶか）しがりながらも、直樹は話に乗った。

「へー。ずっと、家にいたの？」

「そうですよ。朝からずっと。一場さんが戻るまで！」

口調が、きつくなる。これもまた、興梠の癖だ。なにかを隠そうとするとき、八つ当たりがはじまる。

「犬を——マロンちゃんを散歩にでも連れて行こうとは思ったんですけどね。……でも、僕は、あの子にはあまり好かれてないみたいで。物陰にずっと隠れて、出てきてくれないんですよ」

「お前が、マロンに苦手意識があるんじゃないか？」

「そんなことないですよ。ごはんだって、ちゃんと作っているじゃないですか。そのごはんだって食べない。水だって。……ほんと、困りましたよ」

「トラウマを抱えているからな。知らない人間を警戒しているんだよ」

「しかもですよ。玄関先で、うんこをしたんですよ。おしっこも。ほんと、臭いのなんのって」

「それは悪かったな」

「いずれにしても、どこかに出かけるときは、犬も連れて行ってください。家に置き去りは困ります。僕に面倒を押し付けないでください」

「連れて行けって言われてもな……。ファミレスには連れて行けないだろう？」

「だったら、もっと早く戻ってきてくださいよ。昨日、一場さんが帰宅したのって、かなり遅かったじゃないですか。まさか、昼から夜まで、ずっとファミレスに？」

「いや、他にも用事が――」

「困るんですよね、本当に。マロンちゃんのせいで、僕はどこにも行けなかったんですから。……どこにもですよ」

「悪かった、これから気をつける」

と、言ってはみたが。直樹にも、言いたいことはあった。

お前、本当にずっと家にいたか？　夕方、マロンの様子が気になって、電話したんだよ。携帯が繋がらなかったから、固定電話のほうに。でも、お前は出なかった。

……一時間後もかけてみた。でも、やっぱり、出なかった。

お前、本当にずっと、家にいたか？

そんな直樹の疑心が伝わったのか、

「ニュースの記事によると――」

と、興梠は、突然話題を変えた。

「――山田さんの遺体が吉祥寺近くの墓地で見つかったのは、昨日の夜。……死亡推定時刻は、その日の夕方頃だろうって」そして、ひとつため息を吐き出すと、「……墓地で、首をしめられて殺害されたなんて。……気の毒ですね」。

「ああ、そうだな。……気の毒だな」

直樹も、あえて抑揚をつけずに答えた。ここで変に感情を出したら、なにかとんでもないことになりそうな気がした。興梠の胸ぐらを摑んで、「お前、昨日、どこにいた？」などと、問い詰めてしまいそうで、怖かった。あるいは、感情が昂ぶって、泣き崩れてしまうような気がした。山田女史は元同僚だ。しかも、同期だ。動揺はどうしたって、隠しきれない。

直樹は、瞼の裏に浮かんでは消える彼女の姿を打ち消すように、瞬きを繰り返した。そのせいか、目尻がどんどん濡れていく。

そんな直樹を横目に、興梠は淡々と続けた。

「でも、……なんで墓地なんでしょうね？……確かに、あの墓地は、日中でも人気がなくて、寂しいところではあります。死角もたくさんある。殺人現場としてはうってつけかもしれません」

「あの墓地に行ったことがあるのか？」目尻に滲む涙を袖で押さえながら、直樹。

一方、興梠は、相変わらずの無表情で、

「え？……まあ。……帝都社にいた頃、ときどき、あの辺を散歩してましたから」

「散歩？」

「はい。一人でいても、それを気にする人がいなかったんで楽だったんですよ、あそこは」

「……なるほど」

「今も、ときどき、あの辺を散歩します。ウォーキングにはうってつけなんですよ」

「……なるほど」

「犯人は誰なんでしょうね？　通りすがりの犯行なのか、それとも――」

「それとも？」

「ほら、山田さんって、地獄耳なところがあったじゃないですか。社員の秘密を握っては、それを広めたり」

「拡声器っていうあだ名もあったな、そういえば」

「拡声器！　それ、はじめに言ったのは、一場さんですよ！」

興梠の表情が、ここでようやく綻んだ。

「え？　俺が名付け親？　嘘だろう」直樹の口元にも、ようやく笑みが蘇る。「記憶にないな――」

「覚えてないですか？　いつかの飲み会で、『山田女史は、まさに拡声器だな！』って。しかも、本人の前で。山田さん、マジで根に持ってましたからね。いつか、一場さんをぶっ飛ばすって」

「でも、自業自得だ。本当に拡声器なんだから、仕方ない」

「確かに」興梠の表情が、再びかたくなる。「だから、殺されちゃったんでしょうね」

「え？」

「犯人は、山田さんになにか秘密を握られた人ですよ。山田さんがその秘密を広める前に、殺しちゃったんでしょうね」

「……………」

「きっと、犯人、耐えられなかったんでしょうね。山田さんがそのことを知っていると考えただけで。だから、衝動的に……。一場さんはどう思います？」

突然振られて、直樹は慌てた。

「え？　え？」

「だから、犯人の気持ち、分かりますか？」

「……俺にはよく分からないよ」

直樹は、曖昧に笑った。「人を殺すほどの秘密なんて、持ってないからな。犯人の心理なんて分からない」

「そうですか？……僕は、なんとなく分かりますけどね。……犯人の気持ちが」

「……………」

「どうしても知られてはいけない秘密があって。その秘密を知る人がこの世にいると思うだけで、そわそわして。なにをやっても落ち着かなくて。……きっと、夜も眠れなかったんでしょうね。食事だって、なにを食べても美味しくない。まさに、生きた心地がしなくて、それで、消そうと思ったんでしょうね。秘密を知る人を。……熟睡するために、美味しい食事のために」

興梠はそう言うと、また、口を閉ざした。

直樹も、それに倣(なら)う。

二人の間に、また静寂が漂う。

どこからか、軽快な音楽が流れてきた。

見ると、向こう側のベンチで、誰かがアコーディオンを弾いている。

美しい音色だ。……えっと。なんて曲だっけ?

「『ポーリュシカ・ポーレ』ですね」興梠が、ぽつりと言った。

ああ、そうだ。『ポーリュシカ・ポーレ』だ。

その音色にしばし聞き惚れていると、

ぐあ――――

という、耳をつんざくような叫び声。

何事かと見渡すと、一羽の大きなカラスがベンチ横の木の枝に止まっていた。そして、なにか異議申し立てをするように、
ぐあ――　ぐあ――　ぐあ――

と、アコーディオンの音色を邪魔する。

が、

「案外、音楽に参加しているのかもしれませんね、あのカラス」

と、興梠は、カラスを擁護した。

いや、明らかに邪魔しているだろう。そう言おうとしたが、やめた。興梠の横顔が、見覚えのない他人のように見えたからだ。

「あのカラスも、もしかしたら、誰かの生まれ変わりなのかもしれませんね」他人の顔で、興梠が呟く。「……きっと、生まれ変わる前は、美しい声を持った歌姫だったのかもしれませんよ」

「は？」

「それとも、口うるさい、音楽評論家だったりして？」

「…………」

「人間は、みな、一度はカラスに転生する運命なのかもしれませんね」

…………。こいつ、完全に、『縄紋黙示録』に毒されている。

呆れていると、

ぐあ――　ぐあ――　ぐあ――

と、件のカラスが、こちらに焦点を合わせてきた。今にも、攻撃してきそうな勢いだ。まるで、こちらの会話をすべて理解しているとでもいうような。

「そうだな。人間は、みな、一度はカラスになるのかもしれないな」

直樹は、不本意ながらも、そう答えた。

「一場さんがカラスになったら、間違いなく、はぐれガラスでしょう」

「え？」

「休むこともできないまま、空を彷徨うんですよ」興梠が、子供のように笑う。「ほら、『縄紋黙示録』の〝私〟のように――」

＋　＋　＋

――そう。私は、いわゆる〝はぐれ〟ガラスでした。

いくつもの日の出を迎えても、群れにも入れず、縄張りを作ることもできず、ただひたすら、他のカラスや猛禽類(もうきんるい)に追われながら、空を彷徨うのです。

枝に止まりたくても、どの枝もすでに他のカラスの縄張りで、少しでも近づくと、猛烈な威嚇(いかく)に遭います。

私は、不眠不休で、空を舞うしかありませんでした。そう、私は食べることすらできなかったのです。

カラスにとっての最高の餌場は、人間が集まる集落です。人間の食べ物をくすね、またはその余り物を頂戴する。が、人間の周りにはすでに他のカラスが陣取り、私などが近づこうものなら、激しい攻撃が。

だから私は仕方なく、何日も何日も、飛び続けるしかありませんでした。

時折、小枝を見つけては羽を休め、他のカラスに威嚇されては羽ばたき。……そんな気の休まらないことの繰り返しです。

『翼をください』という歌にあるように、鳥には自由なイメージがありますが、とんでもありません。その実態は、死と隣り合わせの、過酷な生存競争に置かれています。下界から見れば無限に広がる大空も、その実は、どこもかしこも縄張りだらけの、大渋滞。

空から見れば、人間のほうがよほど自由で、そして平和に見えます。

そう。まるで天国にでもいるかのように、人々は楽しく暮らしていました。

……空から見て分かったことなのですが、集落はある一定の距離を置いて、いたるところにありました。どの集落にも養男とハンモックの少年がいて、そして鳥居があります。

集落のほとんどは岬の縁にあり、それは、現在の「高台」と言われている場所です。現在、「低地」と呼ばれているところは浅瀬の海で、人々の「道」にもなっていました。丸太で作られた舟で、集落から集落を行き来しているのです。

その様子はちょっとした港町。結構な賑わいです。

人々の往来は、男に限られていました。すべて、あの養男です。去勢された男たちです。

どうやら、ここでは、働き手は養男にすべて託されているようでした。それはどの集落も同じで、養男たちが衣食住をまかない、祭りの準備をします。

ところで、ここでの暮らしは、すべて「祭り」が中心です。

祭りは頻繁に行われ、祭りの日には、必ず「客」たちが訪れます。

「客」は、近隣の集落の者であったり、遠くから来る者であったり。

いずれにしても、彼らは、自分の体の何倍もあるような「お土産」を背負ってやってきます。

それは、毛皮であったり、織物であったり、土器であったり。

土器の原料である、〝粘土〟を運んでくる男たちもいました。そういえば、東京都町田市で、縄紋時代の大規模な粘土採掘遺跡が発見されたと聞いたことがあります。どうやら多摩地方は良質な粘土の産地。もしかしたら、彼らは、多摩地方からやってきたのかもしれません。

中には、ヒスイもありました。

ヒスイを運んできた男は大層疲れ果てていて、かなりの遠方から来たものだと思われます。……私の知識では、ヒスイの産地は、新潟県の糸魚川です。もしかしたら、この男は、糸魚川の集落からやってきたのかもしれません。

黒曜石を舟に積んで運んできた男たちもいました。……私の知識では、黒曜石は伊豆諸島の神津島でよく採れていたはずです。もしかしたら、彼らは、はるばる神津島からやってきたのかもしれません。

アスファルトを大量に背負ってきた男もいました。アスファルトは、ここでは接着剤として使用され、武器や道具や工具を作製したり、土器を修復したりするときに使われています。……私の知識では、良質の天然アスファルトが採れるのは、秋田県。

とにかく、人と物で満ち溢れています。その様子は、まさに市場。男たちは、自分たちの土地の特産品を山のように担いでやってきて、そして、この地の特産品を山のように持って帰るのです。

ちなみに、海沿いのこの地の特産品は、「塩」でした。そして、浅瀬に生える「葦」もまた、特産品のようでした。蓑男たちが丹誠込めて作った塩と干葦は、ヒスイと黒曜石、あるいは土器と織物に交換されます。

ああ、なるほど。こうやって、物が行き交っていたのだな……と私は感心するばかりでした。そして、こうも思いました。縄文時代は、決して、野蛮な時代ではない。「祭り」を通して、遠方の者と交易したり、そして交渉したり。……ちゃんとした政治が行われているのです。

そう、まさに「政（まつりごと）」です。政治の原型が「祭り」であることは間違いないようです。

さて。ここまでの説明で、女が一切登場しないことに疑問を持った人もいることでしょう。

女は、存在しないのか。

まさか。そんなはずはありません。女がいなければ、どうやって子供を増やすというのでしょう。

女は、ちゃんといます。

あの、鳥居の向こう側に。

私が犬のままだったら、その世界を見ることはなかったでしょう。なにしろ、あちら側に行くな……ときつく言われていましたので。

が、カラスとなった今は、自由自在です。私は、空の上から、その世界を見ることが叶いました。

鳥居の向こう側は、別世界でした。

布や羽根や貝殻や葦や花で飾られた小さな家がいくつもひしめき合い、それらを引き立てるように、無数の灯籠（とうろう）があちこちにちりばめられています。灯籠の中は常にオレンジ色の炎がゆらめき、まさに間接照明。夜でも、夕暮れのようなほのかな明るさをもたらしています。

まさに、不夜城。

この不夜城の主こそが、女たちでした。

女たちは一人につき一軒の家を与えられ、家の中で赤子に乳をやったり、山と積まれたご馳走を頬張ったりしています。

特筆すべきは、女たちの姿です。

そのユニークなこと！

女たちは、きらびやかな織物を幾重にも巻きつけ、その長い髪を高く結い上げ、花と棒状のかんざしを何本もさしていました。顔を白く塗り、唇の周りは真っ赤に染めて。

それは、花魁（おいらん）のようでした。

花魁を見るたびに、あの着物は重くはないか、苦しくはないか……と思うのですが、ここの女たちもまさに、ありとあらゆる布でがんじがらめになっているように見えました。

あれでは、ろくに動けまい。

そう、動く必要などなかったのです。

だって、彼女たちは「神」なのですから。

衣食住は、すべて、鳥居の向こう側の養男たちが面倒を見てくれる。

女たちは、ただ子供を産み、子供を育てるのみ。その証拠に、布をがんじがらめに巻きつけてはいましたが、胸元だけはあらわになっていました。

そんな彼女たちは、「カカ」または「ハハ」と呼ばれていました。

養男たちが、しきりに言っていた「カカ」と「ハハ」は、女たちのことだったのです。

が、その呼び名は、すべての女に与えられるものではありません。

「カカ」または「ハハ」と呼ばれる資格があるのは、子供を持った女だけです。

家を与えられ、きらびやかな布を巻きつけ、そして髪を高く結い、そこに色とりどりの飾りを施すことが許されているのは、子供を持つ女だけなのです。

ところで、それぞれの家の外に、みすぼらしい女たちの姿を認めることができます。裸同然で、髪もざんばら。

　彼女たちは、子供を持たない女たちでした。

　その扱いは養男よりひどく、奴隷のようにも見えました。実際、彼女たちは昼も夜もなく、「ハハ」または「カカ」の世話に明け暮れ、または家を修繕したり、布を織ったりの、重労働を強いられています。そして、食べるものといえば、「ハハ」または「カカ」が垂れ流した、大便。それを拾って食べる彼女たちの姿は、まさに、地獄の餓鬼のようです。

　女は「神」として扱われていますが、それは子供を産んでこその地位。子供を産まない、または産めない女は、地べたを這いずるしかないようです。

　ああ。これこそが、ヒエラルキー。子供を持つ女たちを頂点に、衣食住を担う養男、そして底辺を這いずる子無しの女たち。

　何か忘れています。

　そうです、ハンモックの少年たち。

　あとで知ったことなのですが、あのハンモックの少年たちは、ヒスイや黒曜石や土器と一緒に、他所から運ばれてきた者でした。

　そう、交易の対象は、「物」だけではなく、「人」も含まれていたのです。

　たぶん、血が濃くならないように、交換しているのだと思います。つまり、あの少年たちは、「花婿」、あるいは「種馬」なのです。

繁殖するためにだけ選ばれて、そして育てられて、運ばれる少年たち。

ある祭りの日のことです。ハンモックの少年たちが輿に乗せられ、鳥居を潜り、女たちが住むこちら側に運ばれてきたことがありました。

少年たちには、立派な家があてがわれました。そして、美しい布と贅沢な食べ物も。さらに性欲も、心ゆくまで発散することが許されていました。少年たちのもとには夜毎女たちが訪れ、その精液をたっぷりと吸い取っていくのです。

その様は、まさにハーレムの「王」です。

が、この少年たちの運命は、あまりに過酷で——

11

「……ああ、だめだ。全然頭に入ってこない！」

牛来亜弓は、校正紙に鉛筆を投げ捨てた。これで三回めか。三回も投げ捨てられた鉛筆は、「もう耐えられない」とばかりに、コロコロコロと、亜弓から遠く離れていく。

向こう側のデスクに座る編集長が、ちらりとこちらを見る。が、「まあ、今日は仕方ないな」というように、一瞬、ニコリと笑っただけで、自分の仕事に戻っていった。

そう、今日は、仕方ないんだ。仕事が進まなくても。

だって、親友の死を知らされたのが、昨夜。遺体は今、司法解剖中だという。

「……なんで、こんなことに？」

亜弓は、鉛筆を拾い上げると、その先をゲラに押し付けた。

……これを担当してからというもの、なにか変なことばかりが起こる。

あの妙にテンションが高い女弁護士とか、精神科病棟で拘束されている望月さんとか、

……そして、登世子の死。しかも、殺人。

殺人！

亜弓は、胸にそっと手を添えた。登世子のことを考えるだけで、心臓が激しく波打つ。心臓の中で、何人もの妖精（ニッセ）たちが足を踏みならしながら、シュプレヒコールを叫んでいるかのようだ。妖精たちは、「留守番電話！　留守番電話！」と、昨日から亜弓を急（せ）かし続けている。

亜弓は、観念したかのように、スマートフォンを取り出した。

それは、昨日のことだ。電車に乗っていたら、立て続けに登世子から電話が来た。電車の

中だったから電話に出られなかったが、登世子は留守番電話にメッセージを残してくれていた。

最初のメッセージは、

『亜弓？　私、なんかヤバい状況かも。……どうしよう？　また、電話する』

そして、次のメッセージは、

『亜弓？　私、結構ヤバめな事件に巻き込まれちゃったかも。でも、この事件はとても興味深いんだ。元編集者の性だね。怖さとは別に、ワクワクもしている。亜弓もきっと、興味あると思ってさ。今度、詳しく教えてあげるね。……あ、あの人が来た。じゃ、これで。また、電話するね』

このメッセージが残されたのは、昨日の午後四時過ぎ。

登世子の遺体が吉祥寺近くの墓地で発見されたのが午後の十時過ぎだと聞いているから、もしかしたら、登世子は、このメッセージを残してすぐに……？　だとしたら、犯人は、メッセージの中にある「あの人」である可能性が高い。

「……どうしよう？」

亜弓は、割れた鉛筆の先を見つめた。

……私、もしかしたら、犯人に関する重大な証拠を握っているのかもしれない。警察に届けるべき？……そうだよ、警察に届けるべきだよ。……でも。

「いけないな――」

編集長が、自慢の顎髭をさすりながら、聞こえよがしに呟いた。

「え？」自分のことを言われたのかと、亜弓は、背筋を伸ばした。「そうですよね。……やっぱり警察に――」

「え？」

編集長が、きょとんとした顔でこちらを見る。「警察って？」

「……え？　っていうか。……なにがいけないんですか？」

「ああ、ごめん。僕の独り言。気にしないで」

「気になります」

「そう？……いや、一昨日さ、通信障害と停電があったじゃない。まあ、うちの会社は大した被害は出てないみたいだけど、帝都社が結構大変みたいで。今、知り合いの帝都社の男から愚痴メールをもらってね。で、僕も気になって、調べてみたんだけどさ」

「は……」

「太陽風って知ってる？」

「太陽風？……聞いたことがあるようなないような」

「簡単にいえば、太陽から放出されたプラズマの流れで、オーロラを発生させる原因のひとつなんだけど」

「ああ、オーロラ」

「そう。オーロラが観測される程度で、普段は、太陽風の影響はそんなに受けない。地球磁場が地球を守ってくれているからね。でも、ときどき、とんでもなく強力な太陽風が飛んでくることがあってね。これが、太陽嵐。だいたい十一年周期で発生するらしい」

「十一年……」

「太陽黒点の増減周期がだいたい十一年だから、それとリンクしているとも言われている」

「は……」

「この太陽嵐がやってくると、衛星や通信システム、そして電気などに影響を及ぼすことがあるんだよ。過去には、太陽嵐の影響でカナダで大規模停電が発生した。また、メキシコでオーロラが観測されたこともあったらしい」

「メキシコでオーロラが？」

「強力な太陽嵐がやってきた場合、普段は見られないような場所でもオーロラが発生するらしいよ」

「は……」

「で、最近では、二〇一二年。強力な太陽嵐が地球をかすめたと話題になったんだ。もし、地球に直撃していたら、電気や通信などのインフラは壊滅状態。電気、水道、ガスが死に、そしてスマホやパソコンなんかの端末はもちろん、飛行機の通信システムなんかも破壊されて、とんでもない大惨事になっていただろう……って」

「……それは大変ですね」

「で、今回。その太陽嵐が確認されたかもしれない……と、アメリカの航空宇宙局が発表したんだよ」

「え？　でも、十一年周期なんですよね？　直近が二〇一二年なら、まだ十一年経ってませんよ。それに、『太陽嵐が確認されたかもしれない』って、なんなんですか、その曖昧な表現は」

「よくは分からない。いずれにしても、太陽でなにかがあったらしい。もしかしたら、一昨日の停電と通信障害は、それが原因かもしれないな……と思ってさ」

「でも、一昨日の停電と通信障害は、地域が限られていますよ。その太陽嵐とかだったら、もっと大規模に影響があるんじゃないですか？　それこそ、地球規模で」

「……まあ。確かにそうだな。……まあ、忘れてくれ。おじさんの戯言（たわごと）だ」

「……はぁ」

「そんなことより、望月くんはどうだった？　元気だったか？」

入院しているのだ。元気なはずがない。しかも、あの状態だ。が、それを編集長に説明する気にはなれなかった。

「あ、はい。……思ったより、元気でした」

「そうか。なら、よかった。……あ、それと——」

編集長の言葉を遮るように、電話が鳴った。内線だ。受話器をとると、受付のやけに明るい声が、鼓膜を叩いた。

「コイケ様がいらっしゃいました！」

コイケ？

え、もしかして、小池弁護士？　なんで？　約束なんかしてないのに。

亜弓は、再び暴れ出した心臓をなだめるように深呼吸すると、

「今すぐ行きますので、ロビーでお待ちいただくよう、お願いします」

ロビーには、一人だけ、並々ならぬオーラを放っている人物がいた。その人は、六つあるソファーの中でひときわ目立つピンク色のシングルソファーに座っていた。

相変わらずだ。

「お待たせしました」亜弓が駆け寄ると、「遅かったじゃない」というように、小池弁護士がじろりとこちらを睨んだ。蛇に睨まれた蛙のごとく、亜弓の体がすくむ。

「……すみません。エレベーターがなかなか下りてこなくて。……階段で来たものですから――」亜弓は、首を垂れながら言った。「……あの、今日はどんなご用件で？」

「今から、外出、大丈夫かしら？」小池弁護士が、部下に指示するように言った。

「は？　外出？」亜弓の首が、さらに垂れる。「どこにですか？」

「東京拘置所」

「東京拘置所!?」

「五十部様が、あなたにお会いしたいって」

五十部靖子が？　って、どうして「様」付け？　そういえば、望月さんも「様」をつけて、五十部靖子のことを呼んでいた。

「……お願いします！　どうか、私と一緒に行ってください」

小池弁護士が、打って変わって、丁寧な口調で深々と頭を下げる。

ここまでされて、断る理由はない。そもそも、こちらも五十部靖子……黒澤セイと会っておきたいと思っていたのだ。……いい機会だ。

「分かりました。今、準備してきますので。そのままお待ちください」

「あ、それと」踵を返した亜弓の腕を、小池弁護士ががしっと摑む。「あなた、『縄紋黙示録』、全部読んだ？」

「……ああ、すみません。まだあまり進んでなくて。ようやく、鳥居の向こう側が出てきたところです」

「……ああ、そうなの」

小池弁護士は、あからさまに落胆してみせた。「じゃ、ゲラを持参してね。タクシーを待たせてあるので、車内でできる限り、読み進めて」

「……え？」

約四百ページ分のゲラを、持参しろだって？

が、それに従わないと、この腕はずっと小池弁護士に囚われたままのように思えた。それに、相手はあくまで〝お客様〟なのだ。……要求には極力、応えなくてはいけない。

「了解です」

亜弓は無理やり笑顔を作ると、その腕をそっと、振り解いた。

それにしても、なにかが、妙だ。なにかが、おかしい。

小池弁護士と一緒にタクシーに乗り込んだ亜弓は、その居心地の悪さに、軽い吐き気を覚えた。

たぶん、この〝圧〟もその原因のひとつだろう。

隣で、ずっとこちら側を監視している小池弁護士。まるで、見えない手錠でもかけられているかのように、亜弓は先ほどからずっと、彼女の視線から逃れられないでいた。

亜弓は、膝の上のゲラを捲った。

が、一文字も頭に入ってこない。そんな状態で、もう五ページほど捲っている。

「あ、イノシシ祭りのところに、ようやく差し掛かったわね！」

隣の小池弁護士が、さらにすり寄ってきた。その体温が近すぎて、ますます吐き気が強くなる。

「イノシシ祭りは、重要よ。よくよく噛み締めて、読んでね」

「は……」

ゲラに視線を落とすと、確かに〝イノシシ祭り〟という文字があちこちに見える。

「まあ、イノシシ祭りというのは、〝イオマンテ〟のことよ。〝イオマンテ〟、知ってる？」

小池弁護士が、居丈高（いたけだか）に言った。

「……イオマンテ？」

「アイヌの熊祭りのことよ。春に生け捕りにした子熊を大切に育てて、その年の冬、または翌年の冬に殺すのよ。アイヌにとって、一番重要な祭り」

「……熊を殺すんですか？」

「殺すというのは、ちょっと語弊があるわね。熊の魂を神様に返すのよ。そして、抜け殻となった体を、みんなでありがたくいただく祭りよ」

「……食べるってことですか？」

「そう。それと似たようなことが、縄文時代にも行われていた。それがイノシシ祭り。春先に生まれたウリ坊を手に入れて、それを蝶よ花よと大切に育てるのよ。そして、冬。イノシシ祭りで盛大におもてなしをしたあと、魂を神の国に送って、そして抜け殻を食べていたの。その痕跡（こんせき）は、日本各地に見られる。イノシシが生息していないはずの北海道や伊豆諸島でも、縄文遺跡からイノシシの骨が大量に見つかっているの」

「……北海道や伊豆諸島では、どうやってイノシシを？」

「本州にわざわざ行って、何かと交換したんでしょうね。例えば、伊豆諸島の神津島は黒曜石の産地。黒曜石は、縄文時代にはなくてはならない道具のひとつよ。鏃（やじり）にしたりナイフにしたりね。神津島の黒曜石で作られたとされる道具は、全国で見つかっている。黒曜石をお金代わりに、広範囲に亘って交易していたんでしょうね」

「黒曜石とイノシシを交換したということですか？」

「そう」

「縄文時代って、想像以上に経済が発展していたのかもしれませんね」

「そうよ。ある意味、今より高度な社会だったかもしれない」

「で、なぜ、イノシシ祭りを？　わざわざウリ坊を生け捕りにして、それを育ててから、殺すんですか？」

「だから、神様だからよ、イノシシは」

「神様……」

「ありとあらゆる動物は神様の化身なのよ。特にイノシシは格の高い神様の化身と見做されていて、それを大切に育てて、ありったけのおもてなしをすることが重要だった。おもてなしのお礼に、抜け殻となった体を食すことが許されるというわけ」

「それって、ある意味、家畜ってことですか？」

「え？」

「だって、育てて、食べるということは――」

「家畜？　それとは全然違う！」小池弁護士の荒々しい声が、車内に響き渡る。「家畜じゃない、神よ、神！」

「……あ、すみません。今のは聞かなかったことに――」

「あなた、本当に、大丈夫？　私、かなり心配になってきた。こんな不勉強な人が、担当編集者なんて」

「……すみません」

「ほんと、しっかりしてよ」

「……すみません」

亜弓は、塩をかけられたナメクジのごとく、身を縮こまらせた。そして、膝の上のゲラを無闇にパラパラと捲る。

「……うん？」

亜弓は、その一節に、視線を止めた。


『――綺麗に着飾ったイノシシの前には、目を見張るようなご馳走の数々。魚やら貝やら雉(きじ)やら木の実やら果物やら。が、イノシシは、それを食べることができません。なぜなら、その体は無数の貝殻の山の中に埋められて、その首は、二本の丸太の間に挟まれているからです。そう、その首は、今まさに、黒曜石でできた鋭いナイフで切断されるところでした。

あんな原始的なナイフで、首なんか切れるのだろうか？

そんな懸念は必要ありませんでした。首はあっというまに切断され、コロコロと、転げ落ちていきます。

そして、私の近くに来たそのとき、私は「あ」と声を上げずにはいられませんでした。

その首は、人間のものだったからです。そう、イノシシの皮をかぶった、人間だったのです。

……あのハンモックの少年の一人だったのです！』

「……人間？」

亜弓の腕に、さぁぁあっと鳥肌が立つ。

続きが気になり、亜弓はページを捲った。

『——ハンモックの少年たちは、そうやって次々と首をはねられていきます。

首は土器の中に入れられて、そして火の中に投じられます。丸一日も経つと、シチューの出来上がり。

体はというと、あっというまに細かく解体されて、やはり火にくべられます。そしてその四肢から内臓の隅々まで公平に分けられて、客たちにふるまわれるのです。』

12

「……共食いってこと？」

鳥肌が止まらない。一場直樹は、声を震わせた。「……カニバリズムってことか？」

「え？　なにか言いました？」

台所で作業をしている興梠大介が、ナイフを片手に、ひょいと顔を覗かせた。

直樹と興梠は、白山の家に帰宅していた。

午後三時過ぎ。

こんなに早く、大宮から戻ってきたのは、興梠が「頭痛がする」と言い出したからだ。おかげで、昼食も食べ損ねた。

ダイニングテーブルには、『縄紋黙示録』のゲラ。興梠に代わって、直樹が読んでいたところだ。

ようやく、半分まで進んだ。

「花婿」として鳥居を潜り、女たちが暮らす場所へと運ばれた七人の少年たちの過酷な運命が延々と語られている。

少年たちは、相撲のようなものを取らされたり、力比べをさせられたり。てっきり、それらに勝ち進んだ少年が、「花婿」として女たちの夫になるのかと思ったら、違った。

女たちの「花婿」に選ばれたのは、相撲にも力比べにも負けた、二人の少年だけだった。

他の五人は、蓑男たちが暮らす鳥居の向こう側に帰される。そして、五人のうち、相撲にも力比べにも勝利した二人の少年が早速去勢された。そう、蓑男になるのだ。残った三人の少年には、イノシシの皮がかぶせられる。

一方、すでに各地から客人が到着して、焚き火の周りで、祭りがはじまるのを今か今かと、待っている。

焚き火の近くには、丸太で組まれた火の見櫓のようなお立ち台。そこには無数の貝殻が敷き詰められて、まるで舞台のようだ。

そして、いよいよイノシシの皮をかぶせられた少年たちが運ばれてくる。そして、客人が見守る中、少年たちの首が次々と切断されて――。

「この場面、まさに、黒澤セイこと五十部靖子が起こした殺人を彷彿とさせませんか？」

いつのまにやってきたのか、エプロン姿の興梠がすぐ横に立っていた。その手には、ティーセットとロールケーキを載せたトレイ。

……お前、頭痛はどうした？　というか、そのロールケーキは？　それって、帝都社近くのケーキ屋のものじゃないか？

「昨日、ロールケーキを買っておいたんですよ」

「昨日？」

……昨日は、ずっと、家にいたんじゃないのか？

……というか、頭痛は？　さっきまであんなに痛がっていたじゃないか。

が、興梠は頭痛のことなんてすっかり忘れた様子で、言った。

「五十部靖子は、この場面に影響されて、あんな事件を起こしたんでしょうかね……」

そして、ティーカップとティーポット、さらにロールケーキを載せた皿を、テーブルの上に並べていく。

「影響されて？　お前、まさか、五十部靖子が本当に縄文時代にタイムスリップしたと思っているのか？」

「はい。だって、そう書いてあるじゃないですか。『お化けだんだん』で気を失ったとき、魂だけが縄文時代にタイムスリップしたって」

「それを、そのまま鵜呑みにするのか？」

「なら、一場さんはどう考えているんですか？」

「裁判に勝つための、小道具に過ぎないよ、こんなの」

直樹は、忌々しい蝿を払うように、ゲラを弾いた。

「小道具？」

「そう。五十部靖子と弁護士は、無罪を狙っている。無罪を勝ち取るために、〝心神喪失〟を装うのが、彼女たちの作戦だろう」

「心神喪失……」

「つまり、刑法三十九条だ」

「『心神喪失者の行為は、罰しない』という、例のアレですか？」

「そうだ。五十部靖子の精神は正常ではないことを証明するために、こんな馬鹿馬鹿しい小説を書いたんだろう。……まあ、弁護士が書かせたんだろうよ。凄腕の女弁護士が担当になったって聞いた」

「じゃ、『縄紋黙示録』は、すべて、嘘だと？」

「当たり前だろう？　なんだよ、タイムスリップって。……馬鹿馬鹿しい」

「僕は、そうは思いませんね」ロールケーキを頬張りながら、興梠が真剣な眼差しで言った。

「……五十部靖子は、本当にタイムスリップしたと思います」

「なぜ？　そう思うんだ？」

「一場さんだって、どこかでそう信じているんじゃないですか？」

「は？」

「アラハバキ。これにかなり反応していたじゃないですか」

「まあ、それは否定しない」

「思ったんですけど。〝アラハバキ〟の〝ハバ〟って、〝蛇〟のことじゃないですかね？　古代、〝蛇〟は〝ハハ〟と呼ばれていましたから」

「だとして。……〝アラ〟と〝キ〟は？」

「〝アラ〟は、〝現人神（あらひとがみ）〟の〝現（あら）〟じゃないでしょうか？」

興梠は、目をキラキラさせながら、テーブルに転がっていた鉛筆を拾い上げ、ゲラの端に「現」と書き殴った。

「〝現人神〟とは、言うまでもなく、人の姿となって現れた神っていう意味です」

興梠は、続けて、「現蛇」と書き殴る。

「これで、アラハバ。つまり、蛇の姿となって現れた……という意味です」

「じゃ、最後の〝キ〟は？」

「〝キ〟は〝岬〟のことじゃないでしょうか？　岬は、古代、〝キ〟と呼ばれていたそうです」

言いながら、興梠は、「現蛇」の下に、「岬」と書き殴った。

「これで〝現蛇岬〟です。つまり、アラハバキは、蛇を祀った岬……という意味なんじゃないかと」

「……なるほど。〝岬〟か。大宮の氷川神社をはじめ、神社はたいがい、台地の突端、〝岬〟にある。海と台地の境目である〝岬〟は、古代、聖地なんだよ」

直樹は、ロールケーキをフォークでえぐると、それを口の中に押し込んだ。そして、

「あ、そうか。蛇口！」

「蛇口がどうしました？」

「蛇口をひねると、水が出る。つまりこれは、〝蛇〟と〝水〟を同一視していた古い時代の名残なんだ」

「は……？」

「古代、岬が聖地だったのは、水が湧いていたのもその理由のひとつだろう。高台と低地の境目には、たいがい水が湧くものだ。水が湧くその姿を、古代人は蛇と重ねたに違いない。そして、いつしか、蛇は水の神の遣い、……いいや、神そのものになった」

「ああ、なるほど！　だとしたら、ますますこの説はありですね！」

言いながら、興梠は、ゲラの端に書き殴った「現蛇岬」を指差した。

「まあ、ありかもな」直樹は、「現蛇岬」という文字を見つめながら、続けた。「水が湧く場所を中心に、集落もできていたはずだ。そして、水が湧き出る場所を〝アラハバキ〟として祀り、聖地にしたと。……だとしたら、氷川神社だけじゃないかもしれないぞ、〝アラハバキ〟は――」

なにやら、興奮してきた。直樹は、スマートフォンを引き寄せると、地図を表示させた。

「関東に現存する神社のほとんどが、縄文時代の〝アラハバキ〟だった可能性すらある。『縄紋黙示録』の舞台になっている千駄木の高台も、かつては〝アラハバキ〟があったはずだ」

「それって、根津神社じゃないですか？　ほら、根津神社の由緒にあったじゃないですか、もともとは千駄木にあったって。ヤマトタケルが創祀したって」

「ヤマトタケルのモデルは、ヤマト政権の、蝦夷(エミシ)征討の大将――」

「エミシは、関東以北に住む縄文人のことですよね？」

「そうだ。その縄文人が大切に祀っていた聖地を、ヤマトタケルがヤマト政権の神にすり替えたのかもしれない」

「面白いですね、それ！　だとしたら、すぐそこの白山神社もそうなのかな？」

「え？」

「白山神社って、まさに高台の突端にあるんですよ。でも、その由緒を見ると、元は違うところにあったみたいで」

「違うところ?」

「はい。今のところに来る前は、小石川植物園にあったらしいんです」

「小石川植物園――」

そういえば、以前、一度だけ取材で行ったことがある。ショクダイオオコンニャク……といっただろうか。世界最大の花が咲いたと、話題になったときだ。ショクダイオオコンニャクの開花は世界でも稀で、しかも咲いたとしても二日きり。そんな奇跡の花が開花したというので、マスコミやら見物人やらが、植物園に殺到した。

――小石川植物園の正式名は、東京大学大学院理学系研究科附属植物園。日本で最古の植物園で、サツマイモの試作で知られる小石川御薬園や、『赤ひげ』の舞台となった小石川養生所があったことでも有名だ。が、その前身が、犬公方……徳川綱吉が幼い頃住んでいた屋敷だったことはあまり知られていない。昭和四十一年まで、あの辺は「白山御殿町」と呼ばれていたが、それはまさに、綱吉の屋敷を指しての町名だ。

「この地に白山神社があったため、綱吉の屋敷は『白山御殿』と呼ばれたようです」興梠が、自身のスマートフォンを見ながら言った。「綱吉の屋敷を建てるため、この地が選ばれたのは、一六五一年。ですが、この地にはすでに白山神社が鎮座していて——」

「いや、ちょっと待て」直樹も、負けじと、スマートフォンに指を滑らせながら言った。

「白山神社は、もともと、もっと違う場所にあったようだ。白山神社の由緒によると……天暦二年、すなわち九四八年、加賀の国の一ノ宮白山神社を武蔵国豊島郡本郷元町に祀ったのにはじまる……とある。で、元和年間、つまり一六一五年から一六二四年の間に二代将軍徳川秀忠の命で巣鴨原……現小石川植物園内に遷った——」

「ああ、たぶん、元和六年にはじまった神田川の開削整備工事のためじゃないでしょうかね。本郷台地の端を切り通して、本郷・湯島台と駿河台に分けた工事ですよ。ほら、御茶ノ水駅あたりのあの谷」

「神田川の崖？」

「そう。あれはそのときの工事でできた、人工の谷です」

「詳しいね」

「以前、東京街歩きのガイドブックを担当したときに、出てきたんですよ」

「なるほど」

「で、そのときの工事に先立って、元和二年に神田明神も今の場所に遷されています。なので、本郷元町にあった白山神社も、その頃、遷されたんじゃないでしょうか？」

「ところで、本郷元町って、どこだ？」

「現在の、文京区本郷一丁目あたりです」

興梠が、スマートフォンの地図に指を置いた。「白山神社がもともとあった場所は、たぶん、この公園だったんじゃないかと」

その公園の名前は、「元町公園」とある。本郷一丁目1。本郷台地の端にあたる。

「まさに、縄文時代は岬の端。聖域的なものがあっても不思議じゃない場所です。……思うんですけど、縄文時代に聖域だった場所って、今もなにかしらその痕跡があるような気がするんですよ。公園だったり神社だったり学校だったり、またはランドマーク的なものだったり」

「まあ、それは言えるかもな。ランドマークといえば東京タワーだけど、あの場所からも古墳と貝塚が発見されているしな。あそこも、縄文時代は特別な場所だったのかもしれない」

「でしょう？」興梠が、ふと視線を上げた。「どんなに街を開発し、いじくりまわしても、聖域的な場所は、どうやったってその痕跡が浮かび上がってくるもんなんですよ」

「土地が持つパワーってやつか」

「江戸そのものに、なにか不思議なパワーが漲っている気がしません？」

「え？」

「だって、江戸に対する徳川家康の情熱は、尋常ではありません。家康が江戸に入城してからというもの、江戸は工事に次ぐ、工事。山は削られ、台地は切り通され、川の流れも変えられた。そして、神社も寺も、駒を動かすようにあっちこっちに移動させられて……。それは、三代将軍家光の代まで続く、まさに大改造。僕、思うんですけど、なんで、家康は、ここまで江戸にこだわったのか」

「え？　そりゃ、豊臣秀吉に――」

「確かに、はじめは、豊臣秀吉に押し付けられたからなんでしょうけど。でも、徳川が政権をとったんですから、もっと他の場所でもよかったんじゃないかと。それこそ、小田原とか。家康は、北条氏が作った小田原の町をいたく気に入っていたと、なにかのテレビ番組で聞いたことがあります。小田原で幕府を開けば、町づくりはもっと簡単だったはずなのに。北条氏がほぼ完成させていたんですから。まさに、居抜きですよ。なのに、なんで、土地的に色々と問題があった江戸にこだわったのか――」

「それは、太田道灌も同じだな」興梠の独壇場は許さないとばかりに、直樹は、これ見よがしに腕を組んだ。

「太田道灌？　あ、前に説明してもらった、江戸城をはじめに作った人？」

「そう。……前にもちらっと話したが、こんな伝説がある。太田道灌は、房総の千葉氏と対崎するために城を築く必要に迫られた。で、目をつけたのが、現在の川崎市幸区にある加瀬山。が、悪夢を見たせいで、そこに城を築くのは断念した。さらに道灌は夢を見る。江戸の地に城を築けというお告げの夢だ。そして、今の地に、江戸城の前身となる城を築いたんだそうだ」

「夢のお告げですか？」

「太田道灌という人は、そういう逸話が多い。今でいう、スピリチュアルな人だったんだろうな」

「ある意味、徳川家康もスピリチュアルな人だったのかもしれません」

「うん？」

「だって、なにかに取り憑かれたように、江戸という地にこだわったんですから。僕だったら、絶対、もっと楽に開発できて、川の氾濫も少なくて、良質な水にも恵まれた土地を選びますよ」

「もしかしたら、家康というより、天海の意向かもしれない」

「天海？」

「家康の参謀で、江戸の大改造を指揮した人物だ。天海の助言があって、家康は江戸を選んだ……という説もある」

「へー」

「天海にとって江戸の町づくりは一世一代のライフワークだったようで、家康の死後も、秀忠そして家光に仕えながら、江戸の大改造の指揮をとり続けた」

「なるほど。じゃ、江戸にこだわったのは、天海という人かもしれませんね」

「いずれにしても、江戸という土地にはなにか不思議な引きがあるのは間違いないな。欠点だらけで災害も多い土地なのに、なんだかんだと、現在に至るまで日本の中心になってしまった」

「ほんと、そうですよ。明治維新のとき、首都は京都にもできたはずなのに。なんで、江戸をそのまま首都にしてしまったんでしょうかね？　天皇までお連れして」

「確かに、そうだな」

直樹は、やおら、ロールケーキを口に押し込んだ。生クリームと隠し味の小豆が、相変わらず美味だ。「……って、なんの話してたんだっけ？」

「白山神社の話です」

「ああ、そうだ。文京区の白山神社の話だった。白山神社があった場所は、縄文時代から続く古い信仰の場だったのかもしれない……という話だったな」

「白山神社の社伝では、天暦二年、九四八年に加賀一ノ宮白山神社を武蔵国豊島郡本郷元町に奉勧請したのがはじまり……とありますが、それ以前のことは記録に残ってません」

「でも、もともと本郷台地の端にあったのは、間違いなさそうだ。台地の端といえば、やはり〝水〟だ。水が湧いていたと考えられる。だとすれば、水……蛇を祀っていた場所だった可能性が高いな」

「水といえば。……白山神社が本郷元町から今の小石川植物園に遷されたとき、その地にはすでに〝氷川社〟が鎮座していたようです」

「え？……氷川!?」

直樹の腕に、さぁぁと鳥肌が立った。

「はい。そうです。今は、〝簸川神社〟という名前で別のところに遷されていますが――」

言いながら、興梠が付箋に〝簸川〟と書き殴った。「もともとは、小石川植物園内にある貝塚に鎮座していたそうです」

「貝塚！」

直樹の腕を、鳥肌の第二波が襲う。寒気までやってきて、直樹は思わず、両の腕を抱え込んだ。

一方、興梠はいつもの顔で、スマートフォンを見ながら続けた。

「簸川神社の社伝によれば、……孝昭天皇三年、B.C.四七三年に、今の小石川植物園の貝塚に鎮座したのがはじまり……とあります。紀元前四七三年といえば弥生時代。ずいぶんと古くからあるんですね。……あれ？　確か、大宮氷川神社も孝昭天皇三年に創建したとか、どこかで見たような」

「たぶん、それは後付けだ。大宮氷川神社の歴史と合わせたんだよ」

「え？」

「だから、実際にはもっと古い時代からあったんだよ！　それこそ、縄文時代から！　そして、全然違う神様を祀っていたに違いない！」寒気を紛らわそうと、直樹は興奮気味に声を上げた。「大宮氷川神社だって、もっと古い時代からあったに違いない。縄文時代からね。その名残が、あの〝アラハバキ〟だ」

「……なるほど。じゃ、孝昭天皇三年……紀元前四七三年というのは、なんなんでしょう？」

問われて、直樹はスマートフォンに指を置いた。〝孝昭天皇〟をキーワードに検索してみるが、これといったヒットはなかった。

「……まあ、大した意味はないだろう。そもそも、孝昭天皇というのは、その存在が疑わしいとされている天皇のようだ。架空の人物の可能性が高い」

「そうなんですか……」

「いずれにしてもだ。総本社大宮氷川神社を筆頭に、現在、氷川神社とされている社は、もともとはもっと違った神を祀っていたと考えられないか？」

鳥肌が止まらない。直樹は、二の腕を激しくさすった。

それを横目に、興梠は、スマートフォンに視線を這わせながら、いつもの調子で続けた。

「で、話を戻しますが。……小石川植物園内の貝塚にあった氷川社は、室町時代にはすっかり荒廃してしまったようです」

「荒廃したってことは、そこになにが祀られているのかも忘れられたってことかもしれないな！」

「……で、室町時代に了誉聖冏上人が社殿を再興した……とあります」

「もしかすると。そのときもまだ、その社にはちゃんとした名前はなかったんじゃないか？」

「え？」

「だから、〝氷川社〟という名前は、後付けなんじゃないか？　ってことだよ。だって、そうじゃない。白山神社があった場所に建てたから、白山御殿と呼ばれるようになったんだろう？　綱吉の屋敷は。本来だったら、白山神社よりずっと前からその地に鎮座していた〝氷川社〟の名をとって、氷川御殿と呼ばれるほうが自然だ」

「確かに……」ここでようやく、興梠は顔を上げた。

直樹は、自身のスマートフォンに地図を表示させると、小石川植物園あたりを指して、矢継ぎ早に言った。

「想像だが、かつてこのあたりは手付かずの森で、太古に祀られていたなにかが、ひっそりと鎮座していた。で、室町時代、了誉聖冏上人というお坊さんが見かねて社殿を作るが、その時点でもはっきりした名前はなく、その後もひっそりと鎮座を続けた。そして時代はくだり、江戸時代初期。江戸の大改造のとばっちりを受けた白山神社がこの森に遷される。で、それにちなんで、この辺は〝白山〟と呼ばれるようになる。さらに時代はくだり、徳川綱吉の屋敷が造営されることになり、その屋敷は白山御殿と呼ばれるようになる」

「じゃ、その時点でも、まだ〝氷川社〟とは呼ばれていなかった？」

「そう考えるのが、自然だ。繰り返すが、当時から氷川社と呼ばれていたら、それにちなんで、綱吉の屋敷は〝氷川御殿〟と呼ばれていたはずだから」

「じゃ、いつから〝氷川社〟と呼ばれるようになったんですかね？」

「それは、分からん。いずれにしても、白山御殿ができたあとだろう」

「もしかしたら、一六五一年かもしれませんね」興梠は、再びスマホに視線を這わせた。「この年、白山御殿造営のために、この地にあった社は移転を余儀なくされます。白山神社は現在の地に遷り、他のふたつの社も――」

「他のふたつって？」

「この地には、白山神社を含めて、三つの社が並んで鎮座していたそうです。いわゆる〝氷川社〟と、そして、〝女体社(にょたいしゃ)〟です」

「……にょたいしゃ？　ああ、女体社か」

「はい。氷川社といえば、その対になる女体社がつきものですよね。たしか、大宮氷川神社にも、対の女体社があったはずです。……えっと、……そうそう、さいたま市緑区(みどりく)にある氷川女体（體）神社」

「氷川女体神社――」

なにか引っかかりを覚えて、直樹はスマートフォンに指を滑らせた。そして、「氷川女体神社」と検索。ヒットした記事を眺めながら、

「いや、違う。氷川女体神社は、かつては、独立した社だったようだ。もともとは、いわゆる土着神を祀っていたんだが、江戸時代に入り、大宮氷川神社と関連づけられたという説がある。もっといえば、そもそもは女体神社のほうが大きな勢力を持っていたらしい」

「つまり？」

「つまり、本来、女体神社と氷川神社はまったく関係がなかった。というか、それぞれ独立していたってことだ。が、江戸幕府の宗教政策で、まとめられちゃった感じか？　今でいう、神社の再編成的な？　で、女体神社は、氷川神社の奥さん……的な地位に固定される」

「なるほど。……でも、そもそも、なんで〝女体〟なんでしょうね。……あ」興梠が、軽快に指を鳴らした。「もしかして、『縄紋黙示録』に出てきた、鳥居のこちら側と、あちら側なんじゃ？」

「は？」直樹は、スマートフォンから視線を剝がすと、それを興梠の視線に合わせた。

「だから、『縄紋黙示録』では、こちら側にいるのは、男。あちら側にいたのは女だったじゃないですか。つまり、大昔も、女と男はそれぞれ別に暮らしていて、女が暮らしていた場所が、後に〝女体社〟となったんでは？」

かなり無理のある考えだが、でも、一理ある。直樹は、不本意ながら、「なるほど」と頷いた。

「『縄紋黙示録』によれば、男たちは種馬か、または労働者、つまり奴隷です。一方、女たちは神のように扱われた。そんな女たちが暮らす場所は、聖域だったはずです」

「なるほど」

「つまり、〝女体社〟とは、〝アラハバキ〟そのものだったんではないでしょうか？」

直樹の腕に、再び鳥肌が立った。

興梠も、興奮気味にまくし立てた。

「一場さんは言いました。関東に現存する神社のほとんどが、縄文時代の〝アラハバキ〟だった可能性がある……と。それは、間違いないように思います。現存する神社のほとんどは、縄文時代に由来していると思います。でも、もっと厳密にいえば、〝アラハバキ〟とはっきり呼ばれていたのは、〝女体社〟なんではないでしょうか？」

「…………」

「さいたま市の女体神社は、一場さんが言った通り、中世まで土着神として人々の信仰を集めていたはずです。そして、江戸時代になり、幕府の方針で大宮氷川神社と関連づけられる。で、各地の〝女体社〟は、付近の〝氷川社〟と対にさせられてしまった。その関係で、氷川社に〝アラハバキ〟がひっそりと祀られることになったんじゃないでしょうか？」

「…………」

「そして、小石川植物園には、もともと〝女体社〟が鎮座していた。その後、なにかしらの社が造営されて、〝女体社〟と並んで鎮座することになった。そして、江戸時代。〝女体社〟といえば〝氷川社〟だろう……ということで、なにかしらの社には〝氷川社〟という名前が与えられた。ついでに、大宮氷川神社と同じような経歴も与えられた。……どうですか、僕の推理は？」

興梠が、目をギラギラさせて、身を乗り出してきた。

「どうですかって訊かれても」

興梠の熱気に当てられた反動か、直樹の興奮がすぅぅぅと冷めていく。鳥肌もいつのまにか消え、直樹は、つい、冷笑を浮かべた。「……なんか、俺ら、さっきから想像ばかりじゃん。しかも、ほぼ妄想。……なんか、虚しくなってきた」

「ですよね。……せめて、小石川植物園の中にあったという〝女体社〟の行方が分かればいいんですが」

「行方？　どういうこと？」

「白山御殿が作られることになって、白山神社は今の地に遷り、氷川社も今の地に遷ります。が、〝女体社〟だけは、現在、行方不明なんですよ」

「……そうなのか？」

「いずれにしても、行ってみませんか？　小石川植物園へ」

「え？」

「早速、明日にでも」

「行ってどうすんだよ？」

「その場所に行けば、なにかインスピレーションが湧くかもしれません」

「というか、『縄紋黙示録』の校正に、必要なのか？」

「必要な気がします。そんな気がするんですよ！」

「…………」

「一場さんだって、そんな気がしませんか？」

「……まあ、ちょっとは気になるけど」

「だったら、行きましょう！」

「……まあ、いいけど」

「よし、じゃ、決定！」

「…………」

しゃべりすぎたせいか、口が渇いた。お茶を一口啜ると、直樹は、ふと、テーブルの上のロールケーキを見つめた。あと、一切れ。見ると、興梠もそれを見つめている。

「あ、それ、一場さんが食べていいですよ」

「いや、そうじゃなくて」

「じゃ、僕が食べていいですか？」

「いや、だから、そうじゃなくて」

っていうか。お前、このロールケーキ……。

「じゃ、僕がもらいますね」興梠は子供のように、最後の一切れを摑み取った。そして、

「昨日、買ったんですよ、このロールケーキ」

興梠が、陽気に言い放った。さらに、挑発するようにこちらを見ると、

「実は昨日、僕も本駒込に行ったんですよ」

「……そうなのか？」

でも、お前、さっき、朝からずっと家にいたって。俺が戻るまで、ずっと家にいたって。

「嘘をつきました。……本当は、昨日、一場さんが出かけたあと、僕も出かけたんです。仕事をしていたら、ふと、甘いものが欲しくなって。で、駒込まで足を延ばしたんです。ファミレスの横にある、あのケーキ屋に。無性にロールケーキが欲しくなって」

「……そうなのか。なら、なんでまた嘘なんかを？」

「さあ。僕にもよく分かりません」

うやむやに言葉を濁すと、興梠は、最後のロールケーキを口に押し込んだ。その目は、まだなにかを隠しているように見える。直樹は、その視線を追った。

……お前、なぜ、本駒込に行ったんだ？　どんな用事が？　まさか、俺の跡をつけていたとか？

直樹は、なおも興梠の顔を見つめた。

な、お前、いったい、なにを隠している？

そんな質問を浴びせてみたい衝動に駆られたが、直樹はぐっと堪えた。

13

「コウロギさんという人を、ご存じですか？」

唐突にそう訊かれて、牛来亜弓は、

「え？」と、言葉を詰まらせた。

……山田登世子の夫から電話が来たのは、自宅についてすぐのことだった。

上着を脱ぎ、ぼんやりと視線を漂わせていると、スマートフォンの画面が煌々と点灯した。見ると、〝登世子〟という文字が表示されている。

が、登世子は、死んだ。……殺された。なのになんで？　と、恐る恐る電話に出ると、男の声がした。

男は、「ヤマダ」と名乗った。……登世子の夫だった。

登世子の夫とは、数回しか会ったことがない。結婚式のときと、登世子が出産したときと、なにかの集まりのとき。なのに、その顔はすぐに浮かんだ。どことなく、ガッツ石松(いしまつ)に似ている。はじめにそう言ったのは登世子で、それからは、この夫のことをこっそり〝ガッツ先生〟と呼んでいる。が、こうして直接話すのは、昨夜に続き、二回目だ。亜弓は、少々緊張を滲ませながら、応えた。

「コウロギさん？……ああ、フリー校正者の興梠さんのことでしょうか？　元、帝都社の社員だった」

「ご存じですか？　お知り合いですか？」

「いえ、知り合いってほどではないですが。……一度会っただけで――」

あ、でも、興梠さんには『縄紋黙示録』の校正を依頼しているんだっけ。

「あ、はい。そうです。興梠さんとは、知り合いです」亜弓は、言い直した。「といっても、一度しか会ってないのですが。……で、興梠さんが、どうかしましたか？」

「いえ。……妻のスマホを確認していたら、メモに、〝コウロギ〟とありまして。死ぬ直前に、入力したものみたいなんですが」

「メモに？」

「はい。それで、気になりまして。お電話を……」

「あの……、なんで、私に？」

「いえ、他にもお訊きしたいことがありまして。……牛来さん、妻から電話をもらってませんか？」

「え？」

心臓が、どくんと跳ねる。

「スマホの履歴を見ると、妻が最後に電話したのは、どうやらあなたらしいのです」

「いえいえ、私、そのとき、電車の中で――」

そんなことをする必要もないのに、亜弓は自身のアリバイを証明するように、まくし立てた。「昨日は、病院に行ってたんです。同僚が入院している病院に。その人は今の仕事の前任者で。その人が話があるというので、見舞いがてら、病院まで行ったんです。で、その帰り、中央線に乗っていたら着信があったのですが、電車の中なので出るわけにはいかず――」

「そうですか。なら、電話にはお出にならなかったんですね」

「はい。残念ながら、電話には出られませんでした」

「なら、留守番電話は？」

「え？」

再び、心臓がどくんと跳ねた。

「妻は、留守番電話にメッセージを残していませんでしたか？」

「……いえ」

咄嗟に出た言葉は、嘘だった。

なぜ、嘘を言ってしまったのか、亜弓にもよく分からなかった。ただ、ひどく疲れていた。すぐにでも電話を切って、ベッドに横になりたかった。

「いいえ、留守電にはなにも」亜弓は、さらに嘘の言葉を吐き出した。

「そうですかぁ。……おかしいですねぇ。妻は、必ず留守番電話にメッセージを残すんですがねぇ――」

山田氏は、語尾を、意味あり気に伸ばした。

疑っている？

本当のことを言おうか？　いや、そしたら、話が長くなる。

本当に疲れているのだ。へとへとなのだ。こうやってスマートフォンを持っているだけで、体力が蒸発しそうなのだ。今すぐにでも、電話を切って、ベッドに横になりたい。

「本当に申し訳ないのですが、留守電にはなにも――」

「そうですか」

「すみません、お役に立てなくて――」

よし、もうこれでおしまい……と、耳からスマートフォンを離したとき、

「で、コウロギさんのことなんですが」

と、山田氏は話を引き戻した。

亜弓は、崩れるように、すぐそばのソファーに体を沈めた。……もう限界だ。これ以上は無理だ。眠い、眠らせて！

「興梠さんなんて知りません」

亜弓は、先ほどの会話と矛盾する答えをつい、発してしまった。

「え、でも、先ほど――」

「ああ、ごめんなさい。っていうか。……私、今、とても疲れていて。今日の仕事があまりにハードだったもので。……東京拘置所に行ってきたんですよ。分かります？　東京拘置所」

「ええ、もちろん。わたしも職業柄、しょっちゅう行きますんで」

「え？」

亜弓の脳は、冷水を浴びせられたように完全に覚醒した。

そうだった。登世子の旦那さんは、弁護士だった！　だから、〝ガッツ先生〟と呼んでいたんだった！

亜弓は、居眠りを注意された生徒のように、すっくと立ち上がった。

「あ、本当にすみません。私、なんだか、寝ぼけていたようで」

「いいえ。こちらこそ、すみません。こんな遅くに、お電話してしまって」

時計を見ると、零時になろうとしている。

そうだ。こんな時間に電話してくるほうが悪いんだ。

亜弓は、再びソファーに腰を落とした。そして、電話の相手に、こう提案した。

「明日、こちらからかけ直していいですか？」

「いや、明日は、ちょっと……。遺体を引き取りに行ったり、葬儀の打ち合わせをしたりで、電話をしている暇がないのです」

「そうなんですか」

「お時間は取らせません。ちょっと、話を聞いてもらっていいですか？」

時間は取らせない……と言いながら、山田氏の話は長かった。

要約すると、こういうことだった。

……登世子は、その日、早めのランチをとるために、職場近くのファミリーレストランに行く。同行した同僚たちに話を聞くと、ある話題に差し掛かった頃から、登世子の様子がおかしくなったという。

「……早期退職者について話していたときだそうです。妻は突然口を噤(つぐ)んだんだそうです。そして、食べかけの料理もそのままに、『急用を思い出した』と、慌てた様子でファミレスを出たんだそうです。そのときの妻の顔は、真っ青だったとか」

続けて山田氏は、まるで被告人に質問するように言った。

「あなた、これをどう思いますか？」

「……どうって」

「あなたは、妻の親友です。わたしが知らない妻の顔もよくご存じでしょう。だから、訊きたいのです。妻のこの行動、どう思いますか？」

「さあ、よく分かりません。ただ、登世子さんがおしゃべりの途中で口を噤むのは想像できません。しかも、料理を残して中座するような人間ではないと」

「ですよね？　妻は、なによりおしゃべりが大好きです。さらに食いしん坊で、料理もめったに残しません」

「その通りです」

「じゃ、なんで、妻は、途中で口を噤んだのでしょう？　そして中座したのでしょう？」

「……さあ」

「こうは考えられませんか？　なにかに気がついた、または、なにかを見た……と」

「え？」

「わたしは、このときの妻の行動がどうしても気になるのです。もしかしたら、このときの妻の行動が原因で、妻は殺されてしまったんじゃないかと」

「あ」

「なんですか？」

「登世子さんがランチをとっていたファミレスは、帝都社近くのファミレスですよね？」

「そうです」

「何度か行ったことがあります。あそこのウィンドウは一面ガラス張りで、通りの往来がよく見えます」

「そうなんですか？」

「もしかしたら、登世子さんは、そのウィンドウ越しに、なにか、または誰かを見たのでは？」

「なるほど」

「それで、登世子さんの意識はそちらに持って行かれて、口を噤んだのでは？」

「なるほど。……だとしたら、妻が見たのは、コウロギという人物かもしれません」

「え？」

「妻と一緒にランチをとっていた女性が、証言してくれました。社に戻るとき、早期退職した男を見かけたと。……コウロギという人物も、早期退職していますよね？」

「えっと。……ああ、確か——」

「早期退職しているんですよ、コウロギという男は！」

「……は」

「ちなみに、妻は、コウロギという男がストーキングしていたという新大久保のキャバ嬢の失踪についても話題にしていたそうです。調べたら、本当に失踪中でした」

「……は」

「コウロギという人物が、その失踪にかかわっているとすれば——」

「だとすれば？」

「キャバ嬢の失踪を話題にしているところに、コウロギという人物がたまたま、視界に飛び込んできた。それで、妻は口を噤んだ。そして、彼に見つかる前に妻は逃げた。……どうですか？　この推理は」

「……なんで、登世子さんは、逃げたんですか？」

「きっと、バツが悪かったんでしょう。噂をしていたところに張本人が現れて、つい、逃げ出してしまったんでしょう」

「……まあ、考えられますね」

「妻は、性根はいいヤツでした。でも、おしゃべりなのが最大の欠点でした。噂や誰かの秘密を、『内緒ね』と言いながら、拡散してしまうところがあった。そのせいで、何度となく、トラブルにも見舞われました。憎まれることも多々ありました」

「……まあ、そうですね」

「わたしは、事あるごとに注意したのです。そのおしゃべりを止めないと、いつかとんでもないことになるぞって。口は災いの元だぞって」

「……私も、それとなく注意したことがあります」

「先日も、妻のおしゃべりのせいで、マンションの隣人トラブルに巻き込まれたところだったのです」

「……そうなんですか」

「さすがの妻も反省して。もう、おしゃべりは慎むって。なのに、また悪い癖が出て噂話に花を咲かしてしまった。さらに噂の張本人が現れて、あいつ、パニクったんじゃないかと」

「…………」

そういうこともあるかもしれない。登世子、ああ見えて、ナーバスなところがある。

「それで、妻は逃げ出した。……が、運悪く、コウロギに見つかってしまった。……そして、妻は殺害されたんじゃないかと、わたしは考えます」

いくらなんでも、その推理は性急すぎる。

「さすがに、それは……」

「口封じですよ」

「口封じ？」

「知り合いの捜査一課の刑事にそれとなく訊いたところ、コウロギが、新大久保のキャバ嬢をストーキングしていたのは本当のようです。そして、キャバ嬢は殺害されている可能性も高いということです。……その証拠もあると。それで、捜査一課が、内偵をはじめたんだそうです」

「……つまり、彼はストーカーで、かつ殺人犯？」

「はい。そして、妻もまた、彼に殺された可能性が高い」

「…………」

「ところで、あなた、本当に、妻からの電話を取っていないのですか？」

「さっきも言いましたが、そのとき電車の中にいて、取れませんでした」

「では、留守番電話は……」

本当のことを言ったら、この電話は延々と続くだろう。

そんなの、耐えられない。

もう、今度こそ限界だ。

「知りませんよ！」

亜弓は、声を荒らげた。

「留守番電話がなんなんですか！　そんな些細なこと、知ったこっちゃないですよ！」

「些細なこと？」

「そうですよ！　もっともっと、重大な危機が迫っているんですよ！」

「は？」

「……あ、ごめんなさい」亜弓は、体をのけぞらせた。「……本当にこれ以上は無理です。眠らせてください。お願いします。でないと、私、頭がおかしくなりそうです……！」

「大丈夫ですか？」

「いえ、大丈夫じゃありません。もう、本当にくたくたなんです。こうやって話しているだけでも、もう死にそうなんです。……もう、休みたいんです。眠りたいんです……！」

「あなた、先ほど、東京拘置所に行ったとおっしゃいましたね」

なんなんだ、この男は。これほど眠いと訴えているのに、それでも話を止めようとしない。そういえば、いつか登世子が愚痴っていたっけ。……夫はまったく空気が読めないの。いつでも、マイペース。相手のことなんて、一ミリも考えない。それでよく、弁護士なんてやっていられるわよ。……って。

まったくその通りだ。亜弓は聞こえよがしに、ため息を吐き出した。

「本当に、お辛そうですね」

「はい。もうしんどくて」

「もしかして、あなた、五十部靖子と面会しに、東京拘置所へ？」

五十部靖子の名前が出てきて、亜弓の心臓が、またも跳ねた。どう答えていいか分からず、黙っていると、

「妻に聞きました。あなた、五十部靖子の私家版小説を担当しているんですよね？」

「…………」

「気をつけてくださいね」

「え？」

「五十部靖子には、いい噂がありません。もっとも、自分の夫と子供をあんな形で殺害しているのですから、いい噂なんてそもそもないのですが。いずれにしても危ない人で――」

「でも、実際に会うと、感じのいい人でした」

亜弓は、思わず、五十部靖子と接触したことを白状した。

「なるほど、やはり、会ったのですね」

「…………」

「ここだけの話ですが。五十部靖子を担当している弁護士が、ことごとく体調を崩して入院しています」

「え?」

「今は、小池という女性が主に担当しているはず」

「ええ、はい」

「ご存じですか?」

「ええ、……まあ」

「彼女は、かなり癖のある女性です」

「ですね」

「そもそも殺人などの刑事事件には無縁の弁護士で、もともとは環境問題を得意とした弁護士なんです」

「環境問題?」

「公害問題とかリサイクル問題とか景観問題とか。地球温暖化問題とか」

「地球温暖化……」

「そんな彼女ですが、最近、いい噂がありません。五十部靖子を担当してから、様子がおかしいと」

「…………」

「どういう意味か、分かりますか？」

「……分かりません」

「五十部靖子に洗脳されたのです」

「洗脳？」

「いったい、どこで培ったものかは分かりませんが、五十部靖子には、そういう力があるようなのです」

「そういう力？」

「人民寺院事件のジム・ジョーンズ、太陽寺院事件のリュック・ジュレ、ヘヴンズ・ゲート事件のマーシャル・アップルホワイト」

「カルト宗教の教祖ということですか？」

「そうです。先ほど、五十部靖子の弁護士が次々と体調を崩した……と言いましたが、厳密にいえば、みな、自殺をしようとしたのです」

「……え？」

「五十部靖子に感化されてのことだろうと、もっぱらの噂です。ジム・ジョーンズもリュック・ジュレもマーシャル・アップルホワイトも、みな、信者たちを集団自殺に追い込んだ教祖です。信者たちに恐怖を植え付け、洗脳し、そして自殺させました」

「…………」

「五十部靖子は、それと同じことをしようとしているんではないかと」

「…………」

「あなたは五十部靖子の小説を担当しているとのことですが、その仕事は降りたほうがいい」

「え？」

「その小説は、危険だからです。五十部靖子は、その小説を〝聖典〟にするつもりでしょう。そして、それを世に広め、人々を絶望の淵に追いやるのが目的です」

「……でも、それらはすべて、噂ですよね？」

「噂というか、ほぼ真実だと、わたしは考えます」

「証拠はあるんですか？」

「証拠？」

「弁護士なのですから、そこまで言うからには、証拠があるんですよね？」

「……まあ、それは——」

「憶測だけで、そんなことを言うのはやめてください！」

「……牛来さん？」

「五十部先生は、立派な方です！　人格者です！　むしろ、我々を救おうとしているのです！」

亜弓は、思わず叫んだ。

そして、

「登世子さんのお葬式には必ず伺いますから。その日取りが決まったら、教えてください。では」

亜弓は一方的に電話を切った。

……歯を磨かなくちゃ。

……シャワーも浴びたい。

……せめて、部屋着に着替えたい。

……このままじゃ、明日、体が痛くなる。

……ベッドに行かなくちゃ。

……っていうか、玄関ドア、ちゃんと施錠したっけ？

が、亜弓の体は、まったく動かない。

電話を切ったあと、スマートフォンを握りしめたまま、亜弓はソファーに深く沈み込んでいた。

……これが、金縛りというもの？

……ううん、金縛りとは違う。

……じゃ、なに？

……思考が、完全に乗っ取られてしまっている。

……誰に？

……五十部靖子先生、に。


亜弓にとって、その出会いは強烈だった。拘置所の面会室という味気のない場所だったにもかかわらず、まばゆい光が一面を照らしているようだった。

ああ、これが、いわゆるオーラというやつか？

亜弓は、啞然として、目の前の女性を見つめた。

「ようやく、会えましたね」

そう言われたときだった。細胞という細胞が、妙な共鳴をはじめた。全身が粟立ち、そして、震えた。

それでも、亜弓は平静を装った。

が、

「分かります、あなたは今まで、とても苦しい思いをしてきたんですよね。……分かります

――」

と、それまで誰にも言ったことがない悩みをずばりと言い当てられた。

それは、家族のことであったり、仕事のことであったり、人間関係のことであったり。さらに、こんなことも言われた。

「あなた、大切な友人を亡くされましたね？」

「……なんで？」亜弓の全身から、汗が噴き出した。

「ああ、ごめんなさいね。驚かせてしまって」

「……なんでですか？　誰に聞いたんですか？」

「もちろん、それは、あなたに聞いたんですよ」

「え？」

「今、あなたの心の中にお邪魔して、聞いたんです」

「……は？」

「あなたの心の扉をひとつノックしただけで、たくさんの悩みや苦悩が飛び出してきました」

「…………」

「お辛かったでしょう」

「…………」

「でも、その悩みと苦悩は、今、私が消し去りましたよ。安心してください」

「…………」

「今、あなたの体に流れているその無数の汗粒。それは、あなたの悩みと苦悩の亡骸(なきがら)です。浄化の印です」

「……浄化？」

「これで、あなたは生まれ変わりました」

「……生まれ変わった？」

「あなたは、神の〝遣い〟に生まれ変わったのです」

「つかい……？」

「そうです。あなたは、私の言葉を広めるという使命を授かったのです」

「…………」

「まだ、信じられませんか？　ならば、あなたに、『預言の書』を与えましょう」

「預言の書？」

「そうです。先に送った『縄紋黙示録』の続きを、あなたに託します」

「……続きがあるんですか？」

「そうです。先日、書き上げました。私の魂と祈りをすべて込めました。……それを、あなたに託します」

「つまり、自費出版の契約内容を変更したいということでしょうか？……続編も出版となれば、料金も変わってくるんですが――」

が、五十部靖子は、微笑むばかり。

不安になり、亜弓は繰り返した。

「……続編も自費出版ということで、よろしいでしょうか？」

「それは、あなた次第ですよ」

「……は？」

「では、今日はこれで失礼します。『預言の書』は、弁護士さんからもらってくださいね」

「あ、でも――」

一生忘れられないであろう、五十部靖子との面会は、ここで終わった。

呆然としたまま面会室を出ると、そこには小池弁護士が待機していた。そして、同志を見るような目で、亜弓に近づいてきた。

「先生のお原稿を預かっています。……これです」言うと、小池弁護士は茶封筒を亜弓に押し付けてきた。ずっしりと重い。

「今すぐに、お読みください。一刻を争います」

「どういうことですか？」

「それは、これを読めば分かります。とにかく、読んでください」

そして、亜弓は、拘置所近くの喫茶店で、その原稿をすべて読む羽目になった。

原稿用紙三百枚を超えるそれを読み終わったとき、亜弓は、感動と恐怖が入り混じった、不思議な感覚に陥っていた。

とにかく、体の震えが止まらない。涙も止まらない。汗も止まらない。

なにもかも、止まらない！

このまま地獄に引きずり込まれそうな気分になり、亜弓は、咄嗟に胸のあたりで手を合わせた。そして、

「先生、……五十部先生、助けてください！」

と、拘置所の中にいる五十部靖子に向かって、祈りを捧げた。

14

いったい、私はどのぐらい、空を漂っているのでしょう？

私は相変わらず〝カラス〟で、空から縄紋時代の東京を見下ろしています。

縄紋時代の東京には、今の面影は一切ありません。あまりに違うのです。もちろん、低地や谷が海だったことは知っています。いわゆる縄紋海進です。

それにしたって。

私が見下ろす東京はまさに〝水浸し〟。低地や谷だけでなく、現在〝高台〟と言われている地域にも海が進出し、その原形はどこにも見出せません。海だけでなく、いたるところに大きな水たまりができ、人々は、わずかに顔を覗かせた土地（島）に、しがみつくように暮らしています。

カラスもそうです。限られた土地を奪い合い、毎日のように縄張り争いが勃発しています。そして、毎日のように、何羽ものカラスが海の藻屑（もくず）となります。

そんな中、私が生きることができたのは、「ヒィ」、そして「モォ」のおかげです。

そうです。私が〝犬〟だった頃、私を可愛がってくれたあの養男と、その友人です。

あるとき、他のカラスに攻撃されて瀕死状態だった私を、助けてくれたのがヒィでした。ヒィは、傷ついた私の羽に薬草の汁を塗り、さらに、餌まで与えてくれました。どんぐりをすりつぶしたものを団子状にしたそれは、私が今まで食べたどんなものより美味しく、そして、栄養がありました。私は途端に、活力を取り戻したのです。

それ以来、私はなにかあると、ヒィとモォのもとに行くようになりました。そのたびにヒィは、どんぐり団子を分け与えてくれます。その御礼に、私はヒィの話し相手になるのです。

もちろん、言葉は分かりません。でも、何日も一緒に過ごすうちに、ヒィが伝えたいこと、そして思っていることが分かるようになりました。以心伝心というのでしょうか。猫や犬などのペットは、飼い主の心をよく理解する……といいますが、まさにそれです。

本来、コミュニケーションとは、そういうものなのかもしれません。

心と心で、共鳴しあう。

なのに、なぜ、人類は〝言葉〟を生み出したのでしょうか。

言葉が生まれたことにより、人と人の間には〝壁〟が築かれてしまいました。そして〝言葉〟は〝嘘〟ももたらし、それがますます、〝壁〟を厚くします。コミュニケーションどころか、断絶を生んでしまったのです。

なにしろ、言葉は、その理屈と文法を知らなければ、まったく分からないからです。

いえ、もしかしたら、分かってはいけないものなのかもしれません。言葉は、〝秘め事〟を伝える暗号のようなもので、関係者以外に知られないように、内へ内へと発達していったんじゃないでしょうか。言い換えれば、言葉は〝同胞〟であることを証明するための道具で、さらには、〝縄張り〟を示すものかもしれません。そう、〝言葉の壁〟とは、国境そのものを意味するのです。

いずれにしても、人類は、多種多様な言葉を生み出し、それらは減るどころか、増える一方です。部族ごと、あるいは国ごとの言語の他に、若者特有の隠語であったり、ネットスラングであったり、プログラムの言語であったり。

……もしかしたら、人類は、〝言葉〟を獲得したその瞬間から、分裂し分断される運命だったのかもしれません。それとも、はじめから分かり合うことを拒絶した生き物だから、〝言葉〟を生み出したのか？

ああ、そうに違いありません。人類の本質は、〝秘め事〟なのです。だから、言葉を生み出したのです。〝秘め事〟を仲間にだけ伝えるための〝合言葉〟が、言葉のルーツに違いありません。

でなければ、これほど多くの言葉が必要でしょうか？

でなければ、これほど多くの暗号が必要でしょうか？

そう。厄介なのは、暗号なのです。

人類は、暗号をさらに複雑にするために、〝文字〟を生み出しました。

文字は、そこにいない人になにかを伝える場合には便利ですが、絶対に必要か？　と言われれば、そうとも限りません。実際、近代まで、先進国と言われる地域でも文字が読めない人はたくさんいました。識字率が高いと言われている日本ですら、戦前までは、文字が読めない人が多くいたと聞きます。

必要なかったからです。

集落という狭いエリアで暮らしているうちは、コミュニケーションは〝言葉〟で充分です。〝文字〟を必要とするのは、自分の目が届かない地域にも、自分の存在を知らしめる必要がある支配層の人々です。支配者たちは、〝文字〟という呪文を広めることで、領地を広げてきました。時には神託、時には法律、時には戒めを刻んだ紙切れで、人々を従わせてきたのです。

つまり、〝文字〟は、上から下への伝達に必要な道具で、言い換えれば、ヒエラルキー社会を形作る接着剤のような存在なのです。

が、〝文字〟は、支配者の道具として使用されるだけではありません。今はこの世にいない未来の子孫に、情報を伝えるための道具でもあります。

そう、〝文字〟は、タイムカプセルの役割も持つのです。

タイムカプセルという意味では、〝文字〟は〝絵〟であってもいいのです。〝模様〟であってもいいのです。メッセージが後世に伝わるのであれば、どんな形でもいいはずなのです。

実際、アボリジニの人々は、洞窟に多くの絵や模様を残しました。彼らは、文字を持たない民と言われてきましたが、本当にそうでしょうか？

縄紋時代の人々にも同じことが言えます。

彼らは、〝縄紋土器〟という美しい文様をちりばめた土器を数多く残していますが、その土器に施されているのは、ただの〝模様〟なのでしょうか？　なんの意味もない、でたらめな〝模様〟に過ぎないのでしょうか？

私は思うのです。現代人が理解できないだけで、あの模様にはなにかしらの〝意味〟が込められているはずだと。もっといえば、あの紐状（cord／コード）の模様は〝文字（code／コード）〟なのではないかと。

さて。私を可愛がってくれるヒィの体には、余白がないほど刺青が施されています。まるで縄紋土器そのもののように、精緻を極めた美しい模様が、指の先まで刻まれています。

それは、日々、増えていきます。朝日が昇る頃、ヒィは自身の指に波線をひとつ付け加えます。〝正の字〟を描くように。

いわゆる画線法。線を引き、その線の数で数を表す方法です。

どうやら、ヒィは、一日のはじまりに、線を付け加えているようでした。つまり、その線の数は、ヒィが今まで生きてきた日数。木でいえば年輪のようなものです。

その線は、両の腕からはじまり、指にまで及んでいます。

私は、その線を数えてみました。一万千三百四十六本ありました。それを三百六十五日で割ると……約三十一歳。

この時代においては、かなりの長寿です。確か、縄紋時代の平均年齢は十五歳とか十六歳とか、聞いたことがあります。そんな中、三十一歳というのは、長老の域です。道理で、落ち着きがあり、どこかどっしりと構えたところがあります。そして器用で、彼が作る籠はどれも美しく精巧で、それはまさに、熟練の職人技です。

ある夜のことです。私は、焚き火のもとで、ヒィが作る籠を半ばうっとりしながら眺めていました。すると、ヒィが、私の心に語りかけてきたのです。

「わたしは、あの星の方向から来た」

ヒィが指差したそれは、北極星でした。……北のほうで生まれたようです。

ヒィは、続けます。

「まだなにも知らない、ようやく歩けるようになったぐらいの、ほんの小さな頃、わたしは大きな籠に押し込められた。それから男たちに背負われ、舟に乗せられ、いくつも太陽が昇り、いくつも太陽が沈んでいった。

……気がつくと、わたしはここにいた。そしてハンモックに揺られていた。大人たちは言う。お前は幸せ者だと。

実際、わたしはとても幸せだった。一日中遊び、一日中踊り、そして疲れたら好きなだけハンモックに揺られる。

ところが、ある日、わたしは輿に乗せられ、鳥居の向こう側へと連れて行かれた。

大人たちは言った。『お前は、幸せ者だ。女(ハハ)に身も心も捧げよ』と。

が、わたしは、ハハに見初められることはなかった。

子が産めない婢女(はしため)と一度交わったきり、追い出されて、そしてこちら側に帰された」

ヒィが、ハンモックの少年だったことが分かってきました。つまり、かつては女たちの花婿だったのです。が、花婿失格の烙印を押され、こちらに帰されて、そして奴隷へと落ちた。

ヒィは、北極星を見ながら、口笛を吹くように、呟きます。

「生まれた場所に帰りたい」

「帰っても、もう、あなたを知る者はいないのでは？」

私は、残酷にも、そんなことを言いました。すると、ヒィは顔の刺青を指して、

「これがあるから、大丈夫」

……どうやら刺青は、アイデンティティを示すもののようです。部族ごとに独特な文様が決められているのでしょう。いわゆる、家紋のようなものです。

ヒィいわく、それは、〝歴史〟を伝えるものなんだとか。先祖代々伝わる、神話や言い伝え、そして教訓。それらを体に刻みつけ、後世に伝えているんだそうです。

思いました。それって、まさに「文字（code／コード）」なんじゃないか？……と。そうです。やっぱり、文字なのです！

興奮した私は、訊きました。

「その刺青には、どういう言い伝えが刻まれているんですか？」

ヒィは、しばらく考え込みましたが、ゆっくりと顔を上げると、

「遠い遠い……昔に起こったことだよ」

「それは、どんなこと？」

「太陽の嵐が吹き荒れ、まずは病気で人々が大勢死んで、その次に海が溢れ、大地が飲み込まれたんだ。人間も動物も植物も、ほとんどが死に絶えた。生き残った人間は、争いをはじ

めた。お互いにお互いの命を貪った。……残ったのは、虚しさを敷き詰めたような、死の荒野。が、天の采配か、わずかな命は残された。残された者は天に誓ったそうだ。もう二度と、過ちは繰り返さない……と」

太陽の嵐が吹き荒れ、病気で人々が死に、海が溢れ、大地が飲み込まれた……？

もしかして、それは、氷河期が終わったときの大洪水のことなのでしょうか？

そういえば、聞いたことがあります。

大洪水が起きて、人類が滅びる……というような神話や伝説が世界各地にあるんだそうです。アボリジニやアメリカ先住民の伝説にも見られ、有名なところでは、シュメールの大洪水伝説や、旧約聖書の「ノアの箱舟」。

一説では、これらの伝説は、氷河期が終わったときの海面上昇による洪水の記憶ではないかと言われています。海面の上昇は徐々に進んだわけではなく、それこそ津波のように突然やってきて、あちこちに大洪水を引き起こした……というのです。

そして、このとき、人類は滅亡する。……いや、厳密にいえば、一握りの人類だけを残し、その大半が死に絶える。

この記憶が、各宗教に見られる「終末論」に繋がった……というのです。

そうだとするならば。その大洪水の記憶が、人類に強い〝信仰心〟を植え付けたといえます。〝宗教〟の根底にあるのは、〝恐怖心〟だからです。恐怖心があるからこそ、人は神にすがり、神の前に跪き、神の言葉に自ら縛られる。

ヒィもまた、目に見えない恐怖と戦っているようでした。

「同じ過ちは、二度と繰り返してはいけないんだよ」

そう呪文のように呟きながら、自身の体に刻まれた文様をひとつひとつ、なぞっていくヒィ。その表情は恍惚として、どこかドラッグ中毒患者のようでもありました。

あるいは、ヒィは、本当にドラッグ中毒者なのかもしれません。

幻覚作用があるキノコ、ケシ、大麻。それらがそこらじゅうに生えています。ここは、まさに違法ドラッグ天国です。

ヒィは、ケシの実から滲み出る汁が好物で、いつも口にしています。言うまでもなく、ケシの実の汁は、モルヒネや阿片の原料となります。

ヒィだけではありません。ここに住む人々は、男も女も、みな、なにかしらドラッグを嗜んでいます。

だからなのでしょう。ここにいる人々は、どこか浮世離れしていて、そして痛みからも解放されているようでした。刺青の痛みですら、彼らにとっては快感のようでした。

ヒィは言います。刺青を入れれば入れるほど、幸せな気持ちになれるのだと。神に近づくのだと。

「つまり、あなたたちは、神に近づくために、体を傷つけているのですか？」

訊くと、

「そうだ」と、ヒィは、刺青を施した自身の体を私に近づけてきました。

まるで、細密画を見るようでした。ひとつひとつの線が、ひとつひとつ個性を持っているのです。今にも動き出しそうな――。

「あ」

私は、そのとき、ようやく気がつきました。その文様は、よくよく見ると、〝蛇〟でした。

無数の蛇が、ヒィの体を血管のように走っているのです。

私は、あとずさりました。

すると、ヒィといつも一緒にいる「モォ」が、語りかけてきました。

「ねぇ、カラスさん。マジでどこかに避難したほうがいいよ。雨がやってくる」

見上げると、海の向こう側から、ドラゴンのような真っ黒な影がやってきます。

嵐です。

縄紋時代は、気候が安定していると聞いたことがありますが、実際は違いました。しょっちゅう嵐がやってきて、大雨をもたらします。そのたびに、地滑りが起こり、崖が崩れ、時には、集落が飲み込まれます。

このときも、ヒィとモォが住む集落の一部が海に流されました。

嵐が去った朝、私はヒィとモォのもとを訪ねました。

ヒィは、怪我をしていました。崖から滑り落ちたのだそうです。

見ると、足を骨折しているようでした。

それでもヒィは、休むことはしません。貝殻を集めては、それをひとつひとつ並べ、そして積み上げていました。

それは、いわゆる貝塚でした。

よく、「貝塚は縄紋人のゴミ集積場だった」と言われますが、どうやら、本来の用途はそれではないようです。水から集落を守るための擁壁といったほうが正確かもしれません。あるいは堤防、または土塁の補強として、貝は使われます。

この擁壁には、貝だけではなく、様々な動物、ときには〝人〟が埋められます。

いわゆる〝生贄〟です。

そう、ハンモックの少年が貝に埋められた状態で斬首されたのは、人身御供(ひとみごくう)だったのです。

貝を積みながら、ヒィは言います。

「そろそろ、わたしも、この中で眠らなくてはならない――」

そのとき、私はふと思いました。

千駄木の貝塚で見つかったあの人骨は、このヒィではないか？

怪我をしたヒィは、たぶん、もうこの集落に住めません。役立たずは、集落を去るか、あるいは、その身を集落に捧げなくてはなりません。

そう、人身御供となるのです。

ヒィは、賽の河原で石を積むように、貝殻を積んでいきます。

たぶん、それは、ヒィの墓場となるのでしょう。

……うん？

先ほどから、なにか臭います。強烈な腐敗臭です。

見ると、やたらと大きな花が、あちらこちら咲いています。

記憶が反応しました。いつか、ニュースで見たことがあります。ショクダイオオコンニャクです。世界最大級の花。

なぜ、この花が？　インドネシアやスマトラ島に自生する花ではなかったか？

なぜ、縄文時代に？

15

（二〇＊＊年十月三日木曜日）


「どの辺に貝塚があったんですか？」

一場直樹と興梠大介は、小石川植物園の入り口に来ていた。

「ですから、貝塚ですよ」

興梠の質問に、入場受付の女性は首を傾げた。それでもパンフレットを渡すのは忘れない。パンフレットを受け取ると、興梠はもう一度繰り返した。

「この植物園で貝塚が発見されていますよね？」

さらに、

「明治時代、大森で貝塚を初めて発見したモース博士が、次に発見したのが、小石川植物園の貝塚だと聞きました。つまり、日本で二番目に発見された貴重な貝塚が、ここ小石川植物園にあるはずなんですが」

強い口調で言い寄る興梠に、受付の女性が、困惑の表情を浮かべる。が、興梠はやめなかった。

「……小石川植物園の貝塚は、一九五〇年代になって、東洋大学の和島誠一教授たちによって本格的な調査が行われました。これにより五箇所の貝塚が確認されています。貝塚のほかに、住居跡、そして土器なんかも大量に発掘されているはずなんですが」

というか、興梠のやつ、やけに詳しい。歴史には疎い……と言っていたくせに。

「……で、その五箇所の貝塚は、今はどうなっているんでしょう？」

「………？」

女性が、苦笑いを浮かべる。

そして、直樹のほうに視線を投げてきた。

直樹は、興梠を制するように、

「……温室じゃないか？　昨夜、ネットで調べたんだけど。温室付近に貝塚がいくつか見つかったとかなんとか」

「あ、温室でしたら、今は工事中なので、見学はできません」

女性は早口でそう説明すると、自分の役目はもう終わったとばかりに、「次の方、どうぞ」と、あからさまに視線を外した。

直樹は、興梠の肩を摑むと、強引に植物園の中へと押し込んだ。

「とりあえず、行こう」

平日のせいか、植物園には人影はあまりなかった。

噎せ返るような緑の香りと、そして鳥のさえずり。

同じ文京区にある小石川後楽園や六義園とはまったく異なる雰囲気だ。

東京大学の研究のための植物園ということもあり、観光客に媚びたような施設や造形は一切ない。桜並木や紅葉並木はあるにはあるが、それだって、観光客向けではない。十六万一五八八平方メートルの敷地内のほとんどは、植物の自主性に任せています……というような、野放図な趣だった。

「……本当だ、温室、まだ工事中だ」

興梠が、温室の前で、残念そうに肩を落とす。そしてベンチを見つけると、そこに腰を落とした。

直樹もそれに倣う。

受付でもらったパンフレットを捲っていると、

「そういえば、植物園の外壁も、ずっと工事中だったんですよね」と、興梠。「……古い壁を取り払って、新しいのと交換していたようなんですが。……あの工事、長かったな……」

「そうなんだ」直樹は適当に相槌を打った。

「夜なんか、物騒だったんですよ。外壁が取り払われたままのところもあって。やろうと思えば、その部分から中に侵入できてしまうんじゃないかって」

「まさか」

「この辺は、夜は本当に真っ暗なんです。人が侵入しても、たぶん、誰も気がつかないと思います」

「…………」

「死体を隠すにはもってこいな場所です」

「死体？」

「いえ。僕が以前、担当していたミステリー小説にそんなシーンがあって。……ある夜、都心のど真ん中の公園に忍び込んで、死体を埋めるんです」

「さすがに、見つかるだろう？」

「僕もそう思って、試しに、真夜中にこの植物園の近くまで来てみたことがあったんです。そしたら、見事な暗闇で。人通りもない。案外、死体を運び込んでも、見つからないかもしれない……って思いまして」

「でも、さすがに、この植物園に死体を隠すのは無理だろう。無理だよ、無理。無理に決まっている」

「……そうですよね。植物園は無理ですよね。……でも、実際に、死体が見つかったんですよ。……この近くで」

「死体？」

「そう。植物園の裏側にある、公務員宿舎の空室で女性が」

そう言ったきり、興梠は口を閉ざした。そして、温室のほうに、再び視線をやった。

なんともバツが悪い。……こういう空気は苦手だ。

「あ。鳥居のマークがあるよ」

直樹は、受付でもらったパンフレットの地図を見ながら、声を上げた。「ひとつ、ふたつ。……鳥居のマークがふたつ。なんだろう？　気にならないか？」

しかし、興梠は、工事中の温室のほうに視線を固定させたまま、じぃっとそれを見ている。

直樹は、ふと、ため息を漏らした。

なんだか、興梠の様子がおかしい。

いや、おかしいのは、今にはじまったことではない。こいつは、ずっと前から、なにか変だった。なにを考えているのかさっぱり分からない。帝都社に勤めていたときは、同期のよしみで飲み会や合コンに誘ってはみたが、いつでもつまらなそうに周囲を観察するばかり。そして気がつけば自分の世界に没頭している。いつだったか、飲み会でルービックキューブをはじめたこともあった。紙ナプキンで、いくつも鶴を折ってみたり。そのせいで、女子たちから「あの人、なんか気持ち悪い」と、陰口を叩かれる始末。挙句には、「あの人を連れてこないで」。

でも、仕事はできた。校閲部の中でも、その集中力と正確さは抜きん出ていて、やつを指名してくる作家も多かったと聞く。

だから、不思議だったのだ。なぜ、やつが早期退職の道を選んだのか。退職金に目が眩んだとは言っていたが、それだって納得のいく理由ではない。なにしろ、住宅ローンを抱えているのだ。定年までしがみつくのが定石だろう。

「な、興梠はさ――」直樹は、言葉を選びながら、慎重に話しかけてみた。「どうして、あの家を買ったんだ？」

が、興梠は、答えない。相変わらず、前方の温室を見つめている。

「結婚するから？」単刀直入にそう訊くと、

「え？」と、興梠はようやくこちらを見た。そして、

「ええ、そうですよ。結婚する予定でした。……でも、いなくなったんですよ、彼女。……

失踪したんです」

「失踪？」

「そうなんです。でも、僕は信じています。必ず、見つかると。いや、絶対、見つけると」

「……っていうか、その相手って。……新大久保の――」

「そういえば、鳥居がどうとか言ってませんでした？」興梠が、突然、話題を変えた。

「え？」

「鳥居のマークがふたつあるとか、なんとか」

「ああ、そのことか。……うん、パンフレットに、鳥居のマークがあるんだよ。なんか、気にならないか？」

「気になりますか？……なら、ちょっと、行ってみましょうか？」

鳥居のマークがあるのは、二箇所。西の方にひとつと、南東の方にひとつ。

まずは、西の方に進路をとる。

ざく、ざく、ざく。

興梠はまたもや黙り(だんま)を決め込み、枯れ葉を踏む音だけが、耳障りなほどに響く。

「しかし、ここは都心とは思えないな。まるで、森の中だ」

静寂に耐えかねて、直樹はひとりごちた。「もしかしたら、縄文時代から、ほとんど姿を変えてないのかもしれないな」

するとと、「それは、どうでしょう」と、興梠がようやく口を開いた。

「確かに、白山御殿が建てられる前は、そうだったのかもしれません。森の中に、ぽつんと社が三つ並んでいる……という感じだったのでしょう。が、ここに白山御殿が建てられたときに、大半は人工的な庭園として生まれ変わっているはずです。さらに、白山御殿の主人だった徳川綱吉が五代将軍になりここを去ったあとは、幕府管轄の御薬園となります。そして綱吉の死後は、一部の御薬園だけを残し、他は旗本に払い下げられ、武家屋敷が軒を連ねました。

時代がくだって八代将軍吉宗の時代になると武家屋敷は立ち退き、かつての白山御殿の規模に御薬園は拡大されます。同時に、世に言う『小石川養生所』も作られます。

さらに時代がくだって幕末の頃になると、御薬園は再び縮小され、武家屋敷が軒を連ねます」

「結構、変遷が激しいんだな、ここ」

「そうです。白山御殿だった時期は案外短く、その後は色々と形を変えます。……今の植物園の形になったのは、実は明治に入ってからなんです。だから、縄文時代の森がそのまま残っている……というのは、ちょっと違うと思いますよ」

「へー。詳しいね」

「実は、ここには結構来ているんですよ。……散歩コースのひとつなんです」

「まあ、確かに、お前んちから近いからな。いい散歩コースだ」

「……一場さんはどうです？　以前、ここに来たことはあります？」

「え？」

来たことはある。ショクダイオオコンニャクが咲いたときに。

が、どうしてか、

「いや、今日が初めてだ」

と、直樹は嘘を言った。

「……そうですか。初めてですか」

「そんなことより。見てみろよ、この景色」

直樹は、ふと、足を止めた。

目の前に広がるのは、小石川の街並みと空。

「こんなに高低差があるんだな」

「そうですね。今、僕たちが立っているのは、まさに、崖っぷちです」

興梠が言うように、そこはまさに崖だった。下に見えるのは、日本庭園。池なのか沼なのか、大小の水たまりもあちこちに見える。大名屋敷によく見られる、高低差を利用した庭園だ。

「パンフレットの地図の鳥居マークは、この崖の下にあるようだな。……行くか？」

が、舗装された道らしきものは見当たらない。藪と枯れ葉に覆われた獣道のようなものがあるだけだ。

興梠が、その道を滑るように下っていく。

「おい、待てよ」

直樹も、それを追う。

何度も転びそうになりながら下っていると、小さな沼が見えてきた。そしてその畔(ほと)りには、小さな石の鳥居。

「これですね」

興梠が、足を止めた。

直樹も、興梠の後ろで足を止める。

うわっ。なんだ、これ。

口にはしなかったが、それはかなり薄気味の悪い風景だった。崖を背に、古い祠(ほこら)がぽつりと鎮座している。背筋がぞわぞわする。

逃げ腰で視線を漂わせていると、狛犬と目が合った。

うん？　狛犬ではない。……狐？

「そうです。ここは、稲荷神社です」

背後から、声。振り向くと、いかにも人が良さそうな爺さんが立っていた。

「次郎稲荷というんです」

爺さんが指差した方向を見ると、〝次郎稲荷神社〟と刻まれた石板が見えた。そして、

「ほら。あそこの崖下に、穴があるでしょう？　典型的な穴稲荷です」

「穴稲荷？」訊いたのは、興梠。

「狐の巣だと言われる穴を、御神体にした稲荷神社のことです。江戸時代に流行りました」

「江戸時代？……じゃ、そんなに古いものじゃないんですね」興梠が、残念そうに肩をすくめた。

「そうですね。江戸末期、ここが武家屋敷だった頃に祀られたものでしょう」爺さんが、なにやら紙を広げはじめた。「ここは、蜷川相摸守の屋敷があった場所だと思われますので、蜷川家の誰かが稲荷ブームにあやかって、庭にあった穴を御神体にして稲荷神社を作ったんじゃないでしょうか」

「それは？」興梠が、無遠慮に紙を覗き込んだ。

「ああ、これは、古地図ですよ。江戸時代の」

「古地図？……もしかして、あなたは研究者とか？　教授とか？」

「いえいえ、ただの地元の一般人ですよ」

「地元というと、この辺の方ですか？」

「はい。植物園横のマンションに住んでいます」

「長く住んでいらっしゃるんですか？」

「いえ、まだ五年です。新参者です」

「まだ五年しかお住みになっていないのに、色々とご存じなんですね」

「ここに暮らすことになったからには、この土地の歴史を色々と知りたいな……と思いまして。仕事も定年退職したことだし、暇なので、こうやって古地図を手に、ぶらぶら街歩きをしているんですよ。特に、この植物園はお気に入りで、週に一回は来ています」

「じゃ、植物園の歴史には詳しいんですか？」

「詳しい……という域ではありませんけどね。まあ、ぼちぼち」

「では、縄文時代のことは？」

「縄文時代？……さすがに、それは。なにしろ、白山御殿が建てられる前のことは、ほとんど記録にありませんからね。……あ、でも、この庭園内に点在している大小の沼と池は自然とできたもので、湧き水だと聞きました。なので、縄文時代も水場だった可能性は高いでしょう。あるいは、この一帯すべてが、入江だったか。……ああ、そうだ。確か、植物園には貝塚もあったはずです。その貝塚に、氷川社と女体社があって……」

爺さんは、手帳を取り出すと、それをペラペラと捲り出した。そして、

「……氷川社は、今はあそこにあります」と、赤い洋館を指差した。旧東京医学校の本館を移築したもので、今は博物館になっている。

「いや、博物館ではなくて、その向こう側にある、神社です。〝氷〟の〝川〟と書く〝氷川〟ではなくて、〝簸川〟という名前に変更になっていますが」

言いながら、爺さんは手帳に〝簸川〟と書き殴った。

「漢字は変わりましたが、間違いなく、元は植物園の貝塚にあった氷川社です」

「ちょっといいですか？」直樹が、身を乗り出した。「〝氷川社〟と呼ばれるようになったのは江戸時代からで、例えば、それ以前はもっと違う名前で呼ばれていた可能性はないですかね？」

「まあ、それはありますね。貝塚にあったという点からして、かなり古い時代の宗教的なにかだった可能性はあります。それこそ、縄文時代由来の聖地だった可能性も」

「アラハバキ……」興梠が、ついにその名前を口にした。

爺さんの眉が、ぴくっと反応する。

「アラハバキ？　ああ、確かに、氷川社といえば、アラハバキですね」そして、にやりと笑うと「氷川社とオリオン座の関係ってご存じですか？」。

「オリオン座？」

「大宮氷川神社に行かれたことは？」

「あ、はい。昨日」

「大宮氷川神社は、中山（なかやま）神社、氷川女体神社などと合わせて、〝氷川神社群〟というひとつのグループにまとめられます。まあ、系列会社のようなものです」

得意分野なのか、爺さんのレクチャーが加速する。

「……この三つの神社は、もともとは見沼（みぬま）という大きな沼に棲む水神を祀ったものだと言われていて、それぞれ沼の畔りに鎮座していました――」

爺さんは、上着のポケットをゴソゴソと探ると、なにかを取り出した。

地図の束だった。

そして、その束の一枚を取り出すと、爺さんは、マジシャンのようにその地図を一気に広げた。

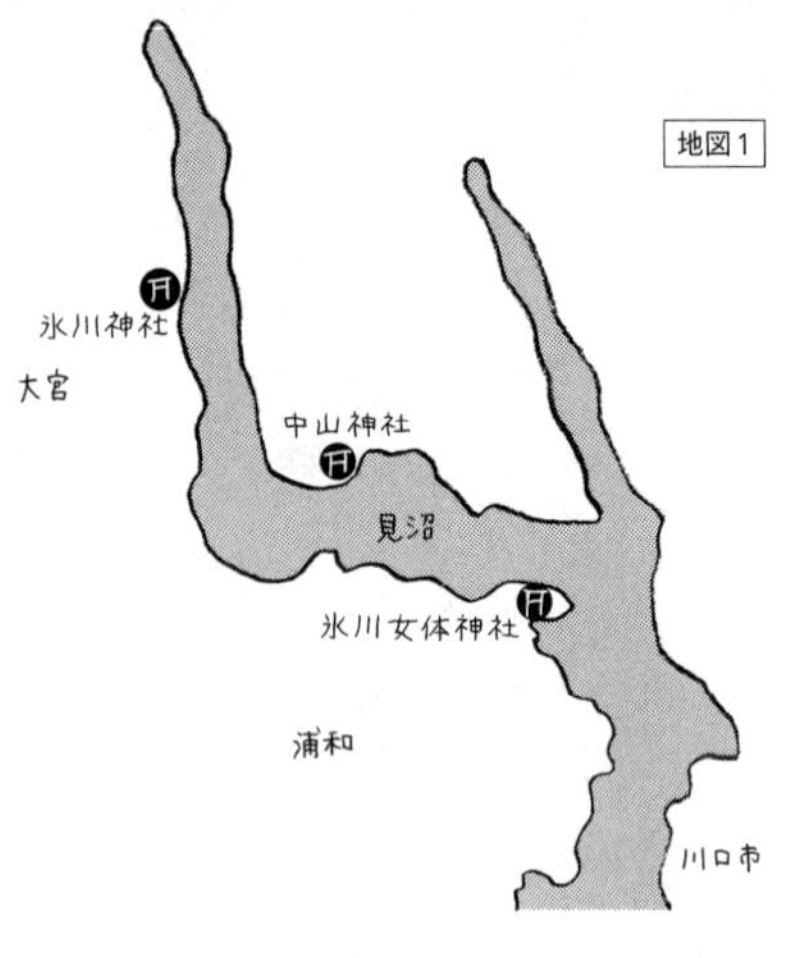

「これは、私が趣味で描いた古地図なんですけどね。江戸時代以前はここに見沼という大きな沼があって、……たぶん、縄文海進の名残でしょう……で、その沼を護衛するかのように、大宮氷川神社、中山神社、氷川女体神社が並んでいたんです」

「この地図を見て、なにか気付きませんか？」（地図1）

興梠の首が、地図に向かって亀のように伸びる。

「あ。綺麗に一直線に並んでいますね！」

「そうなんです。……その様は、まるでオリオン座の三ツ星のようじゃありませんか？　オカルト好きな人々からは、大宮氷川神社とオリオン座の関係があれこれと言われているのです。……まあ、私は、オリオン座とは関係ないと思いますけどね。……ただ」

「ただ？」興梠が、さらに身を乗り出した。

「中山神社から見ると、夏至には太陽が大宮氷川神社に沈み、冬至には太陽が氷川女体神社から昇るように、配置されているんです。つまり、大宮氷川神社と中山神社と女体神社の三社は、古代の暦であった可能性が高い」

「なるほど……」興梠は、深く頷いた。そして、続けた。「ということは、全国にある氷川神社は、古代の暦の名残ともいえますね」

　爺さんも、深く頷くと、

「そう考えると、氷川神社が女体神社とワンセットなのも筋が通ります。大昔は、夏至と冬至を知るための、装置だったんでしょう。もしかしたら、集落ごとに、その装置はあったのかもしれない」

「なるほど」今度は、直樹がゆっくりと頷いた。「氷川神社は夏至を告げる装置で、女体神社は冬至を告げる装置か……」

「ただ、現在の氷川神社がすべてそうだとは言い切れません。なにしろ、元あった場所から、あちこちに移転させられていますからね。中には、女体神社が失われた氷川神社も多い。例えば、この植物園内にあったとされる女体社も、今となっては行方知れずです。伝通院に遷された……とする史料もあるようですが、今の伝通院にはその痕跡はありません」

「じゃ、女体社はどこに行ったんでしょうか？」

直樹は訊いたが、爺さんの視線は、自身の腕時計に移ってしまった。

「……ああ、いけない、もうこんな時間だ。……なんだかしゃべりすぎてしまいました。話が長いと、よく女房にも叱られるのです。……ではでは、こんな年寄りにお付き合いくださり、ありがとうございました」

そう言うと、爺さんはゆっくりと踵を返した。が、

「ああ、そういえば。太郎稲荷神社には行かれましたか？」

訊かれて、直樹と興梠は、同時に首を横に振った。

「なら、ぜひ、行ってみてください。この先に、ありますよ」

と、老人は南東の方向を指差した。


が、結局は、太郎稲荷神社には寄らなかった。

水たまりのような沼の畔りに鳥居があることは確認したのだが、通り過ぎてしまった。

興梠が、具合が悪いと言い出したからだ。見ると、汗が顔じゅうから噴き出している。

仕方なく早々に植物園を後にし、植物園近くの、播磨坂沿いのカフェで休むことにした。

だが、興梠の汗は、なかなか引かない。

「おい、大丈夫か？」

質問するも、興梠は心ここに在らず状態で、ホットミルクに角砂糖を次々と放り込む。さらに、シュークリームをふたつ、黙々と口に運び続ける。

……こいつ、マジでヤバいかもしれない。糖尿病が悪化しているのでは？

直樹の心配をよそに、シュークリームを平らげた興梠は、「はー」と、軽快に息を吐き出した。「生き返った……！」

「お前、本当に大丈夫か？」

「え？　はい、もう大丈夫です。元気もりもりです」

見ると、確かに汗は引いている。

「それにしても、さっきのお爺さんの話、なかなか面白かったですね。オリオン座とか暦とか」

「まあな」

「氷川神社暦説が本当だとしたら――」興梠が、目をキラキラさせながら、スマートフォンに指を滑らせた。そしてしばらくして、「あ、やっぱり！」と声を上げた。

「どうした？」

「見てください」興梠が、スマートフォンの画面をこちらに向ける。

表示されているのは、大宮付近の地図。大宮氷川神社と氷川女体神社、そして中山神社に

印がついている。爺さんが言うように、三つ綺麗に一直線に並んでいる。（地図2）

「この位置関係を記憶しておいてくださいね」言いながら、興梠は画面に指を滑らせた。

次に表示されたのは、小石川植物園の地図。（地図3）次郎稲荷神社と太郎稲荷神社の名前が見える。

「あ」直樹も声を上げた。

「ね。次郎稲荷神社と太郎稲荷神社の位置関係って、大宮氷川神社と氷川女体神社のそれとほぼ同じですよね？」

「ほんとだ」

「そもそも、小石川植物園の形になにか意味がありそうじゃないですか？　北西から南東に延びる、あのきれいな長方形って、ただの偶然ではない気がします」

「うーん。……それは考えすぎじゃないか？」

「いや、絶対、なにか意味がありますって。……もしかして、小石川植物園そのものがひとつの暦で、かつては次郎稲荷があった場所に氷川社が、そして太郎稲荷があった場所に女体社があったんじゃないですかね？」

「うーん。……飛躍しすぎでは？」

「大宮の氷川神社群は、もともとは見沼の畔りに建てられたもの。次郎稲荷も太郎稲荷も、

地図2

北大宮
見沼区
さいたま市
埼玉スタジアム
2002
氷川神社
大宮
中山神社
新都心西
さいたま見沼
浦和美園
さいたま新都心
氷川女体神社
与野
緑区
中央区
463

地図3

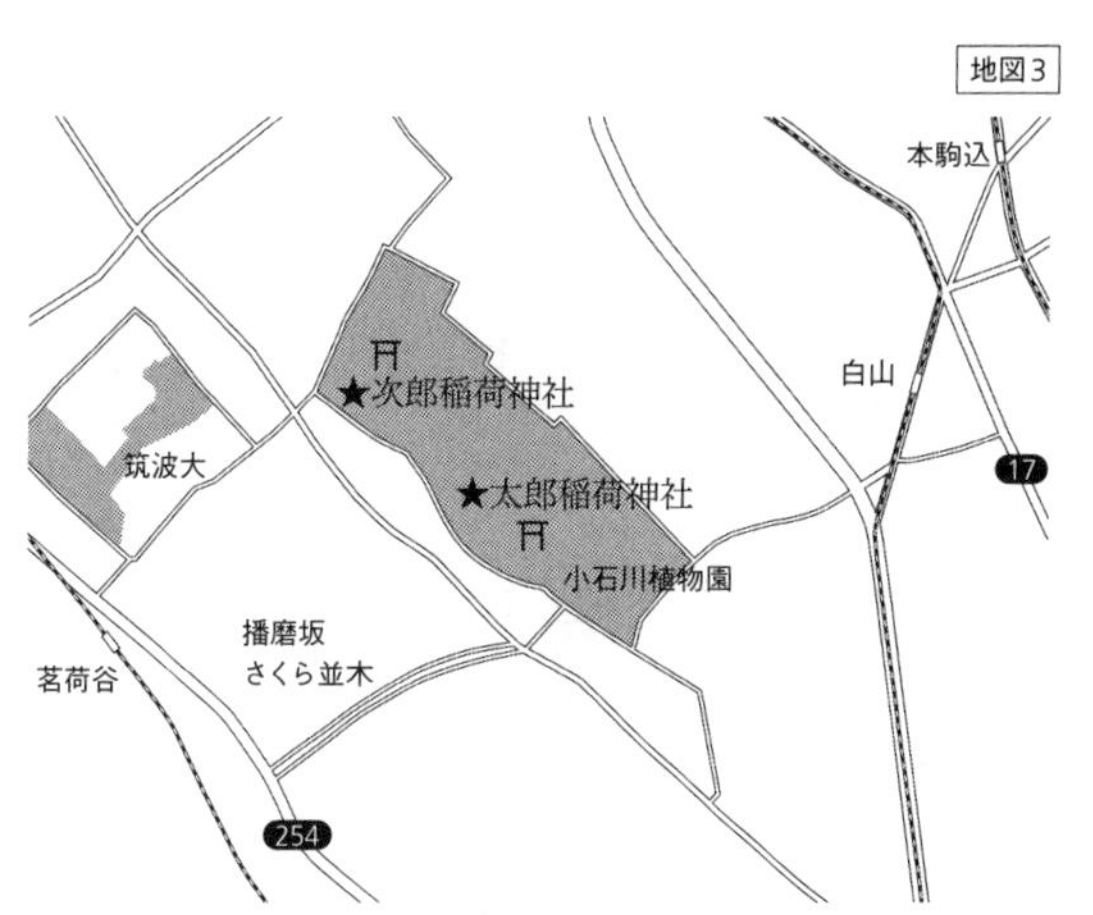
本駒込
白山
★次郎稲荷神社
筑波大
17
★太郎稲荷神社
小石川植物園
播磨坂
さくら並木
茗荷谷
254

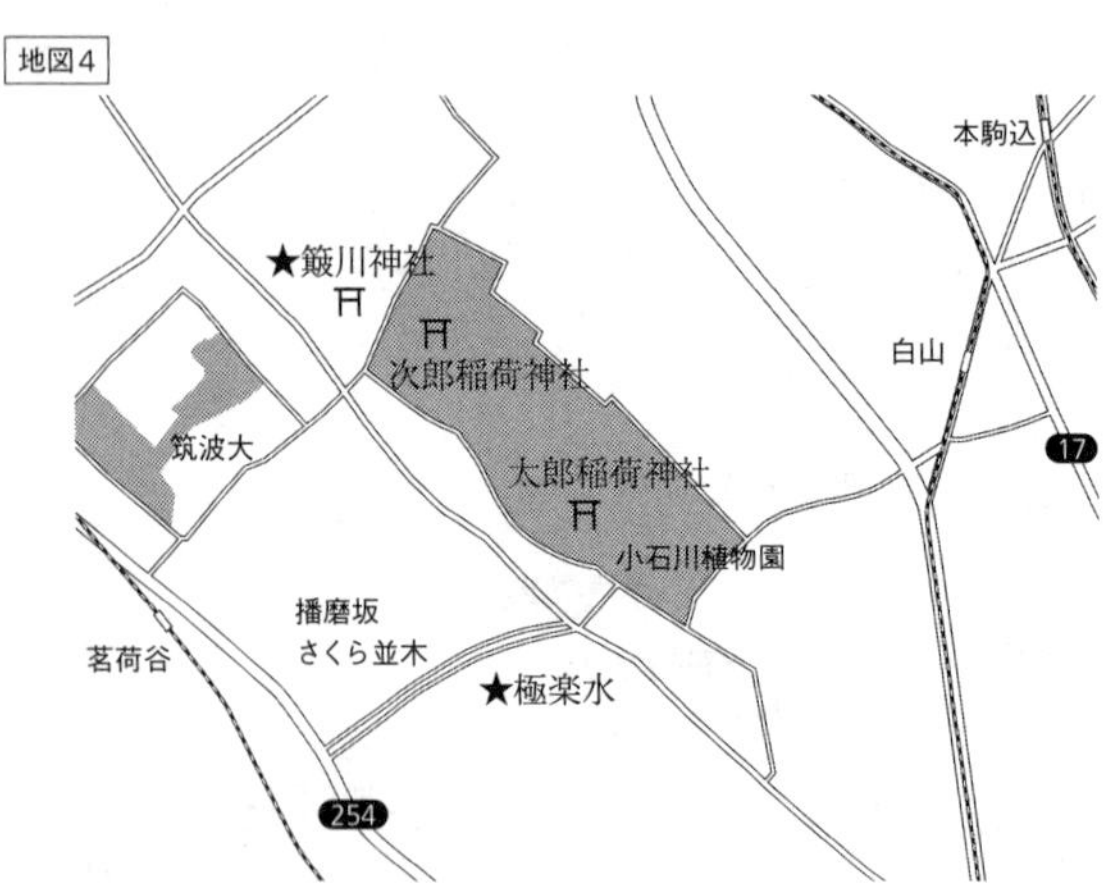

規模は小さいけれど沼の畔りだったじゃないですか。つまり、もともとは、水神を祀っていたんでは？」

「それは、あるかもな」

「今、氷川神社は、〝簸川〟神社と名前を変えて、植物園の北西の位置に遷されていますが――」

　興梠は、地図上に記載されている「簸川神社」という文字の上に、自身の指を置いた。（地図４）そして、

「……ということは、この簸川神社から見て南東の位置に、女体神社も遷されたと考えられませんか？」

　興梠が、地図の上に指を置いた。そして、簸川神社を起点に、南東方向にゆっくりと指で直線を引いていく。

「あ」興梠の指が止まった。「……これって」

「どうした？」

「ちょっと位置はズレますが。……この極楽水（ごくらくすい）っていうのが、気になりませんか？」

「この近くじゃないか」

「はい、すぐそこのマンションの敷地内にあるようです。……行ってみましょう！」


そのマンションは、播磨坂と吹上坂（ふきあげ）に挟まれた場所にあった。いかにも高級マンションだ。

「なんか、芸能人とかが住んでそうなマンションですね」

興梠が、子供のように目を輝かせる。

確かに、芸能人が住んでいそうだ。その割には、オープンな作りになっていて、マンションの周りは、誰でも立ち入り自由な公開緑地になっていた。

案内板を見つけた。

『極楽水
ここは、了誉聖冏上人が、応永（おうえい）22年（1415）伝通院の元ともなった庵を結んだ所で、後に吉水山宗慶寺（きっすいさんそうけいじ）の境内となった。現在の宗慶寺は、すぐ下にある。

『江戸名所記』に、「小石川吉水の極楽の井は、そのかみ　伝通院の開山　了誉上人よし水の寺に　おわせし時に、竜女形をあらわして上人にまみえ奉り、仏法の深き旨を求めしかば、上人はすなわち　弥陀の本願、他力の実義を　ねんごろにしめし賜うに　その報恩としてこの名水を出して奉りけり」とある。』


「了誉聖冏上人？」「了誉聖冏上人！」

直樹と興梠の声が、同時に上がった。

「了誉聖冏上人って、確か――」興梠が、爛々と目を輝かせて直樹のほうを見た。「植物園内にあった、荒廃していた氷川社を再興した人じゃなかったですか？」

直樹も、声のトーンを上げながら、それに応えた。

「うん、そうだ。室町時代、氷川社の荒廃ぶりを見かねた了誉聖冏上人が、新しく社殿を作ったって……あれ？」

直樹は、案内板に刻まれたその一文を、再度読み返した。

『――ここは、了誉聖冏上人が、応永22年（1415）伝通院の元ともなった庵を結んだ所で――』

伝通院？　伝通院といえば、徳川家の菩提寺。徳川家が最も大切にした寺のひとつだ。徳川家康の実母が埋葬されている。

そういえば、植物園にいたあの爺さん。植物園内にあった女体社は、伝通院に遷されたという説があるって言ってなかったか？　その説が正しいとするならば、伝通院のルーツであるこの場所に遷されたとは考えられないだろうか？　ということは——。

「この極楽水に、女体社の形跡があるかもしれない」直樹は、興奮気味に呟いた。

「ええ、そうですね。……行ってみましょう」

興梠も興奮気味に呟くと、ふらふらと公開緑地の奥に入っていった。直樹もそれを追う。

そこは、なんとも不思議な場所だった。芸能人も住んでいそうなモダンな高級マンションには不釣り合いな、鬱蒼（うっそう）とした小さな森。そして、古びた池と、やはり古びた祠。

「これが、極楽水か……」

直樹は、ようやくたどり着いたというように、ため息混じりで言った。

が、立て札には、「弁才天（べんざいてん）」とある。

「〝弁才天〟は、本来、インド由来の水の女神なんですよ」直樹の疑問に答えるように、スマートフォンを見ながら、興梠。「——〝弁才天〟が祀られている場所は、もれなく、〝水〟と関係する場所です。諸説ありますが、日本で古くから信仰されていた宇賀神（うがじん）と仏教の弁才天が習合して、今の形になったと言われています」

画面3

「宇賀神？」

「中世以降に信仰されていた民間の神ですが、そのルーツは、たぶん、縄文時代です。……だって、宇賀神は、蛇ですから」

言いながら、興梠が、スマートフォンをこちらに向けた。

「これが、宇賀神です」

表示されているのは、女の顔を持つ、とぐろを巻いた蛇。(画面3)

「げっ」その薄気味悪さに、直樹は顔を背けた。

「この祠の中に納められている本尊も、宇賀神……〝蛇〟に違いありません。そして、その本尊こそが、〝女体社〟の可能性が高い。……ああ、この祠の中には、なにが入っているんでしょうね？ 見てみたいな……」

祠には、しっかり施錠がされている。たぶん、特別な日にだけ開帳されて、他の日は人の目に触れないようにしているのだろう。

が、興梠はそんなことはお構いなしに、祠に近づくと、その錠を力任せに引っ張った。

「おい、やめろよ！」

止めるが、興梠はやめない。そして、

「きっと、この中には蛇がいるはずです。縄文時代の神であるアラハバキが」

「アラハバキ？」

「そうですよ。アラハバキの正体は蛇なんですよ！　蛇は、水神の化身。水場のいたるところで祀られていた。その名残が姿形を変えて、今も息づいている。植物園内にあったとされる氷川社と女体社。そして、この弁才天のように……」

興梠が、さらに力を込めて錠を引っ張る。

「やめろってば！」

「……どうしてです？　この中に納められている本尊が気になりませんか？　見たくないですか？」

「気になるけど。……でも、ダメだ、よせ。無理やり開帳したら、罰が当たるぞ！　というか、捕まるぞ！」

「そんなの、構いませんよ。どうしても確認したいんですよ。ここに祀られているのは、蛇……つまり、〝女体〟のはずですから。つまり、この場所こそが、女体社そのものなんです。縄文時代の〝アラハバキ〟に違いないんですよ！」

「マジでやめろ、マジで……」

と、興梠に駆け寄ろうとしたときだった。

すぐそこの池の水面が、大きく波打った。「え？」

そして、頬に冷たいものが落ちてきた。

「雨？」と思ったのもつかのま、周囲は見る見る暗くなり、針金のような雨が突き刺すように降ってくる。

それは、季節はずれの、ゲリラ豪雨だった。靴の中にまで水が迫ってくる。

直樹と興梠は、我先にと逃げ出した。

16

雨は、なかなか止みません。

きっと、涙雨です。

ヒィが流す、涙雨に違いありません。

ヒィは、昨日、死にました。自分で拵えた貝塚に、自ら身を投じたのです。

それと同時に、またもや嵐がやってきました。それは凄まじく、信じられないほど大きな嵐です。

集落のほとんどは、流されました。動物も人も、多くが流されました。

雨音に混じって、なにか歌が聞こえます。

「アラハバキ……　アラハバキ……　アラハバキ……」

私は、ようやく理解しました。

〝アラハバキ〟は、この世界の神です。この世界を支配する、唯一無二の絶対神です。この世界の人々は、ひたすらアラハバキに祈り、ひたすらアラハバキに従っているのです。

アラハバキ。それは、いったいどんな神なのでしょうか？　ああ、できるなら、その姿を見てみたい。

そんな好奇心が湧いた瞬間です。ひときわ強い雨が槍のように降ってきて、私の体はあっというまに地面に叩きつけられました。

そのときです。なにか白い影が私めがけてやってきました。逃げる間もありませんでした。

私はあっというまに、それに飲み込まれてしまいました。

その白い影が〝蛇〟だと知ったのは、しばらく経ってからです。

雨が止んだある日のことです。

その日はひどく暑い日でした。喉の渇きに耐えかねて、水場を探していたとき。ようやく見つけた池の水面に映っていたのは、白い蛇でした。

私は、一瞬で悟りました。

私の魂は、白蛇の中に飲み込まれてしまったんだと。つまり、水面に映るその白蛇は、私自身なのだと。

犬、カラス、そして、蛇。

私は自身の運命を呪いました。このまま、死んでしまいたいとすら思いました。

しかし、私はすぐに、人間に見つかってしまいました。いつもヒィの近くにいた蓑男の「モォ」です。彼は、私をそっと拾い上げると、私を籠の中に閉じ込めました。

ああ、これで私は死ぬんだな。ようやく死ぬんだな。観念して、目を閉じたとき。

「アラハバキ　アラハバキ　アラハバキ」

人々の歌声が聞こえます。

「アラハバキ　アラハバキ　アラハバキ」

すぐそこから聞こえます。

「アラハバキ　アラハバキ　アラハバキ」

その歌声がどうにも煩くて、私は目を開けました。

そこに広がっていたのは、色とりどりの布をまとった、無数の女たちの姿。……いったい、どのぐらいいるのでしょうか？　一万人？　二万人？……十万人？

いずれにしても、スタジアムの観客のような数です。

彼女たちはひどく興奮した様子で、ひたすら歌い踊り、そして祈ります。

私に向かって。

私は、今度こそ、本当に理解しました。

「私は、神になった」と。

そう、私は神になったのです。

〝アラハバキ〟になったのです。

17

直樹と興梠は、播磨坂のカフェに戻った。

ずぶ濡れになったその姿に店員は驚いたが、快く、席を提供してくれた。

「ほら、だから、罰が当たったんだよ」

席に着くと、直樹は責めるように興梠を見た。

が、当の興梠は心ここに在らずの表情で、目にも留まらぬ速さでスマートフォンに指を滑らせていく。

「マロンちゃん……」などと、ひとつため息をついたかと思ったら、

「マロンがどうした？　そういえば、今日、散歩に連れて行ってないな。帰ったら、連れて行ってやらなくちゃ」

「犬のほうですか」

「え？」

「いえ。……あの子は、よほど、人間にひどい目に遭わされたんでしょうね」

「ああ、そうだ。バカ女にひどい虐待を受けていたんだよ。だから、俺が保護した」

「あれ？　前には、拾ったって」

「同じようなものだ」

「まあ、そうですね。……そうそう、思い出しました」興梠が、突然、子供のように笑い出した。「一場さんって、〝犬公方〟って呼ばれていたの、知ってます？」

「は？　犬公方？　徳川綱吉か？」

「そうです。まさに、さっきまで僕たちがいた、植物園にゆかりの将軍様ですよ」

「白山御殿の主人だな」

「そうです。その綱吉って、〝生類憐みの令〟を出したじゃないですか」

「そんなの知っているよ。世界で初めての動物愛護の法律だ。それを作った綱吉はもっと評価されていい。で、なんで俺が、〝犬公方〟なんだ？」

「綱吉は、特に犬を大切にしたことから〝犬公方〟って呼ばれています。一場さんも、昔から大の犬好きじゃないですか。その腕には、昔飼っていた歴代の犬の名前が彫られているって」

「誰が、そんなことを」

「山田さんですよ」その名前を出したとたん、興梠は口を閉ざした。そして、黙禱するようにしばらく目を閉じると、独り言のように、こんなことを言った。

「あのとき、山田さん、誰に電話していたのかな……」

「え？」

「一昨日、ロールケーキを買いに本駒込に行ったとき、山田さんを見かけたんですよ。スマートフォンを耳に当てながら、なにか小走りで、何度も誰かに電話をしていた」

「え？」

「あの様子から、たぶん、留守番電話にメッセージを残していたんじゃないかな。……確か、アユミ……とか言っていたような」

「アユミ？」

「たぶんですが。轟書房の牛来亜弓さんじゃないかな……って。ほら、昔、一場さんと一緒に参加した合コンにいた女性ですよ。珍しい名前だったんで、よく覚えていますよ」

「牛来亜弓……」

「思い出しました？」

「ああ。っていうか、編集者時代には、何度か一緒に飲んだよ。彼女が担当している作家と、俺が担当していたライターが親友でさ。その関係で」

「じゃ、今も、電話番号を？」

「たぶん、スマホに登録してあるはずだ」

「じゃ、牛来さんに連絡してみたらどうです？」

「なんで」

「もしかしたら、山田さん、牛来さんに重要なメッセージを残しているかも」

「メッセージ？」

「犯人に繋がるヒントのような」

「…………」

「興味ないんですか？」

「いや、そんなことは」

「なら、電話してみたらどうですか？」

「…………」

「さあ。電話してみてくださいよ。きっと、牛来さん、山田さんからダ、イ、イ、ン、グ、メ、ッ、セ、ー、ジ、を受け取っているはずですよ。さあ」

興梠にしつこく迫られ、直樹はいったん、席を外した。


「牛来さん、なにも知らないってさ」

直樹が電話を済ませて席に戻ると、

「なんか、変なんですよね、スマホ」と呟きながら、興梠がスマートフォンに耳を当てていた。

「どうした？」

「ずっと前にもらった留守番電話のメッセージが、今届いたんです」

「え？」

「前に一度だけ行ったヘアサロンからの勧誘電話なので、特に問題ないんですが。……でも、最近、なんだか変ですよね、スマホにしろパソコンにしろ。なにか、通信障害でしょうかね」

「うん、確かに、なんか変だな」

「それにしても、僕たち、スマホにどっぷり依存しちゃってますよね。スマホもパソコンもなくなったら、僕たちどうなるんでしょう？」その言葉を自ら証明するように、スマートフォンに指を滑らせていく興梠。

直樹は、その様子を眺めた。

こいつ。一昨日、本駒込に行ったと言っているが。そして、山田さんを見かけた……と言っているが。まさか。

興梠の指が止まった。そして、

「やっぱり、古代の日本には、大きな王国があったんじゃないでしょうか？　アラハバキを絶対神とした、王国が」

「は？　なんだ、唐突に」直樹は戸惑いながらも、「ああ、それは、俺も昔から思っている」と、つい、同意してしまった。同意してしまったからには、仕方ない。直樹は、大学時代からうっすら考えていることを、蘊蓄（うんちく）を披露するうざい爺さんのように、意気揚々と語りはじめた。

「縄文時代の日本には……いや、正確には関東、中部、東北、そして北海道まで含めた東日本には、大きな王国があったはずだ……と。でも、西日本のヤマト政権が勢力を伸ばしてきて、戦いの時代に突入する。それが、弥生時代だ。事実、弥生時代の遺跡には、戦いで殺されたと思われる人骨が多く発見されている」

「なるほど」

「俺は、こうも考えている。その縄文王国の首都は、ここ東京だったんじゃないかってね」

「え？」

「太田道灌、徳川家康、天海、そして明治維新のとき、東京遷都（せんと）を強く推した前島密（まえじまひそか）。みな、この地にこだわった。それは偶然ではなくて、この東京という地に染み付いた縄文の記憶が、霊力としていまだ生きているからなんじゃないかって」

「平将門もそうですね」興梠が、スマートフォン片手に、軽快に声を上げた。「関東の独立を目指して乱を引き起こすも、あっけなく鎮圧され、その身柄は京都に送られて処刑される」

「そうだ、平将門だよ！」直樹も声を上げた。すかさずスマートフォンを取り出すと、自分の知識を裏付けるように、次々と検索していった。

一方、興梠も、相変わらずのスピードでスマートフォンに指を滑らせていく。そして、

「平将門といえば、首塚ですよね。確か、京都の七条河原に晒された首が東に飛んでいったんでしたっけ。本当ですかね？」

興梠の問いに、ちょうどいい答えを見つけた。「将門の首伝説は各地にあるんだが――」直樹は、スマートフォンに表示された内容を自分の知識のようにひけらかした。「――一番有名なのが大手町の将門塚だ」

「ああ。祟りで有名な、首塚ですね」

「あそこはもともと古墳だったらしい。将門の首が飛んできたとか、将門の首を祀ってあるとかいうけれど、それらは後付けなんだよ。あの場所は、もっともっと古い時代から、霊地として祀られ、そして畏れられてきた。その証拠に、あの地にはかつて、江戸最古の地主神と言われる江戸神社、そして五穀豊穣を祈る神田明神が鎮座していた」

「神田明神？　でも、今、神田明神は千代田区外神田にあるじゃないですか」

「江戸時代に、今の場所に遷されたんだよ」

「なるほど。じゃ、神田明神は、かつては大手町……首塚がある場所にあったんですね。……っていうか、江戸神社はどこに？」

「神田明神が今の場所に遷されたときに、神田明神の摂社になった」

「なるほど。ここでも、神社の吸収合併が行われていたんですね」興梠の指のスピードがますます上がる。画面を叩き壊すような勢いだ。が、その指が、ふと止まった。「……あ」

「なんだ？」

「江戸神社は須佐之男命（スサノオ）由来の牛頭天王（ゴズテンノウ）を、神田明神は大己貴命（オオナムチノミコト）を祀っています。どちらも出雲系の神です。大宮氷川神社と同じですよ」

「え？」

「大宮氷川神社も、現在祀られているのは、須佐之男命（スサノオ）。つまり、出雲系の神です」

「出雲系の民が入植したことで、もともと祀られていた土着の神が出雲系の神に取って代わられたんだっけ？」

「そうです。大宮氷川神社にもともと祀られていた土着の神が〝アラハバキ〟だとしたら、江戸神社と神田明神があった現在の将門塚も、出雲系の民が入植する以前はアラハバキだったという可能性はないですか？」

「え？」

「だから、首塚があった場所は、もともと古墳だったんですよね？　もっと遡ったら、もしかしたらアラハバキだったんじゃないかと」

「……なるほど」直樹は、ため息のような息を長々と吐き出した。「そういうことか」そして、天を仰ぐように体を仰け反らせた。

「一場さん、どうしたんです？」

「実は、俺、ずっと考えていることがあって」

「なにを？」

「……邪馬台国って、実は、東京にあったんじゃないかって」

「邪馬台国？　なんですか、突然」

「いいから、黙って聞け」

「はい」

「中国の『魏志倭人伝』に記された邪馬台国の姿は弥生時代のものだが、邪馬台国は縄文時代から続く古い王国だったのではないかと。そして、代々、巫女が、政権を握っていたのではないかと」

「女の支配者？」

「そう、それが、アラハバキだったりしてな」

「…………」

「ところが、時代がくだり、農耕がはじまる頃になると男王が出現してくる。その頃から国は乱れ、大乱が何十年も続く。……男王ではダメだ、やはり、女王でなければ……ということで、卑弥呼（ヒミコ）が王に立てられる。そこでようやく乱は鎮まり、その様子が、『魏志倭人伝』に記された」

「…………」

「なんてね。……ただの妄想だよ。なんの確証もない」

「もしかして」

興梠が、青い顔をして、スマートフォンをテーブルに置いた。表示されているのは、都心の地図だった。

「邪馬台国はどこにあったのか。いまだにその遺跡は発見されず、論争も決着がついていません。邪馬台国など、そもそもなかったんじゃないか？　という人までいます。……が、発見されない理由があるとしたら？」

「理由？」

「そう。邪馬台国の遺跡がある場所に、発掘を不可能にするものが建っていたとしたら？」

興梠は、地図の上に、そっと指を置いた。

それは、まさに東京の中心。

地下鉄すら通すことができない、聖なる森。

「……え？」

直樹は、息を呑んだ。

「この場所は、縄文時代は、岬の突端。まさに、『現蛇岬（アラハバキ）』だったんではないでしょうか？」

「……え？」

直樹は、再度、息を呑んだ。

「なんで？　なんでそんなふうに思うんだ？　根拠はなんだ？」

「太田道灌の江戸城築城の際、井戸から金印が発見された話は知っていますか？」

「ああ、聞いたことがある。確か、その金印を本尊にして、吉祥庵（きっしょうあん）を江戸城内に建てたんだよ」

「邪馬台国の卑弥呼もまた、今の中国、当時の〝魏〟に使者を派遣して、金印を賜（たまわ）っていますよね？」

「まさか、その金印と同じものだと？　それはないだろ！　だって――」

「違うと言い切れる、確固たる証拠はありますか？」

「……うーん、それは……」

「僕、思うんですよね。邪馬台国の卑弥呼って、天照大神（アマテラスオオミカミ）なんじゃないかって」

「まあ、そういう説は、昔からある」

「天照大神といえば、太陽じゃないですか」

「そうだな。太陽神だ」

「古代、太陽と蛇は同一だと思われていた……という説があります。つまり、『現蛇岬（アラハバキ）』は、『現鏡（アラハバキ）』ということもできます」そして興梠は、指でテーブルをなぞりながら文字を書いた。

「鏡」と。

「かがみ？」

「そう。鏡です。古来、鏡は太陽の代用品。『日本書紀』によれば、太陽神である天照大神は孫である瓊瓊杵尊（ニニギノミコト）に、『この鏡を私と思って、常に拝しなさい』的なことを言っています」

「……詳しいな」

「その鏡ですが。もともとは〝蛇〟の〝目〟に由来しているという説があります。〝蛇〟の古い呼び方に、〝かか〟というのがあります。〝かか〟の〝め〟が〝かがめ〟となり、いつしか〝かがみ〟となった。そして、中国から入ってきた〝鏡〟という文字に、〝かがみ〟という読みを当てた……というのです」

「なぜ、蛇の目が、鏡に？」

「古代の人々は、蛇の目に神秘を見たのでしょう。瞬きもせず、その丸い目でじっとこちらを睨みつける様に、畏怖（いふ）の念を抱いたに違いありません。鏡が中国から入ってきたときも、同じように神秘と畏怖を感じたのでしょう。そして、蛇の目を連想したのではないでしょうか」

「なるほど」

「〝鏡餅〟ってあるじゃないですか。なんで〝鏡〟なのか、ご存じですか？」

「いや」

「中国から伝わった頃の鏡は円形。それを模して、餅を円形に成形したから……という説が一般的ですが――」

「なるほど。鏡を奉納する代わりに、円形の餅を使用したのだな」

「はい。が、こういう説もあります。鏡餅のあの形は、蛇がとぐろを巻いた姿だと」

「……あ、確かに。横から見たら、とぐろを巻いているようにも見えるな」

「でしょう？　事実、出雲大社に奉納されるセグロウミヘビはとぐろを巻き、まさに鏡餅のフォルムそのものです。つまり、本来は、とぐろを巻いた蛇を奉納していたんじゃないかと。〝かがみ〟は、〝蛇（かか）〟の〝身（み）〟……を意味していたのではないか……というのです。……ええと、どこかに画像ないかな」言いながら、スマートフォンに指を滑らしていく興梠。「あ。これです。これ」そして、画面をこちらに向けた。（画面4）

……うわ、なんだこれは。これが、鏡餅のルーツ？　直樹の腕に鳥肌が走る。が、興梠は

画面4

お構いなしに、続けた。

「時代がくだり、太陽の代用品である〝鏡〟が中国から伝わります。当時の鏡は円形で、とぐろを巻いた蛇身を連想させるところから、〝かがみ〟という読みが当てられたのだ……と」

「まとめると。〝鏡〟は太陽の代用品として信仰されていて、一方、〝かがみ〟は、蛇を意味する……と？」

「そうです。太陽と蛇は同一。つまり、〝蛇〟でもある〝アラハバキ〟は、〝太陽〟でもあるといえませんか？」

「なるほどね。だとしたら、太陽神、天照大神そのものが、〝アラハバキ〟？」

「縄文時代からの蛇信仰と、ヤマト政権の太陽信仰が結びついた結果だと思います。その証拠に、歴代天皇が受け継ぐ『三種の神器』は、どれも〝蛇〟を連想させます」

「三種の神器？　鏡に剣に勾玉か」

「そうです。『鏡』は、さきほど説明したように、〝蛇〟の〝目〟。あるいは、〝蛇〟の〝身〟。『剣』は、ヤマタノオロチ……つまり蛇の中から出てきたもので、剣の姿そのものが〝蛇〟を指すとも言われています。そして『勾玉』は、〝蛇〟の牙を模したものだという人もいます」

　暑苦しいほどに熱を込めて説明する輿梠を見ながら、直樹は皮肉を込めて、笑った。

「輿梠。お前、本当は歴史、得意なんじゃないか？」

「え？」

「ここ最近のお前の話を聞いていると、歴史が苦手だとはとても思えない」

「……まあ、僕なりに、勉強したんですよ」

「でも、なかなか面白いよ。つまり、卑弥呼がアラハバキだったんじゃないか？　ということだろう？」

「というか、縄文時代から〝アラハバキ〟があの地にいて、時代がくだって三世紀、卑弥呼が住みついた……とも言えますが。そして蛇信仰から太陽信仰に変えたんじゃないか……と」

「なるほどね……。それで、卑弥呼＝天照大神説に繋がるわけか」

「いずれにしても、蛇からはじまった〝アラハバキ〟は、後に太陽となった。……つまり、太陽こそが〝アラハバキ〟なんですよ！」唐突に、興梠が声を荒らげた。

「おいおい、そんな興奮するなって」直樹は、苦笑いしながら、周囲を窺った。が、興梠はやめない。

「太陽が、鍵を握っているんですよ！　今も昔も、そして未来も！」

「未来？」

「そうです。今の文明がなくなっても、太陽に対する信仰は残ります。なにしろ、太陽は命の源ですからね。その一方、死の源でもある。そんな生死を握る母なる太陽を、人類は拝み続けるんですよ。文明が何度滅びても！」

「…………」

直樹は、ふと、体を引いた。

こいつ、本当に大丈夫か？　ここ最近、なんだかおかしい。……そうだ、千駄木のお化けだんだんで気を失ったあたりから変なのだ。もしかして、ただの糖尿病ではなくて、もっと違う病ではないのか？　例えば、精神的な……。

などと考えながら、コーヒーを啜っていると、と、興梠が、打って変わって、おどけた調子で言った。「なんだか、僕たち、すっかり振り回されていますね、『縄紋黙示録』に。なんか、馬鹿馬鹿しくなってきましたよ」

「どうした、急に」

「僕は、文明が滅びようと人類がどうなろうと、知ったこっちゃないんですよね、実際の話」

「文明が滅びる？」

「そうです。文明は、滅びるんですよ。……それも、ごく近い未来に」

「おい、どうした？　なんの話だ？」

「変なのは、一場さん、あなたですよね？」

「は？」

「あなた、……殺しましたよね？」

「は？」

「マロンちゃんを殺しましたよね？」

やっぱり、こいつ、頭がおかしくなった。病院に連れて行くか、それとも。

——ね、スマホが急におかしくなったんだけど。

「……なんてね」

後ろのテーブルから、そんな声が聞こえてきた。

――ほんとだ。ネットに繋がらない。……電話もダメだ。

――通信障害かな？　なんか、最近、こういうこと多いよね。

――でも、きっと、すぐに復旧するよ。前もそうだったもん。

「本当に復旧するかな？」興梠が、どこか遠くを見ながら言った。「きっと、これは、前兆ですよ」

18

私は、今度こそ、本当に理解しました。

「私は、神になった」と。

そう、私は神になったのです。

〝アラハバキ〟になったのです。

が、神になったとはいえ、私はなにもできませんでした。

私はとぐろを巻いた状態で固定され、なにやら高い台の上に載せられたまま、そこから動くことはできません。

餌も水も与えられず、このままでは、この台の上で干からびて死ぬしかない。

これが、神なんでしょうか？　こんな不自由で苦痛な状態が、神なんでしょうか？

だとしたら、私はカラスに戻りたい。なんなら、虫けらでもいい。

神だけはまっぴらだ！

そんな私に手を差し伸べる者がいました。

どの女よりも高く髪を結い上げて、どの女よりも美しい布をまとった、高齢の女です。

そういえば、以前、ヒィから聞いたことがあります。

南東の岬の突端に、女王（カカ）が住んでいると。

女王は、神と交信できる、唯一の存在だと。

過去と現在と未来のすべてを知る、たったひとりの、祈禱師（カカ）だと。

そして、この世界の最高支配者（カカ）だと。

女王は普段は隠れているが、太陽が最も長い日（夏至）、そして太陽が最も短い日（冬至）に、姿を現す。そのときは、各地から母（ハハ）たちが集まってくる……と。

今、私を拾い上げた女こそが、その、唯一無二の女王でした。

女王の顔は赤く塗られ、歯は黒く、決して美しくはありません。

しかし、この人こそが、民の信仰と尊敬を一身に集める、たった一人の女王でした。

女王は、半ば干からびた私を、その頭の上に載せました。

右手には蛇を象（かたど）った剣のような棒を、その首には蛇の牙を象った勾玉をぶら下げています。

「これから、神の言葉を告げる」

そう言うと、女王は次々と言葉を紡（つむ）いでいきました。

——過去、世界は滅びた。が、幸いにも、一握りの人々は生き残り、そして長い年月を経て子孫を増やしてきた。もう二度と同じ過ちを繰り返してはならない。

そんなようなことを、延々と語り続けるのです。

人々は、その言葉ひとつひとつに歓喜しましたが、私には退屈なものでした。

私は、ふと、空を見上げました。

すっかり夜です。

そして、久々の星空です。

カラスのときは、視力のせいで星を見ることができませんでしたが、蛇は、想像以上に視力がいいのかもしれません。

くっきりと、星空が見えるのです。

あ、あれはオリオン座ではないだろうか？

そうだ。オリオン座だ。

……え？

違和感を覚えました。

その形は、馴染みの〝オリオン座〟であることは間違いありません。

でも、なにか違うのです。

私は、記憶の中のオリオン座と、目の前のオリオン座を何度も何度も比較してみました。

「あ」

赤星がない！

確か、ベテルギウスという名前の星だったはず。ひときわ明るくて、ひときわ大きかった、赤星。

それが、見えないのです。

なぜ？

……あ、そういえば、聞いたことがあります。ベテルギウスは、ここ数年、徐々に縮小していると。そして近々超新星爆発をし、消滅する運命だと。それは明日かもしれないし、一万年後かもしれない。

いずれにしても、それは未来のことで、縄紋時代には、ベテルギウスは間違いなく存在しているはずです。
なのに、なぜ？
ある可能性が、頭の中を巡りました。
それは、あまりに恐ろしく、あまりに残酷な可能性でした。
私は、もう一度、オリオン座を見上げました。
やはり、赤星はどこにも見当たりません。
私は、観念するほかありませんでした。

――ここは、縄紋時代ではなくて、……未来なのか？

第五章　太陽の嵐

19

（二〇＊＊年十月四日金曜日）


轟書房、地下一階。「パーソナル書籍編集部」。

和久津肇（わくつはじめ）は、顎の髭をさすりながら、冷蔵庫のモーター音のように低く唸った。

デスクに広げられているのは、『縄紋黙示録』というタイトルの校正紙だ。

この部署の〝長〟となってからだいぶ経つが、こうやって、ゲラを読むのは初めてだった。

素人の作品だから……とバカにしているわけではない。有り体に言えば、文字を読むのが苦痛なのだ。それが大御所の大傑作の原稿であろうと、同じだ。読んでいると、激しい頭痛と吐き気がやってくる。そのせいで、文芸誌に掲載予定の原稿用紙五十枚にも満たない短編を落としてしまったことがある。読みもしないまま放置し、デスクの奥にしまいこんでしまったのだ。しかも、それを作家のせいにした。「あの小説は、掲載できるレベルには達してない。だから、ボツにした」と。それが原因かどうかは分からないが、その作家はその翌月、自殺した。

この件が、肇をさらに追い詰めた。子供が書き殴った文字すら、見ることができなくなってしまった。「文字恐怖症」という病があるとしたら、まさにそれだ。文字に対する、激しい強迫観念、そして恐怖。編集者としては致命的だ。仕事はままならず、酒に逃げ、挙句、暴行事件を引き起こした。逮捕される代わりに、病院に連れて行かれた。医者は言った。「うつ病です」と。

そして、半年の休業。医者と薬の相性がよかったのか、この半年で病はほぼ寛解した。小説も新聞も、苦痛なく読めるまでになった。

が、会社には、もう自分の居場所はなかった。かつて自分が座っていた副編集長の席にはずっと歳下の後輩が座っていた。

その代わりにあてがわれたのは、地下一階のこの席だった。一応「編集長」という肩書きを与えられたので昇進扱いだ。妻は喜んだが、肇の心を覆ったのは、灰色のモヤだった。

案の定、日の当たらないこの地下は、肇の気分を日に日に下げ続けた。しかも、担当するのは「自費出版」。素人が書いた原稿が山と送られてくる。完治したはずの「文字恐怖症」が、むくむくと頭をもたげる。

が、幸か不幸か、肇が原稿を読まずとも、流れ作業でいつのまにか本になるシステムだ。肇はただ、ハンコを押せばいい。そして、定時までデスクにいれば、それ相応の給料はもらえる。……考えようによっちゃ、恵まれているのかもしれない。ぼぉぉぉっとしていても、住宅ローン十七万円が支払えるだけの給料がもらえるのだから。……そうだ。自分は恵まれているのだ。これはきっと、神様がくれた休暇なのだ。今まで、働きすぎたのだ。いや、働きたかったのだ。仕事中毒というやつだ。このままでは、取り返しのつかないことになる。だから、この機会に心も体も休めて、完治させろ。……という神様の、ありがたい心遣いなのだ。ならば、それに応えなくてはならない。聞いたことがある。なにもしないで「ぼぉぉ」っとするのは、一種の瞑想なのだと。そして、正しい瞑想には、それなりの訓練とテクニックが必要なのだと。よし、俺だって。

……と、肇が、ようやく「ぼぉぉぉ」っとするスキルを体得した頃だった。

部署内が、なにやらおかしなことになってきた。

まずは、この部署のヒットメーカー、望月貴之が精神に異常をきたし、緊急入院した。さらには、牛来亜弓。東京拘置所に行ったあたりから、様子がおかしい。なにかに怯えるようにやたらと周囲を気にし、昨日なんて、デスクに突っ伏したかと思ったら、突然、泣き出した。かと思ったら、「来る！　来る！」と叫び出し、デスクの下に潜り込んで、隠れてしまった。

望月のときと同じだ。あいつも、なにかに怯えるようになった。そして、突然叫び出したり、暴れたり。

肇は、冷静に分析を試みた。「ぼぉぉぉ」っとし続けてきた効果なのか、この頃は思考も鮮明になっている。

「望月と牛来が、同じような状態に陥った。ということは、なにか共通の原因があるはずだ」

望月と牛来の共通点をあれこれと探っていくと、『縄紋黙示録』という小説に突き当たった。

もしかしたら、その小説になにか原因があるのだろうか？

「……あり得る」

肇が文字恐怖症になったのも、あるホラー小説を担当してからだ。そのホラー小説は「言霊」をテーマにしたもので、ある文字を読むだけで呪いが伝染する……という内容のものだった。小説じたいはチープなものだったが、この小説を担当して以来、「この文字にはいったいどういう意味があるのだろう？」などと、その意味を勘ぐる癖がついてしまった。「もしかして、この文字には〝呪い〟が込められているのでは？」と、いちいち怯えるようにもなっていた。そして、気がつけば、文字恐怖症。

そう、文字は、ある種の〝呪文〟だ。お札を貼り、お経を唱えるだけで魔物を封じることができるということは、それだけの〝力〟があるということだ。

その〝力〟を科学的に説明するならば、それは、「洗脳」あるいは「暗示」なのだろう。身近な例では、街のあちこちに立っている、標識。人は、その標識に従順に従っている。「直進」とあったら、なんの疑いもなく、直進するだろう。それはすなわち、「洗脳」に他ならない。人々は、知らず知らずのうちに文字によって、行動を操られているのだ。

嫌な予感がした。もしかしたら、『縄紋黙示録』という小説は、そういう類いの作品なのかもしれない。人の行動と思考を操るような。

「読むな」

頭の中で、誰かが警告する。

「読んでみようよ」

頭の中で、誰かが誘う。

その葛藤は数十分続いたが、気がつけば、肇は後者の声に従っていた。

ふと、我にかえると、校正紙を次々と捲っている自分がいた。文字が読めなかった時期があったことなど嘘のように、肇は、あっというまに最後の一文にたどり着いてしまった。


『――ここは、縄紋時代ではなくて、……未来なのか？』


そして、顎の髭をさすりながら、冷蔵庫のモーター音のように低く唸った。

「これで、終わり？」

……千駄木の「お化けだんだん」で、気を失った〝私〟の意識が縄文時代にタイムスリップ……と思いきや、それは、未来だった？

どういうことだ？

未来だったとして。なぜ、文明は後退するのだ？　縄文時代と錯覚するほど。

肇の中に、久しぶりに何かが灯った。それは、忘れていたときめき。……編集者魂というやつだ。

「この作品は、仕掛ければ売れる見込みがある。装丁と帯次第では、ミリオンだって――」

　しかし、このままではダメだ。このラストでは読者が納得しない。加筆させないと。もちろん、削れるところは削って。……ああ、そうだ、〝私〟の立場をもっと明確にする必要がある。〝私〟の意識はなぜ、肉体を離れて時空を飛んだのか。なにか意味があるはずだ。もっといえば、使命が。……とにかく、これを書いた本人に一度会っておきたい。確か、これを書いたのは——。


　熊のようにオフィスをぐるぐる歩いていると、デスクの上に読みかけの原稿を見つけた。

　牛来亜弓のデスクだった。

　昨日、「来る！　来る！」と、叫びながらデスクの下に潜り込み、そしていつのまにか「早退します」と、帰ってしまった牛来亜弓。今日も姿を現していない。

　やっぱり、望月のときと同じだ。望月も、校正紙をデスクに放置したまま、病院送りになってしまった。

　牛来亜弓もまた、病院に行くことになるのだろうか？　でも、彼女は一人暮らし。病院に連れて行く家族はいない。上司の俺が牛来の家族に連絡を入れるべきか？

　そうだな。連絡するべきだな。

　じゃ、まずは、牛来の実家の連絡先だ。たぶん、社のデータベースに登録されているはずだ。

肇はパソコンの前に座ると、社のデータベースにアクセスしてみた。

「え？」

が、繋がらない。

それどころか、画面には見たことがないような文字の羅列が次々と流れていく。それは、「ソースコード」と呼ばれるもので、プログラム言語だ。本来、目にすることはないものだが……。

＋

「……どうしよう」

亜弓は、ベッドの中、震えていた。

「どうしよう。……私、分かっちゃった、犯人が」

それは、昨日の午後のこと。

ゲリラ豪雨で足止めを食らい、予定していた外出を取りやめ、自身のデスクで五十部靖子から新たに預かった『縄紋黙示録』の続編を改めて読んでいるときだった。

唐突に、激しい震えが全身を覆った。

原稿の内容に、震撼したわけではない。もちろんその内容は、震撼に値するものであった。脳の隅々を刺激するほどに。

が、所詮は、小説。どんなに刺激的な内容であっても、精神が混乱するまで震えることはない。なにしろ、編集者としてはベテランの域だ。ちょっとやそっとのことでは動じない。

亜弓をここまで震え上がらせたのは、スマートフォンだった。

『縄紋黙示録』を読んでいる最中に、スマートフォンが反応したのだ。画面を見ると、未再生の留守番電話の伝言があるという、電話会社からのメッセージ。

伝言を残したのは、山田登世子だった。

全身が粟立つ。

なんで？　登世子は、死んだのに。

恐る恐る再生してみると、

『亜弓？　私、なんかヤバい状況かも。……どうしよう？　また、電話する』

これ、一度聞いたやつじゃない。なんで、未再生になっているの？

そして、次のメッセージは、

『亜弓？　私、結構ヤバめな事件に巻き込まれちゃったかも。でも、この事件はとても興味深いんだ。元編集者の性だね。怖さとは別に、ワクワクもしている。亜弓もきっと、興味あると思ってさ。今度、詳しく教えてあげるね。……あ、あの人が来た。じゃ、これで。また、電話するね』

これも、聞いた。……なのになんで、未再生になっているの？　なにかのバグ？……そうだ、なにかの不具合だ。……まったく、人騒がせな。と、スマートフォンを仕舞おうとしたときだった。

未再生の伝言が、もう一件あることに気がついた。

あれ？　登世子の伝言は二件だったはず。三件もあったっけ？　いや、確かに、伝言は二件だった。……もしかして、遅れて届いた？　やっぱり、電話会社になにか不具合が？

と、小首を傾げながら再生してみると、

『……あ、亜弓、マジでヤバいかも。……はぁ、はぁ、私、あいつに追いかけられている。……はぁ、はぁ、……、ああ、どうしよう、見つかったみたい。私になにかあったら、犯人は、……………だから。早期退職した…………だから』

それは、ひそひそ話をしているように不鮮明な伝言だった。しかも、息が切れ切れで、言葉がよく聞き取れない。特に、名前の部分が。

もう一度、再生してみる。

二度目。三度目。……そして四度目。

ようやく、その名前を聞き取ることができた。

「……嘘でしょう？」

その名前を聞いて、亜弓の全身に震えが走った。

と、そのときだった。電話が来た。あ、い、あの人からだった。

「山田さんから、なにかメッセージをもらってませんか？」と。

「いいえ、なにも知りません！」と、そのときは電話を切ったが。

全身を悪寒と震えが覆った。意識が遠のくような感覚にも襲われる。

すると、再び、着信音。あ、い、あの人からだ。

亜弓は、思わず、デスクの下に隠れた。

次の標的は私だ。次は、私が殺される！　あの人は、もうそこまで来ている！

そう思ったら、居ても立ってもいられなくなり、読みかけの原稿をそのままに自宅に逃げ帰った。そして、ベッドの中、布団にくるまり、スマートフォンだけを握りしめてずっと震えている。一晩中。もう昼過ぎだというのに、無断欠勤しているというのに、いまだ恐怖に縛られて、ベッドから抜けられないでいる。

「ぴっ」

スマートフォンが久しぶりに反応した。

まだ、未再生の伝言があるという。

いったい、どうなっているの？

震えながら再生してみると、登世子の声が再生された。四つ目の伝言だ。

『……今、吉祥寺近くの墓地に逃げ込んだ。なんとか、あいつをまくことができたみたい。……私、これから警察に連絡しようと思う。……だって、あいつ、言ったのよ。例のキャバ嬢を殺したのは、自分だって！』

どういうこと？

『ファミレスでランチをとっていたら、あいつからショートメールが来たのよ。窓の外を見ろって。見たら、あいつが手招きしていた。無視したら、またショートメールが来て、話があるって。あんまりしつこいんで、ランチを中座して、ファミレスを出た。そしたら、あいつがいきなり詰め寄ってきて。……ファミレスで、キャバ嬢のことを話していただろう？って。あいつ、なにか勘違いしていて。私が、キャバ嬢殺しの真相を知っていると思い込んでいた。知らないって言ったら、そのときは、そのまま帰してくれたけど、夕方、またあいつから連絡があって。会社裏の公園に呼び出された。ほら、あの公衆トイレ。前に殺人事件があったから、誰も近づかない公衆トイレがあるでしょう？　あそこに呼び出されて。キャバ嬢殺しの真相を知っているんだろう？　それを言いふらすつもりなんだろう？　ってしつこくて。だから、私、「うん。知っている。今から警察に行く」って、カマをかけてみたの。そしたら、私を殺すって。口を封じるって』

　なぜ、登世子を殺すの？　口封じって？

『……キャバ嬢を殺したのは、自分だって。あいつが、自ら白状したんだよ。最初は信じられなかったけど、その目は嘘を言っている感じじゃなかった。殺人者の目だった。……だから、逃げ出したの！　そして、走って走って、吉祥寺まで来たんだけど――』

　バカね。なんで、警察に行かないの。会社のすぐ近くに、交番があるじゃない！

『真相を知りたくて。警察に行く前に、あいつから真相を聞き出したいって、そんな下心が働いちゃったのよ。元編集者の業ってやつよ』

　警察に行きなさいよ、警察に！

『それに、私、あいつと付き合っていた時期があったのよ。つまり、元彼なのよ。だから、警察に突き出す前に、あいつからちゃんと話を聞いてみたくて。できたら、自首させたいって思って。だって、なんだかんだ言って、同期だし、元彼だし。見捨てることなんかできなかったのよ！……でも、万が一、私になにかあったら、そのときは――』

　そこで、伝言は終わった。

「登世子！」

呼びかけてみるが、もちろん、応えはない。登世子はもう死んだ。

亜弓は、布団を手繰り寄せるとさらに身を潜り込ませた。

頭が混乱して、訳が分からない。

なんで、今頃、この伝言が届いたのだろう？　ちゃんとリアルタイムで届いていれば、あるいは、登世子を助けられたかもしれない。

ああ。そんなことより。この伝言、どうしたらいいんだろう？　登世子の旦那さんに知らせる？

それとも、警察に？

いずれにしても、責められるだろう。

「なぜ、もっと早く、知らせてくれなかったんですか。そうしたら、助かってたかもしれないのに」

だって、だって。この伝言、今、届いたんだから！　私のせいじゃない。電話会社のせいだ！

ああ、どうしよう、どうしよう……。

このまま、伝言を消してしまおうか？

いや。そうしたら、あいつが犯人だという証拠も消えてしまう。

あいつは、ちゃんと逮捕してもらわないといけない。でないと、今度は私が殺される。事実、あいつは私に連絡を入れてきた。次の標的はお前だとばかりに。

「殺されるのは、まっぴらだ！」

そう声に出してみたら、不思議と混乱が解けた。理性が蘇る。

よし。

亜弓はスマートフォンを握りしめた。ここは警察に任せよう。ちゃんと説明すれば、警察だって、信じてくれるはずだ。

と、一一〇番を押してみたが。

呼び出しコールが聞こえない。まったくの無音。

電池切れ？　かと思ったが、違った。

試しにネットに繋ごうとしてみるが、こちらも繋がらない。

「え？　スマートフォンの故障？」

＋

「いったい、どうなっているんだ？」

和久津肇は、映りの悪いブラウン管テレビを引っ叩くように、パソコンの角を何度か刺激してみた。

それが悪かったのか、画面が突然、真っ黒になった。

「……なんだ？」

呆然としていると、内線電話が鳴った。総務からだった。

『緊急事態です。社内のサーバーがダウンしました。共有データはすべて消えた恐れがあります。復旧の見込みはついていません。他の社員にもお伝えください』

サーバーがダウンした？

つまり、ネットにも繋がらない？　メールも？　ああ、またかよ！　なんなんだよ、最近、こんなのばっかだ！　ということは、スマートフォンも？

肇は、慌てて、スマートフォンを取り出した。

「スマホもダメだ！」

部屋の隅にあるテレビもつけてみたが、アンテナの状況がなんとか……というエラーしか表示されない。

なら、他の部署の連中に訊いてみるか……と部屋のドアを開けようとするも、セキュリティが解除されない。本来なら、部屋から出るときは、なにもしなくていいはずなのに。

閉じ込められた？

いったい、なにがどうなっている？

内線で総務部に電話してみるも、繋がらない。固定電話までおかしくなったか？　さっきまでは繋がってたのに……。

試しに外線ボタンを押してみると、こちらは大丈夫だった。

まず、自宅の固定電話に電話してみる。繋がったことは繋がったが、……誰も出ない。

「つたく！」

イライラを抑えながら、システム手帳の住所録を開く。そして、大学時代の友人の名前を探した。

「これだ」

テレビ局に勤めている彼なら、なにか情報を持っているかもしれない。

あ、ダメだ！　携帯電話の番号しか分からない！

なんだよ、みんな携帯電話じゃないか。固定電話はないのか！　探していると、一人だけ該当者がいた。

やはり大学時代の友人で、今は大阪で工学系の大学教授をしている。確かこの番号は、研究室直通だったはずだ。

　祈るように番号を押していく。すると、ツーコールで繋がった。

「ああ、いてくれたか！」

　肇は、思わず、歓喜の声を上げた。

「俺だよ。和久津だ。今、東京はなにか変なことになっている。スマホもネットもテレビもダメ。会社のサーバーもダウンして、どういうわけか、部屋にも閉じ込められた」

「大阪も同じだ。アナログの固定電話しか、使えない」

「大阪もか？　いったい、なにがどうなっているんだ？」

「こちらも色々と情報を集めているところなんだが。考えられるのは、太陽嵐」

「太陽嵐？」

「今朝方、アメリカの航空宇宙局が、猛烈な太陽嵐が吹きそうだ……と予報を出したんだよ。それが、的中したんじゃないかと」

「じゃ、この通信障害は……」

「太陽嵐のせいかもしれない。……ただ」

「ただ？」

「こういう情報もある。数日前からガンマ線バーストが観測されたとかどうとか」

「ガンマ線バーストって？」

「簡単にいえば、ガンマ線が閃光のように放出される宇宙最大の大爆発のことだ。主に、恒星がその一生を終えるときに発生するものだと言われている。問題は、銀河系内で、しかも地球の近くでそれが起きたときだ。ガンマ線に直撃されるとオゾン層が傷つき、有害な宇宙線が地球に降り注ぎ、大量絶滅の引き金となる。恐竜が絶滅したのは、ガンマ線バーストが原因だ……という学者もいるほどだ」

「そんな物騒なものが、観測された？」

「ガンマ線バーストそのものは、それほど珍しいものではない。観測されたからといって、慌てることでもない。たいがいは、銀河系外で起きていることだから。……ただ」

「ただ？」

「オリオン座のベテルギウスが超新星爆発を起こしたら、ヤバいかもな。地球から六百四十二光年しか離れていない。しかも、あの星は、すでに超新星爆発の段階に入った」

「……じゃ、そのベテルギウスが」

「仮に、ベテルギウスが超新星爆発を起こしても、地球にガンマ線が直撃することはない……と言われている。……でも、それはあくまで、推測だ。実際、ベテルギウスが超新星爆発を起こしたら、地球にどんな影響があるのかは未知数だ」

「でも、ベテルギウスはちゃんとあるじゃないか。昨夜、オリオン座を見たけど、ちゃんとあったよ」

「今見えているベテルギウスは、六百年前のものだ」

「え、じゃ、ベテルギウスはすでに超新星爆発を起こしている可能性も？」

「そうだ。仮に、今、この瞬間に超新星爆発を起こしたとしても、それを我々が知るのは六百年後のことだ。ただ、とても信じられないが、ガンマ線バーストは光速を超えるかもしれない……という最新の研究報告もある。それが真実だとすると、我々が超新星爆発を目撃する前に、ガンマ線が地球に届く……ということもあるのかもしれない」

「ということは、今回の通信障害は……」

「今回の通信障害は、ガンマ線バーストが原因ではないと考えている。太陽嵐が原因だと思う」

「太陽嵐が原因だとしたら？」

「最悪、今のテクノロジーは全滅だ。コンピューターで制御されているものは壊滅状態になる。通信、飛行機、電気、そして金融市場、すべてだ。特に深刻なのは、コンピューターに保存されているデータだ。それがすべて消える。……今、うちの大学も大騒ぎなんだ。データが次々と消えている。今まで培ってきた研究データがね！……さらにだ。病気も流行るかもしれない」

「病気？」

「そうだ。太陽嵐とウイルスの関係を研究している人もいる。つまり、太陽嵐が、未知のウイルスを生むきっかけになっているんではないかと」

「だとしたら？」

「終わりだな」

「……文明は、滅亡するのか？」

「大げさな。……大丈夫、大したことはないよ。すぐに復旧するからさ。安心しろ。……あ、悪い、もう切ってもいいかな。大切な電話がかかってくるかもしれないんで」

そうして、電話は一方的に切れた。

取り残されたような気分に陥り、肇は、またもや意味なく、部屋の中をうろつく。

と、牛来亜弓のデスクに改めて目をやったとき、

「うん？　この原稿は……」

肇は、ようやく認識した。

「『縄紋黙示録』の、続きじゃないか!?」

肇は、原稿に飛びついた。

20

……気がつくと、私の意識は、またもや他の動物に移っていました。

私を見つめるその瞳。そこに映る姿は、人でした。……養男のヒィでした。

どうやら私の意識は、今度は「ヒィ」へと潜り込んだようです。

ヒィは、死んでなんかいなかったのです。生きていたのです！

「よかった！　生きてたんだ！」

私は、思わず、そんなことを口走っていました。

目の前の男がきょとんと、こちらを見つめます。

私を見つめていたのは、養男の「モォ」でした。

「よかった。気がついたんだね」

そして、モォは、私に干し肉のかけらを分けてくれました。

「たくさん、お食べ」

どうやら、私は、モォに介抱されているようです。

「……さあ、たくさん、お食べ」

そのとき、私はようやく気がついたのです。

モォは、私が生きていた時代の言葉をしゃべっている！　21世紀の日本語を！　私の意識の中に語りかけているのではなく、直接、言葉を発している！

ああ、思えば、違和感があったのです。ヒィのときと違って、モォの言葉は鮮明に伝わっていました。なぜだろう……って。

でも、どうして、モォは、日本語を？

考えられる答えはひとつです。

モォもまた、私と同じように、21世紀の日本人だということです。そして魂だけがタイムスリップし、「モォ」という蓑男の体に宿ったのです。

「あなたは、この時代の人ではありませんね？」

私は、思い切って、日本語で訊いてみました。

モォの大きな目がさらに大きくなります。

そして、無言で、小さく頷きました。

「……はい。僕は、この時代の者ではありません」

その答えに、私は悲鳴のような歓喜の声を上げました。

「私もです！」そして、思わずモォに抱きつきました。「私は、たった今、この体に入りました。それまでは蛇でした。その前は、カラス。そして最初は、子犬でした」

私はそれから怒濤のように、これまでのことを次々と説明していきました。

説明し終える頃には、私の喉はからからに嗄れていました。

そんな私に、モォは睡蓮の葉をそっと差し出しました。そこにはいかにも美味しそうな水が。私は、それを一気に飲み干しました。

そんな私を見守りながら、

「……僕は、気がついたら、『モォ』と呼ばれる男になっていました」

と、モォが、ゆっくりりと、静かに、それまでのことを語りはじめました。「……それから僕は、ずっと、モォとしてここでは生きています」

「どのぐらいですか？」

「分かりません。短いようでもあり、長いようでもあり」

「私も同じです」

「失礼ですが、あなたのお名前は、〝五十部〟さんではありませんか？」

「え？」

言い当てられて、私の体に緊張が走ります。「はい。そうです。五十部です。……なぜ？」

「ああ、やはり、そうですか。……僕は、興梠と申します。フリーの校正者をしています」

「フリーの校正者？」

「はい。もともとは、帝都社という出版会社の社員でした」

「大手出版会社ですね。なぜお辞めに？」

「……結婚するために」

「結婚するために、会社を？」

「…………」

「ああ、すみません、立ち入ったことを訊いてしまって」

「いえ。……で、フリーの校正者になった僕は２０＊＊年の秋、ある仕事を任されます。それは、『縄紋黙示録』という小説の校正です」

「じょうもんもくしろく？」

「作者は、あなたです」

「え、私？」

なにを頓珍漢（とんちんかん）なことを言い出すんだ。……私が小説だなんて。

「間違いなく、あなたが作者です。あなたは、この世界から無事、元の世界に戻り、そして、小説を自費出版することになります。それが、『縄紋黙示録』です」

「そうなんですか」なんだかよく分かりませんが、元の世界に戻れる……というのは素直に嬉しかった。「じゃ、私は、ちゃんと、元の世界に戻れるんですね」

「そうです」

「よかった。家族のことを心配していたのです。いったい、どうしているかと」

「……家族？」

「はい。それに、家を買ったばかりで。住宅ローンの心配もしていました」

「…………」

「なにか？」

「いえ。……住宅ローンは、僕も組んでいますので、お気持ちはよく分かります」

「それにしても、どうして、あなたはこの世界に？」

「あなたが書いた『縄紋黙示録』の校正をするにあたり、舞台となった地を訪ね歩いていたのです。そして、千駄木のお化けだんだんに到着したとき――」

「気を失った？」

「はい」

「私と同じだ！」私はまたもや、声を上げました。

「はい、そうです。あなたと同じように、僕も〝お化けだんだん〟で気を失ったのです」

「あの場所には、なにかあるのかもしれませんね」

「なにか?」

「そもそも、その名前が不思議だと思いませんか? なぜ、〝お化けだんだん〟という名前か、ご存じですか?」

「いえ」

「下りるときと上るときとで、段数が違うんです」

「え? そうなんですか? まるで、学校の怪談ですね」

「うちの娘が、教えてくれました。それで、私も一度、試したことがあるんです。……確かに、違いました」

「だから、お化けだんだん?」

「種明かしをすれば、下の最初の段が半分しかなくて、上るときはそれを勘定に入れるんですが、下りるときは視界から消えるので、勘定に入れない……ということなんです」

「なるほど。ただの錯覚なんですね」

「そう、錯覚です。でも、子供たちがそれを面白がって、怪談話にしてしまったようです」

「それで、いつのまにか〝お化けだんだん〟と呼ばれるように?」

「他にも説があります。あの辺一帯が、太田道灌の子孫にあたる太田氏の下屋敷だったことは？」

「それなら知っています。調べました」

「江戸時代、あの屋敷には、太田氏の姫が養生していたとのことです。そして、その姫とお付きの侍七人の魂が、今もあの辺にいるんだとか。特に、お化けだんだんあたりで目撃されるので、そんな名前がついたと、聞きました」

「……幽霊？」

「今の私やあなたも、幽霊のようなものかもしれませんね。肉体を借りてはいますが、魂だけが抜け出した状態です」

「確かに、そうかもしれませんね」

ここで、しばらく会話が途切れました。雨がやってきたからです。私たちは、身構えましたが、雨はあっけなく去って行きました。

そして、現れたのは、まるで東京の夜景のような星空。

私は、東京を懐かしみながら、それをうっとりと見上げました。

「それにしても不思議ですね。私がこれから書くであろう小説の校正をしているあなたと、小説を書く前の私が、こうして会話をしているのですから。時系列がめちゃくちゃじゃないですか」

「時間なんて、本来は、そういうものなのかもしれません。現在過去未来は、同時に存在しているのかも」

「まさに、オーストラリアのアボリジニの観念ですね」

「例えば、この星空。僕たちは、何万年も前に発せられた光を見て、美しい……と思っているわけです。この瞬間、その光を発した星はもうないかもしれないのに」

「それですよ、それですよ！」

私は、興奮気味に、声を上げげました。

「オリオン座の赤星が、今は見えません。どういうことだと思いますか？」

「ええ、それは、僕も気になっていました。それで、僕はずっと観察していたのです。北極星を」

「北極星を？」

「北極星とは天の北極に位置し、24時間、ほとんど同じ位置にいる星のことを言います」

「ええ、もちろん、それは知っています。ポラリスですよね？」

「はい。ポラリスです。21世紀はこぐま座のα星……すなわちポラリスがその役割をしていますが、約2000年後にはケフェウス座のγ星が、約4000年後にはケフェウス座β星が、約6000年後にはケフェウス座α星が、約8000年後にははくちょう座のデネブが、さらに約１万２０００年後にはこと座のベガが北極星となります。さらに、２万６０００年後には――」

「北極星って、変わるんですね」

「はい。詳しいことは割愛しますが、数千年ごとに、北極星は交代します」

「で、今、私たちが見ている北極星は？」

「ポラリスです。……おかしいですよね？」

「……おかしいんですか？」

「仮に、今が縄文時代だった場合、りゅう座α星が北極星である可能性が高い。間違っても、ポラリスではありません」

「つまり？」

「つまり、今は、21世紀から数えて、最短でも１０００年後、最長でも約２万６０００年後の世界だと考えられます」

「２万６０００年後⁉」

「はい。北極星は、約２万６０００年周期で、一巡します。ポラリスが北極星なのは西暦５００年頃から約３０００年の間だと考えられているので、今は、21世紀から数えて１０００年後、それとも、次にポラリスが北極星になる２万６０００年後だということです」

「じゃ、ここは、2万6000年後の日本という可能性も？」

「もしかしたら、5万2000年後、いや10万4000年後かもしれません」

「いずれにしても、未来の日本は、文明が発達するどころか後退している？　縄文時代と間違えるほど」

「そうなりますね。……たぶん、日本だけではなくて、世界的に、文明は後退しているはずです」

「世界的に？」

「僕たちが知っている文明は、一度、滅びたんだと思います。文明どころか、人類そのものが、絶滅に近い状態まで減少したのかもしれません。おそらく、先進国と言われる国の国民はほぼ絶滅。発展途上国の一部の民族だけが生き残り、ほそぼそと生きながらえたんではないでしょうか。そして、今、ようやく、縄文時代程度の文明にまで、進化した」

「なぜ、そう思うんですか？」私は、興奮気味に、訊きました。

「〝お化けだんだん〟で気を失ったとき、僕の魂は高く高く昇り、それこそ宇宙空間まで達し、地球を俯瞰していました。そして、超早送りの映像のように時間が過ぎていくのを目撃したのです。文明が消滅し、人類もほとんどいなくなる様子を。そして人類は再び火と出会い、言葉を獲得し、石を削って道具を作り、宗教を手に入れる。それは、まるで、人類進化のシミュレーションゲームのようでした。……ああ、夢を見ているのだな……と思った瞬間、わたしの魂はモォの中に入っていったのです」

「あ」

そういえば。私も、〝お化けだんだん〟で気を失ったとき、なにか短い夢を見た。どこか遠いところから地球を見下ろし、そして大量の情報が猛スピードで通り過ぎていった。

「私もたぶん、あなたと同じ経験をしました。が、私は残念ながら、それらの情報を正確に処理することができませんでした」

「僕も、すべてを覚えているわけではないのです」

「いずれにしても、ここは2万6000年後の世界かもしれない。そして、文明は一度滅びた……ということですね」

「一度ではありません。たぶん、文明は、繰り返し滅びてきたのではないでしょうか。世界各地の民族の伝承には、必ず、過去に世界が滅びた……という筋書きのものがあります。そして、失われた古代文明の伝承も」

「ムー大陸とか、アトランティスとか？」

「そうです。人類は、文明を築き上げてはなにかによってリセットされ、振り出しに戻る……というのを繰り返してきたのではないでしょうか？」

「前の文明の痕跡(こんせき)が残らないほど、リセットされたと?」

「はい」

「でも、化石とか遺跡とか。……なにか痕跡はあるんじゃないですか?」

「僕は、ここの人たちが神として崇める〝アラハバキ〟に、なにか痕跡が隠されているのではないかと考えています。宗教は、人類のタイムカプセル。その教えや儀式、そして神そのものに、失われた記憶が刻まれている。……そう思うんです」

「アラハバキ……」

「前の文明を滅ぼした張本人かもしれません」

「……え?」

「それか、前の文明が滅びるときの、なにかの兆し(きざし)」

「兆し……」

「僕は、〝アラハバキ〟のことをずっと考えていました。そして、気がついたのです。答えは、身近なところにありました。この体そのものです」

そして、モォは、自身の腕をなぞりはじめました。

「僕や、あなたの腕に施された、刺青。これこそが、その答えです」

「どういうことですか?」

「ここの人たちの刺青は、言い伝えや歴史、そして教訓を後世に伝えるために、代々受け継がれているようです。それは、はじめは〝文字〟だったのでしょう。が、何万年と経つにつれて、元の形は崩れ、形骸化してしまった。今となってはただの模様にしか見えません。エジプトの象形文字のように。が、僕は、気がついたのです。……模様をよくよく見ると、それはソースコードだということに」

「ソースコード？」

「そうです。プログラム言語です」

気がつきませんでした。私は、犬のときもカラスのときも、あんなに長い時間、ヒィのそばにいたのに。

「気がつかなくて当然です。だって、それは、ただの〝線〟ですから」

「線？　もしかして、ヒィが日々、刻みつけていた線のことでしょうか？」

「ええ、そうです。あれは、年齢を表すものではなくて、ソースコードだったのです。線には太いのと細いの２種類あって、その２種類で、ソースコードを再現していたのです。とはいえ、ここの人たちは、それがソースコードだということには、もちろん気がついていません。数万年という長い時間、先祖代々、伝統的に行ってきたルーティンに過ぎません」

「つまり、ソースコードを解読すれば、前の文明が滅びた日付と原因が分かるということですか？」

「はい」

「あなたは、解読したんですか？」

「………」

「お願いです。……その日付を教えてください。それは、近いですか。それとも遠い？」

「20＊＊年の時点でいえば、すぐのことです」

「具体的には？」

「……それは、ご自分で確認してください。あなたの体にも、……ヒィの体にも刻まれていますから」

「私は、ソースコードを解読することはできません。だから、教えてください」

「………」

「なぜ、もったいぶるんですか？」

「興味がないからです」

「興味がない？」

「僕は、滅亡とか絶滅とか、まったく興味はありません。人類にも、地球にも」

「………」

「僕が興味があるのは、マロンちゃんのことだけです」

「マロンちゃん？」

「美人ではないけれど、とても可愛い子でした。……新大久保のキャバ嬢でした。悪友に連れて行かれたお店で、出会いました。一目で、運命を感じました。この子と結婚するって。それで、家も買ったんです」

「いったい、あなたはなんの話をしているのですか？」

「でも、マロンちゃんには、他に好きな男がいて。……僕をマロンちゃんに引き合わせた、悪友です。……この男はひどいやつでして。とにかく、女癖が悪い。女を抱いては、紙くずのように捨てる。が、マロンちゃんは本気のようでした。……僕は、マロンちゃんの幸せのために、身を引きました。僕は、そんなマロンちゃんを見守ることにしたのです。……会社を辞めて、マロンちゃんをずっと見守ろうと思ったのです」

「…………」

「人は、そんな僕をストーカーと呼びました。でも、構わない。マロンちゃんを守るために、僕は人生を捧げたのです。……でも、マロンちゃんは、殺されました。あの悪友に。……一、場直樹に。僕は、一部始終を目撃していたのです。深夜、一場がマロンちゃんを植物園裏にある公務員宿舎の空室に連れ込み、首をしめて殺したところも。その遺体を、そのまま放置したところも。……警察には通報しませんでした。自分のこの手で、ケリをつけようと思いましたので。そして、仕事を手伝ってほしいと、あいつに連絡を入れたのです。そしたら、あいつはまんまとやってきた。〝マロン〟という名の犬とともに。……許せませんでした。自分が殺した女と同じ名前を、犬に与えるなんて。……こんな侮辱ってありますか？」

「そんな個人的なこと、どうでもいいじゃないですか。そんなことより、前の文明がいつ滅びるのか、それを教えてください」

「それは――」

が、彼の言葉はどんどん遠のいていきました。

ひどい眠気に襲われたのです。

私はそのまま眠るしかありませんでした。


そして、目を開けると、そこは、お化けだんだんの下でした。

そう、私の魂は、元の世界に戻ったのです。腕時計を見ると、一分も経っていません。

あちらの世界では、何ヶ月も経っていたはずなのに、こちらの世界では、一分にも満たない。

私は、絶望していました。

なぜなら、私は、世界が滅びる日付を知る前に、戻ってきてしまったから。

私は、祈りました。なんとしてでも、滅亡から人類を救わなくてはならない……と。
祈りには、生贄が必要です。
最も大切な者を、生贄にする必要がある。
だから、私は、最愛の夫と娘を、神に捧げました。
イノシシ祭りを再現したのです。
夫と娘は、人類のために、死んだのです。
彼らの死を無駄にしてはいけません。
今こそ、立ち上がるのです。
祈るのです。
滅亡の日は、近い。

21

（二〇＊＊年十月五日土曜日）

「……和久津さん、大丈夫ですか？」

聞き覚えのある声に起こされて、肇は飛び起きた。

「え？　ここは？……縄文時代？」

「なにを寝言いっているんですか」

そう笑うのは、牛来亜弓。

なんとも、すっきりとした顔をしている。

「和久津さん、閉じ込められたんですって？　大変でしたね。でも、安心してください。もう、障害はすべて解消されました。元どおりです」

言いながら、牛来がテレビをつける。

週末の、例の番組。

「え？　ということは……」

「そうですよ。今日は土曜日。そしてお昼です」

「土曜日……」

「やり残した仕事があったんで休日出勤したら、守衛のおじさんが、昨日の騒動を教えてくれました。昨日の夜には障害は解消されて、他の社員は全員、ちゃんと帰宅したそうです。

でも、地下だけは解消されるまでに時間がかかったそうで。それで、和久津さん、閉じ込められてしまったんです。……あ。和久津さん、この原稿をお読みになったんですか？」

牛来が、『縄紋黙示録』の原稿を、軽く弾いた。

「こんなの、ただの創作ですよ。……ファンタジー小説です。……だというのに、望月さんも、小池っていう弁護士も、なんだか信じていたようですけどね」

「君は、信じないの？」

「はじめは、ちょっと信じそうになったけど。……うちのおばあちゃんのことを思い出したんです。母方の祖母です。なんとかっていう宗教にハマって、全財産を失ってしまったそうです。それで、母は苦労した……って」

「俺の親戚にも、いるよ。割と優秀なエリートだったんだけど。終末思想に取り憑かれて、出家した」

「終末思想ですか。……宗教って、そんなのばっかですよね。人類は滅びる。だから、祈りなさい……って」

「君は、そういうの興味ないの？」

「はい。全然。人類滅亡より、身近な人間のほうが、よほど怖いですもの」

「身近な人間？」

「私、今朝方、警察署に寄ってきたんです。私の友人を殺害した犯人を伝えるために。私、その犯人に殺されるかもしれないんで先手を打ったんです。きっと、今頃、逮捕されてますよ」

「なんだか、ハードな話だね……」

「でしょう？　人類滅亡より、よほど怖くて危険ですよ。身近にいる、悪人のほうが」

牛来が、せいせいしたという様子で万歳の姿勢をとる。そして、そのまま気持ちよさそうに体を伸ばした。

　肇も、ぽきぽきっと、首を上下左右に折る。

なんだかよく分からないが、元どおりになって、よかった。何事もなくて、よかった。

……うん？

なにか、喉が痛い。そして、体の節々も。こんなところで寝ちゃったから、風邪でもひいたかな？

　肇は、以前買っておいた、のど飴を探した。

文京区白山、興梠宅。

「ほんと、何事もなくて、よかった……」

直樹は、犬の頭を愛撫するように、スマートフォンを何度もなでつけた。

昨日からの通信障害で、一時、スマートフォン内のデータがすべて飛んだ。スマートフォンには、過去に飼っていた犬たちの画像が大量に保存されていた。それらをすべて失ってしまったと、絶望の底に叩きつけられたのだが。

たった今、ちゃんと復旧した。

ごはんを済ませたマロンも、無事を祝うように、とことことやってきた。

「おなかいっぱいでちゅか？　そうでちゅか、そうでちゅか。マロンは、今日も可愛いねぇ。写真、撮ってあげまちゅね」と、犬にスマートフォンのレンズを向けたとき、

「ところで、一場さんは、なんで、うちに来たんですか？」と、ランチの準備をしていた興梠が、キッチンカウンターから声をかけてきた。

「え？　なんでって。お前に呼ばれたから」

「でも、一番の理由はそれではないですよね？　一場さんの目的は、これですよね？」

言いながら、興梠が、なにやら紐状のものを掲げた。

それを見て、直樹の体が、かちんこちんに硬直する。

「それは……」

「犬のリードです。その犬がもともとしていたリードですよね？」興梠が、マロンに鋭い視線を投げかけた。「そして、これで、マロンちゃん……キャバ嬢のマロンちゃんの首をしめて殺害したんですよね？」

「…………」直樹の体が、ますますかたくなる。言葉も出ない。

「言い訳はいりません。だって、僕は一部始終を目撃していたんですから。いいですか？一部始終を目撃していたんですよ」

「…………」

「そうです、あの夜です。マロンちゃんの誕生日。僕は、マロンちゃんにプレゼントしようと、僕とお揃いのお掃除ロボットを持って、マロンちゃんの部屋に行きました。白山通り沿いにある、あのマンションですよ！」

そう。あの女は、この家から徒歩十分ほどのところに、住んでいた。というか、あの女の自宅に近いから、この家を買ったのだろう、興梠は。

興梠の一方的な恋慕に、直樹は軽いめまいを感じる。が、興梠はお構いなしに、まくしたてた。

「でも、一足遅かった。マロンちゃんは部屋にいなくて。……たぶん、犬の散歩だろうと捜していたら、マロンちゃんが植物園裏にある公務員宿舎に入っていくのを見つけたんです。跡をつけていたら、一場さん、あなたがいた！　そして、あなたは空室にマロンちゃんを押し込んで、首をしめて殺した。さらに、その遺体を、そのまま放置して逃げた！」

「やっぱり、見ていたのか」直樹は、ようやく言葉を吐き出した。

「一場さんも気がついていたんですね。僕の存在に」

「あの女、お前にストーキングされていると何度も愚痴っていたからね。公務員宿舎を出たとき、人の気配を感じて、もしや……と思った。それで、再び現場に戻ってみたら、リードがなくなっていた。それで確信したんだよ。お前が持って行ったんだって」

「そうですよ。僕が持ち去りました。……一場さんをおびき出すために。まんまとひっかかりました。一場さんは、これを捜しにこの家に来たんですよね？」

「…………」

「一場さんって、案外単純なんですよね、昔から。餌にすぐ飛びつく」

「なんで、そんな真似を？」

「一場さんを、僕の手で成敗（せいばい）するためですよ」

「成敗？」

「そう。マロンちゃんを殺した復讐です。あなたが一番大切にしているものを、マロンちゃんと同じ目に遭わせるんですよ」

興梠が、犬のマロンに、再びキツい眼差しを送った。

「お前、まさか」

「ええ。餌に殺虫剤を混ぜておきました。この家、ゴキブリはいませんがゲジゲジがよく出るんですよ。それで、殺虫剤を常備しているんです。それを犬の餌にたっぷりと入れました。このバカ犬、そうとも知らずに、ぺろりと食べやがって」

「なんてことをしたんだ！」全身が氷のように冷たくなる。そして、次の瞬間、熱湯を浴びせられたように、全身が熱くなった。

気がつけば、興梠に飛びかかっていた。そして興梠の首を、リードでしめ上げていた。あのキャバ嬢をやったときと同じように。

……あのキャバ嬢もまた、犬のマロンを虐待していた。犬なんて好きでもないのに、俺の気を引こうと、保護施設から半ば強引に引き取ったのだ。それからは、犬を餌に俺を何度も呼びつけた。あの晩もそうだった。会いたい、会ってくれなきゃ、犬を殺すと脅してきた。だから、あの公務員宿舎に呼び出した。あそこが使用されていないことは、以前、植物園に取材しに行ったとき、偶然知った。十何年も放置されている建物なら、たぶん、なかなか発見されないだろうと踏んでいた。……そう、俺は、あの時点でクソ女を殺してマロンを保護しようと決めていた。

あの女は、まんまとマロンを連れてやってきた。可哀想に、マロンは雑巾のようにボロボロだった。ろくに食べさせてもらってないのだろう、前に見たときよりも一回り小さくなっていた。その姿を見たとき、体が一瞬にして火の玉になった。思うより早く、俺はマロンからリードを外していた。そして、それを女の首に巻きつけた。

「……信じられない。人間の命より、犬が大切ですか？」

興梠が、掠れた声でそんなことを言う。

直樹の体に、さらに火が灯る。

「犬だって、大切な命だ！　それを粗末にするやつが許せないんだよ！」

「……じゃ、山田さんは、どうして殺したんですか？　僕、見ていたんですよ。一場さんが山田さんを吉祥寺近くの墓地に連れ込んで、殺したのを」

「やっぱり見ていたのか」

「ええ、一部始終を」

「あの女は、昔から気に入らなかった」

「……でも、元カノじゃないですか。……同棲していたこともあったんでしょう？　隠していたようですが、僕、ちゃんと気がついてましたよ」

「ああ、そうだよ。あの女も、俺が当時飼っていた柴犬を虐待していた。何度注意しても、決められた餌以外のものを犬に食べさせて。そのくせ、俺が出張で家を空けたときは、何日も餌をやらなかったんだよ！　そのせいで、あの子は病気になって死んでしまった！　だから、ずっとずっと、あの女を恨んでいたんだよ。なのにあの女は、そんなことはすっかり忘れて、楽しそうに噂話で盛り上がりやがって」

「そんなことで……」

「いいか？　女なんてみんな嘘つきなんだよ！　お前だって、あのキャバ嬢に騙されて、退職金をつぎ込んだじゃないか。病気？　そんなの嘘に決まってんだろう！　お前から金を引き出すための口実だよ！　その金はどこ行ったと思う？　俺に貢いでたんだよ！　その金は、ギャンブルで使い果たした。どうだ、悔しいか？　悔しいだろう？」

直樹は、さらに手に力を込めた。

興梠の顔中に血管が浮かび上がり、そして、その口から泡立てた卵白のようなものが次々と噴き出してくる。

直樹は、とどめとばかりに、リードを思いっきり引き上げた。

そのときだった。

インターホンが鳴った。

無視していたら、玄関ドアが荒々しく開いた。

そして、ドタバタと、数人の足音。

「警察です」

その声に、直樹は観念したかのように、両手を上げた。

終章

東京拘置所、面会室。

黒澤セイこと五十部靖子は、アクリル板の向こう側にいる人物を静かに見つめた。

小池千春弁護士。靖子の最初の弟子だ。

あの原稿を書き終えたとき、小池千春にまず、読ませた。

なにしろ、縄文時代の資料を片っ端から集めさせたのだ。まっさきに読ませるのが筋というものだろう。

我ながら、突拍子(とっぴょうし)もない内容だと思う。下手したら、一蹴(いっしゅう)されるような内容だ。だが、小池は、あっけなく小説の内容を信じた。

そして、その日から私のことを「先生」と呼び、「私が先生を必ずここからお助けします。

無罪にします」と、約束した。

もともと、オカルト好きな女なのだろう。きっと、星占いなんかも、毎日チェックしているに違いない。

「先生。お捜しのワンちゃんの居所が分かりました」

ワンちゃんとは、私たち家族が飼っていた、チワワとシーズーのミックス犬だ。娘にしつこく所望されて保護施設から譲ってもらったものだが、名前をつける間もなく、すぐにあの事件。それ以来、どうなったのか少し気になっていた。

「池之端（いけのはた）にある動物愛護団体が保護したそうです。そのあとすぐに飲食店勤務の三十代の女性に引き取られたとか。今は、幸せに暮らしているでしょう……とのことです」

「そう、それはよかった。心配事が、ひとつ減りました」

が、小池千春は暗い表情で、首を垂れた。

「……先生、とても残念なご報告があります」

「なんですか？」

「興梠大介が、死にました」

小池が、全身を震わせながら、そんなことを言った。続けて、

「一場という男に殺されたのです。口論の末だということです。なんでも、興梠が思いを寄

せていた女性を一場が殺害したらしいのです。一場は昨日、逮捕されました。……一場は他にも殺人を犯しています。元同僚の女も殺害したのです。三人ともなれば、死刑は間違いないでしょう。……それまでに、人類が滅亡していなければ」

やはり、この女は、信じきっている。人類が滅亡すると。

私が見たあの幻覚を、鵜呑みにしている。

あれは、ただの幻覚なのに。

そう。あのとき私は、いつものように大麻を吸っていた。だから、トリップしただけなのだ。

そう、すべて大麻による、幻覚なのだ。

バッドトリップをしただけなのだ。

幻覚から覚めた私は、抑えがたい衝動に駆られ、夫と娘を殺害した。

そして、気がつくと、娘の首を鍋で煮ていた。

自分でも、なんであんなことをしたのか分からない。

ただ、絶望しきっていた。だから、夫と娘を殺して、自分も一緒に死のうと思ったのだ。

とても平常心ではなかった。

そう、心神喪失というやつだ。

それを裏付けるために、あのとき見た幻覚をもとに小説もどきも書いてみた。すると、小池はまんまと鵜呑みにした。小池だけではない。小池いわく、あの小説を読んだ者が、次々と信者になっているという。

バカか。

思ったが、ここは、教祖になりきるのが賢明だろう。

「……先生のご指示通り、興梠大介に『縄紋黙示録』の校正を依頼するように手配しました。そして、それとなく動向も窺っていたのですが。……うかつでした」

小池が、今にも死にそうな声で、呻くように言う。

「これで、人類滅亡の具体的な日付を知る者が、いなくなりました。救世主がいなくなったのです。……無念です」

そして、さめざめと泣き出した。

面倒な女だ。

「祈りなさい」

靖子は、言った。

「神に……アラハバキに祈れば、人類は、滅亡なんかしませんよ」

「本当ですか？」

「本当です。……安心してください」

言ってはみたが。

自信はない。

あの幻覚が、ただの幻覚である自信が。

なにしろ、幻覚の中で会った興梠大介は実在した。しかも、一場直樹なる人物まで。

もしかしたら、あれはすべて現実だったのかもしれない。

そして、本当に人類は……。

ア……ラ……ハ……バ……キ……

ああ、またあの声が聞こえてきた。

ここのところ、ずっとだ。

靖子は、我慢ならないとばかりに両の耳を塞いだ。

追記

「うん？　ご開帳されている」

篠崎充（しのざきみつる）は、いつもの街歩きの一端で、極楽水に来ていた。ここに来て祠の前に百円玉を置き、「家内安全、ぴんぴんころり」を祈願するのが習慣だ。そして、急ぎ足で去る。なにしろ極楽水は、マンションの敷地内にある。言ってみれば、他人様の庭に侵入しているようなものだ。なんとなく、長居しづらい。

が、今日は、少しばかり長居してしまった。

いつもはしっかりと施錠されている祠の扉が開いていたからだ。

「どうしたんだろう？」

充は、その中を覗き込んだ。

からだ。

「うわっ」

思わず、声が上がる。なにか、見てはいけないものを見てしまったような感覚に囚われた

とぐろを巻いた白蛇と、円形の鏡。

「弁才天はもともとは水神。だから、蛇は分かるんだが。……なぜ、鏡が？」

そんなことを考えていると、雨が落ちてきた。

充は、急いで帰路についた。

「あれ？　迷い犬かな？」

充が、マンションのエントランスまで来たときだった。

一匹の小型犬が、飼い主を待つように佇んでいた。そのビー玉のようなうるうるとした目はチワワのそれだが、シーズーの面影もある。

「どうちました？　迷子さんでちゅか？」

充は、つい、声をかけた。

半年前に愛犬を失ったばかりだ。その子にどことなく似ている。放っておけない。

「うちに、来まちゅか？」

犬が、「きゅるるる」と、悲しみを湛えた瞳で小さく鳴いた。

充は、たまらず、犬を抱きかかえた。


「あら、どうしたの？　早いお帰りで。忘れ物？……え？」

険しい顔で新聞を見ていた妻だったが、犬の姿を認めた途端、破顔した。

「いやだぁ。可愛い！　っていうか、どうしたの？」

「たぶん、迷い犬だよ。エントランス前にいたんだ」

「迷い犬？　じゃ、飼い主さん、捜しているわね。……首輪、首輪になにか情報が書いてないかしら？」

首輪には特になにも書いていない。外して裏側を見てみると、「マロン」とだけある。

「いやだ。名前だけじゃ、飼い主さんを捜しようがないわねぇ。……あ、チップ。マイクロチップが入ってないかしら？」

「入っていたとしても、専用の器具がなければ情報は取り出せないだろう」

「確かに、そうね。……こういうときは、どうすればいいのかしら」

そして、妻は、スマートフォンを手にするとあれこれ検索をはじめた。

「まあ、とにかく、今日はうちで保護しよう」充は提案した。「……まずは、なにか食べさせたほうがいいかもな。……ドッグフードの缶詰、残ってなかったっけ？」

と、犬を床に置いたときだった。妻が読んでいた新聞の記事が視界に飛び込んできた。

「あれ？……この人」

一昨日逮捕されたという殺人犯の顔。見覚えがある。

「連続殺人鬼よ」妻が、眉間にしわを寄せた。「ほら、この近くの公務員宿舎で身元不明の女性の死体が発見されたじゃない。それも、この男の犯行みたい。まさに、連続殺人鬼」

妻は、般若（はんにゃ）のように顔をしかめると、再びスマートフォンで検索をはじめた。

一方、充は、新聞を手にすると記事をはじめから読んでみた。

「……容疑者の一場直樹？　被害者の興梠大介？……あれ、もしかして、この男たち。先日、植物園にいた二人組じゃないか？」

充は、そのときの様子を懸命に頭に浮かべた。

「そうだ。あの二人組だ」なんてことだ。あんなに仲がよさそうだったのに、こんなことになるなんて……。

しかも新聞によると、一場直樹は他にも殺人を犯しているという。公務員宿舎に遺棄されていた女性、そして元同僚の女。元同僚の女は、本駒込の吉祥寺近くの墓地で殺されたという。

「吉祥寺か……」

昨日、行ったばかりだ。

「吉祥寺は、もともと江戸城内にあったんだよ」

充が言うと、

「へー、そうなんですか」と妻が、またはじまった……とばかりに生返事をした。

充は続けた。

「太田道灌が江戸城を築城する際に、井戸から金印が発見されてね。それをご本尊として江戸城内に祀ったのがはじまりなんだ。徳川家康が入城したときに水道橋あたりに遷されるんだが明暦（めいれき）の大火のときに焼失、その後、今の本駒込に遷されるんだよ。ちなみに、その火事のときに吉祥寺の門前に住んでいた住民は、今の武蔵野市に移住させられた。それが中央線沿線の吉祥寺ってわけだ」

「へー」妻が、やはり生返事する。彼女の興味は、マロンという名の犬の飼い主をどう捜すか……という点にだけ注がれているようだった。

だから、充は諦めた。

本当は、邪馬台国の卑弥呼の話と絡めてみたかったが、妻はたぶん興味はないだろう。

「そういえば。小石川植物園の地下に空洞があるのを知っているかい？」

が、充は往生際悪く薀蓄を傾けはじめた。つい先日ネットで見つけたネタで、どうしても披露してみたくなった。

「大田南畝(おおたなんぽ)という江戸時代の武士が残した随筆、『一話一言(いちわいちげん)』の中に出てくるんだけどね。徳川綱吉が去り白山御殿が取り壊されて、武家屋敷になった頃の話だ。井戸を掘っていたら、巨大な地下空間……大きな横穴が出てきたらしい。しかも、その空間には立派な家が建っていたんだってさ。なんだか怖くなってそのまま埋めてしまったらしいが」

「へー」

「それで、俺はこう考えた。植物園そのものが古墳なんじゃないかって。しかも、かなり力を持った人物。……その力にあやかろうと、その古墳の地下空間に、綱吉が秘密の部屋を作ったんじゃないかってね」

「へー」

「死体が遺棄されていた例の公務員宿舎の土地にもともとは古墳があったらしいよ。縄文時代の遺跡も――」

「へー」

やはり、妻は興味がないようだ。

犬が、切ない声でくぅぅぅと鳴く。

「あなた、なにかごはんをやってちょうだい。納戸に、ドッグフードの残りがあるはずだから」

妻にそう急かされて、充がよっこらしょっと腰を上げたときだった。

ア……ラ……ハ……バ……キ……

なにか、声がした。

「え？」

振り返ると、犬のマロンがじっとこちらを見ている。

その目に吸い込まれそうになって、充はふと、目を逸らした。

と、そのとき。

腰が抜けそうな大きなくしゃみが飛び出し、ついでに喉の痛みを感じた。体の節々も、なんとなくじんわりと痛い。

「なにか風邪をひいたみたいだな。薬あったっけ？」

※この作品は、フィクションです。
実在の人物や団体、施設や遺跡とは無関係です。
また、この作品で語られている歴史的事柄や科学的事柄は、諸説ある中の一説です。

参考資料

・『蛇』吉野裕子著／講談社学術文庫
・『縄文の思想』瀬川拓郎著／講談社現代新書
・『アースダイバー』中沢新一著／講談社
・『日本列島100万年史　大地に刻まれた壮大な物語』山崎晴雄・久保純子著／講談社
・『精霊の王』中沢新一著／講談社学術文庫
・『ビジュアル版　縄文時代ガイドブック』勅使河原彰著／新泉社
・『ここまでわかった！　縄文人の植物利用』工藤雄一郎、国立歴史民俗博物館編／新泉社
・『さらにわかった！　縄文人の植物利用』工藤雄一郎、国立歴史民俗博物館編／新泉社
・『十二支になった　動物たちの考古学』設楽博己編著／新泉社
・『信州の縄文時代が実はすごかったという本』藤森英二著／信濃毎日新聞社
・「文京むかしむかし―考古学的な思い出―」千駄木貝塚出土人骨　近藤修著／文京ふるさと歴史館
・「文京むかしむかし―考古学的な思い出―」千駄木貝塚出土人骨の科学分析：食生活と年代　米田穣著／文京ふるさと歴史館
・ワンポイント講義⑥「千駄木貝塚遺跡の縄文人骨―骨を調べて何がわかるか―」馬場悠男著／文京ふるさと歴史館
・『文京区千駄木貝塚他発掘調査報告書』／文京区教育委員会（引用にあたり、一部、住所を伏せていま

す）
・『「縄文」の新常識を知れば日本の謎が解ける』関裕二著／PHP新書
・『サピエンス全史　文明の構造と人類の幸福（上・下）』ユヴァル・ノア・ハラリ著／河出書房新社
・『アフリカで誕生した人類が日本人になるまで』溝口優司著／SBクリエイティブ
・『ヤノマミ』国分拓著／NHK出版
・『日本の深層：縄文・蝦夷文化を探る』梅原猛著／集英社文庫
・『戦後最大の偽書事件「東日流外三郡誌」』斉藤光政著／集英社文庫
・『隠された古代：アラハバキ神の謎』近江雅和著／彩流社
・『特殊部落の研究』菊池山哉著／批評社
・『別所と俘囚』菊池山哉著、塩見鮮一郎解説／批評社
・『縄文事典【ポケット版】』／NPO法人三内丸山縄文発信の会
・『神社の解剖図鑑』米澤貴紀著／エクスナレッジ
・『昨日までの世界　文明の源流と人類の未来（上・下）』ジャレド・ダイアモンド著／日本経済新聞出版社
・『図録　特別展　縄文―1万年の美の鼓動』東京国立博物館、NHK、NHKプロモーション、朝日新聞社／NHKほか
・武蔵一宮氷川神社公式サイト　http://musashiichinomiya-hikawa.or.jp
・神田明神公式サイト　https://www.kandamyoujin.or.jp

・根津神社公式サイト　http://www.nedujinja.or.jp
・文京区公式サイト　https://www.city.bunkyo.lg.jp/index.html
・ウィキペディア　https://ja.wikipedia.org/wiki/メインページ
・糖尿病がよくわかるＤＭ ＴＯＷＮ　https://www.dm-town.com/index.html
・縄文海進と貝塚分布・アラハバキ神の分布　関東平野
http://magnoliachizu.blogspot.com/2015/12/blog-post.html
・関東平野にある女体神社
http://magnoliachizu.blogspot.com/2015/07/blog-post.html
・ひーさんの散歩道　隠されたアラハバキ神の謎　氷川神社編
https://blog.goo.ne.jp/hi-sann_001/e/c183422b781212abf1d9d241cf688404
・小石川植物園後援会ニュースレター第25号／小石川植物園の散歩道（長田敏行）
http://www.koishikawa.gr.jp/NLHP/NL25/NL25_3.html
・小石川植物園を守る会／小石川植物園の貝塚（長田敏行）
http://koisikawa-mamoru-kai.la.coocan.jp/On_site_PDFs/Kaizuka_of_Koishikawa-BG-Nagata.pdf
・えど友第91号
https://www.edo-tomo.jp/edotomo/h28(2016)/edotomo-No91.pdf
・一般社団法人日本船主協会／海運雑学ゼミナール１９４
https://www.jsanet.or.jp/seminar/text/seminar_194.html

・ＷＩＲＥＤ／新石器時代に生殖できた男性は「極度に少なかった」
https://wired.jp/2015/11/10/neolithic-culture-men/
・Gigazine ／各個人が固有で持ち、指紋やＤＮＡのように個人を特定できる「微生物雲」とは？
https://gigazine.net/news/20151012-microbial-cloud/
・ＴＯＣＡＮＡ／ガンマ線バーストは「光の速度を超えている」とガチ判明！
https://tocana.jp/2019/09/post_115850_entry.html
・日々佳良好／地下の話２題
https://katintokei.at.webry.info/201012/article_13.html

・東京都立埋蔵文化財調査センター内展示資料
・三内丸山遺跡内展示資料
・東京大学総合研究博物館内展示資料
・東京国立博物館内展示資料
・文京ふるさと歴史館内展示資料
・埼玉県立歴史と民俗の博物館内資料
・『江戸名所図会』
・『一話一言』大田南畝著

図版参考資料

・275ページ（画面1）国土交通省国土技術政策総合研究所 大平一典氏作製の図
・284ページ（画面2）『江戸名所図会』／大宮驛氷川明神社 天保七年（一八三六年）刊行
・462ページ（地図1）『隠された古代：アラハバキ神の謎』近江雅和著／彩流社
・467ページ（地図2）Google マップ
・467ページ（地図3）Google マップ
・468ページ（地図4）Google マップ
・472ページ（画面3）Wikipedia（ウィキペディア）
・491ページ（画面4）『蛇』吉野裕子著／講談社学術文庫

本文デザイン　鈴木成一デザイン室

この作品は二〇二〇年五月小社より刊行されたものです。

幻冬舎文庫

●好評既刊
みんな邪魔
真梨幸子

少女漫画『青い瞳のジャンヌ』を愛する〝青い六人会〟。平和な中年女性たちの会がある日豹変！　飛び交う嘘、姑息な罠、そして起きた惨殺事件――。殺人鬼より怖い平凡な女たちの暴走ミステリ。

●好評既刊
あの女
真梨幸子

タワーマンションの最上階に暮らす売れっ子作家珠美は人生の絶頂。一方、売れない作家・桜子は、珠美を妬む日々。あの女さえいなければ――。女のいるところに平和なし。真梨ミステリの真骨頂。

●好評既刊
ふたり狂い
真梨幸子

小説の主人公と同姓同名の男が、妄想に囚われ作家を刺した。クレーマー、ストーカー、ヒステリー。「私は違う」と信じる人を震撼させる、一瞬で狂気に転じた人々の「あるある」ミステリ。

●好評既刊
アルテーミスの采配
真梨幸子

出版社で働く倉本渚は、AV女優連続不審死事件の容疑者が遺したルポ「アルテーミスの采配」を手にする。原稿には罠が張り巡らされていて――。無数の罠が読者を襲う怒濤の一気読みミステリ。

●好評既刊
おひとり様作家、いよいよ猫を飼う。
真梨幸子

本が売れず極貧一人暮らし。「いつか腐乱死体で発見される」と怯えていたら起死回生のヒットが訪れた！　生活は激変、なぜか猫まで飼うことに。〝女ふたり〟暮らしは、幸せすぎてごめんなさい♥

幻冬舎文庫

●最新刊
アンリバーシブル
警視庁監察特捜班 堂安誠人
長沢　樹

警察内の犯罪を秘密裏に探る「監察特捜班」。堂安誠人は、双子の弟・賢人との二人一役を武器に不正を暴く。都内で見つかったキャリア官僚の墜死体。不審を覚えた二人は捜査を開始するが——。

●最新刊
最後の彼女
日野　草

恋愛専門の便利屋・ユキは、ターゲットにとって理想の恋人を演じる仕事を完璧にこなしていたはずだった、ユキ自身が誘拐されるまでは——。終わった恋が新たな真実を照らす恋愛ミステリー。

●最新刊
メンタル童貞ロックンロール
森田哲矢

いつまでたっても心が童貞な男たちの叫び。ゲスすぎて誰もSNSに投稿できない内容にもかかわらず、隠れファンが急増し高額取引され続ける「伝説の裏本」が文庫化。

●好評既刊
ああ、だから一人はいやなんだ。3
いとうあさこ

4人で襷を繋いだ「24時間駅伝」。接続できずに大騒ぎのリモート飲み会。お見合い旅inマカオ。〝初〟キスシーンに、〝初〟サウナ。いくつになってもあさこの毎日は初めてだらけ。

●好評既刊
遅いインターネット
宇野常寛

インターネットは世の中の「速度」を決定的に上げた。しかしその弊害がさまざまな場面で現出している。インターネットによって本来辿り着くべきだった未来を取り戻すために、必要なことは何か。

縄紋

真梨幸子

令和5年5月15日　初版発行

発行人――石原正康
編集人――高部真人
発行所――株式会社幻冬舎
〒151-0051東京都渋谷区千駄ヶ谷4-9-7
電話　03(5411)6222(営業)
　　　03(5411)6211(編集)
公式HP　https://www.gentosha.co.jp/
印刷・製本―中央精版印刷株式会社
装丁者――高橋雅之

幻冬舎文庫

ISBN978-4-344-43296-3　C0193　ま-25-7

この本に関するご意見・ご感想は、下記アンケートフォームからお寄せください。
https://www.gentosha.co.jp/e/